Bibliografische Information der Deutschen Nationalbibliothek:
Die Deutsche Nationalbibliothek verzeichnet diese Publikation in
der Deutschen Nationalbibliografie, detaillierte bibliografische
Daten sind im Internet über http://dnb.dnb.de abrufbar.

©2015 Marion Wiesler
Covergestaltung: Veronika Tanton
Herstellung und Verlag:
BoD – Books on Demand, Norderstedt

ISBN 9783739207841

Marion Wiesler

CULM
27 v. Chr.

Schicksalsjahr der Kelten

Personen und die keltische Bedeutung ihrer Namen:

Aislin:	"Traum, Vision"; Geschichtenerzählerin
Aonghas:	"der Auserwählte"; Druide Ardudunums
Centigern:	von "Kopf" und "Fürst"; Fürstensohn
Clach:	"Stein"; Steinmetz
Doireann:	"mürrisch"; Priesterin in Flavia Solva
Eimhir:	"flink", Druidenschülerin
Enrik:	"Herr über das Haus"; Seher Centigerns
Faolan:	"kleiner Fuchs"; Händler
Fia:	"dunkler Friede"; Sklavin Faolans
Gair:	"kurz"; Druidenschüler
(der) Goban:	"Schmied"; Schmied
Goraid:	"friedlich"; Fürst Ardudunums
Kalla:	"dunkel"; Sklavin Rionas
Kilinn:	"schlank"; Bewohnerin Ardudunums
Leod:	"hässlich"; Druidenschüler
Lisha:	"strahlendes Mädchen"; Sklavin
Malwine:	"sanfte Braune"; Druidin, Frau des Aonghas
Onchu:	"mächtiger Hund"; Krieger Centigerns
Padrig:	"edel"; reicher Händler in Flavia Solva
Riona:	"rein"; Fürstin Ardudunums
Solas:	"Freude"; Bursche Goraids
Uilleam:	"entschiedener Kämpfer"; Torwächter
Una:	"Lamm"; Sklavin Faolans

Ardudunum:	"Stadt auf der Höhe" (am Kulmgipfel)
Aba acos:	"schneller Fluss" (Name des Flusses Feistritz)
Arrabo:	"die Braune" (alter Name des Flusses Raab)
Belcurnia:	"Felsen des Gottes Bel" (bei St. Johann)
Bragnreica:	"Wiesenbach" (alter Name Deutschlandsbergs)
Flavia Solva:	keltisch-römische Stadt (bei Leibnitz)

Beltane:
eines der acht großen Jahresfeste der Kelten, markiert den Beginn der hellen Jahreszeit, gefeiert am 30. April / 1. Mai, ist heute noch als Walpurgisnacht verbreitet. Bräuche wie das Maibaumaufstellen gehen darauf zurück.

Samhain:
das keltische Neujahrsfest, eine Nacht, in der die Tore zur Anderswelt offen sind und unsere Ahnen und Feen unter uns wandeln. Gefeiert am 31. Oktober / 1. November, ist heute noch als Allerheiligen ein Totengedenktag und als Halloween wieder ein Fest.

Milchbrüder:
zwei Kinder, die von derselben Frau gestillt werden, die aber keine leiblichen Brüder sind.

Weitere nützliche keltische Wörter:

Birros: Umhang; ein rechteckiges Stück Stoff, das mit einem breiten Umschlag mittels einer Fibel an einer Schulter geschlossen wurde. Der umgeschlagene Stoff konnte bei Bedarf wie eine Kapuze den Kopf bedecken.

Braccae: keltische Hosen

Camisia: Hemd, gleich einer Tunika bei den Römern, ärmellos, kurz- oder langärmelig, bei den Frauen durchaus auch bodenlang.

Nemeton: Tempel

Peblos: gerade geschnittenes Überkleid der Frauen, mit Fibeln an der Schulter gehalten.

Und mein liebstes: **Slogan**: Kriegsruf

Für meine Familie.

rolog

"Wer mehr Köpfe erbeutet, was meinst du, wollen wir wetten?" Centigerns Augen hatten den fiebrigen Glanz, den Gair nur zu gut kannte.

"Du gewinnst so und so nie, also lassen wir's sein, Bruder", erwiderte Gair und fuhr unbeirrt fort, sein Haar mit Kalkwasser in eine stachelige Mähne zu verwandeln.

Centigern lachte lauthals. "Immer witzig, der Kleine, immer witzig. Los, hilf mir."

Gair nahm die Schale, die sein Milchbruder ihm hinhielt. Die zähe Flüssigkeit aus Färberwaid darin war tiefblau. Er tauchte den Finger hinein und begann, Centigern mit der Farbe verschlungene Muster auf die Brust zu zeichnen.

Sie waren in der Blüte ihrer Jahre, beide zweiundzwanzig, muskulös und sehnig, doch Centigern überragte Gair um mehr als einen Kopf. Es störte Gair nicht, denn was der Größere an Kraft und Reichweite im Vorteil war, machte er mit Wendigkeit und Geschicklichkeit wett. Ihr Ziehvater hatte sie zu großartigen Kriegern erzogen, und es gab kaum andere Söldner, die ihnen das Wasser reichen konnten. Seit sie Knaben waren, hatten sie gekämpft – beim Üben miteinander, in den Kriegszügen ihres Ziehvaters und für Gold.

Doch dieser Sommer war anders. Seit letztem Herbst lebten sie wieder in ihrem Heimatdorf Ardudunum auf dem Culm. Und auch wenn sie nach wie vor als Söldner für fremde Könige und Fürsten in den Kampf zogen, so war Centigern anzumerken, dass er nach der Herrscherwürde gierte. Sein Vater war alt, älter als sie bei ihrer Rückkunft erwartet hatten, und wenn es nach Centigern ging, zu alt, um zu herrschen. Jede Schlacht war nun auch ein Bemühen, sich einen großen Namen zu machen.

Zufrieden betrachtete Gair sein Werk auf Centigerns Brust. Dann schweifte sein Blick über das Zeltlager, auf das die Sonne trotz der frühen Stunde schon herunterbrannte. Die Männer waren alle unruhig, gierig auf die Schlacht. Die Hitze machte sie noch kampflustiger. Gair kannte den Feind nicht, es war irgendein Stamm, mit dem der Fürst, der sie angeheuert hatte, im Zwist lag. Aber er wusste, dass Centigerns Männer alles für den Sieg geben würden, denn der Fürst zahlte gut.

Centigern wurde unruhig, stieß Gairs Hand, die noch auf seiner Schulter ruhte, von sich.

"Ich bin Centigern, Fürstensohn, Ziehsohn des Hochkönigs, und bald Herrscher meines eigenen Gebiets. Mein Reitertrupp besteht aus den besten Männern unter der Sonne, die Götter lieben mich."

Gair stimmte mit ein: "Wir werden siegen, mögen die Götter sich an den Seelen der Enthaupteten ergötzen."

"Ja, Blut wird fließen, den ganzen Tag, und Bier die ganze Nacht!" Centigerns Lachen dröhnte durch das Lager.

Gair kannte diesen Zustand seines Milchbruders nur zu gut. Der Fürstensohn geriet jedes Mal bereits vor dem Kampf in den Schlachtentaumel, während Gair selbst noch die Ruhe in Person war und bis zum letzten Moment die Kontrolle behielt. Erst wenn er wusste, dass Centigern mit den nötigen Schutzsymbolen versehen war, wenn sein Anführer nur in Hosen und mit dem goldenen Halsreif geschmückt, das Schwert und den Speer in Händen, auf seinem Pferd saß und Gair sich sicher war, dass auch sein eigenes Pferd und seine eigenen Waffen im bestmöglichen Zustand waren, erst wenn er sein Ross bestieg, dann übermannte auch ihn der Taumel. Dann gab es kein Denken mehr, nur noch Reagieren, alles in unzähligen Übungskämpfen Gelernte fließen lassen, eins sein mit seinem Pferd und sich dem Rausch hingeben. Mögen die Götter ihnen auch heute gnädig sein und sie nach der Schlacht gemeinsam ihr Bier trinken lassen, mit einem schönen Mädchen im Arm.

Die Sonne blendete ihn. Schweiß rann sein Gesicht hinab, fing sich in seinem Schnurrbart, tropfte auf seinen nackten Oberkörper. Brannte in den Schnitten, die er davongetragen hatte. Sein Pferd atmete schwer in der Hitze. Der Lärm war ohrenbetäubend. Metall schlug auf Metall. Krieger kreischten, brüllten, fluchten. In seinen Ohren war es nur mehr als dumpfes Dröhnen wahrnehmbar. Er hatte seinem Ross die Zügel auf den Widerrist gelegt, lenkte mit seinen Knien und seinem Gewicht.

Seine schweißdurchtränkten Hosen klebten am Fell des Pferdes. Sein Speer steckte bereits in einem unglücklichen Gegner, nun hieb er mit dem Schwert, er hatte aufgehört zu zählen, wie oft. Es schien kein Ende an Gegnern zu geben. Vor ihm tat sich eine Öffnung auf, er trieb sein Pferd voran, das war die Gelegenheit, Terrain zu gewinnen. Er wusste Centigern hinter sich, hieb ihm den Weg frei. Über den Schlachtenlärm vernahm er die Stimme seines Bruders: "Gib acht, vorne links!" Ohne zu denken wich er nach rechts aus – und trieb sein Pferd genau in den Speer des Gegners, den er von der Sonne geblendet übersehen hatte. Das Tier wieherte schrill, Gair hob den Arm, dem Schwerthieb auszuweichen. Schmerz durchzuckte ihn. Egal, weiter, weiter. Doch es gab kein weiter, das Pferd ging in die Knie, schneller als erwartet, keine Möglichkeit mehr, abzuspringen. Weiterer Schmerz, er konnte sich nicht bewegen, das Schwert sauste auf ihn herab. Doch dann sah er Centigern, der den Hieb mit seinem Schwert auffing, dem Angreifer im nächsten Moment die Klinge in den Bauch rammte. Der Fürstensohn sprang vom Pferd, zog Gair unter seiner Stute hervor und hievte ihn vor sich auf seinen eigenen Hengst. Dunkelheit umfing Gair.

Schmerzen. Rumpeln. Das Geräusch von trabenden Hufen. Er musste auf einem Wagen liegen. Sein Kopf dröhnte. Übelkeit. Unmöglich, bei Besinnung zu bleiben. Seine Fahrt in die Anderswelt schien ewig zu dauern, Tag und Nacht wechselten sich ab. Dunkelheit. Er sehnte sich danach, endlich zu sterben.

Als Gair wieder zu sich kam, lag er auf einem großen flachen Felsen. Sein ganzer Körper schmerzte. Ihm schien, als könne er jede Unebenheit der Steinplatte spüren. Jemand flößte ihm warmen, bitteren Mohnwein ein. Er öffnete die Augen. Eine grauhaarige Frau, sanfte braune Augen, rundes Gesicht. Malwine. Ja, er war wohl daheim, denn das war Malwine, die Frau des Druiden.

"Shht, Gair, shht, nicht bewegen."

Er hörte eine tiefe Stimme im Hintergrund, einen melodischen Singsang. Er spürte das Holz, das Malwine ihm zwischen die Zähne steckte. Und dann wieder Schmerz, noch mehr Schmerz. Zu viel Schmerz. Dunkelheit. Und dann Bilder. Träume. Visionen.

Als er das nächste Mal erwachte, stand Aonghas neben ihm. "Du lebst noch, gut." Das lange weiße Haar klebte dem Druiden schweißnass am Kopf.

Der Schmerz war weniger geworden. Doch er kam wieder. Ebenso die Dunkelheit, die Träume, die Bilder. Er wusste nicht, wie lange er in diesem fiebrigen Zustand verbracht hatte, bis er das erste Mal aufwachte und sich klar und kühl fühlte.

Malwine und Aonghas saßen an seinem Bett. "Willkommen zurück, Gair. Du hast es geschafft."

air stolperte über verschlungene Beine und stöhnende Leiber. Obwohl der Mond die Nacht fast zum Tag machte, fand er es schwierig, seinen Weg zu finden. Er war müde, erschöpft. Sein Gewand war mit Blut befleckt und er wollte nichts lieber, als sich ausruhen. Vor sich sah er Aonghas, der gerade den Tempel verließ. Der Druide blieb stehen und wartete, bis Gair bei ihm war. Der alte Mann sah müde aus, ebenso müde wie Gair sich fühlte.

"Hast du mit Leod den Eberkopf in Salz eingelegt?"

Gair nickte. "Ja, eingelegt und das Fass im Wald vergraben, damit er sich bis Samhain hält."

Aonghas sah sich suchend um. "Wo ist Leod?"

Gair konnte sich ein schiefes Grinsen nicht verkneifen. "Wo wohl. Er hat schon von einem rothaarigen Mädchen geschwärmt, als wir nach der Zeremonie den heiligen Platz aufräumten. Gewiss liegt er irgendwo unter den Büschen."

Auch der Druide grinste müde: "Ja, das ist unser Leod, jung und voller Lendenkraft. Für einen Druidenschüler nicht die besten Voraussetzungen. Aber so ist es jedes Jahr zu Beltane. Wenn Malwine und ich das Ritual der göttlichen Ehe vollzogen haben, um dem Land Fruchtbarkeit zu schenken, machen es uns alle nach."

Gair warf einen Blick über das Dorf. Hinten auf den Feldern, unter den Obstbäumen und auch rund um den Tempel, überall lagen Liebespärchen und gaben sich der Lust hin. Wer keinen Partner hatte, ergötzte sich am Liebesspiel der anderen und schenkte so seine Fruchtbarkeit der Erde. Kein Samen durfte heute an einem anderen Ort landen, als auf Erdreich.

Wie jedes Jahr waren viele Leute aus dem Tal heraufgekommen, um den Beltanefeierlichkeiten beizuwohnen. Es war eines der größten Feste des Jahres und nach dem langen Winter war es die erste Gelegenheit, die Vollmondnacht feiernd im Freien zu verbringen. Gair seufzte. Ihm stand der Sinn so gar nicht nach dem Trubel.

Aonghas wandte sich zum Gehen. "Wenn du noch einen

kurzen Blick zu Eimhir in den Tempel wirfst, wäre ich dir dankbar. Sie will die Nacht heute dort verbringen."

Gair nickte und hinkte zum Tempeltor. Es knarrte wie immer, als er es öffnete. Das Geräusch hatte Eimhir aufgeschreckt, die ihm mit großen Augen entgegensah. "Ach, du bist es. Ich dachte, es will noch jemand ein Opfer darbringen."

Gair blieb vor dem elfjährigen Mädchen stehen, das es sich auf ein paar Decken neben dem Tor gemütlich gemacht hatte. Der Mond schien über die Mauer aus Baumstämmen in den heiligen Bezirk und beleuchtete das heilige Becken, doch Eimhir hatte sich einen Platz im Dunkel gesucht.

"Du bist gar nicht draußen bei den Feierlichkeiten?"

Eimhir schüttelte den Kopf. Ihre blonden Zöpfe schlugen hin und her. "Aonghas hat es mir verboten. Auch wenn ich im Winter bereits mein Mondblut bekommen habe, er findet, solange wir nicht wissen, was meine Gabe ist, soll ich mich – und die Männer – nicht der Versuchung aussetzen. Und du?"

"Ich werde mir ein ruhiges Plätzchen suchen. Sofern es das heute gibt. Der Tag war anstrengend. Während du hier im Tempel Opfergaben entgegengenommen hast, haben Leod und ich den ganzen Tag Aonghas geholfen. Schon bei Sonnenaufgang haben wir den Pferdekopf vom Samhainopfer dem Feuer übergeben, ich bin also schon seit lange vor Sonnenaufgang auf den Beinen."

Eimhirs Augen funkelten. "Ist es nicht herrlich, dass die Winterzeit des Pferdes nun vorbei ist und wieder die Zeit des Ebers beginnt? Ich hoffe, es wird ein gutes Jahr."

"Nun, wir haben das erstgeborene Lamm, die erstgeborene Ziege, den erstgeborenen Stier und den erstgeborenen Eber den Göttern geopfert, es waren alles prächtige Tiere, die Götter sollten zufrieden sein und uns reiche Ernte schenken, und Gesundheit für Mensch, Tier und Erde."

"Gut." Das Mädchen kuschelte sich in seine Decken. "Dann wünsch ich dir eine gute Nacht, Gair, mir fallen schon die Augen zu."

"Gute Nacht, Eimhir, wir sehen uns beim Morgengebet."

"Hm", murmelte das Mädchen. "Ich will früh aufstehen und mich noch im Bach säubern gehen, aber zum Gebet bin ich da."

Gair verließ den Tempel und hinkte den steilen Hang hinab

zum Südtor. Der Wächter saß am Boden und spielte eine fröhliche Melodie auf einer Hollerflöte. Neben ihm stand ein großer Krug Bier. Das Dorf war also bestens geschützt heute Nacht. Nur gut, dass Beltane einer der größten Festtage in der ganzen Welt war, ein Datum, an dem gewiss keiner einen Angriff unternahm, ohne die bitterste Rache der Götter fürchten zu müssen.

Gair pflückte im Vorbeigehen ein paar Blätter des Beinwells, der außen an der Palisade wuchs, und suchte sich einen Platz, an dem das Gestöhn und die Musik weniger stark zu hören waren.

Mit einem Seufzer setzte er sich ins warme Gras. Er schob sein rechtes Hosenbein hoch, rieb die Beinwellblätter in seinen Händen bis Saft austrat und legte sie auf das geschwollene Gelenk. Auch wenn es nicht mehr die unförmige Masse war, die es vor drei Jahren gewesen war, der Anblick seines Knies schmerzte ihn Tag für Tag. Es war immer leicht geschwollen, steif und knorrig wie der Ast einer alten Eiche. Das viele Herumrennen und dann Stehen bei der Zeremonie hatte ihm zugesetzt. Mit einem tiefen Seufzer ließ er sich rücklings ins Gras fallen. Er war ein Krüppel. Ein von den Göttern gesegneter Krüppel, dessen Gabe Aonghas dazu bewogen hatte, ihn als Schüler aufzunehmen, trotz seines Mannesalters.

Und er war ein guter Schüler, das wusste er. Heute, als sie das Stieropfer brachten, da hatte er es genauso gesehen wie Aonghas und Leod, der schon seit seiner Kindheit bei dem Druiden lernte.

Es war schwere Arbeit gewesen, den jungen Stier zu halten. Er und Leod, jeder an einer Seite, an einem der Hörner. Es war ein prächtiger Stier gewesen, der ihm fast bis zur Brust gereicht hatte, und trotz der beruhigenden Kräuter, die er zu fressen bekommen hatte, hatten sie all ihre Kraft aufwenden müssen, ihn lange genug still zu halten, damit Aonghas die entsprechenden Worte sagen und dem Tier die Kehle aufschneiden konnte. Das Blut war reichlich geflossen. Die Zeichen versprachen dem Volk eine gute Ernte.

Doch da war etwas Anderes, etwas Bedrohliches, gewesen. Sie hatten es alle drei gesehen, das wusste Gair, denn sie hatten einander wissende Blicke zugeworfen. Aber es war nichts, womit man den Menschen die Feier des Sommerbeginns verderben wollte. Später würden sie zu Goraid gehen, Centigerns Vater, dem Fürsten. Sie würden ihm davon erzählen, von den Gräueln, die der Tod des Stieres ankündete. Doch die heutige Nacht gehörte den Göttern und der Lust.

Im Dunkel konnte Gair auf den Berghängen ringsum Feuer entdecken. Er fand es immer ein herzerwärmendes Gefühl zu wissen, dass in Nächten wie dieser in allen Dörfern genau das gleiche geschah. Dass sie alle gemeinsam feierten, den Göttern dankten und huldigten, auch wenn lange Wegstrecken sie trennten. Unter dem Himmel waren sie alle gleich.

Die Luft war angenehm lau trotz der späten Stunde. Gair beschloss, die Nacht hier draußen zu verbringen. Die Lustgeräusche und der Rauchgeruch würden heute Nacht schon dafür sorgen, dass sich keine wilden Tiere Ardudunum näherten. Zumal sie schon lange keine Bären rund um das Dorf gesichtet hatten.

Als er erwachte, hatte der Himmel bereits eine zart rosa Färbung angenommen, doch Sonnengott Bel hatte seinen Himmelswagen noch nicht bestiegen. Es war Gairs übliche Zeit, aufzustehen. Bevor die Sonne aufging, in der Stunde, die weder Nacht noch Tag war, ließen sich einige heilkräftige Pflanzen ernten und mächtige Rituale vollziehen. Heute, am Tag von Beltane, würden er und seine Mitschüler über den Gipfel streifen und Holler und Gundelrebe sammeln. Allerdings waren beides Heilpflanzen, die nicht die Morgendämmerung verlangten, sondern die hohe Mittagssonne. Er könnte also weiter schlafen, so wie das ganze Dorf, das noch in trunkenem Schlummer lag. Dennoch erhob sich Gair, steif und ungelenk, und hinkte zum Dorf zurück. Der Wächter schlief tief und fest, das Tor stand weit offen. Gair stieg über den schlafenden Mann und schloss das Tor leise von innen.

Er ging zum Tempel. Schon von weitem sah man die Palisade, die den heiligen Ort umgab. Hohe Eichenstämme waren zu einer Mauer geformt, alle reich verziert mit bunten Farben, Symbolen und Mustern. Der Eingang lag nach Osten, der aufgehenden Sonne entgegen. Gair musste über weitere Schläfer steigen, um zum Tor zu gelangen. Der Platz direkt vor dem Tempel war noch zertrampelt und blutgetränkt von den gestrigen Tieropfern. Er öffnete die schwere Tür einen Spalt und huschte hinein. Eimhir war nirgends zu sehen, ihre Decken fein säuberlich zusammengelegt.

Im Tempel war es ebenso still wie draußen, doch die Qualität der Energie war eine ganz andere. Herrschte draußen erschöpfte Trunkenheit, so spürte er hier die Ruhe der Göttin Noreia. In der Mitte des Tempels stand das steinerne Becken, durch das das heilende Wasser der heiligen Quelle geleitet wurde. Gair entledigte sich seines Gewandes und vollzog seine morgendlichen Gesänge neben dem Becken. Vor der Göttin gab es keine Geheimnisse und vor ihr schämte er sich auch nicht seines Beines. Die Arme und den Blick nach oben gerichtet, konnte er mitverfolgen, wie sich der Himmel heller färbte. Der Tag brach an.

Noch im Gebet versunken vernahm Gair hinter sich das Knarzen des Tors. Er lauschte auf die Schritte und wusste sogleich, dass Eimhir ebenfalls zum morgendlichen Gebet kam. Als sie neben ihm stand, genauso nackt wie er, lächelte er ihr zu. Sie lächelte zurück, erhob ihre Arme und begann ihre Gesänge. Sie klang wie eine Amsel, fand Gair, während er mehr dem knarrenden Eichelhäher glich. Ihr Körper war der eines jungen Rehs, seiner der eines vernarbten Hundes. Der Göttin war das zum Glück egal.

Es wunderte Gair nicht, dass Leod nicht hier war. Der junge Druide vergaß gerne auf die frühe Pflicht, wenn er ein Mädchen im Arm hatte. Doch Aonghas' Abwesenheit verunsicherte ihn etwas. Es geschah nur selten, dass Gair vor dem Meister im Tempel war. Nun, der Druide wurde langsam alt, das Ritual gestern war anstrengend gewesen, vielleicht verlangte sein Körper einfach seinen Tribut.

Als Eimhir und Gair sich nach ihren Gesängen dem Haus des Druiden näherten, wurden sie eines anderen belehrt. So langsam und verschlafen das Dorf wieder zu Leben erwachte, Aonghas war bereits eifrig bei der Arbeit. Er saß auf einem Bärenfell neben einer der Lichtöffnungen, durch die die Morgensonne ihre Strahlen auf einen kleinen Tisch vor dem Druiden sandte, genau auf verschiedene handlange Holzstäbe, einen Dolch und Knochenwürfel. Offenbar versuchte der Druide, das Omen des gestrigen Abends genauer zu deuten.

Eimhir blickte fragend zu Gair, der zuckte mit den Schultern. Es war nicht seine Aufgabe, dem jungen Mädchen von den schlechten Vorzeichen zu berichten. Weiter hinten in dem großen Raum saß Malwine und schnitt auf einem Brett Kräuter für den Eintopf, der über der Feuergrube in der Mitte des Raumes köchelte. Der Haushalt der Druiden war schlicht, wie die meisten Häuser in Ardudunum. Felle und Polster lagen gestapelt in einer Ecke, um als Sitzgelegenheiten zu dienen. Niedrige Tische an der Wand konnten bei Bedarf positioniert werden, wo man wollte. An der Rückwand, die den Raum von den drei Schlafkammern trennte, lehnte ein Gewichtswebstuhl, ein kunstvoll geschnitztes Stück. Daneben wartete Schafsvlies in Körben darauf, mit der Handspindel verarbeitet zu werden. In Regalen an den Wänden standen Krüge, eiserne Töpfe und tönerne Schüsseln, von der Decke hingen Kräuter zum Trocknen. Die lehmverschmierten Holzwände waren teilweise mit Teppichen behangen, um die Zugluft abzuhalten. Die Lichtöffnungen, die mit Holzläden zugeschoben werden konnten, ließen frische Luft herein. Einer von Aonghas Hunden hatte sich ein Plätzchen am Lehmboden gefunden, wo ihm die Sonne auf den Bauch schien. Sein leises Schnarchen war das einzige Geräusch.

"Morgen Gair und Eimhir, hattet ihr eine schöne Beltanenacht?" Malwine lächelte sie verschmitzt an. Eimhir zuckte die Schultern, doch Gair nickte.

"Ich nehme an, Leod liegt noch irgendwo da draußen? Frühstück ist in Kürze fertig, ich denke, du könntest noch ein paar Blüten suchen gehen, Eimhir."

Das blonde Mädchen nickte, holte eine kleine Tonschüssel aus dem Regal und verließ das Haus. Aonghas schien nur darauf gewartet zu haben, er deutete Gair, neben sich Platz zu nehmen.

Gair holte sich ein Hundefell und ließ sich an dem niedrigen Tisch nieder. Sein Blick überflog die Gegenstände, die darauf lagen, und ihre Anordnung.

Aonghas beobachtete ihn. Unter seinen hellen Augen lagen graue Schatten einer durchwachten Nacht.

"Du hast es gestern auch gesehen, nicht? Du und Leod, ihr habt beide gezuckt, und das zu recht."

"Die Zeichen hier aber sehen nicht ganz so schlimm aus, oder?"

Der Druide nahm einen der Stäbe in die Hand und wog ihn bedächtig. "Nein, nicht ganz so. Doch gut würde ich es wahrlich nicht nennen. Aber noch liegt etwas im Verborgenen, das Einfluss haben wird. Wir werden sehen. Ich möchte, dass du mich nachher zu Goraid begleitest, er muss informiert werden. Ich schätze, dass sein Sohn Centigern und dessen Seher die Dinge so deuten werden, wie es ihnen passt. Als Anreiz für Kämpfe."

"Und du willst, dass wir Centigern umstimmen?"

Aonghas schüttelte den Kopf. Die Glasperlen, die in seinen Bart eingeflochten waren, hüpften nach links und nach rechts. Malwine, die gerade die Kräuter in den Kessel gegeben hatte, setzte sich an seine Seite, ihre Hand auf sein Knie gelegt. Sie blickte ihren Mann fragend an.

"Nein, ich fürchte, wir werden Goraid umstimmen müssen. Auch wenn ich bis jetzt immer seiner Meinung gewesen bin, dass Handel und Offenheit der rechte Weg sind. Es scheint, dass Centigerns Weg nun der Bessere ist."

Malwine zog hörbar die Luft ein. Auch Gair blickte den Druiden erstaunt an. Ardudunum war immer ein friedlicher Handelspunkt gewesen, mit einem gut besuchten Heiligtum.

Bis jetzt hatte Aonghas immer gegen Centigerns Kriegsgelüste gewettert, sein plötzlicher Meinungsumschwung verwunderte Gair, wie auch offensichtlich die Druidin.

Ehe sie weiter über das Thema sprechen konnten, kehrte Eimhir zurück. Schweigsam richtete Malwine allen eine Schüssel mit Eintopf, während Eimhir einen Teller mit den süßen Blüten auf den Tisch stellte. Gair eilte in die Schlafkammer, die er mit Leod teilte, um eine saubere Tunika anzuziehen. Er war froh darüber, ein paar Momente alleine zu haben. Wenn selbst Aonghas dafür war, dass Ardudunum sich für Krieg wappnete, dann standen die Zeichen wahrlich schlecht.

Sie aßen schweigend. Auch Eimhir sagte kein Wort. Sie hatte ein feines Gespür für Stimmungen in einem Raum und war es gewöhnt, sich den Erwachsenen anzupassen.

Sie hatten ihr Mahl noch nicht beendet, als Leod durch die

Tür stolperte. Sein Haar war wirr, an seiner Tunika klebten Blätter, und Grasflecken zierten sie. Er grinste, schnappte sich eine Schüssel mit Eintopf und setzte sich zu den anderen an den Tisch.

"Habt ihr auch so viel getrunken wie ich?", kommentierte er das Schweigen.

Malwine lächelte ihn an, wie meist. Gair wusste, dass Leods Verhalten die Druidin amüsierte. Leod verkörperte jene Leichtigkeit, die Gair und Aonghas fehlte und die sie wohl manchmal vermisste. "Das schafft wohl keiner. Offensichtlich hast du Beltane gebührlich gefeiert."

"Oh ja. Herrliche Nacht. Ich habe viel für die Fruchtbarkeit des Landes getan."

"Wie schön", brummte Aonghas in seinen Bart. "Komm, Gair, lass uns gehen. Wenn Leod wach ist, ist es Goraid auch."

Leod warf ihnen einen fragenden Blick zu, halb bereit, aufzustehen.

"Lass nur, du und Eimhir, ihr bereitet alles für die Kräuterernte vor. Wir werden heuer mehr sammeln als die letzten Jahre."

Die Sonne schien inzwischen strahlend auf das Dorf herab. Das Haus der Druiden lag am Rande der Siedlung, gleich hinter dem Tempel. Sie gingen oberhalb des Viertels der Werkstätten und gelangten zu der leichten Anhöhe, auf der das große Langhaus des Fürsten und die Häuser der obersten Krieger standen. Rein vom Rang her hätte es Aonghas gebührt, ebenfalls hier zu leben, war er doch im Dorf das wahre Oberhaupt, auf das der Fürst hörte. Doch wie die meisten Druiden zog er die – wenn auch nur relative - Abgeschiedenheit vor.

Wann immer Gair auf diese Seite des Dorfes kam, war er aufs Neue erstaunt, dass das kleine Ardudunum ein derartig imposantes Herrenhaus besaß. Das Langhaus fasste gut fünfzig Menschen bei Versammlungen. Seine Holzwände waren dick verputzt und fast ebenso prächtig bemalt wie jene des Tempels. Das Strohdach bildete einen großen Überhang vor dem Eingang, an dessen Säulen seit Kurzem die gegerbten Köpfe zweier Krieger prangten, stolze Trophäen aus Centigerns letztem Söldner-Kriegszug für den Hochkönig Voccio.

Gair bezweifelte, dass sie heute Goraid alleine antreffen würden. Gewiss waren viele der höherrangigen Gäste des gestrigen Festes nun bei ihm zum morgendlichen Mahl, sollten sie nicht noch schlafen. Doch Aonghas ließ sich davon nicht beirren.

Die breite Türe des Hauses stand offen, wie alle Türen im Sommer. Der große Raum verfügte über einen Holzboden und war mit Teppichen geschmückt, römische Amphoren lehnten an den Wänden, in den Regalen standen prunkvolle Schalen und Gefäße. Im Gegensatz zu Aonghas' bescheidener Einrichtung sprach das Haus des Stammesobersten von erfolgreichen Handelsbeziehungen und Reichtum. Der ganze Reichtum Ardudunums konzentrierte sich hier auf dieses eine Haus, um vor Fremden Eindruck zu schinden.

Es waren weitaus weniger Menschen anwesend, als Gair vermutet hatte. Riona, Goraids Frau, stand mit zwei weiteren Frauen in der Nähe der Türe, es wirkte, als wolle sie ihre Gäste gerade verabschieden. Beide waren Fremde, ihrem Schmuck und dem Muster ihrer Gewänder nach weit aus dem Norden. Die dazugehörigen Männer saßen mit Goraid an einem niedrigen Tisch und unterhielten sich lautstark. Im Hintergrund sah Gair Kalla und Solas, Rionas dunkelhäutige Sklavin und Goraids Bursche, die damit beschäftigt waren, Reste der gestrigen Feier wegzuräumen. Centigern war nirgends zu sehen.

Aonghas blieb in der Türe stehen, wartend, dass der Fürst ihn bemerken würde. Doch es war Riona, die den Druiden zuerst begrüßte.

"Aonghas! Guten Morgen! Das Licht der Götter scheint auf dich. Dies sind zwei liebe Gäste aus der Heuneburg, ich will ihnen gerade unser Dorf zeigen, nachdem sie erst gestern angekommen sind."

Beide Frauen machten eine Verbeugung, die tief genug war, um dem Druiden die nötige Ehre zu bezeugen, aber verhalten genug, um ihren eigenen Rang zu unterstreichen.

"Goraid! Aonghas ist hier!" Die Frau des Fürsten drehte sich nach hinten, wo ihr Mann mit dem Rücken zu ihnen saß. Riona war um einiges jünger als ihr Mann, doch auch ihr Haar war bereits grau. Sie war schlank, beinahe hager, und nur selten umspielte ein Lächeln ihren Mund.

Goraids weiße Haare leuchteten fast in dem düsteren Raum. Seiner Figur sah man an, dass er gutem Essen nicht abgeneigt war, auch wenn ihm das Kauen langsam schwerfiel, da ihm einige Zähne fehlten. Er hörte nicht mehr so gut, sodass Riona ihre Worte wiederholen musste.

Mit einem strahlenden Lächeln wandte sich der Fürst der Türe zu. "Aonghas! Komm, setz dich zu uns. Es gibt noch frische Eier und Brot, Kalla, bring Aonghas einen Becher Wein."

Automatisch folgte Gair seinem Lehrer. Es war in dieser Situation ganz normal, dass weder der Fürst noch seine Frau ein Wort an den Druidenschüler richteten und seine höfliche Verbeugung zur Begrüßung nur mit einem kaum sichtbaren Nicken quittierten. Gair wusste, dass dies vor allem mit den Gästen zu tun hatte. Ein Fürst hatte sich dem Wort des Druiden zu beugen, doch vor Fremden war es wichtig zu zeigen, dass man dem Druiden ebenbürtig und seinen Schülern weit überlegen war. Dass ihre Beziehung zu Gair eine ganz andere war, war eine private Sache und nicht für Fremde bestimmt.

Aonghas nahm von Kalla den bronzenen Trinkbecher entgegen und setzte sich Goraid gegenüber. Gair nahm knapp hinter dem Druiden Platz, bewusst seine niedrigere Position betonend. Es entging ihm nicht, dass der ältere der beiden Fremden genau hinsah, als Gair sich mühsam mit seinem steifen Bein zu Boden ließ. So etwas entging ihm nie.

Der Druide sprach kein Wort, nippte nur an seinem Wein. Innerhalb kürzester Zeit verstummte auch die Unterhaltung der drei Männer, die sich wohl von Aonghas Blicken verunsichert fühlten. Aonghas konnte in Menschen lesen, und den meisten wurde unwohl, wenn er sie musterte. So auch diesmal. Der Jüngere der Beiden wischte sich über die Stirn, als wäre ihm heiß.

"Vater, ich denke, wir sollten sehen, wo unsere Frauen hingegangen sind. Wir haben die Gastfreundschaft des Fürsten lange genug beansprucht."

Auch der Vater nickte. "Ja. Gewiss sind sie bei den Händlern, besser wir sehen nach ihnen, sonst wird es teuer!" Er lachte, doch sein Lachen klang verlegen.

Alle erhoben sich, die Fremden verließen, höfliche Floskeln murmelnd, die Hütte.

Als sie sich wieder setzten, war das freundliche Lächeln von Goraids Gesicht verschwunden. "Warum verjagst du meine Gäste? Sie handeln mit Zinn, das sind wichtige Leute."

"Kann sein. Doch wir haben Wichtiges zu reden. Schick deinen Burschen weg, und das Mädchen auch."

Solas und Kalla hatten die Worte des Druiden gehört und gingen ohne weitere Aufforderung aus dem Haus. Gair erhob sich mühsam, um hinter ihnen die Türe zu schließen, doch da stand plötzlich der Sohn des Fürsten vor ihm, am Weg ins Haus. "Morgen Gair, na, schon brav gebetet heute? Sind die Götter dir endlich gnädig?"

Centigern trug nur seine Hosen, ein Tuch über der Schulter, in der Hand ein Messer und eine polierte Kupferscheibe. Offensichtlich war er beim Bach gewesen und hatte ein Bad genommen. Seine Wangen waren frisch rasiert, und sein Haar und sein Schnauzbart glänzten noch feucht.

Gair warf einen Blick zu Aonghas, der deutete ihm, dass der Fürstensohn willkommen sei.

Centigern blickte fragend in die Runde, ehe er sich einen Becher Wein holte und sich neben seinen Vater setzte. "Was gibt's Druide? Ihr macht beide so ein ernstes Gesicht, und das am Tag von Beltane!"

Aonghas breitete die Handflächen nach oben, als Zeichen, dass er göttlichen Willen sprach. "Die Tieropfer versprechen uns eine gute Ernte dieses Jahr. Doch es gibt Anzeichen für große Gefahr. Sehr große Gefahr. Als ich das Orakel genauer zu dem schlechten Omen befragte, da war Arududunum sogar verschwunden, ausgelöscht. Ob durch Krieg oder den Zorn der Götter, Unwetter oder Erdbeben, ich kann es noch nicht genau sagen. Aber die Gefahr ist groß. Der Himmel wird sich verdunkeln und nur das Unbekannte kann uns retten."

Goraid wurde blass. Seine Augen flackerten hin und her.

Centigern hingegen schien zu wachsen, als er diese Worte hörte. "Nun, siehst du Vater, ich hab's ja immer gesagt, wir müssen besser gewappnet sein! Mit Handel allein wirst du unseren Untergang nicht verhindern."

Es entspann sich eine heftige Diskussion. Goraid fühlte sich von Aonghas betrogen, weil dieser nun Centigern zustimmte, dass es nötig sei, die Verteidigungsanlagen zu verstärken und die Männer im Kampf zu üben. "Was nützen uns Verteidigungsanlagen gegen den Zorn der Götter oder ein Beben der Erde? Auch Krieger können ein Unwetter nicht besiegen!"

"Ja, aber für den Fall, dass die Gefahr durch Krieg droht, können sie unsere Rettung sein", erwiderte der Druide.

"Für den Fall, ja, aber wer sagt, dass dies der Fall sein wird? Noreia hat uns noch immer beschützt. Solange wir ihr dienen und dem Frieden, wird uns nichts geschehen." Der alte Fürst zitterte regelrecht vor Aufregung. Es war ihm anzusehen, dass er überfordert war. Nicht nur sein Sohn stellte sich nun gegen seine Art, das Dorf zu leiten, auch sein Druide. "Gerade unsere schwache Palisade war immer unsere Stärke. Jeder konnte sehen, wie sehr wir den Göttern vertrauen, und keiner hat es bis jetzt gewagt, sich gegen die Götter zu stellen und uns anzugreifen. Ich sage, gerade wenn wir die Palisade verstärken und die Menschen sehen, dass wir uns zum Kampf rüsten, gerade dann werden sie uns angreifen!"

Gair hatte Mitleid mit dem alten Mann und sollte doch auf Centigerns Seite stehen und für ihn sprechen. Im weiteren Verlauf des Gesprächs merkte er, dass er versuchte abzuschwächen, den Fürsten zu beruhigen. Wiederholt sprach er von dem Einen, das noch im Dunkel lag.

Centigern musterte ihn kritisch. "Was ist, Gair, was ist aus dem Krieger von früher geworden? Dem, der jeden Zweikampf gewann, der der Schlacht entgegenlechzte wie ein Säugling der Mutterbrust? Ist aus dir ein Hase geworden, der sich in seinem Bau versteckt, sobald Gewitterwolken aufziehen?" Er spuckte in Richtung seines Milchbruders.

Gair blickte dem Fürstensohn fest ins Gesicht. Früher hätte er auf solch eine Beleidigung mit einem Fausthieb oder Schwertstreich reagiert, nun sagte er nur, die Kiefer zusammengepresst: "Dieser Krieger ist tot, Centigern. Begraben unter seiner Stute auf dem Schlachtfeld. Es wird Zeit, dass du das zur Kenntnis nimmst."

Centigern schnaubte verächtlich und wandte sich von dem Druidenschüler ab. "Vater, wir können uns nicht auf irgendwelche Dinge, die noch im Dunkel liegen, verlassen. Wir müssen die Palisade verstärken, die Kriegerschar vergrößern. Ich kann Männer heranschaffen. Mein Seher, Enrik, hat mir vorausgesagt, dass ich siegreich sein werde, dass ich Großes erreiche. Nun ist die Zeit gekommen, es zu beweisen. Ardudunum darf nicht untergehen!"

Centigern redete auf seinen Vater ein, wurde immer lauter und heftiger.

Doch der alte Fürst beharrte auf seinem Standpunkt: "Ja, du bist in Bragnreica aufgewachsen, dort haben sie dir Kriegslust beigebracht. Doch wir hier in Ardudunum, wir haben immer wohl getan, uns auf unser Handelsgeschick und auf Noreia zu verlassen. Und Noreia wird uns auch nun nicht im Stich lassen, da bin ich sicher!"

"Dein Druide hat mich damals nach Bragnreica geschickt, und er wird schon gewusst haben, warum, Vater. Die Zeiten ändern sich. Sieh doch, wenn selbst Aonghas sagt, dass wir uns rüsten müssen. Du bist alt, natürlich kannst du keine Schlacht mehr leiten, sollte es nötig sein. Aber ich bin jung. Ich bin ein hervorragender Krieger, das weißt du, das habe ich in vielen Schlachten als Söldner bewiesen. Übergib endlich mir die Fürstenehre!"

"Nein, gewiss nicht, noch nicht. Wenn es unbedingt nötig sein wird, ja, aber noch nicht. Du bist zu unüberlegt, zu stürmisch. Dir geht es um Trophäen, nicht um dein Volk."

Centigern sprang auf, seine Handbewegung umfasste den Raum mit seinen prunkvollen Wandteppichen, Amphoren und wertvollen Bronzeschalen. "Sind das etwa keine Trophäen? Willst du etwa nicht beweisen, dass du der Beste bist?"

Goraids Gesicht hatte sich rot gefärbt vor Zorn. "Es ist wohl ein Unterschied, ob ich der Fürst des besten Handelsortes vor den Alpen bin, ein guter Versorger meines Stammes, oder ein kriegssüchtiger Kämpfer, der nur an sich und seinen eigenen Ruhm denkt!"

Centigern schmiss den Becher Wein, den er noch in Händen hielt, gegen die Wand. Die rote Flüssigkeit hinterließ einen an Blut erinnernden Fleck auf dem weißen Putz. "Du wirst schon sehen, was du davon hast, mich nicht zum Fürsten zu machen! Betteln wirst du kommen, dass ich dich und Ardudunum rette, und ja, ich werde es tun, also hindere mich nicht! Du bist alt! Wie schnell stirbt man, wenn man so alt ist!"

Der Fürstensohn stürmte aus dem Haus. Draußen konnte man ihn nach seinen Männern und Enrik schreien hören. Hatte er gerade damit gedroht, seinen Vater zu ermorden?

"Seine Mutter hat ihn verzogen, völlig verzogen. Trotziger Hitzkopf! Ich bin seit dreißig Sommern Fürst, und Ardudunum ist es in der Zeit Sommer für Sommer besser gegangen!"

"Da hast du recht, Goraid. Dennoch. Es kann nicht schaden, die Palisade zu verstärken ...", versuchte Aonghas das Thema wieder auf den Tisch zu bringen.

Ein bitterböser Blick des alten Mannes traf ihn. "Geh! Ich brauch deinen Rat nun nicht. Ich werde selbst nachdenken."

Gair und Aonghas verließen das Haus, begleitet vom brummelnden Schimpfen ihres Fürsten.

"Er wird sich beruhigen, keine Sorge. Er braust immer schnell auf, und am Ende tut er das, was du willst." Gair versuchte, seinen Meister zu besänftigen, dessen Stirn von tiefen Furchen bedeckt war.

"Kann sein. Kann auch nicht sein. Centigern hat recht, Goraid ist alt, unfähig, sich geänderten Situationen anzupassen. Das Beste wird sein, wir beschäftigen ihn mit Nebensächlichkeiten, damit Centigern tun kann, was er für nötig hält."

Gairs Blick musste wohl Verwunderung ausdrücken, denn Aonghas zuckte die Schultern. "Ich bin auch alt, Gair. Ich habe keine Erfahrung mit Krieg. Mir war der seltene Luxus eines Lebens in Frieden vergönnt. Mir fällt im Moment nichts Besseres ein."

Gair und Aonghas trennten sich vor dem Tempel. Der Druide wollte eine Weile alleine im Heiligtum sein. Gair war zu aufgewühlt, um ins Haus zu gehen oder mit Leod und Eimhir Kräuter zu sammeln. Er schlenderte durch das Dorf, auf der Suche nach Ablenkung.

Das Fest des Vorabends hielt immer noch an, fahrende Händler hatten ihre Stände aufgebaut, zwischen Bäumen waren große Tücher gespannt, unter denen getrunken und gespeist wurde. Viele Feuer brannten, über denen Eintopf im Kessel schmorte oder Hasen und Eichhörnchen gebraten wurden. Die Stimmung war fröhlich und ausgelassen und passte so gar nicht zu Gairs Innersten. All dies war in Gefahr, vielleicht nicht sofort, nicht morgen oder nächsten Mond, aber bald genug, dass es ihnen Sorgen bereiten musste.

Bei all dem Duft hier verspürte er keinen Hunger. Er spazierte weiter, in die Nähe der Felder, die innerhalb der Palisade lagen. Emmer und Dinkel gediehen der Jahreszeit entsprechend, fast besser als sonst. Zumindest hier keine Spur von besorgniserregenden Anzeichen. Am Rand der Felder übten einige junge Burschen sich im Speerwurf. Gair trat zu ihnen und beobachtete sie. Ein etwa Zehnjähriger hielt ihm seinen Speer hin. Gair wog ihn prüfend in der Hand, lächelte, und warf. Die Spitze steckte zielgenau in dem Strohsack, den sie an einem Baum montiert hatten. Die Jungen jubelten. Doch Gair jubelte nicht mit ihnen, denn plötzlich dröhnte sein Kopf und er sah sie, kaum älter, mit Speeren bewaffnet in den Kampf ziehend. Einige von ihnen würden zu großem Ruhm kommen und am Schlachtfeld sterben, andere würden so wie er zum Krüppel werden. Hatte er in ihrem Alter es auch kaum erwarten können, Krieger zu werden, nun empfand er Bitterkeit.

Rasch wandte er sich ab und ging weiter. Oben auf dem höchsten Punkt des Dorfes, auf dem Gipfel des Culm, an dessen steile Hänge sich Ardudunum schmiegte, saß eine Gruppe Kinder und Erwachsener auf der Wiese zwischen den beiden großen Bäumen. In ihrer Mitte stand eine Frau, ihre Arme flogen durch die Luft, ihre Hände formten Figuren. Angezogen von den Gesten und den gebannten Gesichtern der Zuschauer näherte sich Gair.

"Ich habe nie behauptet, dass es einfach wird, sagte das Pferd. Tagg machte sich also auf den Weg in das silberne Schloss, vorbei an den schlafenden Wächtern. Wie er auf jeden Schritt achten musste! Das kleinste Geräusch könnte ihn verraten und sein Schicksal besiegeln. Endlich erreichte er die große Halle. Wie prunkvoll sie war! Und in der Mitte der Halle, auf ihrem Thron, da saßen der Herrscher und seine Frau. Auch sie schliefen, betäubt von den lieblichen Klängen von Taggs Flöte. Er näherte sich – vorsichtig – Schritt für Schritt. Er stand neben der Herrscherin, an ihrem Arm prangten wunderbare

Armreifen, aus blauem und gelbem Glas. Einen, nur einen dieser prächtigen, wertvollen Armreifen musste er schaffen, ihr abzunehmen. Dann könnte er zu dem Riesen zurückkehren und die schöne Maid befreien."

Die Frau mochte an die zwanzig sein, ihre hellbraunen Haare waren zu einem Zopf geflochten, der ihr bis zur Taille reichte und mit ihren Bewegungen hin und her wippte. Ihre grünen Augen blitzten, ihr ganzer Körper drückte Freude und Begeisterung aus. Gair ließ sich nieder, gebannt zuhörend. Er vergaß ganz auf seine Sorgen, so ging er in der Geschichte auf. Die Stimme der Erzählerin trug ihn weit fort. Wie in Trance saßen sie alle da.

Als die Geschichte zu Ende war, brach Jubel aus.

Lachend verbeugte sich die Erzählerin und scheuchte die Zuhörer freundlich in Richtung der Händler. "Los, dort geht es weiter! Meine Schwestern Fia und Una werden euch noch ganz andere Geschichten erzählen!"

Die Menge zerstreute sich, nur Gair blieb sitzen. Seine Gedanken hingen der Geschichte nach, die er eben gehört hatte. Die Beine von sich gestreckt, die Ellenbogen im Gras aufgestützt, blickte er vor sich hin und merkte gar nicht, dass sich jemand neben ihm niederließ.

"Nun, dich zieht es nicht zu den Händlern? Faolan hat wunderbaren Glasschmuck aus Etrurien, gerade solchen, wie die Fürstin in meiner Geschichte."

Gair wandte den Kopf zur Seite. Da saß sie, die Erzählerin. Ihr Zopf fiel über die Schulter nach vorne und sie spielte mit den Bändern, die in ihre Haare eingeflochten waren. Der Druidenschüler sah sie lange an, musterte sie von oben bis unten. Etwas war an ihr, das seinen Blick fesselte, doch er konnte nicht sagen, was. Ihre Tunika war schlicht, ein Grün wie von Brennnesseln, kein Muster, keine Borten. Sie trug kein Überkleid, das die Frauen sonst nur bei großer Hitze ablegten. Auch der Gürtel war nichts Besseres als geflochtene Lederstreifen. Doch ihre Haltung war aufrecht, wie sie da so neben ihm kniete. Aber das Interessanteste waren ihre Augen. Sie schienen zu leuchten. Und sie kamen ihm bekannt vor, unglaublich bekannt.

"Was ist, hat es dir die Rede verschlagen? Dann solltest du

erst recht zu Faolan schauen, er hat alle möglichen Elixiere, gewiss auch etwas für Sprachlosigkeit."

"Danke, nicht nötig."

"Oh, er spricht! Ich hatte schon Sorge, ich hätte dich im Land der Geschichten zurückgelassen. - Lach nicht, das kann geschehen. Ich habe schon Leute erlebt, deren Seele einfach nicht mehr zurückkommen wollte. Das Land der Geschichten kann genauso gefährlich sein wie das Land der Sidhe."

"Nun, dann sind wohl Geschichten über die Sidhe das Allergefährlichste."

"Du machst dich über mich lustig, nicht? Aber im Ernst, du hast doch sicher auch schon von Menschen gehört, die vom Kleinen Volk entführt wurden und erst wieder den Weg zurückfanden, als all ihre Familien längst verstorben waren, obwohl sie selbst das Gefühl hatten, nur ein paar Tage weg gewesen zu sein."

"Natürlich, das sind die alten Legenden über die Sidhe, die man den Kindern erzählt." Gair setzte sich weiter auf. Er war sich nicht ganz sicher, ob die Erzählerin es ernst meinte oder nur mit ihm herumflachste.

"Und, woher kommen wohl die Legenden? Aus wahren Geschichten. Aber keine Sorge, du bist ja wohlbehalten wieder hier in Ardudunum gelandet. Obwohl ich dir sagen muss, dass wir inzwischen das Jahr zweiunddreißig der Herrschaft des Voccio schreiben." Ihr Grinsen war nun eindeutig.

"Das freut mich, denn dann hat sich Ardudunum gut gehalten, seit du mich vor 25 Sommern im Land der Geschichten zurückgelassen hast."

Nun blickte sie verwirrt. Sie hatte offenbar nicht damit gerechnet, dass er auf ihren Scherz einstieg. Gair grinste.

"Ach, du ..." Sie änderte ihre Sitzposition. Zupfte eine Spitzwegerichblüte ab, die vor ihr den Kopf aus der Wiese streckte.

"Bist du von hier?"

Gair nickte.

"Es ist traumhaft hier. Allein diese Aussicht! Ich habe das Gefühl, wenn ich nicht aufpasse, dann erhebe ich mich wie ein Vogel in die Lüfte. Ich glaube, dies ist der schönste Ort, an dem ich je war."

"Daraus schließe ich, dass du das erste Mal in Ardudunum bist?"

"Ja."

"Also bist du nicht aus der Gegend."

"Nein. Wir sind reisende Händler. Faolan treibt regen Handel zwischen den Römern und den Stämmen Noricums."

"Dacht ich mir schon, dass du was mit diesem Faolan zu tun hast, sosehr wie du ihn gepriesen hast. Ist er dein Vater?" Gair warf einen Blick zu den Wagen hinüber, an denen Waren feilgeboten wurden. Es war nicht ersichtlich, welcher diesem Faolan gehörte.

"Da mögen die Götter davor sein, nein!" Die Erzählerin schlug sich die Hand vor den Mund und warf ebenfalls einen Blick zu den Wagen, wie um sicherzugehen, dass sie niemand gehört hatte. Dann wandte sie sich Gair wieder zu und lächelte ihn an, den Kopf leicht zur Seite geneigt. "Magst du mir nicht ein wenig von eurem schönen Dorf zeigen? Ich würde auch gerne Noreia ein Opfer darbringen."

Plötzlich schien sie Gair älter als die Zeit davor. Hatte sie bis jetzt nach einem jungen Mädchen gewirkt, so klang sie nun plötzlich nach der erwachsenen Frau, die sie war.

Eigentlich wollte Gair ihr nicht das Dorf zeigen. Oder genauer gesagt, er hatte nichts dagegen, ihr das Dorf zu zeigen, wohl aber, nun aufzustehen und sich als Krüppel zu offenbaren. Es war das erste Mal seit sehr langer Zeit gewesen, dass er so mit einer Frau geschäkert hatte.

Doch die Erzählerin stand bereits und hielt ihm ihre Hand entgegen. Er ignorierte sie und erhob sich, wie immer ungelenk. Aus den Augenwinkeln behielt er sie in seinem Blick. Ja, sie erschrak kurz. Doch als er stand, verbeugte sie sich leicht. "Ich bin übrigens Aislin, Wegbereiterin ins Land der Geschichten, Gehilfin des Faolan, Händler für edelste Güter."

Gair erwiderte die Verbeugung. "Gair, Sohn des Fionghall, Schüler des Druiden Aonghas."

Noch einmal warf Aislin einen Blick zu den Wagen. Sie wippte auf ihren bloßen Füßen auf und ab, als wolle sie gleich losrennen.

"Nun, Aislin, was willst du sehen?"

"Egal was, alles."

Gair führte sie durch das Dorf. Er zeigte ihr das Langhaus, die Wohnhäuser, die Werkstätten. Er erzählte ihr von den Menschen in Ardudunum und ihren Gewohnheiten und wunderte sich, dass er so gesprächig war. Die gute Laune der Fremden war ansteckend und sie lachten und scherzten die meiste Zeit.

Als sie zu den Werkstätten kamen, fühlte sich Gair ein wenig befangen. Gleich das erste Haus in der Reihe der Hütten war das seiner Mutter. Hier war Gair aufgewachsen, inmitten der Holzwerkstatt. Hier hatte er die ersten Jahre seines Lebens damit verbracht, mit den Holzspänen zu spielen, dem Holzwerker zur Hand zu gehen und die Drehbank anzutreiben. Seine Mutter war nirgends zu sehen und Gair verspürte auch keinerlei Bedürfnis, sich bemerkbar zu machen.

Doch Aislin betrachtete alles aufmerksam. "Das ist aber ungewöhnlich, dass diese Werkstätte zwei Eingangstüren hat, oder?"

Gair seufzte. "Das ist der Holzwerker. Rechts, das ist die Werkstatt, dort arbeitet und lebt er mit seinem Lehrling. Die linke Türe – nun, früher gehörte das zur Werkstatt dazu, es war die Schlafkammer. Nun lebt die Frau des früheren Holzwerkers dort, die Kammer ist jetzt ihr ganzes Heim, und so haben sie eine neue Türe geschaffen, damit sie nicht immer durch die Werkstatt laufen muss. Daneben, das ist die Töpferei, normalerweise sitzt da die ganze Familie vor dem Haus, die Eltern und alle fünf Kinder, und arbeitet an Schalen und Krügen. Nun, heute sind wohl alle bei den Feierlichkeiten."

Der Brennofen der Töpferei, in einer überdachten Grube gelegen, bildete den Übergang zu der Schmiede, der größten Werkstätte in Ardudunum. Auch hier arbeitete heute niemand, kein Feuer brannte in der Esse und der große Blasebalg gab nicht sein stetiges Ächzen von sich.

Neben der Schmiede befand sich eine kleine Hütte, umgeben von Felsbrocken, die zwischen Haufen kleinerer Steine hervorragten. Ein riesiger Mann mit kurz geschorenen Haaren stand an einem der großen Brocken und bearbeitete ihn mit Hammer und Meißel.

"Das ist Clach, der Steinmetz. Er lebt hier allein mit seiner Mutter. Sie ist sonderbar, und er – nun, man sagt, er ist blöde.

Lass uns weitergehen."

Doch Aislin blieb stehen. Sie betrachtete die Felsbrocken, in die der Steinmetz verschlungene Linien und Muster gemeißelt hatte. Sie trat näher an den Hünen heran. Er drehte sich zu ihr um, erst leicht erschrocken, dann begrüßte er sie mit einem Grinsen von einem Ohr zum anderen. Er grunzte.

Aislin nickte ihm zu. Gair blieb in ihrer Nähe stehen, bereit, sie zu beschützen, sollte der Riese in seiner ungestümen Art auf die Erzählerin losgehen.

"Guten Tag Steinmetz Clach. Du arbeitest selbst an einem Festtag wie diesem? Wie fleißig!"

Clach nickte. Er deutete auf seinen Kopf, grinste.

"Du hattest eine Idee, die du gleich umsetzen musstest?"

Die Augen des Riesen weiteten sich. Er war es offensichtlich nicht gewohnt, dass Fremde ihn verstanden. Er nickte, deutete auf den Felsbrocken, grunzte unverständlich.

Aislin trat näher an den Felsen heran, fuhr mit den Fingern die Linien nach. Selbst Gair konnte auf die Entfernung zwei Figuren erkennen, die gerade Gestalt annahmen.

"Oh, ich wünschte, ich könnte es sehen, wenn es fertig ist! Mir scheint, du erzählst genauso Geschichten wie ich. Du bist wahrlich gesegnet, denn deine Geschichten bleiben für die Ewigkeit, während meine mit dem Wind davonwehen."

Täuschte Gair sich oder errötete der Hüne? Dessen Blick ging zu Boden und er begann, nervös hin und her zu wippen.

Aislin legte ihre Hand auf seinen Oberarm. Er sah auf.

"Ich freu mich sehr, dich kennengelernt zu haben. Deine Meißelarbeit ist wunderschön."

Wieder grinste der Steinmetz. Er machte Anstalten, mit weit ausgebreiteten Armen Aislin zu umarmen, Meißel und Hammer noch in den Händen. Gair zog die Erzählerin rasch fort.

"Wir müssen weiter Aislin." Clach blieb zurück, die Arme noch in der Luft.

"Du musst vorsichtig sein bei ihm."

"Wieso, er ist doch nett. Und ein begnadeter Künstler."

"Er ist unberechenbar. Er hat Leuten schon den Schädel eingeschlagen. Er meint es meistens nicht böse, aber er kann seine Kraft nicht kontrollieren. Hast du seine Hände gesehen? Er zerdrückt deinen Hals wie nichts. Er ist kein Umgang für zarte Frauen." Gair wusste selbst nicht, warum er sich so in einen Strudel redete.

Aislin blickte zurück. Clach stand noch da und sah ihnen nach. Als sie sich wieder wegdrehte, winkte er, doch nur Gair sah es.

"Auch euer Fürst hat Leuten den Schädel eingeschlagen, deren Köpfe hängen sogar vor dem Langhaus, wie bei einigen der Kriegerhäuser. Das finden doch alle großartig, oder?"

"Das ist etwas anderes. Centigern ist Krieger, er kämpft gegen Feinde, Krieger verteidigen das Gute. Clach hat einen Fremden angegangen, der in Ardudunum zu Gast war."

"Und weshalb?"

"Das weiß keiner." Gair wurde diese Unterhaltung langsam unangenehm, er hätte gerne das Thema gewechselt.

"Na eben. Vielleicht hat er auch wie ein Krieger nur das Gute verteidigt. Wir sind alle Kinder der Götter, und jemand wie er ist ein besonderes Kind, gesegnet mit einer Gabe, geprüft mit einem Fluch."

Gair blieb stehen und sah sie lange an. Der Satz klang tief in ihm nach. Dann nickte er. "So hab ich das noch nicht gesehen. Trotzdem, er ist nicht Herr seiner Kraft."

Sie gingen langsam, Gairs Hinken angemessen. Zumindest er ging langsam, die Frau an seiner Seite kam ihm vor wie ein kleines Fass Bier, das man zu stark geschüttelt hatte. Oder wie ein junger Hund, der am liebsten vor und zurück rannte. Sie tanzte um ihn herum, eilte bald hierhin und bald dorthin.

"Hast du immer so viel Energie?" Gair lehnte sich an die Südwand des Langhauses, zu dem sie ihr Weg zurückgeführt hatte. Hier stand man fast am höchsten Punkt des Dorfes und hatte einen wunderbaren Blick über die Palisade hinweg.

Aislin schien die Aussicht in sich aufzusaugen, ehe sie sich neben ihn an die Wand lehnte.

"Nein, meistens nicht. Aber irgendetwas ist in der Luft. Es muss Beltane sein, und der Vollmond. Oder der Wein, den ich gestern Nacht getrunken habe. Oder du. Aber mir ist, als hätte ich Ameisen im Bauch. Wie kurz vor einem Gewitter, kennst du dieses Gefühl?" Sie blickte in den Himmel, der blauer nicht sein konnte.

Gair nickte. Ein Gewitter, ja, das war es. Er schloss kurz die

Augen, um die Bilder eines brennenden Ardudunums in seinem Innersten zu versperren. Als er sie wieder öffnete, waren da zwei grüne Seen vor ihm. Wo hatte er diese Augen nur schon gesehen?

Er spürte ihre Hände, die auf seiner Brust lagen. Einfach da lagen, nicht aufreizend, einfach da lagen und eine ungeheure Wärme ausstrahlten. Und er spürte ihre nackten Zehen, die an seine stießen.

"Du bist auch ein besonderes Kind der Götter, nicht wahr, Druidenschüler? Du hast ein nettes Lächeln."

Gair antwortete nicht. Seine Hände legten sich sanft auf ihre Hüften. Sie ließ es geschehen, schob sich noch näher an ihn ran. Legte ihren Kopf an seine Schulter. Ihre Finger fuhren die Narben auf seinem Schwertarm nach.

"Und du riechst gut. Ich könnte ewig hier stehen."

Gair drückte ihr einen leichten Kuss auf die Haare. Dann musste er lachen. "Du und ewig hier stehen! Das wäre als würde man einen Fluss zum Stillstand bringen."

"Glaub mir, ich bin nicht immer so. Aber heute – heute ist ein Schicksalstag. Zumindest für mich, glaube ich."

Und dann spürte er einen sanften Kuss auf seinen Lippen. Er wollte ihn erwidern, doch da löste sie sich bereits von ihm.

"Ich muss wieder Kunden für Faolan fangen gehen. Kannst du für mich dies Noreia opfern? Auf dass sich mein Schicksal hier zum Guten wende. Danke, Gair, Druidenschüler!"

Etwas wurde in seine Hand gedrückt, dann stand er alleine da. Der lange Zopf wehte hinter der Erzählerin her, als sie zurück zur großen Wiese lief. Gair öffnete seine Hand. Es war ein Stück Holz, kaum so lang, wie seine Hand breit war, an einem Ende angekohlt. Als hätte sie es aus einem der vielen Feuer gezogen. Und das sollte ein Opfer für Noreia sein? Was für eine verrückte Frau!

Kopfschüttelnd schob Gair das Hölzchen unter seinen Gürtel. Noreia käme sich verhöhnt vor, wenn er dies opferte.

Ein Blick nach oben sagte ihm, dass er noch eine Weile Zeit hatte, ehe die Sonne ihren höchsten Stand erreichte. So schlenderte er zurück zur großen Wiese, wo sich bereits wieder eine Menge Menschen rund um Aislin niedergelassen hatte.

Gair blieb am Rande stehen und beobachtete die Erzählerin.

Sie hatte sich zu den Kindern gebeugt, die direkt vor ihr saßen, und schien ihnen etwas in einem unsichtbaren Beutel zu zeigen. "Seht ihr, es sieht aus wie Puffbohnen, doch lasst euch nicht täuschen! Blickt tiefer und ihr seht kleine, schwarze Punkte – Pfeffer! Wertvollen Pfeffer aus fernen Ländern, dessen Gewicht mit Gold aufgewogen wird! Dieser Pfeffer war es, der Rhutar das Leben rettete!"

Gair wanderte weiter. Ein Grinsen schlich sich in sein Gesicht. Er strebte den Wagen der Händler zu, begierig, Faolans Stand ausfindig zu machen. Wäre Leod bei ihm, er würde mit ihm wetten, dass der Händler in seinem Sortiment Pfeffer führte.

Rund um die große Wiese standen einige Ochsenfuhrwerke, die den fahrenden Händlern sowohl als Verkaufsstand als auch als Wohnung dienten. Alles konnte man hier erstehen, gegen Münzen oder Tausch. Gewürze, Schmuck, Waffen, Stoffe. Menschen drängten sich vor den einzelnen Händlern, oft nicht um zu kaufen, sondern nur um zu schauen. Vieles war unerschwinglich für die Bauern und Handwerker, doch der Goban erstand gerade eine Amphore Wein aus Etrurien, als Schmied zählte er zu den reichsten Bürgern Ardudunums. Auch die Fürstin stand mit ihrer Sklavin Kalla vor einem Stand, sie tauschte einen ihrer prächtig gewebten Stoffe gegen Gewürze. Mochte Ardudunum sonst auch nur etwa zweihundert Bewohner zählen, nun zu den Feierlichkeiten befanden sich sicher mehr als doppelt so viele Menschen hier und die Händler machten gute Geschäfte.

Nach einer Weile war sich Gair sicher, Faolans Stand entdeckt zu haben. Zwei Mädchen in ähnlich schlichten Tuniken wie Aislin standen dahinter, doch diese beiden waren reich mit Armringen geschmückt, die aus bunten Glasperlen bestanden. Jene Armreifen, von denen Aislin in ihrer ersten Geschichte erzählt hatte. Gair wartete, bis niemand von den beiden bedient werden wollte, dann näherte er sich dem Wagen. Er musterte die beiden Mädchen, hatte Aislin sie doch als ihre Schwestern bezeichnet. Aber er konnte keinerlei Ähnlichkeit zwischen den drei Frauen erkennen. Die eine war dunkelhaarig wie die Nacht, mit schwarzen Augen, die andere blass und bleich wie Stroh in einem verregneten Sommer.

"Gefallen sie dir? Sie verkaufen nicht nur Schmuck und Gewürze. Wenn du mehr willst ..." Der Satz blieb in der Luft hängen und Gair blickte zu dem Mann, der an der Ecke des Wagens lehnte und ihn musterte. Das musste also der gerühmte Faolan sein. Er war wohlbeleibt, mehr ein dicker Bär als ein kleiner Fuchs, was sein Name ja bedeutete. Nun, vielleicht war er eher geistig ein Fuchs, schlau und hinterlistig.

"Oh, nein, danke, ich sprach nur gerade mit Aislin und hab überlegt ..."

"Tut mir leid, Aislin ist nicht zu haben. Die ist keusch."

Die Dunkle der beiden Frauen wandte sich nun an ihn. "Oder bist du schon vergeben? Hast eine Liebste? Suchst ein Geschenk für sie? Was hältst du von diesem Armreif, der würde ihr doch gewiss gefallen."

"Ich bin weder an Schmuck noch an euch interessiert."

Die Strohblasse warf der Dunklen einen Blick zu, der Bände sprach. Die Mädchen kicherten.

Verärgert drehte Gair sich um und ging weg. Die Erzählerin passte ja wunderbar zu diesem verrückten Haufen.

Im Haus des Druiden waren Leod und Eimhir bereits eifrig damit beschäftigt, die ersten gesammelten Kräuter zum Trocknen auszubreiten. Malwine prüfte sorgfältig die Qualität, nickte und begann, der Gundelrebe die Blätter abzurupfen. Auf einem Tisch stand der Mörser bereit, in dem sie die Kräuter zu Brei verarbeiten würde, der dann in den ebenfalls schon bereitstehenden Krügen mit Essig bis zum nächsten Vollmond ziehen würde.

"Kennst du die Gesänge zum Mörsern der Gundelrebe?", fragte die Druidin Gair, als dieser ins Haus trat. "Dann könntest du mir hier helfen, während Leod und Eimhir Holler sammeln gehen."

Gair nickte, doch Leod erhob Einspruch. "Er darf im angenehmen Kühlen sitzen, während wir in der prallen Sonne arbeiten müssen? Das ist also der Lohn dafür, dass er zu spät kommt?"

"Lass ihn", wandte Eimhir ein. "Mit seinem Knie braucht er zehn Mal so lang, bis er die Kräuter gesammelt hat."

"So ein Krüppel, der hat's gut", brummte Leod, nahm aber seinen Rückenkorb und folgte Eimhir ins Freie.

Der Tag neigte sich dem Abend zu. Morgen würden die Festlichkeiten zu Ende gehen, doch heute wurde noch einmal richtig gefeiert. Überall Fackeln und Lagerfeuer, auf der großen Wiese hatte sich eine Gruppe Musikanten eingefunden, die mit Trommeln und Flöten für Stimmung sorgte. Die Menschen tanzten und tranken.

Obwohl Gair müde war, so zog ihn doch etwas zu dem Fest. Er hatte die ganze Zeit beim Kräuterverarbeiten an diese verrückte Erzählerin denken müssen. An ihre Augen, die ihm so bekannt vorkamen. An ihre Worte von einem Gewitter, an ihre Art, die so sprudelnd und aufgeregt gewesen war. Und an den Hauch von einem Kuss. Auch wenn er es sich nicht gerne eingestand, sie wiederzusehen war der Hauptgrund, warum er nach der Abendzeremonie noch einmal das Haus verließ.

An Faolans Wagen waren die Planen heruntergelassen. Gair schlenderte weiter. Er sah Leod, der mit einer blonden Fremden schäkerte. Er grüßte höflich einige Bewohner Ardudunums. In der Ferne sah er die Gäste Goraids, die er heute Morgen in dessen Haus getroffen hatte.

Und dann erblickte er sie auf der Tanzfläche. Sie tanzte so lebhaft und freudig, wie sie erzählte. Mit einem Mann, der eine edle Tunika über seinen Hosen trug, dessen Arme von goldenen Reifen umschlungen waren, dessen Schwert in einer glänzenden Scheide steckte. Centigern, der Sohn Goraids, zukünftiger Fürst Ardudunums.

Aislin strahlte und Centigern lachte, wirbelte sie um sich, schlang seine Arme um ihre Taille.

Gair stand am Rande der Tanzfläche, inmitten derer, die das muntere Treiben nur beobachteten, statt selbst mitzumachen. Mitmachen, für ihn so und so eine Unmöglichkeit. Unmöglich nicht nur, weil keiner es wagen würde, Centigern die Tanzpartnerin abzulösen, unmöglich auch, weil er mit seinem steifen Bein auf der Tanzfläche nicht einmal als Witzfigur gut war. Es verwunderte ihn nur, dass es ihn nicht gleichgültig ließ, diese Frau da in Centigerns Armen zu sehen. Ja, sie war hübsch und zart, ja, sie hatte ihn geküsst, aber was soll's, das hatten schon viele, früher, ehe ... Ja, ehe. Damals. Da war auch er dort draußen gewesen, angefeuert von den Trommeln, den Gesängen und Jubelrufen. Da hatte auch er ein Mädchen im Arm gehalten, nicht nur zu Beltane, bei jedem Fest. Er wollte sich abwenden, doch schaffte es nicht. Wie um sich selbst zu quälen, musste er dem Fürstensohn und der Erzählerin zusehen, wie sie sich da im Feuerschein drehten und umgarnten.

Ihm gegenüber entdeckte er noch jemanden, der das Paar genau beobachtete. Enrik, den Seher Centigerns. In den dunklen Umhang gehüllt, den der Seher so gut wie immer trug, verschmolz er fast in der Menge. Im nächsten Moment schoben sich Tänzer vor Gair und verdeckten ihm die Sicht.

"Eine hübsche Frau, nicht?"

Gair zuckte zusammen. Er hatte nicht bemerkt, dass Aonghas und Malwine sich neben ihn gestellt hatten.

"Wer?"

Aonghas schmunzelte. "Die, die du die ganze Zeit anstarrst. Was siehst du in ihr?"

Gair verschränkte die Arme. "Du bist der Menschenleser, sag du es mir." Er spürte, wie trotzig seine Stimme klang.

"Nun, bei mir ist es eine Gabe, aber du solltest deine Menschenkenntnis schulen. Wie ist sie?"

Gair seufzte. "Fröhlich. Leicht. Ihre Füße scheinen kaum den Boden zu berühren. Sie lacht, sie strahlt. Offenbar genießt sie das Leben, kennt keine Sorgen."

Der Druide schwieg und beobachtete die Tänzer. Gair hatte keine Lust, noch weitere Angaben zu machen, obwohl sein Lehrmeister darauf zu warten schien.

"Ja, so scheint es", nickte Aonghas schließlich bedächtig.

"So scheint es?" Gair wandte sich nun dem Druiden zu. "Wieso nur scheint es?"

"Weil es eine Maske ist. Das ist nicht sie. Zumindest nicht normalerweise."

"Achja? Sie war den ganzen Tag so. Ameisen im Bauch nannte sie es, wie vor einem Gewitter sagte sie. Warum sollte sie den ganzen Tag eine Maske tragen?"

Malwine, die ihrem Gespräch mit einem Ohr gelauscht hatte, bemerkte sachlich: "Rosenwurz aus den Bergen. Ich wette, sie hatte riesige Pupillen und konnte nicht ruhig stehen."

Gair konnte nicht verhindern, dass sich sein Mund angewidert verzog.

Aonghas lachte: "Man braucht nur den Namen einer berauschenden Pflanze nennen und es beutelt dich."

"Ich mag das eben nicht." Gair zuckte mit den Schultern.

"Jaja, immer die Kontrolle behalten, das ist unser Gair."

"Ich verstehe einfach nicht, wie jemand freiwillig – und wozu?"

"Malwine hat nichts von freiwillig gesagt. Sie muss nicht mal wissen, dass sie Rosenwurz genommen hat. Und wozu? Weil Faolan ein gerissener Fuchs ist. Seit ein paar Jahren hält er sich Mädchen, um die Verkäufe anzukurbeln. Da ist die Jüngste, schüchtern, scheu – auch eine Maske, aber eine, die dem Mädchen sehr gelegen kommt. Dann die Schwarzhaarige, rassig, wollüstig. Und die Brünette, fröhlich, unverfänglich. Für jeden etwas."

Die Musik pausierte. Centigern spazierte mit der Erzählerin zu einem der Feuer, wo man Wein ausschenkte. Die schwarzhaarige Schwester der Erzählerin wartete dort schon und schlang dem Fürstensohn die Arme um den Hals, küsste ihn auf die lachenden Lippen.

Gair warf seinem Meister einen missmutigen Blick zu und verließ die große Wiese. Er fühlte sich angewidert, konnte aber nicht sagen, wovon.

Gair sah Aislin nicht wieder. Als er am nächsten Morgen seine Morgengebete erledigt hatte, verbrachte er noch einige Zeit im Tempel, um mit Eimhir und Leod wieder für Ordnung zu sorgen. Auch wenn der Tempel nur Eingeweihten und Ehrengästen offen stand, bei großen Festlichkeiten sah es danach immer aus, als wäre eine Horde Kühe durchgetrampelt. Im Gleichtakt schwangen die drei Schüler die Besen, um den Boden rund um das heilige Becken zu kehren.

"Wenn ich all die Fußspuren im Sand zähle, auf wie viele Opfergaben komme ich?" Leod sah Eimhir fragend an. Fast alle Spuren waren von ihren kleinen Füßen.

"Siebenundvierzig!" Die jüngste Schülerin strahlte. "Ich habe gestern siebenundvierzig Opfergaben entgegengenommen und Noreia dargebracht. Das ist ziemlich gut, oder?"

Leod lachte sie an. "Das ist beachtlich! Wie viele hast du dargebracht, Gair?"

Gair stockte im Kehren. Es fiel ihm das verkohlte Stück Holz ein, das neben seiner Bettstatt auf einem Wandbalken lag. "Heuer? Keines. Eines. Also noch nicht, das muss ich erst, in Ruhe. Jetzt haben wir ja Eimhir, die Dienst im Tempel macht, da konnten wir zwei es uns gut gehen lassen, nicht Leod?"

Leod grinste. Er hatte die Beltanefeierlichkeiten sichtlich genossen.

Sie kehrten schweigend weiter. Das rhythmische Kratzen der Reisigbesen auf dem gestampften Lehmboden ließ in Gairs Gedanken die Musik des gestrigen Abends wieder erklingen. Und anscheinend auch bei den anderen, denn Eimhir begann, eine alte Weise zu summen und die beiden Männer stimmten mit ein. Ihr Fegen wurde schneller und wilder, sie wirbelten mehr Staub auf, als sie glätteten. Bei der Türe angekommen, blickten sie lachend auf das Heiligtum, das in einem hellbraunen Nebel zu schweben schien.

"Schade, dass das Fest heute vorbei ist. Nun beginnt der arbeitsreiche Sommer, vorbei mit Tanz und Trank. Jetzt kommen wieder harte Zeiten." Leod seufzte.

"Härter als wir alle wahrscheinlich glauben", dachte Gair, doch er sagte es nicht laut.

Summend verließ Gair den Tempelbezirk. Während Leod und Eimhir ins Haus des Druiden gingen, um zu frühstücken, zog es den ältesten Schüler zur großen Wiese. Es standen immer noch einige Fuhrwerke der Händler um die beiden mächtigen Bäume herum, doch der Wagen Faolans fehlte. Gair spürte, wie es schwer in seinen Magen sank, und er konnte es nicht verstehen. Aislins Art zu erzählen und zu tanzen hatte ihm gefallen, doch gleichzeitig fand er sie beängstigend. Beängstigend intensiv, zu emotional, zu unberechenbar. Abgesehen davon, dass er zurzeit so und so kein Interesse hatte, sich näher mit einer Frau einzulassen. Aber er hätte sie gerne heute noch einmal gesehen, ihren Erzählungen gelauscht und festgestellt, ob sie immer noch Ameisen im Bauch hatte. Nun, zu spät.

Er kehrte in Aonghas' Haus zurück. Gewiss stand ihnen heute ein langer Nachmittag bevor, an dem sie die gesammelten Kräuter mit Malwine zum Trocknen bereiten würden und dabei über jede Pflanze Details lernen und vorhandenes Wissen wiedergeben mussten.

Eimhir und Leod saßen noch immer aufgekratzt und fröhlich an einem Tisch und löffelten Suppe. Malwine bereitete einen Trank zu und sang leise Beschwörungen dabei, und Aonghas stand an einer der Lichtöffnungen und starrte hinaus. Als er Gairs Schritte in der Tür hörte, drehte er sich zu ihm um. Er nickte, wartete, bis Gair sich ebenfalls eine Schüssel Suppe vom Feuer geholt hatte, und deutete dann Malwine, sich zu ihnen zu gesellen.

Leod und Eimhir sahen verwundert auf, als ihr Lehrer neben ihnen stehen blieb.

"Nun, da sind wir ja alle wieder versammelt. Die Beltanefeierlichkeiten sind vorüber, ich denke, wir haben gute Arbeit geleistet. Danke für eure Hilfe."

"Siebenundvierzig Leute haben mir Opfergaben anvertraut, Aonghas. Obwohl ich erst elf bin. Das ist gut, oder?"

Malwine nickte Eimhir zu, ein Lächeln auf den Lippen.

"Ja, Eimhir, das ist gut", lobte Aonghas. "Und ich bin sicher, dass du jedes Opfer zu Noreias Gefallen dargebracht hast. Aber ich muss mit euch reden."

Nun setzte der Druide sich doch zu ihnen auf den Boden, mit einem tiefen Seufzer. "Leod, du hast es auch gesehen, als wir den Stier opferten, oder?"

"Das schlechte Omen? Ja, aber es war nur ein Moment, der Rest des Orakels sah doch gut aus, für die Ernte und alles."

"Nein, Leod, es war nicht nur ein Moment. Es wiegt schwer, sehr schwer. Es kann sein, dass Ardudunum – verschwindet. Zerstört wird."

Eimhir zog die Luft ein. Sie war die Einzige in der Runde, die noch gar keine Ahnung von dem Omen hatte. Gair legte ihr den Arm um die Schulter. Das Mädchen schmiegte sich an ihn, wie um Schutz zu suchen.

"Ich habe mit Goraid und Centigern bereits geredet, Gair war dabei. Wir wissen nicht, was auf uns zukommt, aber wir müssen uns bestmöglich wappnen. Und das hat Konsequenzen für unsere tägliche Arbeit.

Leod, das betrifft dich. Du bist seit zehn Jahren mein Schüler, und seit du zum Mann erwacht bist, haben wir deine Art immer geduldet, doch nun erwarte ich, dass du dich den Studien ernsthafter widmest. Du vergeudest deine große Energie. Um sie aus deinen Lenden in deinen Geist zu holen, hat Malwine dir eine Kräutermischung bereitet. Und du wirst sie nehmen."

Leod verzog das Gesicht. Druiden mussten nicht keusch leben, doch in einigen Phasen der Ausbildung und für einige Druiden, die besondere Gaben hatten, gehörte es zum Leben dazu.

Malwine öffnete einen kleinen Beutel und ließ Leod daran riechen. "Es ist Hopfen, Rotklee und Seerose. Du weißt, was diese Kräuter tun?"

"Sie dämpfen die Manneslust", brummte der Gefragte. Sein Gesicht zeigte deutlich, was er davon hielt.

"Es ist mir egal, ob du sie in Milch oder in Bier gesotten trinkst, aber trinken wirst du sie, drei Becher am Tag." Wie zur Bestätigung griff Malwine hinter sich und reichte Leod einen tönernen Becher, in dem grünliche Milch dampfte. Gehorsam machte der Schüler einen Schluck, verzog das Gesicht und kippte dann den Inhalt auf einmal hinunter.

"Gut. Damit solltest du in deiner Ausbildung nun um einiges schneller vorankommen." Der Druide wandte sich zu Gair. "Gair, du bist der Älteste meiner Schüler, und doch der Jüngste in der Ausbildung. Du bist ein fleißiger Schüler und hast eine wertvolle Gabe, auch wenn du deine Visionen noch nicht kontrollieren kannst. Dein Alter und deine Lebenserfahrung außerhalb des Dorfes setzen dich nun in eine besondere Position. Ich weiß, dass ich immer gegen das Kämpfen geredet habe, und mir immer viel daran lag, dass ihr wenig Fleisch esst, um eure Aggressionen und Kampfeslust zu vermindern. Doch so wie ich es sehe, ändert sich gerade einiges grundlegend. Deshalb möchte ich, dass du, der du Erfahrung als Krieger hast, vor allem Malwine und Eimhir beibringst, sich zu verteidigen."

Nun zog auch die Druidin die Luft ein.

"Ja, Malwine, so ernst sehe ich die Lage. Ich hoffe, ich täusche mich. Doch dein Kräuterwissen alleine wird dich nicht retten, wenn Ardudunum erobert werden sollte."

Gair senkte den Kopf. Kämpfen. Sich verteidigen. Schlachtenlärm dröhnte in seinen Ohren. Der Geruch von Blut stieg in seine Nase. Sein Blick fiel auf Eimhir, die an ihn gekuschelt da saß. Ja, er würde ihnen beibringen, was er konnte. Er nickte Aonghas zu.

"Gut. Und du Eimhir, du tust, was Gair dir sagt. Du bist noch jung, eigentlich wollte ich dich erst nächsten Sommer zur Initiation schicken, doch ich glaube, die Zeit drängt. Du hast dein Mondblut schon, und ich muss dich nicht schonen, nur weil du zart bist. Du bist stark wie eine Große. Zur Sommersonnwend wirst du dich für drei Nächte fastend in den Wald begeben. Hoffen wir, dass sich dort auch deine Gabe zeigt."

Eimhir strahlte Gair von unten herauf an. Der Stolz stand ihr ins Gesicht geschrieben. Gair bemühte sich, aufmunternd zurückzulächeln, dann sah er zu Malwine hin, die ein wenig ängstlich aussah.

Gair selbst hatte seine Initiation erst vor zwei Jahren durchgemacht, und er erinnerte sich mit gemischten Gefühlen an die drei Tage und Nächte im Wald. Inzwischen wusste er, dass er nie in Gefahr gewesen war, da immer einige Männer des Dorfes, Vertraute des Druiden, in seiner Nähe darauf geachtet hatten, dass sich kein Bär oder Eber ihm näherte. Doch das wusste Eimhir nicht, und durfte es auch nicht wissen. Sie würde noch viel mehr als er sich der Wildnis ausgesetzt fühlen, hatte sie bis jetzt doch behütet im Dorf gelebt. Dazu dann noch die Schwäche durch den Mangel an Essen und Trinken und der veränderte Bewusstseinszustand durch den Trank, den man zu Beginn schlucken musste. Gair hatte viele Grenzsituationen in seinem Leben erlebt, aber jene drei Tage zählten gewiss zu den schwereren davon. Am schlimmsten hatte er es empfunden, keine Kontrolle über das zu haben, was mit ihm geschah. Es war beängstigender als jede Schlacht gewesen. Beim Kämpfen wusste er, dass er sich selbst im Blutrausch auf seinen Körper und seine Kampferfahrung verlassen konnte. Bei der Initiation hatten ihn Bilder und Gefühle nur so überrannt, er hätte nicht mehr sagen können, wo er aufhörte und der Wald begann. Wie sehr musste das erst ein zartes Mädchen wie Eimhir an ihre Grenzen bringen! Er sah in Malwines Augen, dass auch sie inständig hoffte, Aonghas täusche sich nicht in der Dringlichkeit der Angelegenheit.

Der Druide erhob sich. "Gut, hätten wir das geklärt. Eure normale Ausbildung läuft natürlich weiter, im Gegenteil, euer Dienst für Noreia sollte sich noch steigern, denn wir werden die Kraft und Güte der Göttin brauchen, wo nur geht. Wenn ihr mit Malwine mit den Kräutern fertig seid, findet ihr mich im Tempel, dann gibt es eine weitere Lektion in Rechtssprechung."

Aonghas war schon aus der Türe, da saßen alle schweigend und nachdenklich. Dann sprang Leod auf. "Er übertreibt, Malwine, oder? Sag, dass er übertreibt!"

"Leod, ich weiß es nicht. Ihr habt das Omen gesehen, er hat das Orakel befragt. Ich habe ihn noch nie so besorgt erlebt."

"Das ist alles Centigerns Schuld! Seid er zurück ist, ist in Ardudunum ein anderer Wind eingekehrt. Ardudunum war immer friedlich, immer ein Ort, wo Menschen einander in Achtung und Noreias Liebe begegneten. Aber Centigern, der kann es doch nie erwarten, einen Grund zu finden, sein Schwert zu ziehen!"

"Mit dem Schwert magst du recht haben, Leod, aber ich glaube, es stellt sich nun raus, dass es gut ist, dass der Fürstsohn zum Krieger ausgebildet wurde", gab Gair zu bedenken.

"Das sagst du nur, weil du selber mal Krieger warst. Bist wahrscheinlich auch froh, wenn du wieder aufs Schlachtfeld kannst, von wegen Ruhm und so."

"Ich kann nicht mehr aufs Schlachtfeld, das weißt du." Gair stand nun auch auf, was wie immer etwas mühsam war. "Und seit ich bei Aonghas lerne, sind meine Gedanken weit von Kriegsruhm entfernt. Ich sehe immer mehr den Schatz, der Ardudunum in seiner Friedfertigkeit ist. Dennoch -" Gair grinste, um den nächsten Satz abzumildern. "Es schadet dir gewiss nicht, wenn deine Energie sich aus deinen Lenden entfernt. Sonst holst du mich beim Lernen nie ein."

Leod warf seinen Löffel nach Gair, traf aber nicht.

"Schluss ihr zwei! An die Arbeit. Es gilt, die Kräuter zu bereiten." Malwine hob den Löffel vom Boden auf und reichte ihn Leod zurück.

Am frühen Abend brachte Gair eine Schale mit Brot und getrocknetem Obst zu seiner Mutter in die kleine Kammer neben der Holzwerkstatt. Er mochte das vertraute Geräusch der Drehbank und den Duft nach Holz, der aus der Werkstatt herüberdrang. Als er eintrat, saß seine Mutter wie meist an der Lichtöffnung und war mit einer Handarbeit beschäftigt. Sie liebte das Nadelbinden und hatte Gair im Laufe der Jahre schon viele Fußlinge und Mützen gebunden. Er wusste ihre Arbeit zu schätzen, denn ihre Werkstücke waren herrlich weich, warm und dehnbar. Sie freute sich wie immer über seinen Besuch und hielt ihm gleich zu Beginn ihre derzeitige Arbeit entgegen, um Maß zu nehmen. Es war eine wollene Tunika, und in der groben grauen Wolle sah die Nadelbinderei einem Kettenhemd ähnlich.

"Du warst fleißig seit vorgestern", bemerkte Gair. Sie nickte. "Hier, Malwine schickt dir frisches Brot. Die Tunika sieht gut aus, fast wie das Kettenhemd mancher Krieger."

Seine Mutter warf einen erstaunten Blick auf ihre Arbeit. Ihre Augen verdunkelten sich, sie senkte den Kopf. Gair meinte, Tränen sehen zu können.

"Was ist? Sie gefällt mir, wird gewiss wunderbar warm sein im Winter."

Seine Mutter deutete auf die Tunika, dann auf Gairs Schwertarm und Bauch. Er verstand.

"Nein, Mutter, selbst ein Kettenhemd hätte mich damals nicht gerettet. Hör auf, dich wegen dieses Unfalls zu quälen. Ich war Krieger, das Risiko, verwundet zu werden ist Teil davon. Im Kampf zu sterben ist ruhmreicher als wie Vater im Bett."

Seine Mutter schüttelte vehement den Kopf, nahm mit einer fast trotzigen Bewegung den Korb entgegen und legte seinen Inhalt in ihr Regal. Sie atmete tief durch, ehe sie sich wieder umdrehte und ihm den Korb mit einem dankbaren Nicken zurückgab. Dann blickte sie ihn fragend an.

Seit Gair nach seinem Unfall wieder zu sich gekommen war, hatte er sie kein Wort mehr sprechen hören. Er war sich sicher, dass es mit seiner Genesung zu tun hatte, dass dies ihre Abmachung mit den Göttern war. Es fiel ihm schwer, es zu akzeptieren. Wie es ihm schwerfiel, ihr ganzes Leben zu akzeptieren. Seine Mutter war eine der wenigen Frauen, die Gair kannte, die nach dem Tod ihres Mannes alleine geblieben war, die erste Zeit damit beschäftigt, ihren Sohn und den Sohn des Fürsten aufzuziehen. Die Milch ihrer Brüste hatte das Überleben Centigerns gesichert, das ganze erste Jahr hindurch hatte sie zwei Säuglinge versorgt. Dennoch lebte sie nicht in fürstlicher Dankbarkeit. Riona hatte immer so getan, als gäbe es die Amme nicht. Was eigenartig war, denn Gair behandelte sie stets, als wäre er Familie, vielleicht nicht ein Sohn, aber so etwas wie ein Neffe.

Den fragenden Blick seiner Mutter beantwortete er mit den üblichen Belanglosigkeiten des Tages. Er erzählte ihr nichts von den wahren Entwicklungen im Dorf, dass das Gerücht eines schlimmen Omens bereits die Runde machte - und sie schien es zufrieden zu sein, über das Erblühen der Sommerblumen, die Zahnschmerzen des Goban und die neuesten Streiche der Kinder zu hören. Das, was ihn wirklich beschäftigte, verschwieg er ihr.

An diesem Morgen wachte Gair früher als sonst auf. Durch die Lichtöffnung der Schlafkammer konnte er den Nachthimmel sehen, ohne ein Anzeichen einer Morgenfärbung. Leod auf dem Strohlager neben ihm murmelte im Schlaf. Gair starrte in die Dunkelheit des Giebeldaches. Er war zu munter, um noch einmal einzuschlafen. Er würde den Morgen im Freien erwarten. Leise schlüpfte er in seine Hose und seine Tunika. Nachdem er seinen Gürtel umgebunden hatte, griff er nach seinem Messer, das auf einem der Wandbalken hinter seiner Bettstatt lag. Vorsichtig tastete seine Hand im Finstern über das Holz. Statt der Kühle von Metall fühlte er Kohle zwischen seinen Fingern. Er stutzte, dann fiel es ihm wieder ein. Das verkohlte Holzstück, das ihm die Erzählerin gegeben hatte. Er steckte es in seinen Gürtel, um es draußen wegzuwerfen. Dann fand er auch sein Messer und steckte es auf der anderen Seite in den Gürtel.

Der Mond war bereits untergegangen, dennoch fand Gair leicht den Weg zu der großen Wiese, auf der vor einer Woche die Wagen der Händler gestanden hatten. Rund um den Tempel hätte er sich blind zurechtgefunden. Er legte sich auf den Rücken und blickte hinauf in die blassen Sterne. Alles war still. Ohne recht darüber nachzudenken, fuhr Gairs Hand zu dem Stückchen Holz und spielte damit herum. Er ließ es zwischen den Fingern hin und her wandern, drehte es zwischen Daumen und Zeigefinger. Ein verkohltes Stück Holz. Wer konnte auf die Idee kommen, so etwas der Göttin Noreia opfern zu wollen? Waffen, Münzen, Schmuck – das waren würdige Opfer. Aber ein Stück Holzkohle?

Gair spürte, wie seine Gedanken abschweiften. Wie in einem Nebel erschienen Bilder vor seinen Augen. Das Holzstück in seinen Händen erwärmte sich, begann zu glühen. Er sah einen großen Gutshof, der in Flammen stand. Er sah Frauen, die panisch vor einer Horde Reiter davonliefen. Sah Männer, die verzweifelt versuchten, den Brand zu löschen und gleichzeitig gegen die Reiter zu kämpfen. Er sah durchbohrte Leiber, geschändete Frauen, zerstückelte Kinder. Er sah ein junges Mädchen, einen Säugling im Arm, in den Wald flüchten. Er wusste, dass das Mädchen Aislin war und der Hof ihre Heimat, die Toten ihre Familie. Er verstand die Bedeutung des Holzes. Als er die Augen wieder öffnete, schien ihm das Stückchen Kohle in seiner Hand schwerer als zuvor. Langsam ging er zum Tempel. Bel schickte gerade den allerersten Hauch des Tageslichts in den Himmel. Gair verbrachte die magische Stunde der Morgendämmerung damit, Aislins Holz Noreia zu opfern, mit einer Hingabe, wie er sie noch selten bei einer Opferhandlung empfunden hatte.

Er saß auf einem niedrigen Hocker und spielte auf der Laute. Der Abend senkte sich gerade über das Dorf, der Tag war kühl gewesen, Schlechtwetter zog herauf. Gair war bei Goraid und Riona im Langhaus, umgeben von dem Fürstpaar, dem Goban und seiner Frau und einigen anderen alten Adeligen und ihren Frauen. Es kam oft vor, dass die Fürsten einen der Druidenschüler zur abendlichen Unterhaltung ins Langhaus baten. Gair war gewiss kein Barde, das war ihm und Aonghas klar, doch es gehörte zur Ausbildung der Druiden, die Stufe des Barden zu durchlaufen. Er wusste, dass die alten Krieger sich darüber amüsierten, dass er als ehemaliger Kämpfer nun Lieder sang. Dabei hatte ihn keiner dieser Männer je auf dem Schlachtfeld gesehen, sie waren alle schon so alt, dass ihre Blütezeit vor Gairs Rückkehr nach Ardudunum lag. Sein Lied pries Goraid und seine Klugheit, sein Verhandlungsgeschick und seine Liebe für die Göttin Noreia. Das Lied verlangte, dass er Goraids Ahnen und ihre Taten aufzählte, bis ins zehnte Glied, und eben dies machte das Singen der Lieder zu so einer wichtigen Übung im Lernen der Geschichte.

"Er hob den Stamm zum Himmel hoch,
die Kraft von zehn Männern in ihm.
Mit Wucht er ihn in den Boden rammt,
die Götter haben es gesehen.
Der erste Stamm den Tempel ziert,
nun Heiligtum, nicht Hain.
Sein Sohn Gamman, der Listige,
er führt das Werk fortan ..."

Sein Gesang wurde leiser und verstummte, denn er vernahm von draußen Stimmen und Pferdegetrappel. Alle blickten zur Türe, und wenige Augenblicke später stand Centigerns Seher im Türrahmen, wie immer in seinem dunklen Umhang.

Enrik verbeugte sich tief, als er eintrat.

"Sei mir gegrüßt, Goraid, Sohn des Gabun. Verzeih die Störung zu später Stunde, ich wäre gerne früher gekommen, doch Regen hat den Weg verzögert."

Der Fürst nickte nur, er mochte den Seher nicht, wie allgemein bekannt war, und ihn höflich zu begrüßen schien ihm nicht nötig. Doch mit einer Handbewegung deutete er Kalla, dem Seher einen Becher Bier zu reichen.

Riona, die schon halb schlafend auf einem Wolfsfell an die Wand gelehnt gesessen hatte, schreckte hoch. "Bei Belenus und Noreia! Ist etwas geschehen? Ist Centigern …?"

"Keine Sorge, Riona, eurem Sohn geht es gut, es geht ihm ausgezeichnet. Die - Verhandlungen mit den Herren von Belcurnia laufen sehr Erfolg versprechend. Bald, wenn es nicht bereits heute geschehen ist, wird die Straße durch die Klamm des Aba acos uns gehören und wir können Zölle einheben. Dies ist ein wichtiger Sieg, den euer Sohn gerade für Ardudunum errungt."

Erleichtert sank die Fürstin wieder nieder.

"Was bringt dich dann hierher?" Goraid hatte dem Seher noch immer keinen Platz angeboten. Er hätte genauso ein einfacher Bote sein können, nicht der Berater seines Sohnes.

"Das Orakel, Fürst. Das Orakel hat bestimmt, dass es Zeit ist, Centigerns Braut nach Ardudunum zu führen, und zwar ehe der Mond verschwindet. Deshalb schickt euer Sohn mich, den Umhang zu holen, der seit langem in Ardudunum zur Zeremonie der Brautholung genützt wird."

Unruhe entstand unter den Gästen. Centigern wollte heiraten? Niemand hatte bis jetzt davon gewusst.

"Mein Sohn will eine Frau nehmen? Goraid, weißt du davon?"

"Nein. Er kann also keine Frau nehmen, denn es ist meine Aufgabe als Fürst, seine Braut auszuwählen."

"Da mögt ihr Recht haben, edler Fürst. Dies ist jedoch keine gewöhnliche Braut. Sie wurde von den Göttern bestimmt, deren

Wahl über der euren steht. Sie ist unsere Hoffnung auf einen guten Ausgang des Omens, sie ist das Unbekannte."

Die Gäste, die noch nichts oder nur blasse Gerüchte von dem Omen gehört hatten, murmelten Fragen. Goraid und Riona warfen einander Blicke zu, die von Verwirrung und Unmut sprachen. Dann sahen beide zu Gair, als hätte er als Druidenschüler Verantwortung für das Omen.

"Vielleicht sollten wir Aonghas holen?", schlug Gair vor.

"Ja, das sollten wir. Solas, lauf und hol den Druiden."

Solas, Goraids Bursche, der bis jetzt in einer Ecke gesessen und an einer kleinen Figur geschnitzt hatte, legte sein Schnitzmesser beiseite und verließ mit einer kleinen Verbeugung das Haus. Goraid wandte sich seinen Gästen zu. "Ihr entschuldigt, doch dies sind wichtige Angelegenheiten, die meine Familie betreffen."

Zwei der Händlerfrauen erhoben sich. "Natürlich, wir verstehen das."

Ihre Männer wären wohl gerne noch geblieben, den Blicken nach, die sie ihren Frauen zuwarfen. "Sollte nicht die Versammlung darüber beraten? Schließlich geht uns Centigerns Braut als zukünftige Stammesführerin alle etwas an", meinte einer der beiden.

Alle blickten auf Goraid. Der Fürst seufzte. Dann zuckte er die Schultern. Man wartete schweigend.

Enrik stand noch immer in der Türe. Den Becher Bier, den Kalla ihm gereicht hatte, hielt er unangetastet in der Hand. Sein Blick war hochmütig wie immer. Gair war sich nicht sicher, ob der Seher wirklich so von sich überzeugt war, oder ob einfach seine Gesichtszüge an sich hochmütig wirkten. Aonghas wusste das bestimmt.

Da trat der Druide auch schon ein, schob sich an dem Seher vorbei, und blickte in die Runde. "Du hast mich rufen lassen, Goraid?"

"Ja, Aonghas, nimm Platz. Kalla, Wein für den Druiden!"

Als der Druide Platz genommen hatte, erklärte Goraid ihm die Situation. Aonghas warf einen Blick auf Enrik, der immer noch in der Tür stand.

"Tritt näher, Seher. Und nun erzähl, was hat es mit dieser Braut auf sich?"

Der Seher blieb stehen, demonstrativ die Einladung ablehnend. Als habe er es eilig. "Es gibt nicht viel zu erzählen. Das Schicksal hat diese Frau schon vor Langem zu Centigerns Braut bestimmt und heute hat das Orakel klar angezeigt, dass sie vor dem Schwarzmond hier in Ardudunum sein muss, denn seit heute Morgen besteht die dringende Gefahr, sie an einen anderen zu verlieren. Und damit Ardudunum zu verlieren."

Aonghas musterte den hageren Seher. "Du willst also sagen, dass die Hochzeit mit dieser Frau jenes Teil ist, das das Omen umdrehen kann?"

Gair schien es, als blickte der Seher kurz zur Seite. War er verlegen?

"Ja, so scheint es. Ich stelle die Aussagen des Orakels nicht in Frage, ich befolge, was es befiehlt."

"Welches Orakel?"

Gair kannte diesen Tonfall des Druiden gut, so klang er, wenn er mit den Antworten eines Schülers nicht zufrieden war.

"Das Orakel, das ich jeden Morgen befrage, in der Stunde der Dämmerung. Mein Orakel. Ich bin Seher, stellst du meine Fähigkeiten in Frage?"

Goraid, Riona und ihre Gäste verfolgten gespannt das Zwiegespräch der beiden Eingeweihten. Alle wussten, dass Aonghas dem fremden Seher, den Centigern vor zwei Jahren von einem Söldner-Kriegszug mitgebracht hatte, nicht über den Weg traute. Und da der Druide ein Menschenleser war, hatte er mit solchen Einschätzungen meist recht, obwohl in diesem Fall alle davon überzeugt waren, dass es sich einfach um Eifersucht handelte. Eifersucht auf den jungen Seher, der die Gunst des zukünftigen Fürsten besaß, im Gegensatz zum Druiden von Centigerns Vater.

"Nein, ich stelle deine Fähigkeiten nicht in Frage." Aonghas lächelte. "Doch du wirst verstehen, da es sonst Aufgabe des Vaters ist, die Braut für seinen Sohn zu wählen, wollen wir natürlich alles darüber wissen, ehe wir unsere Zustimmung geben."

Goraid nickte heftig.

Enrik seufzte. "Ich kenne ihr Bild und weiß, wo ich sie finde. Sie stammt aus guter Familie, ist gesund und wird Centigern gewiss viele Söhne schenken. Euer Sohn ist mit der Wahl einverstanden und hat mich ausgesandt, hier den Umhang und dann die Braut zu holen. Mehr kann ich dazu nicht sagen."

"Wie lächerlich", mischte Goraid sich ein, "du alleine, der Seher des Bräutigams. Ich verlange, dass mein Druide mitreitet. Und einer meiner Krieger. Dazu ein ordentlicher Tross an Menschen, damit ihre Familie sieht, dass Arududunum ein reiches Dorf ist. Ich selbst bin wohl zu alt, und es würde auch so wirken, als hätten wir es nötig, aber dass Centigern nicht selbst ..."

Enrik unterbrach ihn. "Centigern ist in Belcurnia unabkömmlich, wir brauchen diesen Stützpunkt, um unsere Macht um den Culm zu festigen. Und wir haben keine Zeit, einen Empfangstross zusammenzustellen. Der Schwarzmond ist in vier Nächten, ich muss schnell reiten und kann mich nicht mit langsamen Reitern aufhalten. Keine Sorge, ihre Familie weiß, dass es eine große Ehre ist, dass sie hierher verheiratet wird. Es wurde alles schon vor längerem abgesprochen. Die Zeiten sind unsicher, es gibt viele Überfälle, insofern ist es auch besser, wenn ich alleine reite, ein großer Tross zieht nur Neugier auf sich. Ihrer Familie ist dies auch lieber." Der Seher war ungewöhnlich wortreich.

"Ja", warf nun auch Riona ein, "die Zeiten sind unsicher, du sagst es. Ein Krieger muss mit, auf alle Fälle. Wenn ich schon endlich eine Tochter bekomme, so will ich nicht, dass ihr etwas geschieht. Es ist wahrlich an der Zeit. Centigern hätte längst heiraten sollen, aber er hat ja nur seine Feldzüge im Kopf, dabei braucht ein Fürst Erben." Sie sah zu ihrem Mann. "Wie oft hast du schon eine Frau für ihn ausgesucht, aber er hat sich immer darüber hinweggesetzt. Wenn er jetzt schon endlich ..."

"Schon gut, Weib, schon gut." Goraid erhob sich, eine erste Anerkennung der Wichtigkeit des Sehers. "Dann hol eben diese Frau für meinen Sohn, ich als Fürst befehle es dir. Es ist meine Entscheidung, dass mein Sohn dem Orakel Folge leiste. Wenn die Götter sie schon bestimmt haben." Er warf im Anschluss einen Seitenblick zu Aonghas, der verriet, dass er sich ganz und gar nicht sicher war, ob das die Reaktion war, die der Druide wollte.

Auch Aonghas erhob sich. Er war noch größer als Enrik und vor allem stattlicher als der hagere Seher. Gair schien es, als lege er noch besonders viel Kraft in seine Ausstrahlung.

„Ja, so sei es. Lasst den Umhang bringen. Einer meiner Männer wird dich begleiten, und zwar Gair. Er vereint den Krieger und den Druiden. Bereitet alles vor, sodass ihr bei Tagesanbruch aufbrechen könnt. So sei es."

Gair sah erstaunt zu seinem Meister.

Aonghas erwiderte seinen Blick nicht, sondern verließ ohne weiteres Wort das Langhaus.

Gair wollte ihm folgen, doch Riona hielt ihn zurück, um ihm Anweisungen zu geben. Der Goban und die anderen Gäste verfielen in aufgeregtes Schwatzen.

Über Rionas Schulter konnte Gair sehen, wie der Seher ungeduldig den Bierkelch in seiner Hand drehte. Er hatte nach wie vor keinen Schluck genommen. Traute er dem Fürsten nicht? Oder war es seine Art zu zeigen, dass er Bier seiner unwürdig fand?

Kalla eilte mit dem prachtvoll bestickten Umhang an ihnen vorbei und reichte ihn dem Seher. Riona fuhr herum, als Enrik ihn sich über den Arm legte.

„Dass du mir ja gut auf den Umhang aufpasst! Kalla, bring einen Ledersack, um ihn zu verwahren. Dieser Umhang stellt die Fürstenwürde dar, ihn einer Frau umzulegen ist ein heiliger Akt! Gair soll das tun. Das ist Centigern seinen Eltern schuldig, dass einer unserer Leute das tut, nicht ein Fremder."

Enrik nickte mit versteinerter Miene.

„Wie ihr befehlt, Herrin." Ehe er das Langhaus verließ, wandte er sich noch an Gair. „Morgen kurz vor Sonnenaufgang. Wir werden zwei Tage reiten, ich hoffe, du hast es nicht verlernt."

Nein, verlernt hatte er es nicht. Aber es war ein eigenartiges Gefühl, nach drei Jahren wieder auf einem Pferd zu sitzen. Da war Freude - er hatte das Reiten sehr vermisst, den Geruch der Pferde, den Rhythmus ihrer Bewegung. Da war Anspannung – sein letzter Ritt hatte mit dem Tod des Pferdes und seinem Beinahetod geendet. Da war Sorge, ob er mit seinem steifen Bein in der Lage sein würde, das Pferd zu beherrschen und zwei Tage im Sattel auszuhalten. Und da war sehr viel Frustration. Er war ein großartiger Reiter gewesen. Er und seine Stute, sie waren wie ein Wesen gewesen, ein kleiner Schenkeldruck, eine leichte Gewichtsverlagerung, mehr hatte es nicht gebraucht, um im vollen Galopp die Richtung zu ändern. Gair war nie mit Sattel geritten und die Zügel lagen meist auf dem Widerrist seiner Marca, damit er beide Hände frei hatte. In einer den langen Speer, in der anderen das Schwert. Über die Wiesen zu fegen, als flöge er mit dem Wind, was für ein Gefühl! Und nun ... er war froh über den Sattel mit seinen vier Hörnern, froh darüber, dass diese Stute gemütlich und herdentriebig war. Egal was er tat, sie folgte Enriks Pferd und dem Lastpferd. Aber es hatte nichts mit der Freude des Reitens zu tun. Die würde er wohl nie wieder empfinden. Er brauchte eine Weile, bis er sich mit seinem steifen Bein den Bewegungen des Tieres angepasst hatte, und er spürte bereits nach den ersten steilen Metern den Berg hinab, dass sein Knie kein Freund des Reitens war.

Der Himmel war wolkenverhangen, grau wie Gairs Laune. Der Weg von Ardudunum den Culm hinunter war gut zu reiten, die Straße breit genug für Ochsenkarren. Der Regen war nicht stark genug gewesen, sie in Schlamm zu verwandeln, hatte den Weg aber zumindest weniger staubig gemacht, als er sonst oft im Sommer war. Sie ritten schweigend.

Gair musste an den gestrigen Abend denken. Daran, dass Aonghas sich geweigert hatte, ihm seine Entscheidung zu erklären. Als sein Meister war er dazu auch nicht verpflichtet. An Leod, der wütend gewesen war, dass nicht er mit Enrik reiten durfte. Seit Malwine ihn zwang, den Kräutertrank zu nehmen, kam es immer öfter zu Spannungen zwischen den beiden Schülern. Es war, als fehle dem Jüngeren nun das Ventil, mit dem er Dampf ablassen konnte, und so musste Gair herhalten. Schließlich war Leod schon viel länger Schüler bei Aonghas und konnte es anscheinend nicht ertragen, dass der Neuling ihm den Rang ablief. Gair verstand selbst nicht ganz, warum der Druide ihn ausgewählt hatte, mit dem Seher Centigerns Braut zu holen. Wohl wirklich nur, weil er wusste, mit dem Schwert umzugehen. Auch das fühlte sich eigenartig an, wieder ein Schwert am Gürtel zu tragen. Die lederne Scheide rieb vertraut an seinen Oberschenkel. Das Schwert darin war ihm fremd. Sein Schwert, das er einst von Hochkönig Voccio erhalten hatte, ruhte am Grund des Aba acos, des schnellen Flusses. Er hatte es nach seiner Genesung rituell zerbrochen und der Göttin geopfert. Dieses Schwert nun hatte ihm einer der alten Krieger gestern Abend gegeben. Gair hatte damit noch ein paar Hiebe ausgeführt, es war derber und schwerer als seine alte Klinge. Aber im Fall eines Angriffs würde es seinen Dienst tun. Er spürte, dass er sich mit einem Schwert an der Seite gleich viel stärker fühlte.

Sie hatten den Berg verlassen und ritten nun zügig gegen Süden. Ihre Pferde waren drahtig und klein, der lange Seher wirkte auf seinem fast ein wenig komisch. Centigern liebte Pferde ebenso wie Gair es tat. Bei ihrem Ziehvater hatten sie viel Zeit damit verbracht, über das Züchten von ausdauernden und genügsamen Tieren zu lernen. Alle Pferde, die von Centigerns Männern benützt wurden, stammten vom selben Hengst ab, einem Prachttier. Die Männer aus dem Osten ritten größere Pferde, doch Centigerns Herde war an Wendigkeit und Ausdauer unschlagbar.

Als Enrik zu ihnen kam, hatte er einen großen, schwerfälligen Hengst geritten, aber Centigern hatte es ihm verboten. Man sah dem Seher an, dass er seinem großen Pferd nachtrauerte. Für den kleinen Wallach, der ihn trug, empfand er keinerlei Liebe.

Sie waren bereits eine lange schweigsame Weile unterwegs, als der Seher seinen Kopf zu Gair wandte, als bemerke er erst jetzt, dass er nicht alleine war. "Man verlernt es nicht, scheint's.

Ich hoffe, unsere Braut kann auch reiten, sonst wird der Heimweg mühsam werden."

Der östliche Dialekt, der in Enriks Stimme immer durchschwang, klang heute noch härter als sonst.

Gair deutete mit dem Kopf zu dem Lastpferd, das der Seher am langen Zügel führte. "Marigod ist das sanftmütigste Pferd, das Centigern je gezüchtet hat. Selbst wenn sie nicht reiten kann, auf Marigod wird sie sich wie in einer Sänfte fühlen. Riona hat dieses Pferd immer geritten, und sie ist wahrlich keine gute Reiterin."

"Warum hast du eigentlich das nicht getan, dich für Centigern um die Pferdezucht gekümmert? Ich weiß, dass du viel davon verstehst, ebenso wie er, und seine Herde ist ihm fast noch wichtiger als seine Männer. Ich denke, er hätte dich gerne in dieser Position gehabt."

Gair schüttelte den Kopf. "Centigern ist froh, wenn er mich nicht sehen muss. Und ich hatte keine Lust, Pferde zu züchten, aber nicht zureiten zu können. Ich bin schon am rechten Platz."

Sie ritten wieder eine Weile schweigend. Wind kam auf. Zumindest regnete es nicht.

Gegen Mittag machten sie eine kurze Rast an einem kleinen See. Die Pferde tranken und grasten, Gair und Enrik saßen auf einem umgefallenen Baumstamm und aßen von ihrem Proviant. Kalla hatte ihnen Brot, getrocknete Äpfel und getrocknetes Fleisch eingepackt. Malwine hatte Gair noch einen kleinen Beutel in die Hand gedrückt, darin entdeckte er nun ihre Spezialität, kleine Kügelchen aus Mehl, Nüssen, Honig und Kräutern, eine süße Leckerei. Er musste grinsen. Sie war wirklich die Mutter ihrer Schüler. Gair streckte Enrik den Beutel entgegen. Er mochte den Seher zwar nicht besonders, aber wenn sie schon die nächsten Tage miteinander verbrachten, konnte man auch nett zueinander sein. Der Seher sah ihn fragend an, nahm eine der kleinen braunen Kugeln und drehte sie zwischen den Fingern. Dann roch er daran. Grinsend schob Gair sich eine Kugel in den Mund. Enrik tat es ihm nach. Der Blick, der sich danach auf seinem Gesicht ausbreitete, war Goldes wert. So verbissen der Seher meist dreinblickte, nun ging ein seliges Grinsen von einem Ohr zum anderen. Er nickte Gair zu.

Ab da war ihr Verhältnis ein wenig besser. Enrik ließ sich sogar dazu herab, mit Gair darüber zu reden, wie er in seiner Heimat im Osten Seher geworden war, und er verriet dem Jüngeren einige Techniken, die Gair noch nicht kannte. Bis jetzt hatte Gair nie viel mit dem Seher zu tun gehabt. Wenn er ehrlich war, so hatte er so etwas wie Eifersucht empfunden, dass dieser Fremde nun Centigern so nahe stand. Er mochte ihn jetzt auch noch immer nicht, aber auf einer rein sachlichen Ebene konnte man mit ihm reden. Er war nicht der Blender, für den Gair ihn gerne gehalten hätte.

Die Nacht verbrachten sie unter freiem Himmel. Gair war froh, endlich absteigen zu können. Sein Bein schmerzte schon, seit sie den Fluss Arrabo überquert hatten, und auch sein Hinterteil zeigte ihm deutlich, dass er langes Sitzen im Sattel nicht mehr gewohnt war. Gair wusste, dass der morgige Tag noch schlimmer werden würde.

Und er wurde es.

Regen setzte ein, und ein kalter Wind blies aus Norden. Gair hatte es am Morgen kaum geschafft, aufzustehen, sosehr schmerzten Bein und Hinterteil. Er wollte sich gar nicht vorstellen, wie es ihm ohne Malwines Harzsalbe ginge. Vor Enrik wollte er sich aber nichts anmerken lassen, sein Ansehen stand bei dem hochmütigen Seher nicht gerade gut. An diesem Tag war er der Schweigsame, hauptsächlich bemüht, eine halbwegs erträgliche Position im Sattel zu finden.

Am Nachmittag erreichten sie Flavia Solva. Die Stadt stand durch ihren regen Handel mit Rom schon lange unter römischem Einfluss, statt der am Land üblichen Blockhäuser gab es hier viele Häuser aus Stein, sogar welche mit zwei Stockwerken. Die Straßen waren gepflastert, und in vielen Häusern gab es Geschäfte.

Enrik führte sie zu einer kleinen Gaststätte. Gair schaffte es noch, sicherzustellen, dass die Pferde gut versorgt waren, dann schleppte er sich schwer hinkend in die ihnen zugewiesene Kammer. Er musste sich an der Wand abstützen, um gehen zu können.

Enrik, der bereits vor einer Wasserschüssel stand und sich rasierte, warf ihm seinen typisch hochmütigen Blick zu. "Nun, du hast das Reiten nicht verlernt, aber dein Körper schon, oder?"

Gair ließ sich auf das zweite Bett fallen. Er würde nie wieder aufstehen.

"Gut, Druidenschüler. Ruh dich aus. Ich werde zum Haus der Braut gehen, und alles vorbereiten. Mach dich hübsch, schließlich sollst du ja der Braut in Centigerns Namen den Umhang umlegen. Wir wollen das Mädchen ja nicht verschrecken. Ich hole dich ab, wenn die Sonne untergeht."

Als Gair alleine war, zog er sich aus und versorgte die schmerzenden Stellen mit einer Schicht Harzsalbe, die sehr großzügig bemessen war. Die Jahre als Druidenschüler hatten ihn körperlich verweichlicht, stellte er fest. Oder der leichte Dauerschmerz, den sein Knie ihm verursachte, hatte ihn mürbe und empfindlich gemacht. Auf der Seite liegend, um die Bettlaken nicht mit der klebrigen Salbe zu verschmutzen, wollte er ausruhen, doch der Schlaf wollte nicht kommen. In Gedanken ging er Aonghas' und Malwines Anweisungen durch, wie das Ritual heute abzulaufen hatte. Wie viel einfacher war ihm die Taktik einer Schlacht gefallen als diese Zeremonien, bei denen es auf jedes Wort und jede Handbewegung ankam! Ob diese Fremde wirklich das Eine war, das das Omen noch wenden konnte?

Nachdem die Salbe eingezogen war, ließ Gair sich eine Schüssel mit Wasser bringen. Auch wenn er kaum sitzen konnte, als Vertreter Ardudunums hatte er heute Abend würdevoll auszusehen. Er betrachtete sein Gesicht in der polierten Kupferscheibe, die an der Wand hing. Sein schlammfarbenes Haar war viel zu kurz, um würdevoll zu wirken. Ebenso sein Bart. Leod hätte viel mehr hergemacht mit seinem prächtigen Zopf und dem langen Schnurrbart. Nun, hätte Leod im Winter die Wette verloren, wäre es andersrum...

Es war eine furchtbar dumme Wette gewesen, wie die meisten Wetten, zu denen Leod ihn verleitete, und Gair hasste es, daran erinnert zu werden, so peinlich war es ihm nach wie vor. Der Preis, sich den Kopf zu scheren, war wahrlich hoch gewesen. Seufzend rasierte Gair seine Wangen und wusch sich gründlich. Wenn er sein Haar schon nicht zu einem würdigen

Druidenzopf flechten konnte, so könnte er es zumindest mit Kalkwasser aufstellen, um mehr nach Krieger zu wirken. Ein hinkender Krieger in der zeremoniellen Kutte – das würde dem Ritual eine eigene Note geben.

Er ließ es sein. Diese ganze Brautholung war so und so eine eigenartige Sache, ohne großes Gefolge, übereilt und gegen alle Gebräuche, da kam es auf seine Frisur auch nicht an.

Er schlüpfte in seine lange, grüne Tunika und nutzte die restliche Zeit, die täglichen Gebete nachzuholen.

Enrik kehrte bald darauf zurück. Sein Blick war mürrisch wie meist.

"Und, alles zu deiner Zufriedenheit?" Gair bemühte sich um einen freundlichen Tonfall.

"Jaja, schon in Ordnung."

Der Seher entkleidete sich, um vom Reisegewand in sein Zeremoniengewand zu wechseln. Sein Körper wirkte nackt noch hagerer. Sein Rücken war mit Narben übersät. Sie folgten einem eigenartigen Muster, diese Narben, doch ehe Gair sie näher betrachten konnte – er bemühte sich, es unauffällig zu tun – war Enrik bereits in seine lange, weiße Kutte geschlüpft.

"Du brauchst nichts weiter zu tun, als den Umhang zu halten und ihn der Braut im entsprechenden Moment umzulegen, wie Riona es wollte. Den Rest der Zeremonie mache ich."

Das war Gair nicht unrecht.

Der Regen hatte aufgehört, als sie sich zu Fuß zum Haus der Braut aufmachten. Gair war lange nicht mehr in einer Stadt gewesen. Begierig blickte er sich um, all das Treiben in sich aufzunehmen. Über die gepflasterten Straßen rumpelten Pferde- und Ochsenwagen in großer Zahl, alle beladen mit den buntesten Waren. Sie mussten mehrmals warten, um die Straße an einem der Übergänge queren zu können. Die Trittsteine, die den Fußgängern ein sicheres und vor allem auch sauberes Überqueren der Fahrbahn erlaubten, waren nach dem Regen rutschig. In den Geschäften entlang ihres Weges wurden Waren aus dem Römischen Reich dargeboten, aber auch Dienstleistungen wie Wäschereien und Nähereien. Die Gerüche der verschiedenen Garküchen vermischten sich mit dem Gestank von altem Urin und dem erahnbaren Duft einer

Ledergerberei, die sich wohl in einem Hinterhof befand. Alles schien bunt und schrill und laut. Doch je mehr sie sich dem noblen Viertel näherten, umso besser wurde die Luft und umso ruhiger die Geräusche. Bald standen die Häuser nicht mehr eng gedrängt, die Straße wurde breiter. Sie näherten sich einer imposanten Villa im römischen Stil.

"Hier wohnt die Braut. Das Haus gehört Padrig, einem großen Kaufmann, er ist wohl einer der reichsten Männer hier in der Stadt. Die Braut aber gehört seinem Bruder, der mehr ein Angestellter des Padrig ist. Es war einfach, sie ihm abzukaufen."

Gair warf einen erstaunten Blick auf den Seher. Die Braut war eine Sklavin? Das hatte vor zwei Tagen ganz anders geklungen.

Enrik lächelte süffisant. "Nein, ich habe nicht gelogen. Auch Sklavinnen können aus gutem Haus sein, wenn sie nicht als Sklavin geboren worden sind. Oder?" Er schien sich über das Erstaunen Gairs zu amüsieren.

In der Villa wurden sie von einer hübschen Dienerin in Empfang genommen und in eine große Halle neben dem Atrium geführt. Die Wände waren mit Malereien im römischen Stil gestaltet. Das ganze Haus wirkte, als sei es aus dem Süden hierher verpflanzt worden. Bei ihrem Eintritt in den Raum drehten sich ihnen die Gesichter von gut dreißig Leuten zu, die alle der Zeremonie beiwohnen wollten – sei es der Braut wegen, sei es wegen der zu erwartenden Feier danach. Die Dienerin führte die beiden Druiden an das hintere Ende des Saals. Von hier ging seitlich ein mit Vorhängen verhangener Durchgang in einen Nebenraum. Gair vernahm dahinter eine tiefe Stimme: "Gib ihr von dem Wein, dann wird sie sich schon fügen", ehe die Sklavin den Vorhang zur Seite schob.

Im gleichen Moment trat ihnen ein großer, wohlgenährter Mann entgegen. Er trug Hosen und eine ärmellose Tunika wie in Noricum üblich, darüber aber einen Umhang, der einer römischen Toga sehr ähnlich sah.

"Ah, Enrik, ihr seid bereits hier. Unsere Braut leidet ein wenig an Unwillen und Nervosität, aber keine Sorge, das wird schon. Darf ich euch noch etwas zu trinken anbieten?"

"Danke nein, erst nach der Zeremonie."

"Nun, wir sind schon alle gespannt. Ich habe alles vorbereiten lassen." Padrig schob die beiden Männer zurück in den Saal.

Auf einem runden Tischchen standen eine Öllampe und eine kleine Tonschale. Die Zuschauer blickten neugierig, als Enrik seinen Dolch danebenlegte und den dunkelroten Umhang aus dem Lederbeutel holte. Gair warf einen Blick zu dem Seher und dann zu dem Dolch. So kannte er die Zeremonie nicht.

"Nun, ich dachte mir, da du Centigerns Milchbruder bist, können wir den Vertrag etwas bindender machen. Das macht auch mehr Eindruck, und jemandem wie Padrig muss man schon etwas bieten", flüsterte der Seher ihm daraufhin zu.

Dann wandte Enrik sich wieder dem Hausherrn zu, um mit ihm über das Wetter und die Reise zu plaudern, als befänden sie sich bei einem bedeutungslosen Empfang.

Gair überlegte, ob er Enrik dazu überreden sollte, doch ihn das Ritual abhalten zu lassen, damit es in Aonghas' Sinn durchgeführt wurde. Er entschied sich dagegen. Centigern hatte dem Seher die Aufgabe übertragen, die Brautholung zu leiten, er würde nicht gegen den Willen seines Milchbruders agieren.

Zwei Musiker waren in den Saal gekommen und hatten begonnen, die Gäste mit ihrer Leier zu unterhalten. Sie sangen ein Loblied auf Padrig, der sich geschmeichelt den Bart zwirbelte.

Enrik drückte Gair den Umhang in die Hand und gebot ihm, zu warten, er werde nach der Braut sehen.

Der Umhang fühlte sich kühl an. Der Stoff war fein gewebt, die Stickereien darauf strahlten trotz des Alters noch prächtig. Goraid hatte diesen Umhang anfertigen lassen, als er seine erste Frau holte. Auf dem Rücken befanden sich kunstvolle, kreisrunde Symbole für jede von Goraids vier Frauen – da war das Pferd Echnas, die im Kindbett gestorben war, der Lachs Bradanas, ebenfalls bei der Geburt ihres ersten Kindes gestorben, die Schlange Nathairas, auch sie hatte ihre erste Geburt nicht überlebt, und zuunterst die Rose Rionas, die letzte und einzige Frau, die Goraid einen Erben geschenkt hatte. Nun würde ein neues Symbol hinzugefügt werden.

Mit einem Ohr vernahm Gair Stimmen hinter dem Vorhang. Dann trat Enrik heraus, mit großer Geste und Würde. Die

Musiker verstummten, Padrig nahm seinen Platz neben Gair ein. Er gab dem Druidenschüler einen freundschaftlichen Stoß mit dem Ellbogen.

Enrik schritt nun auch zu den beiden Männern und alle standen, den Blick auf den Vorhang gerichtet.

Als sich der Vorhang öffnete, trat zu Gairs maßlosem Erstaunen Faolan heraus.

Er führte Aislin am Arm.

Hinter den beiden folgten die zwei "Schwestern", prachtvoll gekleidet, während Aislin in einen schlichten langen Umhang gehüllt war. Ihr Blick war auf ihre Füße gerichtet, sodass sie Gair nicht sehen konnte.

Er war froh darüber, denn er benötigte diesen Moment, um sich zu fangen.

Centigern würde die Erzählerin heiraten! Und er, Gair, musste ihr den Umhang umlegen. Natürlich, er hatte Centigern auf dem Fest ja mit Aislin tanzen gesehen. Doch als der Seher davon gesprochen hatte, dass diese Hochzeit schon lange vereinbart war, hatte ihn das auf eine falsche Fährte gelockt.

Sie sah wunderschön aus. Blass, ihr langes Haar zu einer kunstvollen Frisur gesteckt.

Sein Innerstes tobte. Sein Herz wollte zerspringen vor Freude, sie wiederzusehen. Sein Magen krampfte sich zusammen, wenn er den Anlass bedachte.

Als hätte sie seinen Blick bemerkt, sah Aislin auf. Ihr Schritt stockte, ihr Mund öffnete sich leicht. Zumindest konnte sie sich also an ihn erinnern.

Sie nahm ihre Position ein, vor den drei Männern, das Gesicht den Gästen zugewandt. Faolan und die beiden anderen Mädchen gesellten sich zu den Zusehern.

Padrig ergriff das Wort. "Liebe Gäste, Freunde und Familie, Nachbarn. Uns wird heute eine große Ehre zuteil. Die Götter haben eine aus unserem Haus dazu bestimmt, die Braut des großen Kriegers Centigern zu werden, dessen Ruhm als Kämpfer unermesslich ist, der Fürst einer blühenden Bergstadt ist und Ziehsohn des großen Hochkönig Voccio ..."

Was für eine elende Lobrede, dachte Gair und hörte kaum mehr zu. Je ruhmreicher Padrig den Bräutigam schilderte, der ein Mädchen aus seinem Haus begehrte, umso mehr Ruhm fiel auch für den Kaufmann ab. Der Länge der Rede nach musste nun Padrigs Ruhm fast an Hochkönig Voccio heranreichen.

"... Die Götter haben auch bestimmt, dass unsere geliebte - - Aislin noch vor dem Dunkelmond bei ihrem Bräutigam sein muss, damit diese Ehe allen Beteiligten großen Ruhm und Reichtum bringt. Auch wenn wir nicht Zeugen der Hochzeit werden, so ist diese Brautholung gleich bindend wie das Ehegelöbnis, und gefeiert wird mindestens genauso reichlich!"

Die Gäste jubelten. Gair war sich sicher, dass unter ihnen Männer waren, die für Padrigs Position in Flavia Solva wichtig waren, und dass er deshalb dieses Theater aufführte. Der große Padrig hatte vor dem Namen der Braut kurz gestockt, als wisse er nicht, wer sie sei. So geliebt konnte sie also nicht sein. Kein Wunder, dass Enrik nicht gewollt hatte, dass ein großer Empfangstross hierher kam. Riona wäre enttäuscht gewesen, statt der liebenden Familie ihrer zukünftigen Tochter nur Händler vorzufinden, die sich Vorteile aus dieser Beziehung erhofften.

Nun begann Enrik, das Haus des Padrig zu rühmen. Er musste noch mehr auftrumpfen als der Händler, musste er doch den fehlenden Empfangstross vergessen machen. Es fiel Gair schwer, seinen Worten zu lauschen, sein ganzes Denken galt der Frau, die einige Schritte vor ihm stand. Er konnte nur ihren Rücken und ihren Nacken sehen. Sie stand aufrecht, steif.

Er hatte nicht damit gerechnet, sie jemals wiederzusehen. Aber seit er das Stückchen Holz für sie geopfert hatte, hatte er immer wieder an sie denken müssen.

Da gab Enrik ihm schon das Zeichen, der Braut ihren Umhang abzunehmen. Gair trat vor, direkt hinter sie. Er stand ganz nahe an ihrem Rücken, als er die Fibel löste, die den Umhang hielt. Er konnte ihren Duft riechen, nach Mädesüß und Beifuß. Sein Mund war neben ihrem Ohr und er wollte ihr etwas zuflüstern, doch keine Worte fanden den Weg über seine Lippen. Was sollte er ihr auch sagen?

Er zog den Umhang von ihren Schultern. Nun stand sie, wie das Gesetz es gebot, nackt und ohne jedes Zeichen von Stand und Familie vor den Göttern. Und vor den Gästen, die sie mit gierigen Augen betrachteten. Sie hatte eine wohlgeformte Figur, doch sie war kein junges Mädchen mehr, man sah ihrem Körper seine zwanzig Jahre an. Gair erhaschte einen seitlichen Blick auf ihr Gesicht, es war ausdruckslos und starr. Kein Hauch der Lebendigkeit, die er in Ardudunum so bezaubernd gefunden hatte. Ihre Hände waren zu Fäusten geballt, dass die Knöchel weiß hervortraten.

Gair legte ihren Umhang zur Seite und setze an, den Umhang aus Ardudunum hochzuheben, als ihn Enriks Geste stoppen ließ. Abwartend senke er seine Hände wieder. Der Seher schien es nicht eilig zu haben, die Braut aus ihrer exponierten Lage zu befreien. Padrig und den Männern unter den Gästen gefiel, was sie sahen. Gair biss die Zähne aufeinander.

"Werte Gäste, ehe wir die Braut in den Umhang ihrer zukünftigen Familie hüllen wollen, möchte ich einem alten Ritus folgen, um den Bund zwischen Ardudunum und Padrig, zwischen Aislin und ihrem zukünftigen Mann noch stärker zu machen. Die Götter haben beschieden, dass der Milchbruder des Bräutigams bei uns ist, sodass ich diese heilige Zeremonie ausführen kann, mit ihm als Vertreter für Centigern."

Gespanntes Schweigen breitete sich aus. Gair blickte mit gerunzelter Stirn zu Enrik, doch dieser beachtete ihn nicht, sondern schritt würdevoll zu dem kleinen Tisch. Dort blieb er einen Moment in innerer Versenkung stehen, ganz bewusst die Dramatik des Augenblicks aufbauend.

Als die Zuschauer kurz davor waren, unruhig zu werden, fuhr Enrik mit einer großen Geste mit den Händen über die Flamme des Ölllichts und eine grünliche Stichflamme schoss blitzartig empor. Ein begeisterter Aufschrei ging durch den Raum. Enrik konnte es sich nicht verkneifen, Gair ein zufriedenes Grinsen zuzuwerfen. Gair verzog den Mundwinkel. Ein billiger Taschenspielertrick, den jeder durch ein wenig Bärlapppulver bewirken konnte.

Im nächsten Moment hatte der Seher Dolch und Schale genommen und trat zwischen Aislin und Gair, den er dezent neben die Braut schob. Die Blicke der nackten Frau und des Druidenschülers trafen sich. Ihre Augen flackerten unsicher. Gair versuchte, ihr unauffällig aber aufmunternd zuzunicken, doch er war selbst verwirrt, was nun geschehen würde.

Enrik drückte Gair die kleine Schale in die Hand, griff nach Aislins linkem Arm und hob ihn hoch. Gut sichtbar für alle schnitt er mit seinem Dolch in ihren Unterarm. Die Erzählerin zuckte zusammen, gab jedoch keinen Laut von sich. Blut rann in die kleine Schale. Während der Seher wartete, dass sich das Schälchen zur Hälfte füllte, glitt sein Blick über den Körper der Braut. Abschätzend. Ein wenig lüstern, schien es Gair. Als Enrik genug Blut von ihr hatte, ließ er ihren Arm einfach fallen. Aislin griff nach der Schnittwunde und drückte ihre rechte Hand darauf. Blutige Flecken zierten ihren nackten Körper. Inzwischen hatte Enrik bereits nach Gairs Rechter gegriffen, sie hochgehoben, damit alle gut sehen konnten, und ebenfalls tief ins Fleisch geschnitten. Tiefer als nötig, schien es dem Krieger. Er zuckte nicht einmal, er war darauf vorbereitet gewesen. In Enriks Augen sah Gair ein amüsiertes Glitzern.

Die Schale war voll, der Seher nahm sie aus Gairs Hand. Er hob das Blutgefäß gegen alle vier Himmelsrichtungen und sprach beschwörende Worte dazu. Dann drückte er die Schale Aislin in die blutigen Hände.

Ihre Finger hinterließen rote Abdrücke auf dem weißen Ton.

Mit einer Kopfbewegung deutete der Seher der Erzählerin, zu trinken. Aislins Blick heftete sich an Gair fest, sie hob die Schale an ihre Lippen und trank, ohne ihn aus den Augen zu lassen. Ihr Blick war ihm unergründlich. Sie reichte ihm die halbvolle Schale und auch er trank, den Blick auf sie gerichtet. Er wusste, dass er hier nur als Symbol für Centigern stand, doch sein Herz beschloss, diese Tatsache zu ignorieren. Der Geschmack von warmem Eisen rann seine Kehle hinunter. Er leerte die Schale in einem Zug.

Als er sie absetzte, brach Jubel aus. Dann fuhr Gair mit dem Finger in die Schale, einer Eingebung folgend, und mit dem letzten Rest des gemeinsamen Blutes zeichnete er ein Symbol auf Aislins Stirn. Er wusste nicht, was das Symbol bedeutete, aber er spürte, dass seine Finger das Richtige taten.

Mit einem missmutigen Blick nahm Enrik ihm die Schale ab und reichte ihm ein Tuch, damit er seine Hände vom Blut säubern konnte, ehe er Aislin den wertvollen Umhang umlegte.

Wieder stand Gair hinter ihr, roch ihren Duft. Am liebsten hätte er sie auf den Nacken geküsst. Als er die Fibel schloss, zuckte Aislin kurz zusammen. Er hatte sie mit der spitzen Nadel gestochen.

Enrik fuhr mit seiner Rede fort, doch Gair hörte nichts mehr. Was hatten die Götter vor, dass gerade er mit der Braut seines Fürsten, seines Milchbruders, dieses Ritual hatte ausführen müssen? Ihr Blut floss nun in ihm, seines in ihr. Sie war nun ein Teil des Volkes von Ardudunum. Das war der Sinn. Doch er hatte sich damit für immer an sie gebunden.

Als Padrig das Fest eröffnete, führten die beiden Schwestern Aislin in den Nebenraum. Beide redeten begeistert auf die blasse Frau ein, umarmten sie, streichelten ihre Wangen. Sie ließ es geschehen.

Enrik klopfte Gair auf die Schulter. "Gut gemacht. Hier, geh deinen Arm verbinden, ich hole dir inzwischen Wein."

Gair nahm das dargereichte Tuch und ging ins Atrium.

Es war eine sternenklare Nacht. Sorgsam wusch er seine Hände und den Arm in dem Brunnen, der in der Mitte des Hofes stand. Er band das Tuch um die Wunde und setzte sich auf den Brunnenrand.

*Oh große Göttin, Allmutter der Natur,
Beherrscherin der Elemente,
du vereinst in dir die Gestalten
aller Götter und Göttinnen, Noreia, höre mich an.
Umgeben von meinen plappernden Schwestern ist es wohl
nicht der rechte Ort für ein inniges Gebet, doch bitte höre
dennoch auf die Worte deiner Dienerin. Heute Nachmittag
erklärte mir Faolan, er hätte mich verkauft – verkauft! Ich hatte
bereits vergessen, dass ich eine Sklavin bin und man mit mir
verfahren kann wie mit einer Kuh. Der Preis für mich muss
außerordentlich gut gewesen sein, dem Theater nach, das
Padrig aufgeführt hat. Und dann kam dieser griesgrämige
Seher, und da wurde mir erst klar, dass du mich nach
Ardudunum schickst, oh große Göttin, habe Dank, welch
wunderbarer Ort! Doch warum kommt mein Zukünftiger nicht
selbst? Und warum schickst du ausgerechnet ihn, meinen
Druidenschüler? Er war der liebenswürdigste Mann, der mir
seit Langem begegnet ist. Und nun hab ich mit ihm das Blut
getrunken. Mit ihm. Ich weiß, große Göttin, solange ich tue,
was man von mir will, geschieht mir nichts Schlechtes. Doch*

mein Herz tobt. Und das hat nichts mit Centigern zu tun, wie Fia und Una glauben, ach, was werde ich die beiden vermissen! Schütze mich Göttin.
Segne meinen Weg.

Das Fest dauerte lange. Doch nie schien es, als könnte Gair auch nur ein Wort mit der Braut wechseln. Auch sie hatte sich gereinigt, ihre Wunde verbunden und eine Tunika und ein Oberkleid angezogen, beides reich verziert. Den Umhang trug sie nun offen den Rücken hinab. Ihre beiden Schwestern und Faloan wichen ihr nicht von der Seite, und ununterbrochen traten Leute auf sie zu. Niemand schien Gair zu beachten. Enrik plauderte mit Padrig. Der Wein floss reichlich. Er war schwer und süß, bestimmt weit aus dem Süden importiert. Als das Fest sich dem Ende neigte, und die beiden Mädchen sich mit Aislin zurückgezogen hatten, schlenderte Gair zu dem kleinen Tischchen. Neben dem Öllicht lag noch ein wenig grünes Puder, er rieb es zwischen den Fingern. Den Dolch hatte Enrik bereits eingesteckt, doch die kleine Schale stand noch da. Ihrer beider blutige Fingerabdrücke färbten sich langsam bräunlich, der weiße Ton sog die Feuchtigkeit auf. Innen war die Schale nun dunkelrot gefärbt. Gair nahm sie und steckte sie in den Lederbeutel, in dem der Umhang gewesen war. Padrig würde die Schale nicht vermissen und ihm bedeutete sie viel.

Auch wenn Enrik gerne bei Sonnenaufgang aufgebrochen wäre, so ließ Padrig das nicht zu. Sie mussten noch ein üppiges Frühstück mit ihm zu sich nehmen. Dann führte man Aislin herein. Sie trug Hosen und eine Tunika, ihr Haar war wieder zu dem schlichten Zopf geflochten. Sie war genauso blass wie am Abend davor. Doch der Hauch eines Lächelns legte sich auf ihre Lippen, als sie Gair sah.

Über den Arm trug sie den Umhang. "Guten Morgen, Druidenschüler, guten Morgen Enrik."

Sie reichte den Umhang dem Seher.

"Guten Morgen. Gair, pack den Umhang in den Beutel. Ich hoffe, er hat keine Blutflecken bekommen?"

Aislin zuckte die Schultern. "Ich glaube nicht. Er ist sehr schön."

"Ja, du wirst sehen, ganz Ardudunum ist schön, nicht nur bei Beltane. Die Götter waren dir sehr gnädig, dir diese Ehre zuteilwerden zu lassen, Centigerns Frau zu werden. Ich weiß, es kam für dich gestern etwas überraschend, vielleicht hätte Faolan dich schon früher informieren sollen. Aber du wirst dich schnell daran gewöhnen."

Aislin nickte.

Enrik erhob sich. "Können wir los? Wir haben einen weiten Ritt vor uns. Ich hoffe, du kannst reiten?"

Aislin nickte erneut. "Ja, ich bin eine gute Reiterin."

"Das freut mich. Das wird auch Centigern freuen, er liebt es, zu reiten. Nun denn, die Pferde warten schon."

Gair ließ den Seher und die Erzählerin vorausgehen. Ihre Schwestern hüpften aufgeregt um sie herum, beteuerten ein ums andere Mal, dass sie sie besuchen kämen, spätestens zur nächsten Beltanefeier, dass sie sie vermissen würden, und wie glücklich sie sein konnte, so einen berühmten Mann zu bekommen. Aislin lächelte.

Enrik legte ein flottes Tempo vor. Die Pferde trabten freudig.

Der Seher führte die Gruppe an, Aislin folgte dahinter und zum Schluss ritt Gair. Er hätte leicht zu ihr aufschließen können, doch er wollte nicht, dass sie ihn reiten sah. Sie ritt gut. Er ritt auch gut, wenn auch mit Schmerzen und lange nicht so gut, wie er gerne geritten wäre. Nicht gut genug, dass sie ihn sehen sollte. Nieselregen hatte zu Mittag begonnen und verdarb jedem die Lust an Gesprächen.

Als die Abenddämmerung einsetzte, kamen sie zu einem kleinen Weiler. Vier Häuser standen um einen freien Platz am Waldrand. Enrik steuerte auf das größte zu, neben dem ein mächtiger Nussbaum stand, und bat um Nachtquartier. Der Bauer, der ihnen die Tür öffnete, war ein Hüne, noch eine Handbreit größer als Enrik und mindestens doppelt so breit. Doch sein Lächeln unter dem dichten Bart war freundlich, und er winkte sie ins Haus. Ein junger Bursche, Aussehen und Größe nach sein Sohn, eilte aus dem Dunkel der Hütte, nahm ihnen die Pferde ab und führte sie in den Stall. Gair sah es als seine Pflicht an, ihm zu folgen, um nach den Tieren zu sehen. Das war aber nicht der einzige Grund. Er war froh, ein paar Schritte ungesehen von Aislin machen zu können, damit er nach dem langen Ritt wieder halbwegs aufrecht gehen konnte. Doch auch die Erzählerin hatte schmerzhaft das Gesicht verzogen, als sie abgestiegen war. Nur dem Seher merkte man die Stunden im Sattel nicht an.

Nachdem sich Gair überzeugt hatte, dass die Pferde gut versorgt waren, ging auch er mit dem Burschen ins Haus. Es war die übliche Behausung eines Bauern, zweigeteilt und schlicht. Das Haus mochte vielleicht zwei und eine halbe Körperlänge breit sein und vier lang. Die Türe befand sich an der Schmalseite und gleich links davon lag ein dicker Baumstamm am Boden, der die Seite des Raumes abteilte. Dahinter war Stroh aufgeschüttet und darauf Felle gelegt, die ganze Familie schlief hier, und auf dem Stamm saß man, um sich im Winter am mitten im Raum brennenden Feuer zu wärmen. Über der Feuerstelle stand auf drei Steine gestützt ein großer Kessel, aus dem duftender Dampf aufstieg. Gair spürte, wie sein Magen allein von dem Geruch zu knurren begann. Rechts der Eingangstüre saßen die Bauern, Enrik und Aislin bereits am Boden auf Fellen und unterhielten sich. An der Wand dahinter befanden sich ein schlichter Gewichtswebstuhl und der dazugehörige Korb mit Vlies und Handspindeln, ein wackeliges Regal mit allerlei Gerätschaften und in der Ecke Körbe, Rindenbehältnisse und Tontöpfe für die Vorräte.

Nach hinten zu war der Raum durch eine halbhohe Weidenwand geteilt, und Gair konnte im Dunkel dahinter eine Kuh wiederkäuen hören und eine Ziege leise meckern. Im Winter war die Wärme der Tiere im Haus wertvoll, nun im Sommer war es ungewöhnlich, dass sie nicht draußen auf einer Weide waren.

Gair folgte der Handbewegung der Bauersfrau und setzte sich zu den anderen, während sie aufstand, um ihm eine Schale Eintopf zu bringen. Aus dem Augenwinkel bemerkte Gair einige Augenpaare, die aus dem Dunkel der Bettstatt herüberblinzelten. Dann hörte er leises Kinderkichern, als er sich mühsam hinsetzte.

Die Gespräche drehten sich um das Wetter, die bevorstehende Ernte und die Gruppen von wilden Reitern, die die Gegend unsicher machten und Vieh stahlen. Aislin saß neben Gair und gähnte immer öfter. Als wäre es das Selbstverständlichste der Welt, lehnte sie sich an seine Schulter. Gair rührte sich nicht. Wenn er so tat, als merke er nichts, bliebe sie vielleicht. Seine Müdigkeit war nun verflogen.

Gerade als sie über das Problem der zunehmenden Überfälle sprachen, kletterte eines der Kinder schläfrig aus dem Bett auf seine Mutter zu. Es stolperte über Enriks Beine und stürzte genau in die Feuerstelle. Ein erschrockener Schrei. Funken schossen in die Höhe. Während die anderen in ihrem Schreck noch bewegungsunfähig waren, sprang Gair bereits auf und riss den Buben aus dem Feuer. Sein linker Arm stand in Flammen, Gair klopfte auf den Ärmel, um sie zu löschen, doch als das nichts half, presste er den brennenden Arm gegen seinen eigenen Körper, um die Flammen zu ersticken. Er spürte die Hitze durch seinen Umhang hindurch, den er zum Glück trug, doch er beachtete den Schmerz nicht. Das Kind brüllte und wollte sich losreißen, doch Gair hielt es fest. Endlich kam auch in die Anderen Bewegung, alle sprangen auf, bemüht, dem Kind zu helfen, aufgeregt durcheinander redend. Die Mutter nahm

Gair den Buben ab und bettete ihn auf das Felllager, wo seine zwei kleinen Geschwister, aufgeschreckt von dem Geschrei, ängstlich kauerten. Der Bursche, der die Pferde in den Stall geführt hatte, entzündete eine Öllampe, damit man den Schaden genauer betrachten konnte, und Enrik entfernte mit seinem Messer den verbrannten Stoff von der Haut. Selbst im schwachen Licht der Öllampe konnte man bereits jetzt am ganzen Arm große Blasen und schwarze Stellen sehen, wo die Haut völlig verkohlt war. Der Bub schrie noch immer, was den Seher an die Grenzen seiner Geduld brachte. "Sei still! Ich kann nichts tun, wenn du so um dich schlägst!"

Der Vater griff nun zu und hielt seinen Sohn fest, damit Enrik die Stofffetzen abziehen konnte. Dann schüttelte der Seher den Kopf. "Da kann man nicht viel machen. Das wird sich entzünden. Vielleicht hat er Glück, und er verliert nur den Arm, nicht sein Leben."

Damit setzte er sich wieder ans Feuer.

"Aber er braucht seinen Arm! Er ist ein guter Junge, er ist fleißig, wie soll er ohne Arm am Hof helfen? Er muss leben!" Die Stimme der Bäuerin klang weinerlich und war neben dem Geschrei des Kindes nur schwer zu hören.

"Nun, es ist zu finster jetzt. Morgen früh können wir mehr sehen. Vielleicht finden wir dann Spitzwegerich und Ampfer. Gebt ihm Bier, dass er schläft. Wäre er ein Mann, würde er nicht so heulen."

"Er ist vier, ein Kind! Wie soll er da nicht schreien!" Die Bäuerin nahm ihren Sohn in den Arm und wiegte ihn. Langsam verebbten die Schmerzensschreie zu einem Winseln, mehr aus Erschöpfung als aus Beruhigung. Der Bauer setzte sich zu dem Seher, strich sich durch seinen Bart und seufzte vor sich hin.

Gair war den Inhalt seiner Taschen durchgegangen, doch außer der Harzsalbe hatte er keine Kräuter bei sich. Die Salbe enthielt Beifuß und war so klebrig, dass sie die Hitze im Arm des Jungen nur einschließen würde, genau das Gegenteil von dem, was nun nötig wäre.

Aislin hatte die ganze Zeit ungläubig auf den Seher geblickt. Nun stand sie auf und setzte sich zu der Bäuerin neben den Buben.

Leise fragte sie: "Habt ihr Milch? Lasst uns ein Tuch

hineintauchen und seine Wunden damit abtupfen."

Die Mutter warf einen Blick zu ihrem Mann. Der stand auf und verließ das Haus. Kurz darauf kam er mit einem tönernen Krug zurück. Die Milch darin war gewiss kühl, denn der Krug war außen nass. Hinter dem Haus gab es wohl eine Quelle, in der sie ihre Milch frisch hielten. Die beiden Frauen schälten den wimmernden Buben vorsichtig aus seiner dreckigen Tunika und betupften immer und immer wieder den verbrannten Arm mit der weißen, kühlen Milch. Sie schien im Dunkel der Hütte fast zu leuchten.

Während sich Enrik neben dem Feuer in seine Decke gewickelt hatte und schlief – oder zumindest so tat – saßen Gair und der Bauer am Feuer und lauschten Aislin, die begonnen hatte, dem Buben eine Geschichte zu erzählen.

"Weißt du was, ich kenne da die Geschichte von einem Buben, der war in etwa so alt wie du. Das war ein ganz besonderer Bub, er hieß Neacal, und er hatte eine kleine Schwester, so wie du. Doch stell dir vor, als Neacal eines Tages vom Emmerfeld heimkam – er war ein sehr fleißiger Junge, so wie du - da war seine Schwester verschwunden. Einfach weg! Doch ein Rabe saß neben dem Haus auf einem Baum, und der Rabe, der krächzte: ,Scheiach war hier! Scheiach war hier! Er hat sie mitgenommen, in sein Winterreich!' Oh, Neacal hatte schon von Scheiach gehört, er war ein riesiger Wolf, aufrecht größer als ein Mann, ja größer als dein Vater, und er herrschte über ein Reich im Norden, weit im Norden, und man sagte, dort gäbe es keinen Sommer, das ganze Jahr nur Winter und Eis, klirrende Kälte. Nun, egal weshalb Scheiach Neacals Schwester gestohlen hatte, er würde sie sich zurückholen, koste es, was es wolle! So packte er ein Bündel, ein paar Vorräte, und machte sich auf den Weg, den Wolf und seine Schwester zu suchen. Immer weiter nach Norden ging er, immer kälter wurde es. Der Wind blies erst kühl über seine Haut, doch bald waren die Bäume mit Eis bedeckt, und wenn Neacal ausatmete, sah man Dampf aus seinem Mund kommen. Aber die Kälte machte ihm nichts, er dachte nur an seine Schwester. Und als er weiterging, wurde es noch kälter. Das ganze Land bestand nur noch aus Eis, alles war weiß, überall lag kalter Schnee. Die wenigen Häuser, die Neacal sah, waren aus Eis gebaut, der Schnee unter seinen Füßen knirschte bei jedem Schritt. Neacal trug, was er an jenem Tag getragen hatte, als seine Schwester verschwand – eine Tunika und Hosen - aber er fror nicht. Auf seiner Haut glitzerten Eiskristalle, in seinem Haar hingen Eiszapfen. Mit jedem Atemzug der eisigen Luft schien Neacal zu wachsen und stärker zu werden. Seine Haut erneuerte sich und wurde dicker, sie ähnelte der eines Drachen, schuppig und glänzend. Und so gelangte er eines Tages zu der Höhle des Wolfs, es war eine riesige Höhle, Eiszapfen hingen von der Decke und der ganze Boden bestand aus einer glatten Eisdecke. Am anderen Ende der Höhle konnte Neacal seine kleine Schwester sehen, in Felle gehüllt saß sie neben Scheiachs Thron. Neacal wollte zu ihr eilen, doch der Boden war so glatt, dass er nicht vorwärts kam. So rief er in die Höhle: ‚Scheiach, ich bin hier, meine Schwester zu holen! Gib sie mir, oder ich werde dich töten!'

Da hörte er das Lachen des Wolfes, das klang so schaurig, dass wohl jeder im Umkreis eines Tagesritts eine Gänsehaut bekam, nur Neacal nicht, denn er sah seine Schwester und wusste, ihn konnte nichts aufhalten. Der riesige Wolf kam zum Höhleneingang, mit seinen Krallen fiel es ihm leicht, auf dem Eis zu gehen. ‚So, Menschensohn, du willst deine Schwester? Nun denn, bestehe drei Aufgaben, und sie ist dein. Versage, und du bist mein.' Neacal nickte. ‚Nun denn, Menschensohn, folge mir, zu deiner ersten Aufgabe.' Der Wolf führte den Buben zu einem See, der zugefroren war. Nur in der Mitte war ein Loch im Eis. ‚Springe in das Wasser und hole mir einen Fisch. Aber erfriere nicht!' lachte der Wolf. Neacal legte seine Kleider ab und schlüpfte in das Eiswasser. Er spürte die Kälte nicht, fand sie sogar angenehm. Mit Leichtigkeit tauchte er und fing in dem kalten Wasser drei Fische. Er konnte spüren, wie das Wasser seine Haut noch stärker und unempfindlicher machte. Er fühlte sich großartig. Scheiach war nicht erfreut, als Neacal ihm die Fische vor die Füße legte. ‚Nun denn, wenn Eis dir nichts anhaben kann, dann vielleicht Luft, komm mit.' Er führte Neacal auf einen Felsvorsprung. ‚Hier musst du die Nacht stehend verbringen. Doch falle nicht!' Bewacht von dem Wolf stand Neacal die ganze Nacht aufrecht auf dem schmalen Fels. Ein eisiger Sturm blies und zerrte an ihm, doch seine Haut war inzwischen so stark, dass es sich wie eine angenehme Brise anfühlte. Er dachte an den großen Baum bei seinem Elternhaus, und wie gerne er dort in den Zweigen saß, und fürchtete sich nicht. Unwillig musste Scheiach am Morgen zugeben, dass Neacal auch diese Prüfung bestanden hatte. ‚Nun denn, dann bleibt nur noch eines, davor fürchten sich alle.' Und er führte Neacal zu einem Feuer. ‚Hier, halte deinen Arm hinein, solange wie es dauert, dass Brot im Ofen fertig bäckt.' Neacal tat es, ohne zu zögern. Die Flammen konnten ihm nichts anhaben. Seine Haut war inzwischen von Eis und Wind so stark geworden, dass er die Hitze des Feuers gar nicht spürte. Die Frist ging zu Ende und Neacal nahm lächelnd die Hand aus den Flammen. ‚Nun, Scheiach, ist es Zeit, mir meine Schwester zu geben. Ich will dir dein Leben schenken, denn deine Prüfungen haben mir Freude bereitet und mich noch mehr gestärkt.' Dem Wolf blieb nichts anderes übrig, als Neacals Schwester freizulassen. Und so kehrten die beiden heim und lebten glücklich und zufrieden und der kleine Knabe Neacal wurde ein mächtiger Fürst, auch über das Eisreich, denn nichts konnte ihm etwas anhaben. Woher ich das weiß? Er hat es mir selbst erzählt, und nun erzähl ich es dir und schenke dir diese Geschichte."

Der Bub hatte mit großen Augen zugehört, sein Winseln war völlig verstummt und er schien auf die Schmerzen vergessen zu haben. Auch seine Geschwister hatten, ebenso wie die Erwachsenen, mit Faszination zugehört. Gair kam es vor, als wäre die Luft im Haus kühler geworden.
Der Bub flüsterte: "Noch mal."
Aislin lächelte und strich ihm über die Stirn. "Nein, Kleiner, du musst jetzt schlafen. Doch diese Geschichte, sie gehört nun dir, und in deinem Schlaf kannst du Neacal besuchen gehen und mit ihm ins Eisreich reisen."
Der Bub lächelte und schloss die Augen.
Die Bäuerin und die Erzählerin warfen einander einen Blick zu, wie Gair ihn schon manchmal unter Frauen gesehen hatte. Es war ein Blick voll Wissen und Vertrauen, ganz anders als vertrauensvolle Blicke zwischen Männern.
"Mach weiter mit der Milch. Wenn du müde wirst, weck

mich, dann löse ich dich ab", flüsterte Aislin der Mutter zu. Sie strich dem schlafenden Buben noch einmal über die Stirn, zwinkerte seinen Geschwistern zu und setzte sich wieder neben Gair. Ohne ihn anzusehen, legte sie ihren Kopf auf sein ausgestrecktes Bein, ihre Hand auf seinem Knie, und seufzte wohlig, wie ein Hund kurz vor dem Einschlafen.

Enrik, auf der anderen Seite des Feuers, hatte missmutig gegrunzt, als Aislin sich neben Gair niederließ. Er war also wach gewesen und hatte ebenfalls gelauscht.

Wie verzaubert saß Gair noch lange da. Die Kinder schliefen, Aislin und der Seher ebenfalls. Bauer und Bäuerin kauerten neben ihrem verletzten Sohn, schweigend, ihre Köpfe Stirn an Stirn. Regelmäßig war ein leises Plätschern zu hören, wenn die Mutter das Tuch mit der Milch über der Schüssel auswand. Das Feuer knisterte. Und in seinem Schoß lag die Frau seines Fürsten, der er gestern Abend das Eheversprechen gegeben hatte.

Der erste Hahnenschrei weckte ihn. Gair war wohl doch eingeschlafen, er fand sich zusammengerollt am Boden liegend. Aislin war bereits auf, saß bei dem Knaben am Bett. Der Bauer öffnete gerade die Lichtöffnungen und die Türe, graues Morgenlicht drang herein. Die Bäuerin brachte das Feuer in Gang, doch die Kinder schliefen noch. Enrik war nirgends zu sehen.

"Guten Morgen Druidenschüler. Komm mal her!", flüsterte Aislin.

Gair war sich nicht sicher, ob er gerne Druidenschüler genannt wurde statt Gair, doch er erhob sich. Nach drei Tagen im Sattel und einer Nacht auf dem harten Lehmboden kam er sich noch viel mehr vor wie ein Krüppel. Aislin reichte ihm die Öllampe und deutete auf den Arm des Buben, der noch schlief. Die Haut war rot und geschwollen, aber die Blasen und verkohlten Stellen waren verschwunden, kein offenes Fleisch zu sehen. Keine Spur einer gefährlichen Entzündung. Aislin lächelte den Druidenschüler stolz an. Gair war sprachlos. Er hatte insgeheim gestern Abend Enriks Einschätzung geteilt, dass das Kind zumindest den Arm, wenn nicht gar das Leben verlieren würde, und nun war hier nicht mehr als ein schlimmer

Sonnenbrand zu sehen.

Als kurz darauf Enrik in die Hütte trat, Wegerich und Ampfer in den Händen, machte auch er große Augen. Seine Blicke sahen aber wenig erfreut aus, auch wenn seine Worte lobend waren: "Unglaublich. Milch und eine Geschichte. Du hast eine Gabe, Aislin."

Die Bäuerin hatte inzwischen in ihren Vorratstöpfen gekramt und kam nun zu der Geschichtenerzählerin, ein in Leder gewickeltes Bündel in den Händen. "Wir haben nicht viel, doch ihr habt meinem Sohn das Leben gerettet. Ihr werdet immer in unseren Gebeten sein und wir werden den Göttern Dankopfer bringen, die durch euch gewirkt haben. Nehmt das, es ist nicht viel, aber mehr haben wir nicht."

Aislin hob eine Ecke des Ledertuches hoch, dann gab sie der Bäuerin das Bündel zurück. "Das kann ich nicht annehmen, ich habe nicht viel getan, nur eine Geschichte erzählt. Ihr habt die ganze Nacht Milch auf seine Wunde getan. Hebt das für ihn auf, und gebt es ihm, wenn er älter ist."

Wahrscheinlich hätte die Bäuerin darauf bestanden, dass Aislin das Geschenk annahm, wäre in diesem Moment nicht gerade der Bub aufgewacht.

"Mama, ich hatte einen Traum ...", murmelte er, dann sah er die Erwachsenen, die um ihn herumstanden, blickte auf seinen Arm, seine Augen weiteten sich. "Das war wirklich?"

"Ja, das war wirklich, gut, gut, wir freuen uns alle, doch wir müssen weiter." Enrik stellte sich zwischen Gair und den Rest. "Mach die Pferde fertig, Druidenschüler, wir haben einen weiten Ritt vor uns. Vor der Dunkelheit müssen wir in Ardudunum sein."

Gair war wütend. Es war eines, wenn Aislin ihn Druidenschüler nannte, doch von dem Seher in diesem Ton! Er war nicht sein Sklave. Dennoch tat er wie geheißen, denn ihm war klar, wenn Enrik vor der Finsternis in Ardudunum sein wollte, dann würden sie vor der Finsternis dort sein. Und je später sie wegkamen, umso härter würde der Ritt werden.

Die ganze Familie trat vor die Hütte, um sie zu verabschieden.

Aislin drückte dem Buben, der auf dem Arm seines Vaters thronte, einen Kuss auf die Stirn. "Lebe wohl, kleiner Neacal.

Dies sei ab heute dein Name, Neacal, der Siegreiche."
Der Bub lächelte stolz seinen Vater an. Der nickte ihm zu.

Oh große Göttin, Allmutter der Natur,
Beherrscherin der Elemente,
du vereinst in dir die Gestalten
aller Götter und Göttinnen, Noreia,
ich danke dir von ganzem Herzen, dass du dieses Kind
gerettet hast.

Auch heute ritten sie schweigend, erneut setzte Nieselregen ein. Enrik gab ein flottes Tempo vor. Immer wieder versuchte Aislin, zu Gair zurückzufallen, doch er wollte nicht mit ihr reden. Entweder überholte er sie in diesem Fall und schloss zu dem Seher auf, oder er wandte das Gesicht ab. Sie war die Braut seines Fürsten, er würde sich hüten, vor dem engsten Vertrauten Centigerns mit ihr ein Gespräch anzufangen.

Sie erreichten Ardudunum kurz vor der Abenddämmerung, wie Enrik es gewollt hatte. Der Regen hatte zugenommen, und trotz ihrer dick gefilzten Umhänge waren sie inzwischen alle nass. Am Tor angekommen, schlugen die beiden Männer die Umschläge ihrer Umhänge, die sie als Kapuze über den Kopf gezogen hatten, zurück, damit der Wächter sie schon von Weitem erkennen konnte. Aislin andererseits schien sich in ihrer Kapuze zu verkriechen.

"Abend Gair, Abend Enrik, ihr habt euch ja großartiges Reisewetter ausgesucht!", grinste Uilleam, offenbar zu einem Plausch aufgelegt.

Es freute Gair insgeheim, dass der Wächter ihn vor dem Seher begrüßt hatte. Dieser machte nur eine unwirsche Handbewegung, Uilleam möge doch rasch das Tor öffnen.

Doch der machte keine Anstalten. "Und wen habt ihr denn da mitgebracht? Eine neue Sklavin?"

Der Seher schnaubte. "Sie wird dich bald zum Sklaven machen, wenn du uns nicht endlich einlässt! Das ist Centigerns Braut, erweise ihr Respekt!"

Gair konnte sehen, wie sich die vom Bier geröteten Wangen des Wächters blass färbten. Der Tag im Regen war wohl auch für ihn lange und eintönig gewesen. "Verzeiht. Ich lasse euch sogleich rein."

Das Tor knarrte. Im Vorbereiten fragte der Seher: "Ist Centigern schon hier?"

"Nein, Herr, er ist noch nicht zurückgekommen."

Sie hielten vor dem Langhaus. Gair musste an das letzte Mal denken, vor einem halben Mond, als er mit Aislin hier an der Wand gelehnt war. Was gäbe er darum, die Zeit zurückdrehen zu können! Offenbar hatte man im Haus ihr Kommen gehört, denn Riona öffnete die Türe, ehe sie abgestiegen waren. Solas huschte heraus und übernahm sofort die Zügel der Pferde. Es ärgerte Gair, dass Enrik aus dem Sattel sprang, als kämen sie von einem kurzen Spazierritt, während er es nur mit Mühe schaffte, abzusteigen. Früher, da wäre auch er mit einem Sprung vom Pferd gewesen, da waren vier Tage reiten Alltag. Und nun? Er seufzte. Dann half er Aislin von ihrer Stute. Einen Moment standen sie voreinander, seine Hände an ihrer Taille. Ihr Gesicht sah erschöpft aus, und sie stand unsicher. Doch sie lächelte ihn an.

"Gair! Enrik! Ihr seid wieder da!" Riona drehte sich ins Haus zurück. "Goraid, unsere Tochter ist hier! Erhebe dich, du Faulpelz, komm sie begrüßen! - Kommt herein, rasch, ihr seid ja völlig durchnässt. Kalla, wir brauchen trockenes Gewand für unsere Tochter, und warmen Wein. Kommt rein, rasch!"

Sie zog Aislin mit sich. Gair und der Seher folgten.

Riona war aufgeregt, als wäre sie selbst die Braut. Sie schob Aislin zum Feuer, nahm ihr den Umhang ab, wollte ihn Kalla reichen, doch die stand gerade mit zwei Bechern Wein vor ihr. Es kam zu einem kurzen Hin und Her, ehe Umhang und Wein die Besitzer gewechselt hatten. Gair konnte sehen, dass Aislin über die Hektik Rionas grinsen musste. Nun betrachteten der Fürst und seine Frau ihre neue Tochter.

"Ein hübsches Kind, wahrlich. Das hast du gut ausgesucht, Enrik. Sie und Centigern werden ein wundervolles Paar abgeben!" Riona war zufrieden. Goraid nickte lächelnd.

"Aber nun setzt euch doch, nein, wartet, Kalla, wo bleiben trockene Kleider für unsere Tochter? Sie wird sich noch den Tod holen! Die Mutter der Kinder meines Sohnes muss sorgsam behandelt werden! Enrik, wie konntest du sie durch dieses Wetter hetzen, hättet ihr nicht noch einen Tag warten können?"

"Nein, Riona, das konnte ich nicht. Das Orakel hat eindeutig bestimmt, dass sie heute Abend hier sein muss."

"Ach, immer diese Orakel." Riona schob Aislin nach hinten, wo Kalla bereits mit einem trockenen Oberkleid wartete. "Zieh dich um Kind. Ach, was ist das denn für ein Empfang, niemand hat heute mit euch gerechnet. Nicht einmal dein Mann ist hier. Wie erbärmlich ..."

Kopfschüttelnd setzte sich Riona zu ihrem Mann, während Aislin mit der Sklavin in die Kammer verschwand. Der Fürst gähnte und kratzte sich am Kopf.

"Wieso ist Centigern nicht hier?" Es war das erste, was

Goraid sprach. "Ich dachte, diese Braut ist so wichtig, wo ist mein Sohn?"

Enrik setzte sich zu ihm auf den Boden. "Das wüsste ich auch gerne. Er wollte heute zurück sein. Ich werde einen Boten schicken."

Der Seher sah sich nach Solas um, doch der war noch mit den Pferden draußen.

"Druidenschüler, kümmer du dich drum. Einer der Burschen soll nach Belcurnia reiten, Centigern und seine Krieger müssten noch dort sein oder auf dem Weg hierher."

Gair, der noch neben der Türe stand, rührte sich nicht. "Ich bin nicht dein Diener, Seher."

"Nun, du bist Schüler, ich bin Seher."

"Ich bin Bruder des jungen Fürsten."

"Milchbruder."

Die beiden Männer starrten einander an. Riona warf einen Blick zu ihrem Mann, er möge doch etwas tun, doch Goraid beobachtete mit Genuss das Blickduell der beiden Göttergeweihten.

In diesem Moment kam Solas zur Türe herein, und Riona schickte ihn sofort wieder los, sich um einen Boten zu kümmern. Die beiden Männer beendeten deswegen ihr Blickduell dennoch nicht. Erst als kurz darauf Aislin in den Raum trat, löste sich die Spannung. Goraid seufzte enttäuscht.

"So Kind, nun setz dich mal und erzähl uns alles von dir! Wir sind ja schon so gespannt!", forderte Riona.

Die Geschichtenerzählerin warf einen Hilfe suchenden Blick zu Gair.

"Riona, Aislin ist müde, wie wir alle. Es waren anstrengende Tage. Ich denke, wir sollten einen Schlafplatz für sie finden und morgen dann, wenn alle ausgeruht sind, dann ..."

"Aislin heißt sie also. Wir wissen ja gar nichts, siehst du! Aber natürlich. Das Wichtigste ist doch, dass du bei Kräften bleibst, Kind. Wir werden sie im Gästehaus unterbringen, hier bei uns kann sie ja nicht bleiben vor der Hochzeit. Oder nein, Gair, nimm sie zu euch ins Gästehaus, dann kann Malwine sich um sie kümmern. Enrik kann uns ja inzwischen das Wichtigste erzählen."

Dankbar verabschiedete sich Aislin und wünschte allen eine

gute Nacht. Dem Seher war es anzusehen, dass ihm dieses Arrangement nicht gefiel, doch er sagte nichts.

Sie schwiegen am Weg zu Aonghas' Haus. Es regnete immer noch und war nun bereits dunkel, niemand war zu sehen. Was für eine ungewöhnliche Art, die neue Herrin der Stadt zu empfangen.

Malwine und Leod saßen gerade um das Feuer und lauschten Eimhir, die mit ihrer hellen Stimme eine Ballade sang. Alle drei sprangen auf, als Gair zur Türe hereintrat.

"Gair, du bist zurück!" Eimhir eilte auf den Druidenschüler zu und umarmte ihn stürmisch.

"Ich war doch nur vier Tage weg", lachte er, drückte sie aber herzlich an sich.

Leod eilte auf Aislin zu. "Guten Abend, Schönheit. Willkommen in Ardudunum! Ich muss sagen, so viel guten Geschmack hätt ich dem griesgrämigen Dünnling von einem Seher bei der Brautwahl gar nicht zugetraut."

"Aber Leod, es war doch das Orakel, das sie ausgewählt hat, nicht Enrik!", warf Eimhir ein.

Malwine lachte. "Willkommen auf alle Fälle. Ich bin Malwine, und das sind Leod und Eimhir. Aonghas ist noch im Tempel, doch er wird gewiss bald kommen."

Gair trat hinter Aislin, um ihr den Umhang abzunehmen. Im selben Moment schoss ihm die Erinnerung an den Abend in Flavia Solva ein, als er ebenso hinter ihr gestanden hatte, nur dass sie unter dem Umhang nackt gewesen war. Er räusperte sich. "Riona bat mich, Aislin in unserem Gästehaus unterzubringen. Im Langhaus schien es Riona nicht passend, und im großen Gästehaus beim Tor ist es doch ein wenig – einsam."

"Aber natürlich, wir freuen uns. Was hältst du von einem Becher Wein zur Begrüßung?" Leod eilte bereits zu der Amphore, die an der Wand lehnte.

"Danke nein, das ist sehr nett. Falls ihr noch ein wenig Suppe habt, wäre ich dankbar."

"Aber natürlich! Eimhir, kümmere dich drum." Während Leod die jüngste Schülerin herumkommandierte, legte er ein paar strohgefüllte Polster auf die Felle rund um den Tisch. "Setz dich doch. Hier, dies ist der bequemste Polster."

Malwines Grinsen reichte über ihr ganzes Gesicht, als sie Gair zuflüsterte: "Ich muss wohl die Dosis seines Kräutertranks erhöhen." Laut sagte sie: "Du musst müde sein, Aislin. Du wirst sehen, die Suppe gibt dir wieder Kraft."

Sie nahmen auf den Polstern Platz, die Erzählerin flankiert von Gair und Leod, die einander eifersüchtig beäugten.

"Du musst wissen", setzte Leod an, "eigentlich wäre es mir zugestanden, dich gemeinsam mit dem Seher zu holen. Doch man befand, dass in Zeiten wie diesen jemand Kriegskundiger die bessere Wahl wäre, auch wenn dieser Jemand heute ein Krüppel ist."

"Du warst Krieger?" Aislin blickte Gair erstaunt an. Ihre Stimme klang erschrocken.

"In einem anderen Leben. Ist lange her."

Aislin senkte den Blick, um nach einem langen Moment zu der Schale mit Suppe zu greifen und einen großen Schluck zu machen.

"Das tut gut, habt Dank, diese Suppe ist wunderbar." Sie lächelte Malwine an.

"Wie ich den Seher kenne, hat er dir weder Zeit zum Verschnaufen noch zum Essen gegeben."

"Ja, er hatte es eilig. Ich muss gestehen, ich bin nur froh, nicht mehr auf diesem Gaul zu sitzen. Ich fürchte, ich werde die nächsten Nächte auf dem Bauch schlafen müssen."

"Oh, Malwine, du hast doch bestimmt eine Salbe für sie? - Du musst wissen, Malwine macht fantastische Salben!" Eimhirs Augen strahlten. Sie hatte sich neben Gair gesetzt und besitzergreifend ihre Hand auf sein Bein gelegt.

Aislin bedachte dies mit einem Blick, dann sah sie sich im Raum um. "Ja, das dachte ich mir." Von der gesamten Decke hingen Kräuterbuschen zum Trocknen.

Es klopfte. Eimhir huschte zur Tür. Herein trat Goraid. Er hängte seinen nassen Umhang auf einen der Haken neben der Türe, ohne abzuwarten, dass Eimhir ihn ihm abnahm.

"Wo ist Aonghas? Er soll die Sterne zu dieser Ehe befragen. Ich will seine Meinung wissen."

"Er ist noch im Tempel, doch er wird bald kommen. Aber es wird Centigerns Seher nicht gefallen, wenn Aonghas sich einmischt. Centigern hat ziemlich deutlich klargestellt, dass für seine Belange Enrik zuständig ist." Malwine bot dem Fürsten mit einer Handbewegung an, Platz zu nehmen.

Goraids Kopf lief rot an. "Noch bin ich der Fürst hier! Und ich kann meinen Druiden befragen, wie ich will! Centigern mag in Zeiten wie diesen der bessere Anführer sein, aber das kann er mir nicht verbieten, noch bin ich der Herrscher in Ardudunum und ich befrage meinen Druiden, wann und wozu ich will!"

"Wozu willst du mich befragen?" Goraid drehte sich erschrocken um, er hatte offenbar nicht bemerkt, dass der Druide hinter ihm zur Tür hereingetreten war. Eimhir, die noch immer daneben stand, nahm ihrem Meister den nassen Umhang ab. Aonghas legte seine Hand auf Goraids Schulter und führte den alten Mann zu einer niedrigen Bank, die an der Wand stand.

"Centigerns Braut ist hier", der Fürst deutete mit dem Kopf in Aislins Richtung. "Ich will, dass du die Sterne zu dieser Ehe befragst."

Aonghas warf einen Blick zu Aislin. Er erkannte sie sofort. Sein nächster Blick, mit hochgezogenen Augenbrauen, galt Gair. Da sein Schüler wusste, dass der Druide in ihm lesen konnte, versuchte er erst gar nicht, den Unwissenden zu spielen. Gair verzog den Mundwinkel leicht nach oben und zuckte mit den Schultern.

Eimhir reichte beiden Männern einen Becher Wein. Aonghas nickte ihr zu, ehe er sich dem Fürsten zuwandte. "Nun, Goraid, ich dachte, dein Sohn hätte klargestellt, dass er auf meine Dienste keinen Wert legt. Er hat ja seinen Seher."

Goraid wollte erst wieder aufbrausen, nahm dann jedoch einen Schluck von dem Wein und brummte leise: "Mir doch egal, worauf mein Sohn Wert legt. Ich will wissen, was uns mit dieser Ehe bevorsteht. Eine Ehe, die der Seher des Sohnes ausgesucht hat, nicht ich als Vater! Nur weil die Zeiten nicht mehr so friedlich und gut sind wie früher, da glaubt der Junge, er kann alle Traditionen brechen."

"Aber du musst zugeben, er ist erfolgreich. Ardudunum hat seine Macht nun auf ein größeres Gebiet ausgedehnt, viele Dörfer sind uns nun zu Abgaben verpflichtet."

"Phhh. Dafür reisen weniger Händler, weniger Pilger. Kommt sich gleich. Du weißt, ich war immer für den friedlichen Weg."

"Ja, Goraid, aber auch wenn dein Sohn ehrgeizig ist und kampfeslüstern, er kann nichts dafür, dass die Boier immer mehr ins Land drängen, seit die Germanen sie ihrerseits bedrängen. Und du hast geschworen, ihm die Fürstenehre zu übergeben, denn sieh es ein, du bist alt. Wir sind alt."

Goraid nahm einen großen Schluck Wein. Aonghas ebenso. Die beiden Alten schwiegen eine Weile.

"Also, befragst du nun für mich die Sterne, oder nicht?"

"Lass mich die Braut einmal ansehen."

Malwine gab Aislin einen kleinen Stups, damit sie zu den Männern hinüberging.

"Setz dich nieder mein Kind und sieh mich an. Oder hast du etwas zu verbergen?"

Aislin gehorchte. Gair wusste, wie sie sich nun fühlte, unter Aonghas' durchdringendem Blick. Alle warteten gespannt auf das Urteil des Druiden.

"An ihr wird es nicht liegen, wenn diese Ehe Unglück bringt."

"Und was heißt das jetzt, Aonghas?" Goraid grunzte missmutig.

"Das, was ich gesagt habe."

Mit einer unerwarteten Bewegung griff der Druide an seinen Gürtel, zog sein Messer und schnitt der Erzählerin eine Haarsträhne ab. "Wenn es dich beruhigt, Goraid, werde ich noch die Götter befragen." Er wackelte mit der Haarsträhne vor dem Gesicht des Fürsten. "Morgen erzähl ich dir mehr." Als sich der Fürst ächzend erhob, wandte sich der Druide Aislin zu und Gair hört ihn leise sagen: "Und dir mache ich daraus ein Amulett, du wirst es brauchen können."

Gemeinsam mit Goraid ging Aonghas zur Türe. "Ich bin im Tempel. Malwine, bring das Mädchen ins Bett, sie kann sich ja kaum mehr auf den Beinen halten."

Gair begleitete die beiden Frauen ins Gästehaus. Es war mehr eine Gästekammer direkt hinter den Schlafkammern, doch sie besaß einen eigenen Eingang und eine eigene Feuerstelle. Um einen Grund zu haben, mitzugehen, trug er etwas Feuerholz und ein glühendes Holzstück in einer Eisenpfanne mit langem Griff. Während Malwine die Schlafstelle für Aislin zurechtmachte, kümmerte sich Gair um das Feuer. Er legte die glühende Kohle in die große, dreibeinige Eisenschale, die in der Mitte des Raumes stand, und zerteilte kleine Ästchen, damit sie leichter Feuer fingen. Er ließ sich Zeit dabei.

Aislin legte ihr Bündel in ein Eck. Müde setzte sie sich dann auf den Baumstamm, der das Bettstroh vom Rest des Raumes trennte. Sie verzog schmerzhaft das Gesicht, als ihr Hintern das Holz berührte. Gair grinste ihr wissend zu.

Malwine strich noch einmal über die Wolldecke. "So, hier kannst du in Ruhe schlafen. Die Nächte sind kühl hier, selbst im Sommer, und diesen Sommer besonders. Aber du hast genug Decken, du kannst das Feuer also ruhig in der Nacht ausgehen lassen, vorausgesetzt Gair schafft es, es endlich in Gang zu bringen."

"Habt Dank, Malwine. Ist Goraid Centigerns Vater? Er wirkt so – alt."

"Oh ja, er ist sein Vater. Riona ist Goraids vierte Frau. Die drei anderen starben bei oder kurz nach der Geburt ihres ersten Kindes. Man sprach von einem Fluch. Niemand glaubte mehr, dass Goraid jemals einen Erben haben würde, als er Riona heiratete. Eine schwierige Schwangerschaft war das bei ihr. Ehrlich gestanden waren wir sicher, dass auch sie sterben würde. Doch sie hat überlebt. Aber so geschwächt und krank, dass sie sich nicht um das Kind kümmern konnte. Also gab man Centigern an eine Amme, die auch gerade einen Sohn geboren hatte – diesen prächtigen Knaben hier." Sie sah grinsend zu Gair, er grinste zurück.

Die Druidin setzte sich neben Aislin auf den Baumstamm.

"Centigern gedieh wider Erwarten prächtig. Hat Gair wohl die ganze Milch weggetrunken, wenn man so den Größenunterschied ansieht."

Gair verzog das Gesicht zu einer Grimasse.

Malwine lächelte. "Goraid und Riona liebten ihren Sohn abgöttisch. Es fiel ihnen unglaublich schwer, ihn mit sieben Jahren zu Voccio zu schicken, aber so sind nun mal die Regeln."

Fragend blickte Aislin von der Druidin zu Gair.

"Jeder Sohn eines Fürsten muss bei einem entfernten Verwandten aufwachsen. In Centigerns Fall eben Voccio, der jedoch zu diesem Zeitpunkt noch nicht der Hochkönig

Noricums war", erklärte ihr Gair. "Damit werden die Bande der Stämme untereinander gestärkt. Kein Vater würde einen Krieg gegen einen Stamm führen, der für das Wohl seines Nachfolgers zuständig ist."

"Ja, und damit Centigern nicht einsam wird, gaben sie ihm Gair mit. Vor vier Jahren, als Centigern einundzwanzig war, durfte er in sein Elternhaus zurück. Voccio hat die Beiden zu großen Kriegern gemacht, das muss man schon sagen. Mit dem Schwert und der Lanze umgehen, das konnten sie beide wie kaum ein anderer. War nicht das, was Goraid schätzte, er hält nichts von Krieg und Kampf. Ardudunum ist dank Goraid und seiner Einstellung ein wunderbar friedlicher Ort." Malwine erhob sich von dem Baumstamm. "Nun, das Feuer brennt endlich. Schlaf gut. Wenn du etwas brauchst, Leod und Gair haben ihre Kammer gleich hinter dieser Wand."

Bei der Türe drehte sich Gair noch einmal zu der Erzählerin um. Sie hatte sich auf den Decken zusammengerollt und starrte ins Feuer. Malwine sprach noch einen kurzen Segen über sie, ehe sie die Türe schloss.

Zurück im Haus wartete Aonghas bereits auf ihn. Leod und Eimhir, die gerade am Weg in die Schlafkammer gewesen waren, drehten noch mal um, um nichts zu verpassen.

"Nun, Gair, erzähl."

Und Gair erzählte. So sachlich er konnte und nur das Nötigste. Jene Dinge, die das Ritual betrafen, nichts von seiner Überraschung, nichts von seinem Fachgespräch mit Enrik.

"Sie ist nur eine Sklavin?" Die Enttäuschung war Leod ins Gesicht geschrieben.

"Soso", brummte Aonghas, "die Blutzeremonie hat der Kerl ausgeführt, wer hätte das gedacht."

Als er die fragenden Blicke von Eimhir und Leod sah, seufzte er. "Das ist eine ganz alte Form des Rituals, ich wusste nicht, dass es heute noch wer in dieser Form ausübt, schon gar nicht mit einem Vertreter statt des eigentlichen Mannes. Ungewöhnlich. Aber natürlich sehr effektvoll. Und Bärlapppulver, hmhm." Der alte Druide lachte in sich hinein. "Dieser Enrik ist doch für einige Überraschungen gut. Offenbar hat er mehr gelernt, als ich dachte."

Er wurde wieder ernst und wandte sich Gair zu: "Und was war das für ein Symbol, das du Aislin auf die Stirn gezeichnet hast?"

"Ich weiß es nicht, ehrlich. Es war mir unbekannt. Aber es schien mir richtig." Gair nahm sein Messer aus dem Gürtel und zeichnete das Symbol in den Lehmboden. Leod und Eimhir rückten näher, um eine bessere Sicht zu haben, und auch Malwine schaute neugierig. Aonghas zog die Augenbrauen hoch. "Beachtlich. Leod, kennst du dieses Symbol?"

"Äh – nein. Habe ich es schon gelernt?"

"Ja. Erinnerst du dich, als wir vor Jahren in Flavia Solva waren, in deren Noreia Tempel? Doireann, die dortige Druidin, hat es benützt. Es ist ein sehr mächtiges Zeichen."

"War das die Alte mit knorrigen Fingern? Die hat mir Angst gemacht." Eimhir grinste, worauf Leod sich sofort verteidigte: "Ich war zehn, höchstens elf!"

Gair fragte ungeduldig: "Wofür steht es? Was bedeutet es?"

"Leod?" Aonghas setzte seinen prüfenden Blick auf.

"Keine Ahnung. Sie hat uns einen ganzen Haufen Symbole gezeigt, aber ich konnte die ganze Zeit nur auf diese knorrigen Finger starren, die da Figuren in den Sand zeichneten."

Der Druide seufzte. "Nun, keine Sorge, Gair, du hast wahrlich recht damit getan. Es ist ein Schutzzeichen, ein sehr mächtiges Schutzzeichen. Woher es dir plötzlich vertraut war, ich weiß es nicht, aber das ist wohl Teil deiner Gabe. Freue dich." Erneut lachte der Druide in sich hinein. "Da hätt ich mir die Arbeit mit dem Schutzamulett für die Kleine sparen können."

Malwine sah ihren Mann verwundert an: "Das Ganze scheint dich zu amüsieren."

"Oh ja. Das tut es. Ich freue mich, dass die neue Herrin Ardudunums so eine sympathische Frau ist. Ihre Gegenwart wird uns noch viel Spannendes bescheren." Sein Grinsen richtete sich an Gair.

Später lag Gair noch wach in seiner Kammer. Seine Hände spielten mit der kleinen Tonschale, die er aus Flavia Solva mitgenommen hatte. Er hatte sie in der hintersten Ecke seiner Bettstatt unter dem Stroh versteckt, für niemanden sichtbar, nur für seine Hände spürbar. Er hasste es, dass Aonghas so in ihm lesen konnte. Ihm fiel ein, dass er den anderen gar nichts von Aislins Gabe erzählt hatte, von dem verbrannten Kind und der Geschichte aus dem Eisland. Leod neben ihm schnarchte leise. Hinter der Bretterwand lag Aislin. Er konnte an nichts anderes denken. Doch irgendwann übermannte ihn der Schlaf.

Oh große Göttin, Allmutter der Natur, Beherrscherin der Elemente, du vereinst in dir die Gestalten aller Götter und Göttinnen, Noreia, höre mich an. Ich bin so müde Göttin, dass ich nicht weiß, was ich sagen soll. Oder denken soll. Die Menschen sind nett hier. Ist dies nun meine neue Heimat? Wieder eine neue Heimat? Lass mich das Rechte tun, eine gute Frau sein für diesen Mann, den ich nicht kenne. Ich erinnere mich kaum an ihn, ich war an jenem Tag nicht ich selbst. Er hatte starke Arme. Eine fordernde Art. Ich wollte nie einem Mann gehören, nur dir dienen, das weißt du. Doch wenn dies der Weg ist, den du mir bestimmt hast, so werde ich ihn gehen, so gut ich kann. Gesegnet seist du, große Göttin, und möge dein Segen auf mich fallen.

Die drei Druidenschüler kehrten gerade von ihrem Morgendienst im Tempel zurück, als die Fürstin und ihre Sklavin ins Haus des Druiden gestürzt kamen, um Aislin zu holen. Der Bote, den man gestern Abend zu Centigern geschickt hatte, war zurückgekehrt und hatte die Ankunft seines Herren noch vor der Mittagsstunde angekündigt. Die Hektik der Fürstin hatte sich seit gestern nicht beruhigt. Ihre Tochter musste strahlen, glänzen, wenn ihr Sohn sie in Empfang nahm, wenn sie dem Dorf vorgestellt wurde. Selbst Eimhir ließ sich von der Aufregung anstecken und begleitete Aislin ins Haus der Fürstin, wo man alles vorbereiten wollte.

"Wollen die etwa gleich heute heiraten?", brummte Leod in seinen Frühstücksbrei.

Malwine reichte ihm seinen Kräutertrank. "Riona wartet schon so lange darauf, endlich eine Tochter zu bekommen. Ich schätze, sie hat Angst, dass Centigern es sich anders überlegt, falls nicht alles perfekt ist."

"Die Hochzeit ist doch aber gewiss erst bei Vollmond, oder?", fragte nun auch Gair.

"Natürlich", antwortete der Druide, der einen Kranz aus Eisenkraut flocht. "Obwohl sie, lieber Gair, bereits seit der Blutzeremonie als Centigerns Frau gelten kann."

"Natürlich", antwortete Gair, bemüht, unbeteiligt zu klingen. "Doch so unkonventionell, wie die ganze Brautholung war, bei Enrik kann man wohl nie sicher sein, was er noch für Ideen hat."

"Ideen kann er viele haben, aber an gewisse Dinge muss auch er sich halten, wenn er nicht die Götter erzürnen will. Ihr werdet heute auf eure Übungen verzichten müssen und euch stattdessen schön machen. Schließlich ist dies die offizielle Begrüßung unserer zukünftigen Herrin. Ihr werdet Willkommensgeschenke brauchen." Er hob den Kranz in die Höhe, den er gerade fertiggestellt hatte.

Gair stutzte. Soweit er wusste, wurden Eisenkrautkränze von den Druiden verwendet, um bei magischen Ritualen böse

Geister abzuwenden, und nun wollte Aonghas solch einen Kranz der Braut schenken?

"Nun, ich werde ihr ein Fläschchen von meinem Trank schenken", meinte Leod, der gerade seinen Becher abstellte, "dann kann sie sich ein paar Nächte Ruhe von ihrem unersättlichen Mann verschaffen."

"Untersteh dich!", lachte Malwine. "Das kostet dich den Kopf, wenn Centigern es entdeckt!"

"Nun denn, dann eben etwas aus meiner Schmucksammlung. Frauen lieben Schmuck und ich hab noch einiges auf Lager, aus meinen stürmischen Zeiten." Der junge Mann erhob sich, streckte sich und fuhr sich genüsslich über den Bauch. "Und du, Gair, was schenkst du ihr?"

Gair zuckte die Schultern. "Muss erst nachdenken."

Er hatte sich an den Bach zurückgezogen. Das kühle Wasser tat gut und wusch den Dreck und die Schmerzen der Tage im Sattel weg. Er legte sich auf die runden Steine, das Wasser umspülte ihn, sein Blick war durch die Bäume in den Himmel gerichtet. Vögel zogen ihre Bahnen. Er wünschte, er könnte bereits in ihrem Flug lesen, doch bis dahin waren es noch einige Jahre Ausbildung.

Er musste ein Geschenk für die neue Herrin finden. Er dachte an die tönerne Schale, die im Stroh seines Bettes lag. Nein, sie würde es wohl falsch verstehen, würde meinen, er löse diese besondere Beziehung, indem er ihr die Schale zurückgab. Und Enrik würde damit durchschauen, dass ihm an der Erzählerin lag.

Er könnte auch einfach hier liegen bleiben, und nicht zu dem Empfang gehen. Er wollte es gar nicht sehen, wie Centigern seinen Besitz beanspruchte. Er hatte seinen Milchbruder oft genug erlebt, nach Schlachten, auf Festen. Darin waren sich Centigern und Leod ähnlich, es gab kaum eine Frau, die die beiden nicht nahmen. Mit dem Unterschied, dass Centigern als Fürstensohn und erfolgreicher Krieger viel begehrenswerter war als der Druidenschüler. Nun, er war früher auch nicht viel anders gewesen. Nach einer Schlacht war das Gefühl, am Leben zu sein, so überwältigend, dass man gar nicht anders konnte, als dieses Leben auszukosten. Was war Leods Ausrede?

Die Sonne stieg höher, und er konnte Lärm beim Nord-Tor hören. Centigern und seine Männer waren zurück. Es war wohl Zeit, sich bereit zu machen.

Als Gair zur großen Wiese kam, waren bereits alle versammelt. Er hatte sich Zeit gelassen, sodass die Begrüßungen schon begonnen hatten. Die Bauern und Handwerker bildeten einen großen Kreis um die Krieger und Adeligen. In der Mitte dieses inneren Kreises standen auf dem großen, flachen Felsbrocken, der aus der Wiese ragte, Centigern und seine Braut. Auf der einen Seite wurden sie von dem Fürstenpaar und den Druiden flankiert, auf der anderen von Enrik und den beiden Sklaven, die die Geschenke derer, die ihre Ehre erwiesen, zur Seite räumten. Centigern trug eine prächtige ärmellose Tunika, die Arme waren wie meist mit Goldreifen geschmückt, um die Muskeln auf seinen Oberarmen noch zu betonen. Er hatte seinen dunklen Zopf und Bart geölt, sodass sie im Sonnenlicht glänzten. Seinen Arm hatte er um Aislins Taille gelegt und drückte sie eng an sich. Auch sie war prächtig gekleidet. Ihr Haar war mit Perlen geschmückt, gewiss Eimhirs Werk. Der goldene Schmuck an ihren Armen musste Riona gehören. Auf dem Haupt trug sie Aonghas' Eisenkrautkranz. Sie lächelte, bemüht, wie es Gair schien, während der Goban und seine Frau gerade Geschenke vor dem Paar niederlegten. Ein prächtiges Schwert mit Scheide, soweit Gair erkennen konnte, wohl eher eine Gabe für Centigern als für die Braut. Doch dieser Empfang war schließlich mehr als ein Willkommenheißen Aislins, hier ging es vielen auch darum, sich vor dem zukünftigen Fürsten gut darzustellen.

Ganz Ardudunum schien versammelt zu sein. Einzig seine Mutter konnte Gair nicht entdecken, was ihn jedoch nicht verwunderte, denn sie verließ ihr Haus so gut wie nie. Dann sah er Clach, den Steinmetz, der sich am Rande der Menge hielt. Er schaukelte nervös von einem Fuß auf den anderen, in seiner Hand einen großen Stein.

Gair bahnte sich einen Weg zu ihm. "Guten Tag Clach, mögen die Götter dich segnen." Aislins Meinung zu dem Idioten ging ihm durch den Kopf.

Der Hüne grinste und grunzte freudig. Aufgeregt sprudelten

unerkennbare Laute aus seinem Mund. Es schien, dass er sich freute, in der neuen Herrin die nette Frau von Beltane zu erkennen.

"Ja, sie ist es. Hast du auch ein Geschenk für sie?" Gair hoffte, dass der Stein in der Hand des Mannes als Willkommensgabe gedacht war, und nicht um Centigern damit den Kopf zu zertrümmern.

Clach hob seine Hand und offenbarte eine steinerne Schale, kunstvoll verziert mit verschlungenen Knotenmustern. Gair sah jeden Tag Clachs Kunst im Tempel, wo das von dem Idioten gefertigte Becken das heilige Wasser enthielt, doch erst hier, an dieser kleinen Schale, wurde ihm klar, was für ein großer Künstler dieser Hüne mit den riesigen Händen war.

"Sie ist wunderschön. Aislin wird sich sehr freuen."

Clach grinste glücklich, dann drückte er die Schale Gair in die Hand und schob ihn vorwärts.

"Nein, nein, Clach, die musst du ihr schon selbst geben", lachte Gair, "trau dich nur."

Gair, der dem Steinmetz gerade bis zur Brust reichte, wich zur Seite aus und schob nun seinerseits den Hünen in Richtung Felsen. Ehe die beiden es sich versahen, standen sie vor dem Brautpaar.

Centigern zog die Augenbrauen hoch, als er den Steinmetz sah. "Was willst du hier?"

Schüchtern stellte Clach die Schale vor Aislins Füße, verlegen grunzend schob er sie auf dem Felsen ein Stück näher an die Braut. Aislin beugte sich nieder und hob die Schale hoch, sie von allen Seiten betrachtend. "Oh Clach, sie ist wunderschön! Hab vielen, vielen Dank." Sie lächelte den Hünen herzlich an.

Gair entging nicht der verärgerte und zugleich irritierte Blick, den Centigern auf den Steinmetz warf.

Ein älterer Krieger schob sich vor Gair, offenbar beleidigt, abgedrängt worden zu sein. Gairs Blick traf Aonghas, der ihm zufrieden zulächelte. Anscheinend hatte es dem Druiden gefallen, dass er Clach die Möglichkeit verschafft hatte, sein Geschenk abzuliefern. Ainslin hatte es nicht, wie die anderen Geschenke, weitergereicht, sondern neben sich abgestellt. Der Krieger vor Gair lobte Centigern, huldigte seiner Kriegskunst und stellte in einem Atemzug sich selbst als ebensolchen Krieger hin, der jederzeit sein Schwert für die neue Herrin erheben werde. Gair kannte den Mann. Und soweit er wusste, war er in Schlachten meist einer jener, die sich, so lange es ging, in der letzten Reihe hielten.

Dann stand er selbst vor dem Paar.

Es fiel im schwer, die rechten Worte zu finden, er hatte sich nichts zurechtgelegt. "Centigern, Aislin. Wir haben viel gemeinsam erlebt, Bruder, nicht wahr, doch nun haben sich unsere Wege getrennt. Und sieh an, nun hast du doch glatt vor mir eine Frau gefunden, wer hätte das gedacht!" Er bemühte sich, zu lachen, doch es klang hohl. Aber Centigern grinste zufrieden. "Mögt ihr euch so auf einander verlassen können, wie wir es einst konnten, Bruder. Mögen die Götter euch segnen. Ich habe kein Geschenk für dich, Centigern, denn schließlich bist nicht du es, den wir als neuen Bewohner in Ardudunum willkommen heißen – und außerdem gehört dir mein Leben, mehr kann ich nicht geben. Und für dich, Geschichtenerzählerin, hab ich nur dies."

Er wandte sich Aislin zu und zog etwas aus seinem Gürtel. Ein wenig verlegen reichte er es der Braut, es war nichts weiter als ein kleines Stück frisches Holz, in Größe und Form jenem gleich, das sie ihm zu Beltane verkohlt gegeben hatte. "Verbranntes wird heil."

Als er Tränen in ihren Augen hochschießen sah, wandte er sich rasch ab und eilte durch die Menge davon.

Es war bereits Nachmittag und die Empfangsfeierlichkeiten dauerten immer noch an. Gair hatte sich zum Haus des Druiden zurückgezogen. Er saß auf der Bank neben dem Eingang, mit Blick auf den Tempel und, wenn er sich ein wenig zur Seite beugte, am Tempel vorbei auf die Festwiese. Inzwischen spielte Musik und es wurde getanzt, der Duft von gebratenem Schwein lag in der Luft.

Centigern und Aislin standen noch immer auf dem Felsen, ihre Köpfe überragten die Menschenmenge. Zwei fremde Pilger kamen zum Tempel und warteten davor. Gair tat so, als sehe er sie nicht, als wäre er in seine Schnitzarbeit vertieft. Nach einer Weile legten sie ihre Opfergaben vor der Tempeltüre ab und gingen zurück zum Festplatz. Ihnen kam eine Frau entgegen, sie ging direkt auf das Haus des Druiden zu. Gair erkannte in ihr schon von weitem Malwine.

Mit einem müden Plumpsen ließ sie sich neben ihm auf der Bank nieder. "Erst Beltane und nun das, ich bin zu alt, um so viel zu stehen. Du hast recht, hier ist es viel angenehmer."

Sie saßen eine Weile schweigend. Das weit vorstehende Dach des Hauses breitete seinen Schatten über sie. Die Druidin pflückte ein paar Grashalme neben der Bank und flocht sie zu einem Band. "Centigern hat ihr ein Geschenk mitgebracht. Eine Sklavin." Sie kicherte. "Eine Sklavin für eine Sklavin. Ob er das weiß?"

Gair zuckte mit den Schultern.

Malwine blickte ihm ins Gesicht.

"Sie muss dich ja sehr beeindruckt haben, diese Geschichtenerzählerin."

"Nein, hat sie nicht. Ich bin nur müde und erschöpft, die Reise und vor allem das Reiten waren sehr anstrengend."

"Vermisst du dein früheres Leben?"

Gair seufzte. "Ja. Ich vermisse mich. Die Leichtigkeit. Das Reiten, oh, das vermisse ich sehr. Es war einfacher damals. Viel einfacher. Gleichzeitig habe ich so viel gelernt bei dir und Aonghas, das möchte ich auch nicht missen."

"Wir würden dich auch nicht missen wollen."

Sie schwiegen wieder, lauschten der Musik.

"Was sagt Aonghas über sie? Ist sie die Rettung vor dem Omen?"

Nun zuckte Malwine die Schultern. "Er sagt gar nichts über sie. Seit dem Omen ist er sehr verändert."

"Sie hat eine Gabe, weiß er das?" Gair erzählte der Druidin von der Nacht mit dem verbrannten Kind.

Beide blickten sie lange zu der Festwiese hinüber. Gair wandte sich schließlich wieder seiner Schnitzarbeit zu.

"Das ist beeindruckend. Ich werde es Aonghas erzählen. Gair, wärst du so lieb und holst mir etwas Suppe von drinnen? Vielleicht musst du dem Feuer etwas zulegen, aber ich denke, sie sollte noch warm sein."

Gair begab sich ins Haus. Wie in jedem Haushalt stand der Kessel mit Suppe immer auf dem Feuer. Wenn nötig wurde

Wasser nachgefüllt, je nach Bedarf und Vorhandensein Gemüse, Getreide und Fleisch hineingegeben. In jeder Schale Eintopf befand sich die Kraft und Energie von jahrelangem Kochen. Durch das ständige Köcheln wurde der Eintopf auch nie schlecht und wann immer jemand an die Tür klopfte, konnte der Gastfreundschaft sofort mit einer Schale Suppe genüge getan werden.

Das Feuer gloste nur noch, Gair legte ein paar Äste nach und rührte den Kessel um. Draußen vernahm er Schritte, ein Seufzen, jemand setzte sich zu Malwine auf die Bank. Sie musste denjenigen kommen gesehen haben, ehe sie Gair ins Haus geschickt hatte.

"Nun, hast du auch schon genug?"

"Ja. Die Tanzerei überlass ich den Jungen." Es war Aonghas' Stimme. "Immerhin, Centigern hat mich als Ersten reden lassen und nicht seinen eigenen Seher."

"Ich sag dir doch, er hat nichts gegen dich. Er ist nur jung und stürmisch und will beweisen, dass er es besser kann."

Gair blieb mit der Schale Suppe in der Hand stehen. Hatte Malwine ihn weggeschickt, dass sie in Ruhe mit ihrem Mann reden konnte? Leise setzte er sich hinter der Lichtöffnung auf den Boden. Malwine wusste, dass er direkt hinter ihr im Haus war, würde sie wollen, dass er nicht hört, was sie sagte, würde sie einen anderen Ort für ein Gespräch suchen.

"Gair hat mir von Aislin erzählt. Wusstest du, dass sie eine Gabe hat?"

"Es ist etwas Besonderes an ihr, aber ich kann nicht sagen, was." Der Druide seufzte. "Ich werde alt, Malwine. Alles ist in Schwebe, ich sehe nicht mehr so klar."

"Vielleicht liegt es nicht an dir, vielleicht sind die Dinge tatsächlich in Schwebe?"

"Vielleicht, vielleicht auch nicht. Hat er auch gesagt, was sie für eine Gabe hat?"

Malwine wiederholte, was Gair ihr erzählt hatte.

Die Stimme des Druiden klang müde. "Die Macht des gesprochenen Wortes... Vielleicht weiß sie ja auch eine Geschichte für Ardudunum."

Oh große Göttin, Allmutter der Natur, Beherrscherin der Elemente, du vereinst in dir die Gestalten aller Götter und Göttinnen, Noreia, höre mich an. Dachte ich gestern, ich wäre müde? Oh Göttin, wer hätte gedacht, dass es so anstrengend sein kann, nur zu stehen. Wie froh bin ich, wieder in dieser Hütte zu liegen, in Ruhe. Ich kann mich kaum mehr rühren. So viele Menschen haben mich willkommen geheißen. Ich glaube nicht, dass ich mir irgendwelche Namen gemerkt habe. Es war ein erhebendes Gefühl nach den Jahren, wo ich als Faolans Sklavin den Menschen nichts galt, nun da auf diesem Felsen zu stehen, verehrt zu werden. Es fiel mir manchmal schwer, nicht zu kichern, so ernst gebarten sich alle in meiner Gegenwart! - Wie gut Centigern aussieht. In seinen Armen kann eine Frau sich sicher fühlen. Denke ich. Und wie er mich behandelt! Seine Göttin sei ich, sein Augenstern. Ich habe mich noch nie so schön gefühlt wie in seinen Augen. Hast du all die Geschenke gesehen? Nun besitze ich Schmuck, Kleider, Haarspangen... ich werde schön sein wie meine Mutter einst. Ich besitze nun sogar eine Sklavin. Was soll ich mit der? Sie schläft hier in meiner Kammer. Ich kann gut für mich selbst sorgen, ich würde lieber alleine sein. Göttin ... verzeihe mir. Du schenkst mir großen Reichtum. Ich werde mich würdig erweisen. Auch wenn das größte Geschenk ein Stück Holz war. Dieser Mann berührt mein Herz. Oh große Göttin, segne meinen Weg und lass mich nicht weichen.

Eichhörnchen huschten vor ihm den Baum hinauf und hinab, damit beschäftigt, ihre Jungen zu füttern. Gair konnte acht verschiedene Vogelgesänge ausmachen. Es war zeitiger Morgen, und er saß im Wald außerhalb Ardudunums. Er kam oft nach dem Morgendienst hierher, um zu meditieren. Heute versuchte er, jene Ratschläge anzuwenden, die Enrik ihm gegeben hatte. Er prägte sich das Bild der Umgebung ein, schloss die Augen und versuchte zu spüren, was sich veränderte. Wenn er dann die Augen öffnete, verglich er sein geistiges Bild mit dem realen. Mal gelang es besser, mal schlechter. Die Eichhörnchen schienen ihn manchmal absichtlich ärgern zu wollen. Gerade hielt er seine Augen wieder geschlossen und versuchte zu erahnen, wohin sich die Meise, die in seiner Nähe auf einem Ast saß, als nächstes bewegen würde, da hörte er Schritte. Leichte Schritte. Mit einigem Abstand weiter weg dann schwerere Schritte. Sie waren hangaufwärts, auf der anderen Seite der dicken Buche, an die er gelehnt saß. Er rührte sich nicht und hoffte, dass die beiden Menschen vorbeigehen würden.

"Hier bist du! Ich suche dich schon den ganzen Morgen!" Es war Centigerns Stimme. Sie klang verärgert.

Gair drückte sich an den Baumstamm, um von den umstehenden Büschen verdeckt zu werden. Er wollte dem Fürstensohn nicht begegnen.

"Was tust du hier? Alleine noch dazu? Es ist gefährlich hier, ich will nicht, dass du alleine in den Wald gehst!" Mit wem sprach er? Mit seinen Hunden würde er nicht so viele Worte verlieren.

"Verzeih, das wusste ich nicht. Ich wollte nur Adlerfarn suchen." Aislin!

"Wenn du Kräuter brauchst, gehe zu Malwine, sie hat alles, was man braucht. Ich will nicht, dass du alleine in den Wald gehst. Hörst du? Du könntest dich verlaufen."

"Centigern, ich bin jahrelang mit Faolan durch die Welt gereist, ich kann auf mich aufpassen."

"Das war etwas anderes, da hat der alte Fuchs auf dich geachtet. Doch nun bist du meine Braut. Dir darf nichts geschehen. Du bist das Wichtigste für mich, ich würde es nicht ertragen, wenn dir etwas geschieht."

Gair krampfte sich der Magen zusammen.

"Ich bin einfach gerne im Wald, es ist so friedlich hier."

"Nein, das ist es nicht, das täuscht. Es gibt wilde Tiere hier und nicht jeder, der sich auf den Weg nach Ardudunum macht, ist ein guter Mensch. Und nun, mit dem Omen – was weiß man, woher das Unheil kommen wird. Versprich mir, dass du nicht mehr in den Wald gehst."

"Ach Centigern, muss ich?"

"Ja, du musst. Du bist die angehende Fürstin, dein Platz ist im Dorf. Wenn du wenigstens die Sklavin mitgenommen hättest, aber nein, die schlief noch im Gästehaus!"

"Die Sklavin – ich weiß dein Geschenk wirklich zu schätzen, aber – ich brauche keine Sklavin. Ich weiß nicht, was ich mit ihr tun soll."

"Unsinn, natürlich brauchst du eine Sklavin! Nicht nur eine, viele. Sie sollen dich verwöhnen, umhegen. Im Süden haben alle, die etwas wert sind, Sklaven. Aber wenn dir diese Sklavin nicht gut genug ist, ich kann sie wegschicken, dir eine andere besorgen."

"Nein, Centigern, darum geht es nicht. Sie ist gut, wie sie ist. Schick sie nicht weg."

"Ach Aislin, du bist so großherzig und schön. Ich kann es kaum erwarten, bis du meine Frau bist."

Gair konnte nicht länger zuhören. Wie er Centigern kannte, würde er im nächsten Moment Aislin gegen den Baum drücken und ihren Rock heben. Aber er konnte sich nun schwer bemerkbar machen.

Doch er täuschte sich.

"Nun komm, Aislin, Mutter wartet gewiss bereits auf uns. Wenn du magst, können wir später gemeinsam ausreiten, damit du etwas von deiner neuen Heimat kennenlernst."

Die Schritte entfernten sich. Gair saß noch eine Weile an den Baum gelehnt und wartete, dass die leichte Übelkeit in seinem Magen abebbte.

Nach seiner versteckten Begegnung mit Centigern und Aislin strich Gair noch eine Weile durch den Wald. Er konnte nicht verstehen, dass der Fürstensohn seine Braut hier nicht alleine spazieren gehen lassen wollte. Man konnte sich kaum verirren, selbst wenn man mit der Gegend nicht vertraut war und nicht wusste, wo die beiden Straßen verliefen – die eine nach Südwesten, die andere nach Nordosten. Um nach Ardudunum zurückzufinden, musste man einfach nur bergauf gehen. Auch mit den wilden Tieren hatte Centigern übertrieben. Wildschweine vielleicht, doch Bären hatten sie heuer noch gar nicht gesichtet und die Wölfe waren zu scheu, um sich Menschen zu nähern. Nun, im Dorf war Aislin immer unter Kontrolle, vielleicht war es das, was Centigern wollte.

Wie zufällig gelangte Gair zu einem Flecken, an dem Adlerfarn in großen Mengen wuchs. Er wusste, wofür Aislin in gesucht hatte. Ihr Körper schmerzte wohl genau wie seiner noch immer von dem langen Ritt. Der Farn als Bettstroh würde ihr Erleichterung verschaffen. Gair sammelte, soviel er tragen konnte. Eine Hälfte breitete er auf seine Bettstatt, die andere brachte er ins Gästehaus. Weder Aislin noch ihre neue Sklavin waren dort. Gair breitete den Farn aus, doch dann zögerte er, zu gehen. Er setzte sich auf ihr Bett, wo die wollene Decke achtsam zusammengelegt war. Am Fußende lagen ihr Umhang und ihr lederner Beutel. Gair sah sich um, als könnte ihn wer dabei ertappen, dann griff er nach dem Umhang und vergrub seine Nase darin.

Später am Tag saß Gair mit Malwine in der Stube und rezitierte Kräutersprüche, während er mit der Druidin gemeinsam Spitzwegerich mörserte, um daraus Honig für den Winter herzustellen. "Aus der Primel der Berge, aus Ginster, Hirschzunge und Kornrade, verflochten ineinander, aus der Bohne, die in ihrem Dunkel ein weißes Geisterheer trägt von Erde, von irdischer Art, aus den Blüten von Nessel, Eiche, Weißdorn und der scheuen Kastanie; neun Kräfte aus neun Blumen, neun Kräfte in mir vereint, neun Knospen von Pflanze und Baum. Lang und weiß sind meine Finger, wie der Nebel im Herbst."

Malwine korrigierte ihn. "Es ist Mädesüß satt Hirschzunge."

Dann lächelte sie ihn schelmisch an. "Wenn du schon den Farn erwähnst, eine gewisse junge Frau hat mich vorhin gefragt, ob ich ihre Bettstatt mit Adlerfarn bedeckt hätte."

Gair bemühte sich, unbeteiligt auszusehen. "Ach ja? Und, hast du?"

"Du weißt genau, dass ich es nicht war. Wer war denn im Wald und wessen Bettstatt ziert ebenfalls der Adlerfarn?"

"Ich weiß nicht, wessen?"

"Nun hör schon auf, Gair. Ich weiß, dass du es warst."

Gair senkte den Kopf, widmete sich intensiv den Kräutern. Mehr in seinen Bart hinein murmelte er: "Und, hast du es ihr gesagt?" Als keine Antwort kam, sah er auf.

Die Druidin lächelte ihn an. "Nein", sagte sie sanft, "natürlich nicht. Ich meinte nur, dass ihr das nach dem langen Ritt sicher gut tat. Sie wusste um die Wirkung des Farns, wie mir überhaupt scheint, dass sie mehr weiß, als man von einer Sklavin annehmen würde."

"Warum versteift ihr euch alle so darauf, dass sie eine Sklavin ist? Das schließt doch nicht aus, dass sie aus gutem Hause und gebildet war, ehe sie versklavt wurde."

"Nein, du hast recht, doch wenn sie nicht als Sklavin geboren wurde, so wie Kalla, dann hat sie wohl Schlimmes erlebt."

Das Bild des brennenden Gehöfts schoss Gair in den Sinn. Er senkte den Kopf. "Ja, hat sie."

"Ist es das, was euch verbindet?" Ihre Frage klang leichthin, und sie widmete sich dabei dem Mörsern. Gair zuckte die Schultern. "Keine Ahnung, ob uns überhaupt etwas verbindet. Sie ist nett und so oft habe ich auch nicht Kontakt zu Menschen von außerhalb des Dorfes. Ist einfach eine nette Abwechslung." Um das Thema zu beenden, begann er erneut, das Lied zu singen. "Aus der Primel der Berge, aus Ginster, Mädesüß und Kornrade, verflochten ineinander „.."

Gair schlenderte von seinem täglichen Besuch bei seiner Mutter zurück zum Tempel. Er hatte, wie so oft, versucht, sie dazu zu bewegen, doch öfter ihre Hütte zu verlassen. Er hatte ihr sogar ausführlich von der Willkommenszeremonie für Aislin erzählt. Sie hatte wie immer interessiert zugehört, aber kein Wort gesprochen.

Gair hatte es nicht eilig, zum Tempel zu gelangen. Leod war heute schon den ganzen Tag darauf aus gewesen, ihn zu ärgern. Manchmal hatte er gute Lust, dem Jüngeren zu zeigen, wie viel Krieger noch in ihm steckte. Gair durchquerte das Dorf, spazierte wie zufällig am Langhaus vorbei, in der Hoffnung, dort vielleicht Aislin zu begegnen. Doch von ihr keine Spur, dafür saß Centigern vor dem Haus auf einer Bank und polierte sein Schwert. "Abend Gair, was machen die Götter?"

Gair blieb stehen. Es war selten, dass Centigern ihn ansprach. "Danke, es geht ihnen gut. Was macht die Kriegskunst?"

Centigern setzte zu einer Antwort an, doch dann deutete er Gair, neben ihm Platz zu nehmen. Gair ließ sich auf der Bank nieder, sein Bein von sich gestreckt. Ihm entging nicht der Blick, mit dem sein Milchbruder ihn von oben bis unten musterte. "Gefällt es dir, den Göttern zu dienen?"

"Es ist der Platz, der mir zubestimmt ist. Und ja, es gefällt mir."

Centigern blickte konzentriert auf sein Schwert, polierte eine Stelle, bis sie glänzte. "Mir hat es besser gefallen, als du ein Krieger warst."

"Tja, ich wäre heute kein guter Krieger mehr."

"Glaubst du, was der alte Mistelmann sagt? Dass Ardudunum in Gefahr ist?"

"Was sagt dein Seher?"

Centigern lachte. "Dass ich Hochkönig werde."

Gair grinste. "Er weiß, sich beliebt zu machen."

"Nun, es stünde mir zu, nicht? Schließlich bin ich Ziehsohn Voccios, er hat keine männlichen Erben. Und wer ist ein besserer Krieger als ich? Hm?"

Centigerns Mund war noch immer zu einem Lachen verzogen, doch Gair sah es am Blitzen in seinen Augen, dass es ihm durchaus ernst war.

"Wäre das nichts, Gair? Ich Hochkönig und du mein Druide? Wir wären wieder beisammen. Ich sage es ungern, aber du fehlst mir. Keiner der anderen wagt es, mit mir zu wetten."

"Das würde Enrik aber nicht gefallen. Und du vergisst, ich habe nun Visionen – du würdest nie wieder eine Wette gegen mich gewinnen!"

Centigern lachte lauthals. "Ein zäher kleiner Kämpfer, wie

immer. Schau, dass du zu deinem Tempel kommst!"

Gair erhob sich. Centigern widmete sich seinem Schwert und schien ihn bereits vergessen zu haben.

Als Gair sich den Werkstätten näherte, sah er Clach, der vor einem seiner behauenen Blöcke stand und aufgeregt gestikulierte und grunzte.

Besorgt näherte sich Gair, doch im selben Moment trat Aislin hinter dem Block hervor. "Es ist wunderbar geworden, Clach, vielen Dank, dass du mich geholt hast, es zu sehen."

Gair beugte sich zu seinem Fuß hinab, und tat so, als müsse er das Band, das sein Hosenbein über dem Knöchel umschlang, neu binden. Doch die beiden waren so in ihr Gespräch vertieft, dass sie ihn nicht bemerkten.

"Eimhir hat mir erzählt, du hättest auch das Quellbecken im Tempel gemacht?" Der Steinmetz grunzte. "Oh, ich hoffe, ich kann es eines Tages sehen."

Während die beiden sich unterhielten und Gair sich unauffällig in der Nähe hielt, kam Onchu, einer von Centigerns Kriegern, hinzu. Sein Gesicht war gerötet, sein Gang nicht ganz sicher. Gair spürte, wie sich alles in seinem Körper schon beim Anblick des Betrunkenen anspannte. Er beobachtete die Situation aus dem Augenwinkel, ahnend, dass Gefahr drohte.

"He, Idiot! Finger weg von Centigerns Braut! Nimm deine Steinklumpen und verschwinde von hier, solche wie dich brauchen wir nicht!" Onchu lachte, als hätte er gerade einen grandiosen Witz gemacht, doch sein Tonfall war so aggressiv gewesen, dass Gair in uralter Gewohnheit an seine rechte Seite griff – wo seit drei Jahren kein Schwert mehr hing.

Der Steinmetz sah mehr erstaunt und verletzt als wütend zu dem Betrunkenen, doch als dieser nun einen Steinbrocken vom Boden aufhob, ihn bedächtig in der Hand wog und dann mit Wucht nach dem Hünen warf, änderte sich seine Stimmung von einem Moment auf den anderen. Als der Stein knapp an seiner Schulter vorbeiflog, ließ er ein wütendes Brüllen hören und stellte sich in voller Größe vor Aislin, woraufhin der Krieger zurückbrüllte und einen zweiten Steinbrocken schleuderte. Er traf den Hünen an der Schulter. Clach packte seinen Hammer, hob ihn hoch und hätte wohl dem Angreifer den Kopf eingeschlagen, doch Gair und Aislin reagierten beide im selben Moment. Beide stellten sie sich zwischen die Kontrahenten. Aislin mutig vor Clach - und sie legte ihre Hände auf seine mächtigen Oberarme, als könne sie, die ihm kaum bis zur Brust reichte, etwas gegen diese Masse an Mann ausrichten. Gair wiederum hatte Onchu gepackt und mit einer raschen Bewegung aus der Gefahrenzone in die Schmiede geschoben. Sein Toben und Schreien war weiterhin zu hören, doch die Männer des Goban hielten ihn fest, bis er sich beruhigt hatte.

Clach blickte verwirrt um sich, grunzte aufgeregt, doch inzwischen nicht mehr wütend. Es schien, als hätte Aislins bloße Berührung ihn zur Vernunft gebracht. Gair näherte sich dem ungleichen Paar. Er war sich bewusst, dass der Goban ihn neugierig beobachtete. Clach hielt gerade einen der Brocken in der Hand, die Onchu geworfen hatte, und grunzte aufgeregt auf Aislin ein.

"Du musst verrückt sein, dich einfach vor ihn zu stellen, wenn er seinen Hammer schwingt", meinte Gair zu ihr und versuchte, sie von dem Hünen wegzuziehen.

"Er würde mir nie etwas tun. Im Gegenteil. Er wollte mich verteidigen, er hatte Angst, der Stein träfe mich."

Gair blickte von der kleinen, brünetten Frau zu dem kahl geschorenen Riesen. Clach grinste ihn entschuldigend an. Gair seufzte. "Ich hoffe nur inständig, du täuschst dich nicht, Geschichtenerzählerin. Und du, Clach, du musst lernen, dich zu beherrschen."

"Das ist ja wohl die Höhe!" Aislin drängte sich nahe an Gair und stach ihm mit dem Finger ins Brustbein. "Du hast es selbst gesehen, der andere hat angefangen! Soll Clach sich steinigen lassen? Ihr könnt ihn nicht wie einen Hund behandeln, aber gleichzeitig seine Kunst in eurem Tempel benützen! Nur weil der andere ein verdammter Krieger ist wie du einst, steht er nicht über dem Recht!"

Gair antwortete nicht. Er sah sie nur an, wie sie da fuchsteufelswild vor ihm stand. Er hatte Angst um sie gehabt. Und er war eifersüchtig, dass der Steinmetz sie so offen beschützen durfte. Offenbar waren seine Gefühle in sein Gesicht geschrieben, denn Aislins bohrender Finger wurde zu einer flachen Hand, die warm auf seiner Brust lag. Ihre Stimme wurde leise und sanft.

"Danke, dass du den Kerl weggeschafft hast. Wer weiß, was sonst geschehen wäre." Sie drückte ihm einen kurzen Kuss auf die Lippen.

"Ich werde die Sache Aonghas vortragen. Soll er das Urteil fällen, was zu geschehen hat." Gair warf einen kurzen Blick zu Onchu, der in der Schmiede vom Goban eine Rede gehalten bekam.

Aislin lächelte ihn dankbar an. Gair sah über ihre Schulter auf Clach, der verlegen grinsend dastand.

Riona hatte Gair gebeten, für sie ein wenig zu musizieren, und so machte sich Gair mit Einsetzen der Dunkelheit auf den Weg zum Langhaus, die Laute in der Hand. Da es ein lauer Abend war, war die Türe offen. Noch ehe er eintrat, sah Gair den Goban, der mit seiner Frau mitten im Langhaus stand. Goraid saß auf seinem offiziellen Fürstenstuhl, jenem Platz, von dem aus er amtliche Angelegenheiten erledigte. Er hatte den Kopf in die Hand gestützt, den Blick gesenkt. Der Goban stand mit dem Rücken zur Türe und bemerkte so nicht, dass Gair hinter ihm war.

" ... mit dem Idioten! Also wirklich, Goraid, das soll die zukünftige Fürstin sein? Nichts gegen Clachs Handwerkskunst, aber trotzdem, wo kommen wir hin, wenn wir Adeligen uns mit Idioten abgeben? Gewiss, ich bin genau genommen auch ein Handwerker und kein Adeliger, doch als Goban, als Schmied, stehe ich denn doch weit über den anderen Handwerkern, bin fast so etwas wie ein Adeliger. Du weißt, mir liegt Ardudunum am Herzen, sein Wohlergehen und Gedeihen. Ich war dir immer ein treuer Diener. Und deshalb finde ich es so erschütternd, dass nun eine Sklavin, wie man hört, eine gekaufte Sklavin! Als Fürstin!" Der große Mann schüttelte seinen Kopf. Er war der einzige Handwerker, der einen Zopf wie die Krieger und Druiden trug. Als Schmied war er einer der wichtigsten Männer im Dorf, ohne ihn und seine Arbeiter keine Werkzeuge, keine Sensen und Wagenräder, keine Waffen, kein Überleben. "Du hättest die Brautwahl nicht diesem Seher überlassen dürfen, Wille der Götter hin oder her. Einem Fremden, nicht aus unserer Sippe. Was weiß man, was der für Pläne hat! Das ist doch ein

Schlag ins Gesicht, eine Sklavin, die sich mit Idioten abgibt, als Fürstin! Wie stehen wir denn da?"

Goraid nickte bedächtig.

Gair, den noch niemand wahrgenommen hatte, räusperte sich. "Die Tatsache, dass sie als Sklavin gekauft wurde, heißt nicht, dass sie immer Sklavin war. Aislin kommt aus gutem Haus, sie ist gebildet. Wir könnten uns auch rühmen, eine in die Sklaverei gezwungene Adelige befreit zu haben."

Alle drehten sich zu ihm um und blickten ihn perplex an.

Riona murmelte: "Ach ja, Gair, ich hatte ihn ja hergebeten."

Das Gesicht des Goban nahm eine rötliche Färbung an. "Natürlich, der Krüppel, der muss ja zu ihr halten. Geküsst hat sie den, Goraid, geküsst! Ich hab es selbst gesehen. Ich sage dir, Goraid, diese Ehe verheißt nichts Gutes, du musst dich durchsetzen! Diese Frau wird Unglück über Ardudunum bringen!"

"Nun, das Orakel sagt, sie wäre diejenige, die das Unglück abwenden kann ..." Goraids Einwand klang nicht sehr überzeugt.

"Sie ist ein entzückendes Mädchen, und gesund und gut gebaut, sie wird Centigern viele Kinder schenken", warf Riona schüchtern ein.

"Entzückend, gut gebaut und fruchtbar ist meine Tochter auch. Und keine Sklavin!"

Nun war Gair klar, worauf der Goban hinauswollte. "Deine Tochter ist dreizehn."

"Und? Ist das etwa ein Hindernis?"

Jetzt mischte sich auch die Frau des Goban ein. "Unsere Tochter ist gewiss eine bessere Wahl. Außerdem war uns Goraid so gut wie im Wort, dass sie einst Centigerns Frau werden würde."

"Ach?" Gairs Blick wandte sich dem Fürsten zu, der mit den Schultern zuckte und leicht den Kopf schüttelte.

"Außerdem wüsste ich nicht, was dich das angeht", fuhr die Frau des Goban fort. "Dies ist eine Sache zwischen der Fürstenfamilie und uns, gegebenenfalls noch etwas, das die Versammlung entscheiden muss. Oder Aonghas, der gewiss auch gegen diese von Enrik ausgewählte Unbekannte ist."

"Aonghas ist für das, was das Beste für Ardudunum ist." Gair stand noch immer mit seiner Laute am Arm nahe des Eingangs. Nun machte er einen Schritt zur Türe. "Aber wir können den Druiden ja holen gehen, auf dass er Recht spreche. Ich wollte soundso ihn und Goraid bitten, über den betrunkenen Krieger zu Rat zu sitzen."

"Was ist mit dem Krieger?" Der Fürst wirkte nun völlig verwirrt.

"Nun, ich denke, es kann nicht sein, dass ein Krieger wehrlose Menschen grundlos mit Steinbrocken bewirft. Das widerspricht der Kriegerehre."

"Wehrlos?" Der Goban lachte auf. "Clach und wehrlos? Wenn diese kleine Sklavin ihn nicht aufgehalten hätte, er hätte Onchu den Schädel eingeschlagen!"

"Ja, hätte er. Du hast ihn ja nicht daran gehindert. Und dann – was hätte Clach als Wiedergutmachung leisten müssen? Dafür, dass er sich gewehrt und Aislin beschützt hat?"

Der Goban starrt ihn einen Moment fassungslos an. "Ihr Druiden ihr, mit eurer Wortkunst! Willst du etwa behaupten, der Idiot war im Recht, einen Krieger anzugreifen?"

"Ja, das behaupte ich."

Gair konnte hören, wie Riona die Luft einsog. "Gair, du warst selbst Krieger. Du bist Centigerns Milchbruder. Fast so etwas wie mein Sohn. Wie kannst du gegen die Krieger reden? Du verrätst deine Kampfgenossen."

"Nein Riona, das tue ich nicht. Es ist eines, sich in einer Schlacht oder in einem Zweikampf dem Blutrausch hinzugeben, aber es kann nicht sein, dass Centigerns Männer hier in Ardudunum, in unserem friedlichen Ort, ihre Kampfeslust auslassen, an wem sie wollen. Stell dir vor, Goban, Onchu wäre nicht auf Clach losgegangen, um seine Wut loszuwerden, sondern hätte sie an deinem kleinen Sohn gestillt, der ihn vielleicht mit seinem Geklopfe auf dem Amboss genervt hat."

Die Frau des Goban schlug die Hände vor den Mund und murmelte ein Schutzgebet an Goibniu, den Gott der Schmiede.

"Du lenkst vom Thema ab, Druidenschüler. Es geht nicht um den Krieger, es geht um Centigerns Braut. Ich durchschaue deine wortreichen Tricks, mich kannst du nicht einlullen."

Goraid erhob sich. "Schluss jetzt. Wir werden morgen zu Rate sitzen. Alle, die daran beteiligt sind, sollen morgen zur

Mittagsstunde zu der großen Eiche kommen. Aonghas, Centigern, Enrik, Goban, Gair, Onchu."

"Was ist mit Aislin und Clach?"

"Was soll der Idiot dabei? Der versteht soundso nichts und wir ihn nicht", lachte der Goban Gair aus.

"Wenn diese Aislin dabei ist, muss unsere Tochter es auch sein", warf seine Frau ein.

Riona stand daneben und seufzte.

Goraid kratzte sich am Kopf. "Nun denn, dann auch Aislin und eure Tochter." Er sah zu Gair. "Und Clach."

Grummelnd gingen der Goban und seine Frau nach Hause.

Gair wollte sich bereits einen Hocker nehmen, um Riona die gewünschte Musik vorzuspielen, doch sie schüttelte den Kopf. "Lass gut sein, Gair. Geh nach Hause und sag Aonghas Bescheid. Ich hoffe nur, die Götter finden eine gute Lösung."

"Was wäre denn eine gute Lösung, Riona?" Gair sah ihr direkt ins Gesicht.

Sie zuckte mit den Schultern. "Eine, mit der alle zufrieden sind."

Goraid, der zu ihnen getreten war, lachte bitter. "Das wäre eine Kunst, die mir nie geglückt ist. Mach dir also keine Hoffnungen, Liebe. Vertraue nur darauf, dass die Götter uns schon die richtige Lösung geben werden, egal, wer danach zufrieden ist und wer nicht."

Der nächste Tag war kühl. Dicke Wolken jagten über den Himmel. Es fiel Gair schwer, sich auf seine Gebete und morgendlichen Übungen zu konzentrieren. Der Graben, der sich in Ardudunum aufgetan hatte, seit Centigern immer mehr gegen seinen Vater agierte, wurde noch größer. Er betete zu Ogmios, dem Gott der Beredsamkeit, ihm die rechten Worte zu schenken.

Gemeinsam mit Leod baute er auf der großen Wiese unter der Eiche einen Tisch auf, an dem Aonghas und Goraid Platz nehmen würden. Leod versuchte, ihn über den Vorfall mit Clach auszufragen, doch Gair war nicht in Redelaune. Langsam trudelten Leute aus dem Dorf ein und nahmen im Halbkreis vor dem Tisch Platz. In die Mitte des Kreises stellten die beiden Druidenschüler noch eine lange Bank, auf der all jene Platz nehmen würden, die von den Vorfällen betroffen waren. Die innerste Reihe des Halbkreises würden die ranghohen Krieger und Adeligen einnehmen. Jene, die bereits Platz genommen hatten, unterhielten sich angeregt über die bevorstehende Versammlung. Niemand wusste so recht, worum es gehen würde, doch jeder hatte seine eigene Version darzubieten. Mit einem Ohr hörte Gair ihren Vermutungen zu, angeblich hätte Clach versucht, Aislin zu vergewaltigen, außerdem war ein hoher Krieger fast ermordet worden und die Tochter des Goban wäre schon lange heimlich mit dem Fürstensohn verheiratet. Erstaunlich, wie in einer so überschaubaren Siedlung, wo eigentlich jeder jeden kannte, so viele Gerüchte laufen konnten.

Die Sonne näherte sich ihrem höchsten Punkt. Die Wolken, die der Wind über den Himmel trieb, warfen unruhige Schatten. Inzwischen hatten die Beteiligten auf der langen Bank Platz genommen. Clach wirkte furchtbar nervös. Seine Hände fuhren sich andauernd über den kurz geschorenen Kopf, seine Beine wippten. Aislin war blass, doch sie lächelte Clach zu und redete beruhigend auf ihn ein. Ihrerseits wurde sie von der Tochter des Goban intensiv beobachtet. Das Mädchen war noch nicht zur Frau erblüht, sie wirkte fast jünger als Eimhir, obwohl Gair wusste, dass sie um zwei Jahre älter war. Ihr aufgesetzter Hochmut verdeckte große Unsicherheit. Ihr Vater blickte geradeaus, als hätte er mit all dem hier nichts zu tun. Der Seher und Centigern unterhielten sich mit Onchu.

Goraid und Riona betraten den Kreis. Die Fürstin nahm neben der Frau des Goban ganz innen im Halbkreis Platz, ihr Mann grüßte freundlich alle, an denen er vorbei marschierte. Schwerfällig ließ er sich auf den Holzstuhl hinter dem Tisch fallen. Von der anderen Seite kam Aonghas. Sein Blick fiel auf Gair, der sich im Hintergrund hielt, und er deutete ihm, auf der Bank neben Clach Platz zu nehmen. Er schien verärgert, dass er seinen Schüler erst dazu auffordern musste.

"Willkommen, Menschen von Ardudunum. Unser Rat kommt heute hier zusammen, um Recht zu sprechen. Ehe wir uns den menschlichen Belangen zuwenden, lasst uns um die Unterstützung und Gnade der Götter bitten."

Aonghas wandte sich gegen Osten und rief die Götter der Morgendämmerung an. In Gedanken sprach Gair die Worte mit ihm. Es half ihm, sich auf die Sprechformeln zu konzentrieren, um nicht an den Grund für diese Versammlung zu denken. Als der Druide sich gegen Süden drehte, heulte am Rande der Wiese ein Hund auf. Clach zuckte nervös. Nachdem auch die Götter des Westens und Nordens zu dieser Ratsversammlung geladen worden waren, nahm der Druide neben Goraid Platz.

Vor sich auf dem Tisch lag ein Beifusskranz, und wer auch immer vor der Versammlung sprach, musste ihn tragen, um sicherzugehen, dass er die Wahrheit sprach.

"Nun, Gair, ich denke, dein Anliegen ist das Erste, über das wir heute beraten wollen." Der Druide deutete auf den Kranz.

Gair stand auf, sein Blick traf dabei Aislin. Sie zwinkerte ihm zu, zog aber ihren Umhang enger um sich. Gair trat an den Tisch und nahm den Kranz in seine Hände. Er hatte schon mehrere Versammlungen hinter sich, und die Kräuter bröselten bereits ein wenig. Es war Zeit, dass der Sommer kam und sie einen neuen flechten konnten. Behutsam setzte er den Kranz auf seinen Kopf. Der Wind ebbte zum Glück soweit ab, dass er ihn nicht halten musste.

"Nun, Gair, Sohn des Fionghall, Schüler von Aonghas und Milchbruder meines Sohnes, was hast du vorzubringen?"

Gair warf einen Blick über alle Anwesenden. Als er sprach, sah er niemanden an, sondern blickte über alle hinweg. "Ardudunum war immer eine friedliche Stadt. Wir lebten vom Handel und von jenen, die unser Heiligtum besuchten. Die Zeiten haben sich geändert, und es steht mir nicht an, zu beurteilen, ob zum Besseren oder nicht, das werden die Götter uns schon noch offenbaren. Es steht außer Frage, dass wir uns besser verteidigen müssen, ich selbst weiß nur zu gut, was eine Kriegerhorde anrichten kann. Aber eben weil ich ein Krieger war, bedeutet mir die Kriegerehre auch nach wie vor viel. Aus diesem Grund verlange ich, dass Onchu zur Rechenschaft gezogen wird für sein Verhalten. Es darf nicht sein, dass in unserer friedlichen Stadt unsere eigenen Krieger für Angst und Gefahr sorgen. Beinahe hätte Onchu die Braut des Fürsten erschlagen. Hätte Clach sich nicht vor sie gestellt, euer Fürst könnte heute Witwer sein, ehe er überhaupt vermählt wurde. Es gab keinen Grund für Onchu, den Steinmetz und die Geschichtenerzählerin anzugreifen, außer, dass er dem Wein zu stark zugesprochen hatte. Ich selbst bin Zeuge, und ich verlange, dass Onchu seine Tat wiedergutmachen muss und dass Centigern seine Männer zu mehr Disziplin und Respekt vor den Dorfbewohnern ermahnt." Er setzte den Kranz ab und legte ihn wieder auf den Tisch. Murmeln ging durch die Zuhörer.

"Krieger Onchu, was hast du zu dieser Anschuldigung vorzubringen?"

Ehe sich der Krieger erhob, flüsterte Enrik ihm noch etwas ins Ohr.

Widerwillig setzte Onchu den Kranz auf seinen Kopf. Sein Körper war narbenübersät wie der der meisten Krieger. Seine Hand fuhr an seine rechte Seite, um sich am Schwertgriff festzuhalten, doch vor der Versammlung durften keine Waffen getragen werden. Seine Hand fuhr ziellos nach hinten.

"Was ich zu sagen habe? Dass ich auf Gair spucke. Er war einst selbst Krieger, und nun spielt er die Mutter des Idioten. Wozu stehen wir überhaupt hier? Es ist ja nichts passiert. Keiner wurde verletzt, oder? Gibt es Tote? Ich sehe keine."

Er wollte den Kranz bereits wieder vom Kopf reißen, als Aonghas ihn unterbrach. "Hast du Clach mit Steinbrocken beworfen?"

"Ja, und? An dem prallt doch alles ab, der ist doch kein Mensch."

Mit einer Handbewegung schickte der Druide den Krieger zurück auf die Bank.

"Centigern."

Der Fürstensohn erhob sich. Wie gelangweilt schritt er zum Tisch, nahm seufzend den Kranz auf.

"Centigern. Du bist für deine Männer verantwortlich. Wir sind dankbar, euch im Ort zu haben, um uns zu verteidigen, doch wir wollen keine Angst vor unseren Beschützern haben müssen. Was gedenkst du zu tun?"

Goraid beugte sich zu dem Druiden und flüsterte ihm etwas zu. Aonghas beschwichtigte ihn mit einer Handbewegung.

"Nun, Aonghas, Vater, Dorfgemeinde. Ihr alle wisst inzwischen, dass unserer geliebten Heimat Gefahr droht. Dass es von äußerster Wichtigkeit ist, dass wir die Palisade verstärken und wehrfähig sind. Ich tue alles, um dieses Dorf vor dem Untergang zu retten, wirklich alles. Und ich habe die besten Männer um mich geschart, um eure Sicherheit zu gewährleisten. Ich gebe zu, was Onchu getan hat, war nicht recht. Doch auch wir Krieger sind nur Menschen, und als solche trinken wir gerne mal ein Horn zu viel. Man könnte sagen, Ardudunums gute Handelsbeziehungen sind schuld an diesem Zwischenfall, denn der Wein aus Etrurien ist einfach gar zu gut!" Ein Teil der Zuhörer lachte laut. "Aber ich will gerne meine Männer ermahnen, nur dann mit Steinen zu werfen, wenn keine Unschuldigen in der Nähe sind. Vor allem nicht, wenn meine geliebte Aislin dabei ist. Die uns das alles hier erspart hätte, wenn sie sich nicht bei den Werkstätten herumtriebe." Der Blick, der seine Braut traf, war bitterböse. Aislin senkte kurz den Kopf, sah Centigern dann aber mit Entschlossenheit an. Ihr Zukünftiger fuhr fort: "Und da niemand verletzt wurde, so denke ich, als Wiedergutmachung soll Onchu an Clach und Aislin je ein Fass bestes Bier zahlen."

All seine Krieger klatschten. Centigern setzte sich wieder auf die Bank.

"Clach, Aislin. Nehmt ihr die Wiedergutmachung an?"

Clach zuckte nervös hin und her. Es war ihm unendlich peinlich, hier so im Mittelpunkt zu stehen. Aislin sah ihn mitleidsvoll an, ehe sie sich erhob. "Um diese Angelegenheit rasch zu beenden und weil es mein zukünftiger Mann ist, der diese Wiedergutmachung vorgeschlagen hat, nehme ich sie an." Clach hob die Hand und grunzte. "Und Clach nimmt sie ebenfalls an und bittet, in seine Werkstatt zurück zu dürfen."

Aonghas schüttelte den Kopf und seufzte. "Nun denn, so sei es. Der Steinmetz kann gehen."

So rasch er konnte, verließ Clach den Kreis. Dadurch saß Gair nun direkt neben der Geschichtenerzählerin. Sie flüsterte ihm zu: "Du hast es versucht. Danke."

"Gut, damit wäre dies erledigt. Doch der Zwischenfall mit Onchu hat bei anderen aus anderen Gründen für Unmut gesorgt. Goban." Aonghas hielt dem Schmied den Kranz entgegen. Ehe der danach greifen konnte, blies eine Windböe den Kranz auf den Boden. Der Goban hob ihn auf, brummte verärgert. Goraid stützte den Kopf in die Hand, seufzte.

Der Goban verbeugte sich vor dem Fürsten und dem Druiden, ehe er sich zu der Versammlung drehte. "Goraid, Aonghas, Centigern, Freunde. Ja, ich war gestern Zeuge dieses Zwischenfalls. Und Zeuge noch ganz anderer Dinge. Dass unsere angehende Fürstin freundschaftliche Beziehungen mit dem Idioten unterhält. Dass sie Gair, der sie hier so großmütig verteidigt hat, wohl auch sehr innig zugetan ist, denn ich sah, wie sie ihn geküsst hat." Er machte eine Pause. Wie er wohl erwartet hatte, fuhr Centigern überrascht herum. Wütend blickte der Fürstensohn auf seine zukünftige Frau und den Druidenschüler.

Ehe der Goban weitersprechen konnte, erhob sich Aislin: "Ja, ich gebe zu, ich habe ihm einen Kuss auf die Wange gedrückt. Er hatte soeben mitgeholfen zu verhindern, dass Onchu mich mit seinen Felsbrocken erschlug, es war nicht mehr als ein Dankeschön. Wäre der Goban mir zu Hilfe geeilt, ich hätte auch ihn geküsst." Die Menge lachte.

"Nun, das kann jeder sagen. Man weiß ja, was Faolans Mädchen so tun, und da sie, die unsere Fürstin werden soll, ebenfalls eine Sklavin des Händlers war ..."

Nun sprang Enrik auf, ehe Aonghas es verhindern konnte. "Aislin ist keusch, unberührt. Ich habe Faolans Wort, dass kein Mann sie je berührt hat. Wenn du etwas anderes behauptest, so musst du es beweisen, Goban!"

"Gut, gut, so ist sie vielleicht keusch, aber dennoch eine Sklavin! Leute, wollen wir eine Sklavin als Fürstin? Eine, die mit Idioten verkehrt? Oder gehört das auch zu den veränderten Zeiten, Centigern, dass nun dahergelaufene Sklaven aus der Fremde das weibliche Oberhaupt des Dorfes werden statt die Töchter ehrwürdiger Sippenmitglieder?"

Unter den Zuhörern breitete sich Unruhe aus. Aislin war kurz davor, aufzuspringen, doch Gair legte ihr die Hand auf den Oberschenkel und deutete mit dem Kopf auf die andere Seite der Bank, wo bereits Centigern aufgestanden war.

"Goban, du wagst es, meine Braut zu beschimpfen? Wisse, dass meine Ehe nicht durch Trunkenheit oder Bestechung bestimmt wird, so wie deine vielleicht. Diese Frau ist vom Orakel, von den Göttern, dazu bestimmt worden, Fürstin in Ardudunum zu sein. Dass sie eine kurze Zeit ihres Lebens versklavt war, bedeutet nicht, dass sie eine Sklavin ist. Sie stammt von einem reichen Gutsherrn ab. Mein Seher, der dem Urteil der Götter folgt, weiß, dass sie es sein wird, die uns zu Ruhm und Reichtum führt."

"Dein Seher, das ist ja auch so einer. Keiner weiß, woher er kommt, was er im Schilde führt. Warum sollen wir ihm trauen? Dein Vater war mir so gut wie im Wort, dass du meine Tochter heiraten wirst. Ich frage die Menge – wollt ihr eine fremde Sklavin als Fürstin, oder meine Tochter, eine aus eurer Mitte?"

Der Tumult wurde lauter. Stimmen riefen nach der Tochter des Goban, Centigern war kurz davor, auf den Schmied loszugehen.

Aonghas griff zu seinem Horn und blies hinein. Das durchdringende Geräusch sorgte für Ruhe. "Wir haben deine Meinung gehört, Goban. Doch wisse, nicht nur Enrik hat diese Frau zur Fürstin bestimmt. Das waren die Götter. Ich bestätige seine Wahl."

Der Seher sah überrascht auf. Aonghas nickte ihm zu. Der Goban legte den Kranz auf den Tisch zurück und setzte sich wütend wieder.

Goraid erhob sich, stützte sich am Tisch ab. Seine Hand berührte den Kranz. "Lass mich dir was sagen, Goban. Ja, ich habe dir einmal in einer langen, trunkenen Nacht gesagt, dass deine Tochter vielleicht meinen Sohn ehelichen könne. Doch wie du siehst, in Zeiten wie diesen wird das nicht mehr vom Vater bestimmt. Aber wer weiß, vielleicht trifft Aislin ja auch der Fluch der Fürstinnen von Ardudunum, dann kann deine Tochter immer noch Centigerns Frau werden. Und noch ist mein Sohn nicht Fürst hier, somit seine Frau auch nicht Fürstin. Und so lange ich kann, werde ich hier regieren, denn mein Sohn sieht leider nicht, dass kämpfen und Krieg führen nicht alles ist, was ein Fürst können muss. Also hör auf, dich aufzuregen. Noch ist nichts entschieden." Der Fürst setzte sich wieder.

Gair starrte ihn sprachlos an. Aislin neben ihm schluckte.

"Vater, was soll das. Ich bin es, der dein Ardudunum retten kann, nicht du und deine Noreia und die Händler. Und deshalb kann auch ich bestimmen, wer meine Frau wird. Und Goban, ich sage es dir hier und heute, deine Tochter wird es gewiss nicht, egal wie viele Weiber mir im Kindbett sterben!"

"Ruhe!" Aonghas fuhr dazwischen. "Seid ihr denn alle wahnsinnig geworden? Müsst ihr alles daran legen, Ardudunum zu entzweien? Uns stehen harte Zeiten bevor, wir müssen zusammenhalten, nicht uns auch noch untereinander verfeinden. Im Namen der Götter verfüge ich, dass Centigern, Goban und Goraid sich heute Abend bei mir im Tempel einfinden, auf dass wir eine Zeremonie abhalten, die für Versöhnung unter euch sorgen wird. Was die Braut betrifft: Die Götter haben Aislin dazu bestimmt, Centigerns Weib zu werden. Daran ist nicht zu rütteln. Der Spruch der Götter steht über dem Wort Goraids, somit ist er dir auch nicht wortbrüchig geworden, falls er dir je wirklich im Wort war. Die Versammlung ist hiermit beendet, sollte nicht noch jemand etwas Wichtiges vorzutragen haben."

Murmeln ging durch den Kreis der Zuhörer. Niemand war so recht mit dem Ausgang der Versammlung zufrieden. Centigern erhob sich noch einmal, drehte sich zu Gair. "Ja, eines noch: Ich verlange, dass Gair sich von meiner Braut fern hält. Ich kenne ihn gut genug, um zu wissen, dass er verführbar ist."

"Dann muss halb Ardudunum um Aislin einen Bogen machen, denn wir sind alle verführbar!" Leods Meldung sorgte für lautes Gelächter. Aber sie erfüllte ihren Zweck und löste die Spannung. Gair grinste ihm dankbar zu.

"So sei es." Aonghas bedankte sich bei den Göttern für ihren

Beistand und löste den Kreis wieder auf. Doch die meisten blieben noch sitzen oder stehen, um zu diskutieren.

Lisha, Aislins Sklavin, kam auf sie zu. "Ich soll euch ins Haus geleiten, Herrin."

Aislin erhob sich seufzend. "Wie oft soll ich dir sagen, dass du mich nicht Herrin nennen sollst." Das pausbäckige Mädchen, das kaum älter als Eimhir war, errötete und senkte den Kopf.

"Ich weiß, Riona trägt es dir immer auf. Gut, ich komme." Sie nickte Gair zu. Kaum hatte sie ein paar Schritte gemacht, löste sich Centigern von seinem Gespräch und folgte ihr.

Gair wollte sich am liebsten alleine zurückziehen, doch Leod und Eimhir waren sogleich an seiner Seite. "Da hast du ja was Schönes angezettelt. Seit wann liegt dir daran, dass sich unser Idiot sicher fühlt? Ich wette mit dir, dass er es dir nicht danken wird." Leod klopfte ihm dabei lächelnd auf die Schulter. Eimhir griff nach seiner Hand und hielt sich daran fest.

"Ich denke, ich gehe nun in den Tempel. Ihr entschuldigt mich." Gair ließ seine Mitschüler stehen.

Sie hatte die Lippen fest zusammengekniffen. Schweiß stand auf ihrer Stirn, und er konnte sehen, dass ihre Hände bereits zitterten. Sie konnte kaum mehr das Schwert über ihren Kopf heben. Er war zu streng mit ihr. Sie war erst elf und zart noch dazu. Doch Gair war so voller Wut, über all das, was bei der Versammlung gesprochen worden war. Es fiel ihm schwer, es nicht an Eimhir auszulassen.

"Weiter! Noch neunmal! Du brauchst Kraft in den Armen!"

Eimhir hob das Schwert über ihren Kopf, senkte es auf Bauchhöhe, hob es, senkte es. Ihr Unterkiefer zitterte vor Anstrengung.

Wie hatten sie es wagen können, so über Aislin zu reden. Wozu hatte Goraid der Ehe zugestimmt, wenn er hoffte, dass sie der Fluch der Fürsten-Frauen traf?

"Schwertspitze nach oben, nicht fallen lassen! Noch viermal, dreimal, zweimal, einmal. Geht ja!"

Er machte die zwei Schritte auf Eimhir zu und nahm ihr das Schwert ab. Es war eine alte, schartige Klinge, teilweise rostig und absolut stumpf. Für ihre Übungen tat es seinen Dienst.

Eimhir beugte sich vor, die Hände auf den Knien, und atmete schwer.

"Weiter, hol dein Messer."

"Gair, bitte, ich kann nicht mehr. Ich hab den ganzen Vormittag Hollerblüten gepflückt, ich spür meine Arme nicht mehr."

"Und? Meinst du, wenn die Boier uns angreifen, die nehmen Rücksicht auf so etwas? Oh Pardon, kommen wir ungelegen? Wäre es ihnen morgen nach dem Mittagessen recht? Hol dein Messer, jammer nicht."

Das zarte Mädchen seufzte und ging zu dem Lindenbaum, unter dem sie ihre Sachen abgelegt hatte.

"Bisschen schneller, wenn's geht."

Ein böser Blick traf Gair.

"Entschuldige, Eimhir. Ich vergesse, dass du kein Krieger bist." Sein Tonfall klang gehässig.

Sie hatte das kleine Messer aus ihrem Beutel geholt, das sie gemeinsam mit einem Löffel wie jeder hier im Dorf immer bei sich trug. Es war eine zierliche Klinge mit einem Griff aus Horn. Gair konnte sich ein verächtliches Grinsen nicht verkneifen.

"Hoffentlich ist dein Gegner nicht zu dick, sonst kommst du nicht mal durch die Haut durch. Wir werden dir ein richtiges Messer besorgen. Das ist das Messer eines Kindes."

"Ich bin ein Kind, Gair." Täuschte er sich oder sah er da den Anflug von Tränen in ihren Augen?

Er atmete tief durch. Es war nicht recht, seine Wut auf die anderen an diesem Mädchen auszulassen. Seine Stimme nahm wieder ihren normalen Klang an, fern jener bösartigen Kriegerart. "Nein, Eimhhir, du bist kein Kind mehr. In Kürze hast du deine Initiation, du hast bereits dein Mondblut. Du verdienst eine Erwachsenenklinge. Aber dann musst du auch damit leben, dass man dich wie eine Erwachsene behandelt."

"So behandelst du Erwachsene?"

"Unter Kriegern redet man nicht wie unter kleinen Mädchen. Kämpfen ist etwas Hartes, Eimhir. All unser Training hier nützt nichts, wenn du nicht lernst, Wut zu haben. Wenn du kämpfst, musst du kämpfen, um zu gewinnen. Du musst bereit sein, zu töten."

"Und wenn ich das nicht bin?"
"Dann wirst du getötet. So ist das Leben."
Eimhir blickte zu Boden. Ihre Finger rieben über den Griff ihres Messers, sie fasste es fester. "In Ordnung." Sie sah Gair ins Gesicht, kindliche Entschlossenheit in ihren Augen. "Du kannst mich wie einen Krieger behandeln. Wenn wir üben", setzte sie hinzu.

Gair konnte ein Grinsen kaum unterdrücken. Er zog sein eigenes Messer aus dem Gürtel.

"Gut, dann zeig, was du dir vom letzten Mal gemerkt hast, du kleine Kröte du."

Er wählte einen breiteren Stand, den Oberkörper leicht vorgeneigt. Eimhir tat es ihm gleich. Er konnte sehen, wie sie sich bemühte, wütend dreinzublicken. Es fiel ihm immer schwerer, nicht zu grinsen. Dieses Mädchen war einfach zu liebenswert. Wie eine kleine Schwester, die man necken und lieben konnte. Sie griff ihn von der linken Seite her an, er wich nach rechts aus. Es schmerzte in seinem Knie, sein Körper reagierte nicht mehr so, wie er es gewohnt war, keine Spur mehr der Geschmeidigkeit und Wendigkeit, die er einst gehabt hatte. Eimhir folgte ihm nach, bedacht auf einen sicheren Stand. Gut, das hatte sie also schon verinnerlicht. Ihre Augen waren auf seine fixiert, doch nun flatterten sie nach rechts. Offenbar sah Eimhir dort etwas. Gair machte eine weitere Bewegung, um das kleine Mädchen zu umrunden, und sah, was sie sah. Aislin. Die am Rand der Wiese stand und sie beobachtete. Wer weiß, wie lange schon. Als sie Gairs Blick gewahr wurde, drehte sie sich um und eilte davon. Davon abgelenkt, achtete er nicht auf Eimhir, die ihre Chance nutze und ihn attackierte. Gerade noch konnte er ihre Klinge abwehren, ehe sie seinen Arm traf. Das Mädchen strahlte von einem Ohr zum anderen.

Gair hob die Arme, um ihr zu deuten, dass Schluss sei. "Gut gemacht. Genieße deinen Triumph. Morgen weiter."

Oh große Göttin, Allmutter der Natur,
Beherrscherin der Elemente,
du vereinst in dir die Gestalten
aller Götter und Göttinnen, Noreia, höre mich an.

Was für ein Tumult! Ich dachte, mich hierher zu bringen wäre dein Plan, doch jetzt streiten sie über mich ... Ist dies auch dein Wille? Oder tragt ihr Götter eure eigenen Streitereien auf dem Rücken von uns Menschen aus? Nun hab ich den Goban zum Feind. Und Clach, den sie Idiot nennen, zum Freund. Der Druidenschüler ist auch nur ein Krieger. Und wenn der Vollmond herrscht, werde ich die Frau eines Kriegerfürsten. Auf dem möglicherweise ein Fluch lastet, der mich in die Anderswelt versetzt, wenn ich ein Kind gebäre. Nun, das wäre vielleicht gar nicht das Schlechteste. Dort ist das Leben leichter, oder? Ach Göttin, ich fühle mich zerrissen. Was erwartest du von mir? Wie diene ich dir am besten? Du wolltest nicht, dass ich Priesterin werde, hast mich in die Sklaverei geschickt, nun soll ich Fürstin werden ... geht es nicht einfacher? Nun, du hast recht. "Einfach" ergibt keine gute Geschichte. Bin ich der Held, der gegen Drachen kämpft und Riesen? Göttin, ich erzähle gerne Geschichten, ich muss sie nicht unbedingt erleben. Nein, du hast recht. Ich diene dir im Erzählen und mein Erzählen wird mächtiger, je mehr ich selbst durchlebe. Habe Dank Göttin. Beschütze mich.

usammen mit einer Gruppe Kinder saß Gair an die Palisade gelehnt und erzählte ihnen von der Geschichte Ardudunums. Es gehörte zu den Aufgaben der Druiden, die Kinder zu unterrichten. Gair tat es nicht besonders gerne. Während er von den Vorfahren Goraids erzählte, war ihm sehr bewusst, wie langweilig seine Geschichten im Vergleich zu jenen Aislins klangen. Gerade als er an sie dachte, sah er sie. An Centigerns Seite aus dem Dorf reitend. Der Fürstensohn machte eine große Geste mit seiner Hand über die ihnen zu Füßen liegende Landschaft hinweg, die Geschichtenerzählerin lachte. Sie sah gut aus auf dem schwarzen Hengst, und sie sah glücklich aus. Die beiden ritten die Straße nach Nordwesten entlang und verschwanden bald aus Gairs Blick hinter den Bäumen, dennoch brauchte er eine Weile, bis er sich wieder völlig auf seine Zuhörer konzentrieren konnte.

Nach dem Unterricht hielt es ihn nahe des Tores, unschlüssig schlenderte er herum, pflückte hier ein Kraut und dort. Langsam hinkte er zu den Stallungen, die sich direkt neben dem Nord-Tor innen an die Palisade schmiegten. Es waren eigentlich nur Dächer, mit halbhohen Flechtwänden in einzelne Bereiche unterteilt, die den Pferden Schutz vor Regen und Sonne gaben und sie unweit des Tores bereit hielten. Auf das Dach führten Leitern, sodass man von dort oben im Falle eines Angriffs das Dorf mit Pfeilen verteidigen konnte, ohne den Schutz der Palisade verlassen zu müssen. Zumindest war es von ihren Vorfahren so gedacht gewesen, doch seit Ewigkeiten hatte sich niemand darum gekümmert.

Gair überlegte, hinaufzuklettern. Er war lange nicht hier gewesen. Ein Pferd wieherte. Gair entschied sich, zu den Tieren zu sehen, anstatt nach Centigern und Aislin Ausschau zu halten. Es waren alles prächtige Pferde, die hier auf ihre Reiter warteten. In einem der Verschläge entdeckte er einen herrlichen rotbraunen Hengst mit dicker Mähne, den er nur zu gut kannte. Es war der Sohn seiner Stute Marca. Als Marca am Schlachtfeld umkam, war Aodh gerade ein Jahr gewesen, jung und ungestüm. Nun blickte ihm ein kluger und ruhiger Hengst entgegen. Gair sah sich plötzlich auf diesem Hengst reitend. In gestrecktem Galopp, die Straße nach Belcurnia entlang. Nein, das war gewiss keine Vision. Dieses Bild entstammte seinen Wünschen, Centigern und Aislin hinterherzufliegen und in diesem prächtigen Hengst etwas von Marca wiederzufinden. Es wäre wohl sein Pferd, würde er noch reiten. Gair hatte keine Ahnung, wem der Hengst nun gehörte. Centigern ritt nach wie vor jene Stute, die er vor vier Jahren von Hochkönig Voccio geschenkt bekommen hatte. Sie hatten beide zu ihrer ersten richtigen Schlacht, als sie sechzehn waren, ein eigenes Pferd erhalten. Centigern jedoch hatte als Fürstensohn ein noch prächtigeres geschenkt bekommen, als er nach Ardudunum zurückkehrte.

Gair hatte gar nicht gemerkt, wie lange er da gestanden hatte, den Geruch nach Heu und Pferd genießend, als er hinter sich Hufgetrappel hörte. Er drehte sich um und erblickte Centigern, der schwungvoll von seiner Stute sprang und Aislin von ihrem Hengst herunterhob. Beide lachten noch immer.

"Geh schon voraus, Aislin, ich kümmere mich noch um die Pferde."

"Aber das können wir doch gemeinsam ..."

"Nein, geh nur."

Aislins Blick streifte Gair, und sie schien zu verstehen, dass Centigern mit dem Druidenschüler reden wollte. Sie winkte, und Gair war sich nicht sicher, wem. Centigern? Ihm? Beiden? Und dann lief sie den Hang zum Langhaus hinauf, ihr Zopf wie immer hinter ihr herhüpfend. Unterwegs begegnete sie einigen Kindern, die zwischen den Häusern Fangen spielten. Sie winkte auch ihnen zu und nickte höflich mit dem Kopf zu den Erwachsenen.

Centigern nahm seiner Stute den Zaum ab und gab ihr einen Klaps, damit sie zum Stall ging, wo Gair bereits die Türe eines Verschlags offen hielt. Die Stute blieb neben ihm stehen und schnaubte ihn an, fast schien es Gair, als erkenne sie ihn von früher. Mit einem freundlichen Kopfnicken ging sie in den Verschlag und machte sich über das Heu her. Aislins Hengst hatte Centigern inzwischen in den Verschlag daneben geführt und nahm ihm dort erst den Zaum ab.

"Sie ist eine gute Reiterin." Er sagte es leichthin, doch der Stolz und die Freude in seiner Stimme waren nicht zu überhören.

Gair war sich im ersten Moment nicht sicher, ob er mit dem Hengst oder mit ihm sprach. "Ja, das ist sie."

Centigerns Kopf fuhr verwundert zu ihm herum. "Ach ja, ihr seid ja gemeinsam von Solva hierhergeritten." Er grinste. "Ich wette, sie reitet besser als du heutzutage."

Gair ging darauf nicht ein, schließlich hatte Centigern damit recht.

"Was ist, Kleiner, reizt es dich nicht? Marcas Sohn, hm? Das ist ein Prachttier, nicht wahr. Ich hätte ihn dir geschenkt. Aber bitte, du musstest ja unbedingt in den Speer eines Gegners hineinreiten ..."

Sie lehnten nun beide außen am Stall, den Blick auf die Pferde gerichtet.

Gair antwortete nicht. Er konnte sich nicht mehr erinnern, ob er Centigerns Richtungsangabe in der unsäglichen Schlacht falsch verstanden oder ob dieser rechts und links verwechselt hatte.

"Was ist, Kleiner? Redest du nichts mit mir? - Es war gewiss nicht meine Absicht damals."

Gair sah seinen Milchbruder erstaunt an. Verstand er das eben richtig, dass Centigern gerade zugegeben hatte, ihn in die falsche Richtung geschickt zu haben? Der Fürstensohn senkte den Blick und zuckte mit den Schultern. Mehr Entschuldigung konnte Gair wohl nicht erwarten. Verhielt sich sein Milchbruder deswegen die letzten Jahre so abweisend ihm gegenüber, weil er sich schuldig fühlte?

Der Fürstensohn setzte sich vor dem Stall auf den lehmigen Boden. Den Rücken gegen einen Pfosten gelehnt, den Blick zum Dorf hinauf gerichtet. Die Sonne stand bereits weit im Westen und schien ihm ins Gesicht. Es war das erste Mal seit langem, dass Gair ihn so in Ruhe aus der Nähe sah. Er kam ihm gealtert vor, ernüchtert.

Er ließ sich neben seinem Milchbruder nieder, sein steifes Bein von sich gestreckt. Der Boden war warm und staubig, die Sonne abendlich mild. Hinter ihm erklang das vertraute

Schnauben der Pferde. "Nun, die letzten Jahre hast du kaum mit mir geredet."

Sie schwiegen beide. Saßen einfach da und genossen die Sonne.

Nach einer Weile seufzte Centigern. "Ich weiß. Musste mich erst dran gewöhnen. Dass du jetzt ein verkrüppelter Druide bist, und nicht mehr mein zweites Ich."

"Und, nun hast du dich daran gewöhnt?"

Sie sahen einander nicht an, beide den Blick hinauf auf die Häuser gerichtet. Es war fast wie früher, sie beide, nebeneinander, Seite an Seite.

"Nein, hab ich nicht. Ohne Schwert siehst du für mich immer noch unvollständig aus."

"Aber?"

"Naja, die Zeiten ändern sich, nicht? Die Boier verwüsten die Umlande, Ardudunum ist vom Untergang bedroht, ich werde eine Frau nehmen ... wir hatten uns das anders vorgestellt, damals, als wir hierher zurückkamen, oder?"

"Ich erinnere mich. Den ganzen Weg von Voccio hierher hast du nur davon geredet, dass du ein berühmter Krieger werden würdest, dann Fürst, Ardudunum solle erblühen, sich die Umgebung untertan machen, du würdest heiraten und viele Erben haben – nun, Centigern, so anders als das, was ist, war das nicht."

"Doch. Ich hab niemanden mehr an meiner Seite, auf den ich mich blind verlassen kann, dem ich völlig vertrauen kann."

"Du hast einen Haufen Krieger, die dich anbeten. Und du hast Enrik."

"Enrik!" Centigern lachte. "Das ist nicht dasselbe."

Gair schwieg, um zu verbergen, wie gut sich das anfühlte. Von ferne wirkten der Fürstensohn und sein Seher dem ähnlich, wie Gair und Centigern wohl einst gewirkt hatten.

"Nun, und du hast bald eine Frau." Irgendetwas musste er schließlich sagen.

"Wie findest du sie?"

Gair zuckte die Schultern. "Nett."

"Nett?" Centigerns Ellbogen traf ihn schmerzhaft in den Rippen. "Nett? Sie ist göttlich!"

"Ja, kann sein."

"Du bist ja nur eifersüchtig," Gair zuckte erschrocken zusammen, doch Centigern fuhr fort: "weil du noch immer keine Frau hast. Vorbei die Zeiten, wo sie dir in Scharen nachliefen, nicht? Tja, wärst du halt Krieger geblieben!"
Zufrieden grinsend lehnte Centigern sich zurück, die Hände über dem Bauch gefaltet.
Gair erhob sich mühsam. "Ich muss zum Tempel."
"Gair?"
Er wandte sich noch einmal um.
"Danke, dass du sie vor Onchu beschützt hast. Und ihn vor dem Idioten." Die Sonne schien auf das Gesicht des Fürstensohns.
Es war das erste Mal, dass er sich bei Gair für etwas bedankte.

Gair blieb an diesem Abend noch lange nach den Abendgebeten im Tempel. Es war still, ganz entfernt konnte er die abendlichen Geräusche des Dorfes hören. Die Hirtenjungen, die mit den Ziegen und Schafen von den Weiden zurückkehrten, Mütter, die nach ihren Kindern riefen, die Hunde, die um Essensreste bettelten. Doch im Tempel herrschte immer eine eigene Ruhe. Das Wasser, das von der Quelle durch das steinerne Becken floss, plätscherte leise. Wenn Gair sich ganz ruhig verhielt und auch die Stimmen in seinem Kopf zum Schweigen brachte, dann konnte er manchmal in dem Plätschern die Stimme der Göttin hören. Doch nicht heute. Unruhig streifte er durch den Tempel. Vor der großen Steinplatte, die ihr Altar war, auf dem sie ihre Opferungen vornahmen, blieb Gair stehen. Hier auf dieser Platte hatte Aonghas ihn damals operiert, hatte ihm das Leben gerettet – nachdem Centigern es ihm im Schlachtfeld gerettet hatte.
Alte Bilder kamen hoch. Bilder von all den Jahren, die er an Centigerns Seite verbracht hatte. Immer er der Kleine, und Centigern der Große, obwohl Gair der Ältere war. Um drei Tage. Wie hatte ihn das geprägt. Gewiss wäre er nicht so ein guter Krieger geworden, hätte er sich nicht immer gegen Centigern beweisen wollen. Nun, er wäre überhaupt kein Krieger geworden, wäre seine Mutter nicht Amme Centigerns gewesen. Er war kein Kriegersohn, sein Vater Fionghall war

Holzwerker gewesen. Der prunkvoll geschnitzte Fürstenstuhl in Goraids Haus stammte von ihm. Nur weil Riona ihren vergötterten Sohn nicht alleine zu Voccio schicken wollte und nur weil Gair dort bewiesen hatte, was in ihm steckte, war er Krieger geworden.

Es waren spannende Zeiten gewesen bei ihrem Ziehvater. Voccio war noch nicht Hochkönig, als Centigern und Gair mit sieben Jahren an seinen Hof kamen. Sie hatten seinen Aufstieg miterlebt, hatten in Prunk und Reichtum gelebt. Gegen Voccios Burg war Ardudunum ärmlich. Gair gefiel es hier besser. Ihm waren in Bragnreica zu viele Menschen gewesen. Diener, Sklaven, Leute, die etwas von Voccio wollten, oder die ihm ihre Gunst bewiesen. Centigern hatte das geliebt. Je mehr Menschen, umso besser. Je mehr Frauen, die seine jugendliche Anmut bewunderten, je mehr Männer, die ihn eifersüchtig beäugten. Und dennoch war es immer Gair gewesen, an den er sich wandte, wenn er Rat brauchte. Wenngleich er dies auch nie zugab.

Es fühlte sich gut an, wieder miteinander zu reden. Obwohl – wie sollte er mit Centigern reden, wenn es um Aislin ging?

Vollmond kam, sosehr Gair auch gehofft hatte, dass die Sichel auf ewig nur halbrund bliebe. Seit Sonnenuntergang, also seit Beginn des neuen Tages, waren Centigern und Aislin getrennt voneinander in Lauben im Wald untergebracht, um die Nacht meditierend und in göttlicher Nähe zu verbringen. Gair war vom Druiden Centigern zugeteilt worden, um vor der Laube über den Fürstensohn zu wachen. Leod und Aonghas saßen vor Aislins Rückzugsort. Eigentlich hätte auch Enrik mit Gair Wache halten sollen, doch hatte der Seher sich nach einer Weile verabschiedet. "Du bist Krieger gewesen, du wirst deinen Herren schon verteidigen können, sollte es nötig sein. Ich habe noch viel vorzubereiten für den heutigen Tag." Dies verwunderte Gair ein wenig, denn auch wenn es eine kurze Diskussion darüber gegeben hatte, so hatte Centigerns Seher sehr schnell dem älteren Druiden die Leitung des Rituals übergeben.

Gair saß im feuchten Gras und starrte in den Himmel hinauf. Leise sang er jene Lieder, die den Hochzeitern eine gute Ehe verschaffen sollten. In der Laube war es still. Und auch ringsum, kein Reh knackte im Dickicht, kein Käuzchen schrie. Die Stille war fast bedrückend.

Plötzlich hörte er leise Schritte. Rascheln. Die Nacht war nicht wolkenlos, so strengte Gair sich an, etwas zu erkennen. Ohne selbst ein Geräusch zu machen, legte er sich flach vor dem Eingang zur Laube auf den Boden. Dadurch ging sein Blick leicht nach oben und der Schatten, der auf ihn zukam, hob sich ein wenig vor dem dunklen Himmel ab. Es war ein zarter Schatten, eindeutig weiblich und eindeutig nicht darin geübt, durch den Wald zu schleichen. Eimhir? Nein, Eimhir wäre geschickter. Auf alle Fälle war es keine Gefahr, und so wartete er ruhig ab, was geschehen würde.

Die Person blieb stehen. Unsicher, nervös. Wartete, bis die Wolken ein Stück weiter zogen und den Mond wieder freigaben. Als das Mondlicht auf die Lichtung schien, konnte nun auch Gair den Besucher erkennen. Es war die Tochter des Goban, nur mit einer feinen Tunika bekleidet. Gair kroch die paar Schritte zu ihr hin, packte sie am Knöchel. Panisch schrie das Mädchen auf, doch Gair hatte sie bereits im nächsten Augenblick zu sich auf den Boden gezogen und ihr den Mund zugehalten.

"Shhh, leise. Was tust du hier?"

Er hielt das Mädchen eng an sich gedrückt und flüsterte in ihr Ohr. An der Innenseite seines Oberarmes, der quer über ihre Brust lag, konnte er ihren aufgeregten Herzschlag spüren. Er nahm die Hand von ihren Lippen.

"Centigern? Bist du das?"

"Nein, Kleine, Centigern bereitet sich auf seine Hochzeit vor. Ich bin's, Gair. Was tust du hier?"

Er lockerte seinen Griff, setzte sich auf.

Des Gobans Tochter drehte ihren Kopf weg, beschämt, ertappt worden zu sein. Leises Schluchzen drang an Gairs Ohr.

"Du hattest doch nicht etwa vor ...? In der Nacht vor der Hochzeit?"

"Vater hat mich geschickt. Er meinte, ich solle ... dass dann Centigern ..."

"So ein alter Fuchs!", entfuhr es Gair. "Nun, ich muss dich enttäuschen, daraus wird nichts. Und glaube mir, selbst wenn du es geschafft hättest, deswegen hätte sich Centigern dir noch lange nicht verpflichtet gefühlt."

Ihr Gespräch war nicht mehr als ein Raunen des Windes, keine Gefahr, dass der Fürstensohn etwas davon mitbekam. Ein wenig verloren saß das junge Mädchen nun da, vor Aufregung und Kälte zitternd.

Gair nahm seinen Umhang ab und reichte ihn ihr. "Hier. Und nun geh heim. Sag deinem Vater, ich erwarte meinen Umhang mit einer Entschuldigung für sein Vorhaben zurück. Seine eigene Tochter so zu verkaufen ..."

Die Tochter des Goban schlang den warmen Stoff dankbar um sich und eilte davon. Gair setzte sich wieder vor die Laube. Es würde kühl werden ohne Umhang, aber egal. Wichtiger war, dass der Goban wusste, dass sein Plan vereitelt worden war.

Bevor die Sonne aufging, kehrte Enrik zurück und nahm seinen Platz vor der Laube ein. Er grinste Gair an, und der meinte zu wissen, dass der Seher eine gemütliche Nacht in seinem Bett verbracht hatte, während er hier im feuchten Gras gelegen hatte.

Als die Sonne sich erhob, kam aus dem Dorf ein zweifacher Tross. Riona, Malwine und einige andere Frauen – zu Gairs Erstaunen auch seine eigene Mutter – zogen an Centigerns Laube vorbei zu dem Platz, wo Aislin sie erwartete. Die Frauen trugen Blumengirlanden und Stoffe mit sich und würden die Braut nun aufs Herrlichste schmücken. Der andere Tross, bestehend aus Goraid, dem Goban und einigen von Centigerns besten Kriegern, kam auf sie zu. Enrik erhob sich, um das Tuch, das den Eingang der Laube verhängte, zu öffnen, damit Centigern seinen Leuten entgegentreten konnte. Der Fürstensohn kniete mit dem Blick gen Osten und schien ins Gebet versunken. Gair erinnerte sich an die Nacht vor ihrer ersten Schlacht. Sie hatten sie beide nebeneinander kniend verbracht, im innigen Gebet. Er hoffte, dass die Götter Centigern als Ehemann ebenso geneigt waren, wie sie es ihm als Krieger waren.

Sie führten den Fürstensohn mit lauten Gesängen ins Langhaus. Sein Gang war nach der auf Knien verbrachten Nacht steif, doch als sie im Dorf ankamen, hatte er seine übliche Geschmeidigkeit wiedererlangt. Seine Männer wuschen ihn, Goraid legte ihm den goldenen Torque, den Halsring um, Enrik flocht sein Haar zu einem Zopf. Der Goban band die Bänder um Centigerns Unterschenkel, die seine Hose eng anliegen ließen. Mit einem knappen "Entschuldigung" hatte er Gair beim Betreten des Hauses seinen Umhang zurückgegeben. Der Fürstensohn ließ all dies scherzend über sich ergehen.

Als jedoch Onchu, einer von Centigerns besten Kriegern, mit der Schale voll Färberwaid auf ihn zutrat, hob Centigern die Hand. "Nein. Das ist Gairs Aufgabe. Bei Kämpfen kannst du das machen, Onchu, doch heute soll mein Bruder das tun."

Gair, der etwas abseits gestanden hatte und die ganzen Tätigkeiten mit den dazu gehörigen rituellen Liedern begleitet hatte, senkte den Kopf. Es wirkte vielleicht wie ein zustimmendes Nicken, doch eher versuchte er zu verbergen, wie erstaunt er war. Das letzte Mal, dass er Centigern die schützenden Symbole auf die Brust gemalt hatte, war vor jener unglückseligen Schlacht gewesen. Nach all den Jahren, die der Fürstensohn ihn danach mit gehässiger Ignoranz bedacht hatte, war es ungewohnt, wie er ihn in den letzten Tagen behandelte.

Gair trat zu Onchu und nahm die Schale mit Farbe von ihm entgegen. Der begleitende Blick war nicht gerade freundlich. Auch Enrik sah ihn mit zusammengezogenen Augenbrauen an. Es herrschte Schweigen, bis Gair wieder begann, die rituellen Lieder zu singen. Die Augen starr auf Centigerns Brust gerichtet, zogen seine Finger magische Linien. Er spürte die Blicke der anderen in seinem Rücken. Er versuchte sich zu erinnern, wie oft er jene Linien schon auf den Körper seines Milchbruders gemalt hatte, damals. Noch immer rasierte Centigern seine Brust, sodass kein einziges Haar darauf wuchs. Verletzungen heilten so besser. Doch sein Körperbau hatte sich verändert. Narben waren hinzugekommen, der Brustkorb noch breiter, noch muskulöser geworden. Der Fürstensohn stand nun wahrlich in der körperlichen Blüte eines erwachsenen Mannes. Die Muskeln in Centigerns Oberarmen zuckten, er ballte und löste beständig seine Fäuste, als müsse er sich für einen Kampf richten. Als Gair sich anschickte, Linien ins Gesicht des größeren zu zeichnen, blickte dieser starr über ihn hinweg. Die Nervosität des Fürstensohns schlug ihm wie eine Welle entgegen. Gair lächelte. Nie war sein Milchbruder vor einem Kampf nervös gewesen, doch vor dieser Ehe schon? Wahrscheinlich sehnte er sich gerade nach dem Blutrausch der Schlacht.

Als er fertig war, legten die Krieger ihrem Anführer noch goldene Reifen um die Oberarme, banden lederne Bänder um seine Handgelenke. Gair stellte die Farbschale auf einen Tisch und wischte sich die Hände in einem Stück Stoff ab.

Enrik stand plötzlich neben ihm, das am Tisch liegende Wildschweinfell aufhebend. "Soso, kein altheiliges Schutzsymbol für deinen Bruder, nur für die Braut?" Die Stimme war leise und zynisch.

Gair sah auf, der Seher hatte die Augenbrauen hochgezogen und ein süffisantes Grinsen im Gesicht. "Nun, Schutz dem, der ihn benötigt, nicht?"

Der Blick des Sehers veränderte sich, wurde kurz skeptisch, dann grinste er. "Du hast recht, man muss mit den Gaben der

Götter haushalten."

Der Seher trat auf seinen Herren zu und legte ihm das Wildschweinfell um. Eine Fibel aus Gold, verziert mit Korallen aus dem fernen Meer, schloss das Fell zu einem Umhang.

So hergerichtet schritt der Fürstensohn dem Tross zum Tempel voran, vor dem bereits die Braut und all die anderen Gäste warteten. Aislin war in eine prächtige Tunika gekleidet worden, deren Borten golddurchwirkt glänzten. Darüber ein schmales Kleid, das in sonnigem Gelb leuchtete, ein Gürtel aus goldenen Ketten. Auch ihre Arme zierten goldene Reifen und ihr Haar war kunstvoll hochgesteckt und mit einem Eisenkrautkranz geschmückt.

Da dies mehr als eine gewöhnliche Ehe, sondern die Hochzeit des zukünftigen Machthabers war, galten besondere Regeln. Ehe Aonghas die beiden vermählte, hatte Centigern sich zu beweisen. Zu diesem Zweck musste er, unterstützt von seinen zwei besten Kriegern, eine Wildsau aufspüren und fangen, die dann als Opfertier für diese Ehe den Göttern geschenkt würde. Den ganzen Morgen schon waren zwei seiner Männer im Wald unterwegs gewesen, um Spuren zu suchen. Nach einer Segnung durch Aonghas machten sich die drei Männer auf, bewaffnet mit Schwert, Speer und Bögen.

Von Aislin wurde verlangt, um ihre Würde für diese Ehe zu beweisen, dass sie, solange Centigern auf der Jagd war, auf einem Holzscheit kniend, die Arme erhoben, ein Hohelied auf ihren Mann sang. Damit zeigte sie ihre Demut, aber auch die nötige körperliche Ausdauer, die sie in der Ehe brauchen würde.

Die Menschen ringsum begleiteten dies mit Musik und Gesang. Uilleam und ein anderer Wächter hatten auf den Dächern der Pferdeställe Position bezogen, um Centigerns Rückkehr melden zu können. Leod und Gair bereiteten alles für die Opferung vor, während andere Männer das Feuer richteten, über dem die Wildsau gebraten werden würde, nachdem man sie rituell geopfert hatte.

Die Sonne stieg immer höher. Auf der großen Wiese standen nur zwei Bäume – eine Linde und eine Eiche - und unter beiden drängten sich die Menschen im Schatten. Für Riona und Goraid hatte man ein Dach aufgebaut, unter dem sie auf ihren Fürstenstühlen saßen. Später würden hier Centigern und Aislin

Platz nehmen. Gair schwitzte. Er blickte zu Aislin, die noch immer mit kraftvoller Stimme ihren Mann pries. Auch ihr rann der Schweiß von der Stirn, doch ihre Arme zeigten noch keine Spur von Zittern. Dann ging sein Blick über die Palisade hinweg, in die Richtung, in der Centigern mit seinen Männern verschwunden war. Er schloss die Augen und vor seinem Inneren entstand ein Bild.

Centigern, der sich an eine Lichtung anschleicht. Im Sonnenschein eine schlammige Mulde, wo im Frühjahr ein kleiner Teich gewesen war. In der Mulde ein Wildschwein, keine Sau, ein Eber. Noch jung und nicht völlig ausgewachsen. Centigern und seine Männer ducken sich, beraten. Nur Centigern trägt Speer und Schwert, die anderen beiden sind mit Bögen bewaffnet, um im Notfall ihrem Herren beistehen zu können. Sie schleichen sich links und rechts an den Eber heran, gut verdeckt vom Gebüsch. Beide Schützen zielen, lösen den Schuss. Beide treffen. Der Eber springt auf, stürzt wie erwartet in Centigerns Richtung, der bereits mit erhobenen Waffen auf das Tier wartet. Zehn Schritte vor dem Fürstensohn bricht der Eber tot zusammen, ehe Centigern seinen Speer schleudern kann. Ein verwirrter und wütender Blick Centigerns trifft den einen Bogenschützen. Dann rammt er dem Eber Schwert und Speer in die Flanke.

Gair öffnete die Augen, blickte auf Aislin. Laut rief er: "Der Eber ist getötet!"

Die Menschen um ihn herum sahen ihn verwundert an. Doch Aonghas trat auf ihn zu, sah ihm ins Gesicht, und wiederholte dann laut: "Der Eber ist getötet! Centigern war ruhmreich!"

Jubel brach aus. Gair sah seinen Lehrherren an.

Dieser schüttelte leicht den Kopf, sagte leise: "Du bist nicht zufrieden, und ich kann erraten, warum. Doch lass uns nicht so kleinlich sein. Er wäre nicht der Erste, der den Eber nicht selbst getötet hat."

Erwartungsvoll strömten die Menschen in Richtung Tor, um den Fürstensohn mit seiner Beute willkommen zu heißen. Aonghas und seine Helfer bereiteten alles für die Opferung vor.

Sie vollzogen das Opfer, schenkten den Göttern die Seele des Tieres. Centigern und Aislin aßen gemeinsam das rohe Herz, ihre Hände durch ein Band aneinandergebunden. Es hatte ein paar abfällige Bemerkungen darüber gegeben, dass der Eber noch nicht ausgewachsen war.

Nun drehte sich das Wildschwein am Spieß, seine Haut hing zum Trocknen über einem Busch, seine Hauer an einer Kette um Centigerns Hals.

Der Tag neigte sich bereits dem Abend zu. Die Menschen hatten einen Kreis gebildet, und bis auf jene, die das bratende Schwein bewachen mussten, harrten alle der Vermählung. Noch standen Braut und Bräutigam getrennt, gut zwanzig Schritte voneinander entfernt. Auch Aonghas stand eher am Rand, am dritten Punkt eines gedachten Dreiecks. Leod und Gair an seiner Seite. Fürst und Fürstin bildeten auf ihren Stühlen eine vierte Ecke.

Der Druide rief die Götter an, damit sie teilhatten an diesem wichtigen Ereignis und die Brautleute segneten. "Die Götter haben es bestimmt, wie die Sonne den Tag. Der Same ist nichts ohne fruchtbare Erde, der Mond nichts ohne Sonne. Mann und Weib, angehende Herrscher, vereint im Angesicht Noreias."

Alle blickten gespannt auf Aislin, die nun auf ihren Mann zugehen sollte, um von ihm in den Umhang gehüllt zu werden. Zu aller Verwunderung jedoch machte sie keine Anstalten. Stattdessen streifte sie die goldenen Reifen von ihren Armen und legte sie neben sich auf die Erde. Als nächstes öffnete sie die Fibeln an den Schultern ihres Überkleides, sodass es zu Boden glitt. Unruhe breitete sich unter den Zuschauern aus, Centigern blickte Hilfe suchend zu Aonghas. Doch der Druide lächelte, als erlebe er gerade eine freudige Überraschung. Mit einer kleinen Handbewegung deutete er allen, dass alles seine Richtigkeit habe. Aislin stand nun nur in ihrer Tunika da. Sie zögerte. Setzte an, zu gehen, blieb stehen. Holte tief Luft und seufzte. Dann zog sie auch das letzte Kleidungsstück aus. Nackt, wie Gair sie bei der Brautholung gesehen hatte, stand sie nun vor den Göttern und dem versammelten Dorf. Langsam schritt sie auf Centigern zu, bog dann jedoch zu Aonghas ab und nahm Leod die Schale mit Wildschweinblut aus den Händen, die ein Opfer an die Götter darstellte. Ein kurzer Blick traf Gair, und er fühlte eine ungeheure Trauer in sich.

Centigern auf der anderen Seite wirkte nervös und

ungehalten. Aislin war bei ihm angekommen, sie stellte die Schale mit Blut neben sich ab und griff nach den goldenen Reifen an Centigerns Armen. Seine Augen öffneten sich weit, als ihm klar wurde, was nun geschehen würde. Hastig, wie verärgert, griff er selbst nach den Reifen und strich sie von seinen Armen hinunter, öffnete die Fibel und ließ den Wildschweinumhang zu Boden gleiten. Aislins Blick traf seine Hose. Centigern kniff die Lippen zusammen, dann entkleidete er sich. Die Menge jubelte. Aislin griff zu der Schale mit Blut und Gair wusste, dass sie nun das Blut mit ihm teilen würde. Immerhin, es war nur Blut eines Ebers und nicht ihr eigenes. Doch Aislin hob die Schale nicht an den Mund. Sie tauchte den Finger hinein und bestrich Centigerns Körper mit der roten Flüssigkeit, die verschwitzten blauen Zeichen Gairs übermalend.

Gair warf einen kurzen Seitenblick auf Aonghas. Der Druide hatte die Augen zusammengekniffen und schien nun nicht mehr ganz so zufrieden.

Gair bemühte sich, sich die Symbole einzuprägen, die Aislin verwendete. Einige kannte er, es waren Symbole der Freundschaft und Liebe, der Bitte um Schutz. Dann reichte sie die Schale an Centigern, in Erwartung, dass er nun seinerseits sie bemale. Der Fürstensohn wirkte verloren, sah zu Enrik hinüber. Doch die Geschichtenerzählerin kam ihm zur Hilfe. Erneut fuhr sie mit dem Finger in die Schale und malte einen schlichten Strich in Centigerns Gesicht, von seiner Stirn abwärts, über die Nase, die Lippen, den Hals, seine Brust bis zu seinem Geschlecht. Gair konnte ihre Augen nicht sehen, doch er war sich sicher, dass sie amüsiert war. Der Fürstensohn tauchte nun seinerseits den Finger in das Blut und wiederholte an seiner Braut, was sie getan hatte. Auf Höhe ihrer Brüste stockte er, dann fuhr seine Hand umso schneller bis zu ihrem Schoß. Nun nahm Aislin ihm die Schale aus der Hand und hob sie an ihre Lippen. Doch sie nahm nur einen kleinen Schluck, ehe sie das Blut Centigern zum Trinken reichte.

Als Centigern einen Schluck genommen hatte, gab Aonghas Enrik ein Zeichen. Der Seher, der nahe seinem Herren stand, reichte diesem den Umhang, den Gair Aislin bei der Brautholung umgelegt hatte. Inzwischen zierte ein fünftes

Symbol den Rücken des Umhangs. Centigern legte ihn seiner Braut um. Gair konnte spüren, dass Riona zusammenzuckte, ob aus sentimentaler Erinnerung oder Sorge, dass Centigerns blutiger Finger Flecken hinterließ, wusste er nicht.

Aonghas verkündete laut, dass Centigern und Aislin nun Mann und Frau waren.

Jubel brach aus. Aislin wandte sich Aonghas zu, doch ihr Blick traf Gair. Die rote Linie, die von ihrer Stirn bis in ihren Schoß führte, sah beängstigend aus. Doch sie lächelte, ein trauriges Lächeln. Gair war nicht fähig, es zu erwidern.

Centigern beeilte sich, in seine Hose zu schlüpfen. Enrik legte ihm das Wildscheinfell wieder um und flüsterte ihm etwas ins Ohr. Centigern nickte, nun zufrieden.

Die Feier dauerte bis spät in die Nacht. Centigern und Aislin saßen, frisch gewaschen und wieder prächtig gewandet, auf den Stühlen unter dem Dach, nahmen Geschenke und Glückwünsche entgegen. Es schien wie eine Wiederholung der Willkommenszeremonie vor einem halben Mond. Als der Vollmond hoch am Himmel stand, geleiteten die Menschen das Brautpaar unter Gejohle und Gegröle in den Tempel, wo sie im Anblick der Götter ihre Hochzeitsnacht verbringen würden. Aonghas betrat mit dem jungen Paar den heiligen Bezirk. Sie würden ihr Eheversprechen vor dem Druiden noch einmal wiederholen, dabei einen runden Stein in Händen haltend. Sie würden versprechen, als Sohn des Fürsten und dessen Frau alles für Ardudunum zu tun, um es zu schützen. Dieser Stein würde dann in eine Nische des Tempels gelegt werden, in der bereits die Ehesteine vieler Fürstengenerationen lagen. Es war Gair, der die Tür des Tempels hinter den Dreien schloss, und während die anderen zum Feiern zurückkehrten, stand er noch eine Weile vor dem Tor.

Gair sah Aonghas und Malwine nach, die das Brautpaar vom Tempel zum Langhaus begleiteten. Die Morgensonne hatte heute keine Kraft und ihn fröstelte. Er betrat die Heilige Stätte, nahm den Besen und kehrte den lehmigen Boden, um die Spuren der Zeremonie zu beseitigen, wie es ihm Aonghas aufgetragen hatte. Kein Lied wollte ihm über die Lippen kommen.

Nach der Reinigung ging er in den Wald, Waldmeister und Hollerblüten zu holen, um das Heiligtum neu zu schmücken. Als er in den Tempel zurückkehrte, kniete neben dem Beckenrand eine Person in einem braunen Umhang, den Umschlag wie eine Kapuze über den Kopf gezogen. Es waren zwar gestern ein paar Fremde im Dorf gewesen, doch niemandem würde es einfallen, einfach so einen Tempel zu betreten. Gair räusperte sich. Die Figur rührte sich nicht. Den Blumenschmuck in Händen näherte sich Gair dem Becken. Noreia war für alle da, sollte er es ignorieren, dass jemand die Gebote der Tempelordnung missachtete? Er tat so, als sehe er die Person nicht und legte die Pflanzen am oberen Ende des Beckens ab. Doch die Neugier siegte, und er drehte sich um. Aislin. Sie blickte an ihm vorbei, die Augen auf jenen Punkt fixiert, wo das heilige Wasser in das Becken floss. Sie sah nicht so aus, wie Gair eine Braut nach der Hochzeitsnacht erwartete. Ihre Lippen bewegten sich im innigen Gebet. Sie schien ihn wirklich nicht bemerkt zu haben. Gair setzte sich, wo er gerade stand, und wartete ab. Erst nach einer Weile realisierte sie, dass sie nicht alleine war. Ihr Kopf fuhr hoch, erschrocken.

"Guten Morgen, Geschichtenerzählerin." Er lächelte.

"Ach, du bist es. Verzeih, ich hab dich nicht bemerkt."

"So innige Gebete am ersten Tag als Eheweib?"

Aislin seufzte. Ihre Finger strichen über das steinerne Becken, fuhren die gemeißelten Linien nach. "Dieses Becken ist wirklich wunderschön. Es ist von Clach, nicht wahr?"

Wovon wollte sie ablenken?

Gair schwieg.

"Mir geht die ganze Zeit eine Geschichte nicht aus dem Kopf. Da war einst jener König, der hatte einen Sohn ..." Sie schüttelte den Kopf. "Ach Gair. Kann ich mit dir reden? Noreia antwortet mir nicht."

"Nun, immer. Ich bin zwar nur ein kleiner Druidenschüler, aber zuhören kann ich ja."

Aislin wechselte von ihrer knienden Position ins Sitzen. "Du kennst Centigern gut, nicht wahr?"

Gair nickte. Aislin umschlang ihre Beine mit den Armen. Ihre Finger spielten mit dem Saum ihres Umhangs. "Gair, er hat die Ehe nicht vollzogen."

"Was?" Gair war sicher, sich verhört zu haben.

Aislin blickte auf, ihm nun direkt ins Gesicht. Sie wiederholte es langsam, wie um es sich selbst vor Augen zu führen. "Centigern hat die Ehe nicht vollzogen."

"Das kann nicht sein. Ich meine, Centigern und nicht ..." Er wollte es nicht aussprechen, dass sein Milchbruder noch nie die Gelegenheit ausgelassen hatte, mit einer Frau das Bett zu teilen.

"Doch. Wenn ich es sage."

"Vielleicht war er müde. Es war ein anstrengender Tag für ihn, ja, das wird es sein, die Jagd, das Ritual, der Wein, er wird einfach zu müde gewesen sein."

"Nein. Er war nicht müde." Aislin wandte sich etwas ab, es fiel ihr offensichtlich schwer, das Folgende Gair zu erzählen.

"Hier war ein Bett für uns gerichtet, duftende Kräuter als Unterlage unter weichen Fellen. Doch Centigern legte sich nicht hin. Er setzte sich an den Beckenrand, der Mond schien hell in den Tempel. Und dann hieß er mich, mich ausziehen. Mich umdrehen, um mich zu betrachten. Und – er verlangte, dass ich mich selbst liebkose, er sah nur zu, rührte mich nicht an. Doch es schien ihm zu gefallen. Irgendwann hieß er mich, schlafen zu gehen."

"Und dann, im Bett?"

"Er schlief nicht bei mir auf dem Lager. Er legte sich dort drüben nieder." Sie deutete auf die andere Seite des Tempels. "Aber ich konnte ihn hören."

"Was hören?" Wollte er es wirklich wissen?

Aislin machte eine eindeutige Handbewegung, ohne Gair anzusehen. Sie schwiegen.

Gair konnte es nicht verstehen. Er kannte Centigern gut genug, dass dieses Verhalten für ihn völlig ungewöhnlich war. In ihm kämpfte es. Verwirrung über Centigerns Verhalten, ein wenig Freude, dass Aislin somit noch gar nicht wirklich sein Weib war, und eine dumpfe Ahnung von Angst. Irgendetwas stimmte hier nicht.

Aislin blickte ihn fragend an. Offenbar wollte sie seine Meinung hören.

"Tut mir leid, ich weiß es nicht. Das ist nicht typisch für Centigern. Aber soweit ich weiß, ist sein Seher ein Anhänger Bels, und Centigern seit einiger Zeit ebenso. Vielleicht gibt es dort andere Riten für die erste Nacht der Ehe. So wie der Bluttrank ..." Seine Stimme verebbte. Er hatte eigentlich nicht an die Brautholungszeremonie erinnern wollen.

"Nein, das war einfach ein alter Ritus, ich kannte ihn. Ein sehr schöner Ritus." Sie lächelte Gair an.

"Du scheinst überhaupt einige Riten zu kennen."

"Du meinst gestern? Nun, ich dachte, wenn schon, dann richtig. Ehe ich in die Sklaverei kam, war ich dasselbe wie du, Druidenschüler. Das war eine sehr schöne Zeit."

Gair schwieg.

Aislin erhob sich, den Umhang eng um sich ziehend. "Ich gehe wohl besser. Ich denke, es macht sich nicht gut, wenn die Braut nach der Hochzeitsnacht zu spät zum Frühstück kommt."

Sie wandte sich zum Gehen, doch ehe sie die Tür erreichte, drehte sie sich noch einmal um. "Was meinst du zählt mehr – die Zeremonie oder der Akt?"

Gair überlegte. "Wohl die Zeremonie, sonst gebe es nach Festen wie Beltane unzählige Ehepaare."

"Ich bin froh, dass gestern Aonghas das Ritual geleitet hat. Ich hätte mir nicht gerne noch einmal den Arm aufschlitzen lassen." Ihr Lächeln sagte ganz etwas anderes, und es wurde Gair warm im Bauch. Ja, das Blut geteilt hatte er mit ihr. Nicht Centigern.

Nachdenklich ging Gair zum Druidenhaus zurück. Seine Mitschüler hockten davor in der Wiese, ihre Schüsseln mit Brei in den Händen. Malwine saß ihnen gegenüber, ein Kraut in der Rechten, das sie in die Höhe hielt, um Leod und Eimhir etwas dazu zu erklären. Wenn es um Pflanzen ging, war sie eine der wissendsten Druidinnen Noricums. Menschen kamen von weither, um sie um Rat zu fragen. Gair ging ins Haus, er war zwar nicht wirklich hungrig, doch eine Schale Getreidebrei würde ihn vom Nachdenken ablenken.

Drinnen saß Aonghas, an einem der niedrigen Tische, wie so oft damit beschäftigt, aus seinen Stäben und Knochenwürfeln zu lesen.

"Ach, fertig mit dem Aufräumen?"

Gair nickte. Der Brei im Kessel war dick und klebrig. Gair schüttete Wasser aus dem daneben stehenden Krug zu, damit der Inhalt nicht anbrannte. Offenbar waren Leod und Eimhir beim Bach gewesen, denn an der Wand standen vier volle Wassereimer. Aonghas beobachtete seinen Schüler, und Gair wusste, dass ihm nichts verborgen blieb. Ohne seinen Meister anzusehen, ging Gair hinaus zu den anderen. Kaum hatte er sich hingesetzt, trat auch Aonghas aus dem Haus.

Er nahm neben Malwine auf der Bank Platz. "So, jetzt sind wir alle versammelt. Lasst uns über die gestrige Feier sprechen."

"Ja, Aonghas, was war da los?" Leod stellte seine Schüssel zur Seite. "Das war nicht, wie du uns erklärt hast, dass eine Fürstenvermählung abläuft."

Aonghas lächelte. "Nein, das war es nicht. Was ist eure Meinung dazu?"

"Ich fand das furchtbar!", meldete sich Eimhir. "Ich mein, Aislin kennt hier noch kaum jemanden, ist fremd hier, und dann muss sie gleich nackt – ich meine, nackt im Tempel sein, das ist etwas Anderes, das ist etwas zwischen den Göttern und dir, aber vor allen Leuten? Wie die sie teilweise angesehen haben ... und dann mit einem Fremden vermählt werden, die Ehe vollziehen mit jemandem, den sie kaum kennt."

Leod grinste. "Das verstehst du noch nicht. Wart ab, in ein paar Jahren. Da braucht es nicht lange, wen zu kennen, ehe man miteinander das Lager teilt."

Eimhhir beutelte sich kurz. "Zumindest ist es Centigern. Stell dir vor, sie müsste Clach heiraten. Oder den stinkenden Uilleam."

Malwine lachte. "Ach Eimhir, du bist wahrlich in vielem

noch ein Kind. Es gibt verschiedene Arten, dass Mann und Frau sich vereinen, manche sind rein rituell, so wie die Große Ehe, die Aonghas und ich zu Beltane vollzogen haben, damit das Land fruchtbar wird, andere sind auf Zuneigung gegründet, egal wie hübsch oder hässlich jemand ist. Und andere entwickeln sich von dem einen zum anderen."

Eimhir warf einen Blick auf Malwine und Aonghas, die nebeneinander saßen.

Malwine lächelte: "Bei uns war es zweites. Oder drittes?" Sie sah fragend zu ihrem Mann. "Wir haben uns bei einer Beltanezeremonie kennengelernt, nunja, ihr wisst ja, wie es zu Beltane geht ..." Leod grinste von einem Ohr zum anderen. "Tja, und dann wurde irgendwann Zuneigung und Achtung daraus. Wer weiß, Centigern scheint Aislin zu vergöttern, vielleicht liebt sie ihn bald auch hingebungsvoll und sieht es nicht als Pflicht an, Fürstin zu werden."

Gair spürte den Blick des Druiden auf sich. Er vertiefte sich in seine Breischüssel.

"Außerdem", fuhr Malwine fort, "musste sie nicht nackt vor den Menschen stehen, das war ihre eigene Entscheidung. Centigern hatte nicht damit gerechnet." Ihr Lächeln drückte leichte Schadenfreude aus.

"Aber genau das verstehe ich nicht an der Zeremonie – das stand nicht im Plan, warum hat sie es getan?" Leod, der gewiss nichts dagegen hatte, Aislin nackt gesehen zu haben, schien dennoch verwirrt.

"Wenn schon, dann wollte sie es richtig machen." Gair murmelte es mehr in seine Schüssel, doch die anderen hatten ihn verstanden.

"Was heißt richtig machen? Los, erklär, du weißt da ja offensichtlich mehr als wir." Leod stieß ihn leicht mit der Hand an. Gair blickte auf, sah zu Aonghas, der nickte ihm aufmunternd zu.

Gair seufzte. "Ich weiß es auch nicht so genau. Bei der Brautholung, ich hab es euch ja schon erzählt, da hat Enrik es auch so eingerichtet, dass Aislin nackt und ohne Zeichen von Rang und Familie vor den Menschen stand – also, wenn man es richtig darlegt, vor den Göttern, aber die Menschen sind nun mal da. Und Aislin fand wohl, dann müsse es bei der richtigen

Vermählung auch so sein."

"Das erklärt noch nicht das ganze Blutgetue. Habt ihr Centigerns Gesicht gesehen, als sie ihm die Schüssel reichte? Der hatte keine Ahnung, was er nun tun soll." Leod kicherte.

"Nun, das Bluttrinken und die Blutsymbole, das sind ja wohl Riten, die du von anderen Zeremonien kennst, Leod, was überrascht dich so daran?" Aonghas sah seinen Schüler streng an.

"Na, dass eben wir so etwas kennen. Von Tempelriten. Vor dem Volk hab ich das noch nie gesehen."

"Da hast du recht, aber früher war das sehr wohl üblich. Aislin hat eine sehr alte Form des Rituals ausgeführt, als die Druiden noch nicht so im Verborgenen ihre Zeremonien durchführten. Heute bekommt das Volk oft ja wirklich nur das äußere Bild eines Rituals zu sehen. Weiß oft gar nicht, worum es genau geht, was dahinter steht."

"Und woher bitte kannte Aislin diese alte Form? Sie, eine Sklavin?" Leod ließ nicht locker. Aonghas sah wieder zu Gair, zog die Augenbrauen hoch.

"Sie war mal Druidenschülerin. Ehe sie versklavt wurde." Gair gefiel es nicht, sein Wissen preiszugeben.

Doch Leod schien nun endlich zufrieden. "Na dann. Das ist doch schon gleich besser als eine geborene Sklavin."

"Du hast uns noch gar nicht deine Meinung zu dem Ritual kundgetan, Gair", setzte Aonghas hinzu.

Gair zuckte nur die Schultern.

Leod pfiff durch die Zähne. "Unseren Krieger kann wohl nichts beeindrucken. Nicht so wie unsere Kleine, die schon über die Pflichten einer Braut erschrickt." Er gab Eimhir einen Nasenstüber.

"Wenn du schon von Pflicht redest, Leod, wem gehört denn ihre Pflicht? Sie war Sklavin eines Händlers, davor offenbar den Göttern geweiht, nun wird sie Fürstin – wem ist sie wahrlich verpflichtet, dieses Leben hindurch? Wem gilt deine Pflicht zuallererst?"

Leod ließ das übliche Schnauben hören, das er von sich gab, wenn er keine Antwort wusste. "Nun, ihrem Mann wohl, oder?"

Der Blick des Druiden glitt zu Eimhir, um ihre Antwort zu hören. "Den Göttern? Schließlich ist sie ihnen geweiht worden, und die Götter stehen über allem, oder?"

Aonghas nickte bedächtig, sah zu Gair.

Am liebsten hätte er erneut die Schultern gezuckt, doch er wusste, dass sein Meister auf einer Antwort bestehen würde. "Der Familie?"

Alle sahen ihn verwundert an.

"Nun, die Familie, der Stamm. Brüder, Schwestern. Die Menschen, die dich großgezogen haben, zu dem gemacht haben, was du bist."

"Blödsinn!", fuhr Leod dazwischen. "Sie hat offenbar keine Familie."

"Ich rede ja auch mehr allgemein, nicht von Aislin. Der Stamm ist doch das Wichtigste, ohne ihn ist jeder verloren. Das heißt, du bist deinem Fürsten verpflichtet, der die Geschicke des Stammes leitet. Dann deinen Eltern, Geschwistern. Den Göttern natürlich auch, doch ich denke, erst das Stammesoberhaupt, denn der ist wiederum den Göttern verpflichtet."

"Einmal Krieger, immer Krieger!", spottete Leod.

"Ja, Gair, das ist Kriegerdenken", stimmte Aonghas zu.

Gair senkte den Blick.

Der Druide wandte sich an seine Frau. "Nun, Malwine, wem fühlst du dich verpflichtet?"

"Ich weiß, du würdest nun gerne hören, dir, doch tut mir leid, an erster Stelle fühle ich mich mir selbst verpflichtet. Meinen Werten, meinem Gewissen. Dann den Göttern. Dann meiner Familie, und erst am Ende meinem Stamm im weiteren Sinne."

Aonghas nickte. Schweigen breitete sich aus.

"Nun, denkt darüber nach. Wem gilt eure wahre Pflicht? Das kann eine sehr entscheidende Frage sein."

Sein Blick blieb an Gair hängen. Niemand sprach.

"Nun denn, ich denke, es gibt Arbeit zu tun. Während wir hier geredet haben, sind zwei Fremde zum Tempel gekommen, sie haben schon mehrmals suchend herübergesehen, Eimhir, geh und frag, was sie wollen. Leod, du solltest dich auf einen Abend bei Goraid vorbereiten, heute darfst du den Fürsten ein paar Lieder vortragen. Und Gair – wie sieht es mit den Verteidigungsübungen für Malwine aus?"

"Komm Malwine, gehen wir, du darfst mich mal wieder treten und schlagen." Gair erhob sich mühsam, ihm schien, als wäre sein Bein heute noch steifer als sonst. "Ich hatte gedacht, ich würde beweglicher werden, wenn ich mit euch kämpfen übe, aber ich fühle mich schlimmer als sonst."

"Keine Sorge, Gair. Wenn ich dich ordentlich getreten habe, mach ich dir einen guten Umschlag aus heißen Kräutern. Dann geht es dir gleich besser."

Oh große Göttin, Allmutter der Natur, Beherrscherin der Elemente, du vereinst in dir die Gestalten aller Götter und Göttinnen, Noreia, höre mich an. Nun bin ich Eheweib. Oder auch nicht. Habe ich etwas falsch gemacht, bei der Zeremonie? Warum hat Centigern die Ehe nicht vollzogen? Nicht, dass ich so gierig darauf wäre. Du weißt, was ich von Männern in dieser Hinsicht denke. Aber wenn ich schon auserwählt bin, die Frau des Kriegerfürsten zu sein, dann sollte ich es wohl richtig sein. Nun, vielleicht heute Nacht. Vielleicht hatte Gair ja recht. Danke Göttin, dass du heute Morgen diesen Druidenschüler in den Tempel geschickt hast, so fühle ich mich nicht ganz so verloren hier. Ihm vertraue ich, mit ihm kann ich reden. Mir fehlen Fia und Una, meine sogenannten Schwestern, mit ihnen war der Tag nie lang. Alle hier beobachten mich. Es ist schwer, einen ungestörten Moment zu finden. Ich will eine gute Fürstin sein, auch wenn mir davor graut, eine Kriegerfrau zu sein. Ich will, dass sie vergessen, dass ich Sklavin war. Will es selbst vergessen. Denn ich habe mich nicht als Sklavin gefühlt. Faolan hat mich Geschichten erzählen lassen, das war eine Freude, kein Sklavendienst. Dein Tempel hier ist wunderschön, wie gerne würde ich dir hier dienen. Hab Dank für all die wunderbaren Dinge hier, die mir helfen, die schweren leichter zu tragen.

Malwine hatte Gair tatsächlich ordentlich zugesetzt. Man würde es der friedfertigen Kräuterfrau nicht zutrauen, aber sie war wohl fähig, sich zu verteidigen. Müde ließ sich Gair ins Gras unter der großen Linde fallen und betrachtete den Umschlag, den Malwine um sein Knie gewickelt hatte. Nun war er von ihr zum Ausruhen verdonnert.

Gegenüber, unter der Eiche, saß Aislin mit einer Schar Kinder. Sie erzählte ihnen von Riesen und Helden, wie gebannt hingen die Kleinen an ihren Lippen. Auch Erwachsene, die an der Gruppe vorbeikamen, blieben stehen, um zuzuhören. Als sie sich zur Seite drehte, um den Kindern zu zeigen, wie die Sonne aufging, bemerkte sie Gair. Ganz kurz stockte sie in ihrer Erzählung, doch dann fuhr sie fort, als hätte sie ihn nicht gesehen. Aber sie hatte ihn gesehen, da war er sicher.

Gair döste eine Weile vor sich hin, eingelullt vom Klang ihrer Stimme. Als er die Augen wieder aufschlug, waren die Kinder und die Erzählerin verschwunden. Er erhob sich, schlang seinen Umhang um sich. Ein frischer Wind war aufgekommen, wie so oft am frühen Abend. Als er über die Hügelkuppe hinkte, um zum Tempel zu gehen, sah er Aislin wieder. Sie stand hinter den Feldern auf der Palisade, zumindest schien es so. Seit einigen Tagen wurde eifrig daran gearbeitet, die Palisade zu verstärken. Leitern waren nun an mehreren Stellen an die Holzmauer gelehnt, Aislin stand auf der obersten Sprosse. Sie hob sich klar gegen den Himmel ab, die Arme weit ausgebreitet. Ihr Umhang wehte im Wind, ihre offenen Haare ebenso. Sie sah aus, als würde sie im nächsten Moment abheben und davonfliegen. Gair blieb von ihr unbemerkt stehen und betrachtete sie lange. Als der Sonnenball hinter den Hügeln verschwand, verließ Aislin ihren erhöhten Platz. Erst jetzt bemerkte Gair den Hund, der neben der Leiter lag, hier wohl schon eine Weile gelegen hatte. Aislin setzte sich auf einen Steinbrocken und begann, den Hund voller Zuneigung zu kraulen. Ihr Blick war in die Weite gerichtet. Gair seufzte. Dann wandte er sich ab und ging.

Er war zu spät für das abendliche Gebet, also ging er erst gar nicht in den Tempel. Nur Malwine war im Druidenhaus und webte an einem karierten Stoff. Gair ließ sich auf eine der Bänke an der Wand fallen.

"Gar nicht im Tempel?"

"Bin auf der Wiese eingeschlafen ..."

Gair erhob sich wieder, schlenderte zum Kessel, der wie immer über dem Feuer hing. Mit dem Fuß schob er ein Holzstück weiter in die Flammen, die in einer Grube brannten.

"Hast du Hunger?", fragte ihn die Druidin über die Schulter.
"Nein, nicht wirklich."
Rastlos wanderte er weiter im Haus herum, schob hier eine Schale im Regal zurecht, hob dort ein paar Schnitzstücke in die Höhe. Von den getrockneten Brotfladen, die auf einer Stange unter der Decke aufgefädelt waren, brach er ein Stück ab, drehte es in seinen Händen.
"Was ist los, Gair? Du schleichst hier herum wie einer unserer Hunde, wenn sie etwas angestellt haben." Malwine steckte das Weberschiffchen zwischen die Kettfäden und wandte sich dem Druidenschüler zu, die Arme in die Seiten gestützt. Ihr Blick lag irgendwo zwischen amüsiert und besorgt.
"Nichts, gar nichts." Gair war gerade vor dem Regal angelangt, in dem in tönernen Gefäßen Kräutermischungen aufbewahrt wurden. Er drehte einen der Becher in seiner Hand, öffnete einen anderen, roch daran. "Meinst du, die Mischung, die du Leod gemacht hast, zeigt Wirkung bei ihm?"
"Natürlich tut sie das, was soll die Frage?"
"Würdest du sie mir auch mischen?"
Hinter seinem Rücken hörte er herzliches Lachen. "Das ist es also! Nein, Gair, dir würde ich sie nicht mischen."
"Oh. Schade."
Er kehrte zu seinem Platz auf der Bank zurück, setzte sich seufzend.
Malwine kam zu ihm, setzte sich neben ihn. Ihre Hand landete auf seinem Knie, eine mütterliche Geste. "Und weißt du warum? Weil es bei dir nicht um Dämpfung der Manneslust geht. Woran du leidest, das geht viel tiefer. Ich kann dir Kräuter mischen und sie mit Sprüchen belegen, aber willst du wirklich dein Herz verschließen?"
Gair schüttelte den Kopf. "Nein. Aber ich will auch nicht zusehen, wie Centigern ... Früher, da haben wir alles geteilt. Bis hin zum Nachtlager. Nun ist er der große Fürst, der Held, und ich der Krüppel."
"Geht es wirklich darum, Gair?"
Gair erhob sich, wandte sich ab. "Nein. Aber sie gehört ihm. Und hat mit mir das Blut getrunken."
"Was auch immer Enrik damit bezweckt hatte."
"Ja, genau, was hat er damit bezweckt?"

"Ich weiß es nicht, Gair. Vielleicht ist es Teil deines Weges, dies herauszufinden."

"So wie herauszufinden, warum Centigern in der Hochzeitsnacht nicht die Ehe vollzogen hat?"

"Was?" Das Erstaunen der Druidin war groß. Centigerns Ruf war allseits bekannt.

"Das hab ich auch gesagt, als sie es mir erzählt hat. Ausgerechnet mir! Irgendetwas stimmt hier nicht, Malwine. Ich mache mir Sorgen. Enrik führt irgendetwas im Schilde, denn ich kann mir nicht vorstellen, dass Centigern von sich aus auf eine Nacht mit einer Frau wie Aislin verzichten würde."

Nun stand auch Malwine auf und ging zum Feuer. Nachdenklich rührte sie im Kessel. "Ich wollte dir vorher raten, von Ardudunum wegzugehen, wenn es dir unerträglich ist, die Geschichtenerzählerin in Centigerns Armen zu sehen. Doch sie vertraut dir, offensichtlich sehr. Lass mich mit Aonghas darüber reden."

"Worüber reden?" Sie hatten nicht gehört, dass die anderen ins Haus gekommen waren. Es zählte zu den Gaben des Druiden, unbemerkt einzutreten.

"Später, Mann, später. Lasst uns erst essen."

Er verbrachte den ganzen Morgen alleine im Wald, ohne eine einzige seiner Übungen zu absolvieren. Stattdessen betete er, befragte die Götter, warf die Orakelsteine. Doch er konnte die Antworten nicht lesen, sein Wissen darin war wohl doch noch nicht so ausgebildet, wie er wünschte. Es endete immer in Verwirrung und Chaos. In Ungewissheit. Anscheinend wussten selbst die Götter noch nicht, wie dies hier alles enden solle.

Der Sommer war nun vollends eingekehrt und der Schatten des Waldes ein verlockend kühler Ort. Doch Gair wusste, dass Eimhir ihn bereits erwartete. Das zarte Mädchen hatte in den letzten Tagen einen ungeheuren Ehrgeiz entwickelt, was das Kämpfen betraf. Aber das war auch verständlich.

Das ganze Dorf war von einer heftigen Unruhe erfasst, seit Centigern laufend Männer aus den umliegenden Dörfern nach Ardudunum brachte – und Gair wusste, mit welchen Methoden er dies tat – und jeden Tag an der Palisade gearbeitet wurde. Rund um das Dorf wurden Bäume gefällt, es wurden Steine herangekarrt, Pläne in Wachstafeln geritzt. War Ardudunum bis zu diesem Sommer von einer einfachen Mauer aus zugespitzten Baumstämmen umgeben gewesen, so hatte Centigern es sich nun in den Kopf gesetzt, eine uneinnehmbare Wehranlage zu bauen, wie er und Gair sie einmal auf einem Feldzug gesehen hatten. Mit einem Fundament aus kreuzweise geschlichteten Baumstämmen, deren Zwischenräume mit Steinen und Erde aufgefüllt wurden. Der Culm würde viel von seinem Wald verlieren, bis diese Anlage fertig war.

Während die Dorfbewohner, Bauern und Fremdarbeiter damit beschäftigt waren, Steine zu schleppen und Stämme zu behauen, verbrachte Centigerns Kriegertrupp seine Zeit damit, weitere Arbeiter herbeizuschaffen oder rund um das Dorf mit ihren Pferden die wildesten Manöver zu üben. Der Lärm ihrer Schwerter schallte über die ganze Bergkuppe. Obwohl Onchus Verhalten gegenüber Clach mit einer Wiedergutmachung belegt worden war, spielten die Krieger immer mehr die großen

Herren. Nun konnten sie in ihrer Heimat zeigen, wozu sie fähig waren. Und sie genossen es sichtlich, wenn die Kinder des Dorfes mit großen Augen ihre Übungskämpfe verfolgten und sie eifrig nachahmten.

Dennoch wurde der Spalt im Dorf immer größer. Hier jene, die die Krieger bewunderten und Centigern für sein Bauvorhaben lobten, dort jene, die mit Sorge beobachteten, wie die Vorräte durch die große Anzahl an zusätzlichen Essern schwanden. Hier jene, die vom Fieber der drohenden Gefahr angesteckt waren und kaum den Ausbruch des angekündigten Unheils erwarten konnten, dort jene, die immer noch auf Noreia und eine friedliche Lösung eines Konflikts hofften, von dem niemand so recht wusste, was er war. Das Omen hatte Ardudunum brennen sehen, ausgelöscht, aber würde dies durch einen Angriff der Boier geschehen, die seit längerem ihre Gebiete zu vergrößern suchten? Oder würde der Zorn der Götter – so es denn ihr Zorn und nicht nur eine ihrer Launen war – sie ganz anders treffen? Durch Blitz und Unwetter, Erdbeben oder Waldbrände? Auch diese Ungewissheit trug zur Stimmung im Dorf bei.

Gair zögerte immer noch, den Wald zu verlassen und hinauf zum Dorf zu wandern. Nun, er würde Eimhir abholen und mit ihr hierher zurückkehren. Er hasste es, oben auf der Wiese zu trainieren, wo jeder sie beobachtete.

Eimhir erwartete ihn schon am Tor, die beiden Schwerter – ihr altes, stumpfes und jene Klinge, die Gair von einem Krieger erhalten hatte, als sie Aislin holten – trug sie bei sich, ebenso wie das Messer, das Aonghas ihr beim Goban geholt hatte. Der Schmied hatte mehr dafür verlangt, als angemessen war, doch der Druide hatte ihm ohne mit der Wimper zu zucken die geforderten Tauschwaren gegeben. Es war unüblich, innerhalb des Stammes überhaupt Tauschwaren zu verlangen. Eimhir trug das Messer mit großem Stolz. Ihr zarter Körper begann langsam, kräftiger zu werden. Ihre Eltern, die jenseits der Alpen lebten, konnten stolz auf sie sein. Sie war die Jüngste von zehn Kindern eines reichen Gutsbesitzers. Bereits im Alter von fünf Jahren hatte man sie nach Ardudunum geschickt, und jedes Frühjahr sandte ihr Vater einen Boten mit wertvollem Salz und Schmuck als Entschädigung für ihre Ausbildung.

"Ich wusste, dass du noch im Wald bist! Wollen wir auch dort üben?"

"Das wollte ich gerade vorschlagen. Komm, es ist herrlich kühl dort. Und es ist auch gut, an einem Ort zu üben, der eng ist und keinen Platz für große Bewegungen bietet."

Sie gingen zu einer kleinen Lichtung und hatten noch nicht lange die Schwerter geschwungen, als Gair hinter sich Hufgetrappel vernahm.

"So tief bist du gesunken, Bruder, dass du mit Mädchen kämpfst?"

Gair drehte sich um und sah Centigern und Aislin auf ihren Pferden.

"Nun, Bruder, vielleicht fühlt sie sich besser, wenn sie sich nicht auf deine Krieger verlassen muss." Er war selbst erstaunt über diesen scharfen Tonfall.

"Oh, frech sein, der Kleine. Was ist, Gair, willst du nicht lieber gegen einen Mann kämpfen, statt gegen kleine Kinder?"

Gair antwortete nicht. Er stand, den Blick an Centigern vorbei gerichtet, das Schwert mit der Spitze in Richtung Boden in der Hand. Doch sein Griff war fest. Er wusste, dass Centigern daran Spaß empfände, seine Waffe zu ziehen und auf den Kleineren loszugehen. Aus dem Augenwinkel beobachtete er Aislin. Auch sie schaute ihren Mann nicht an, obwohl dieser ihr einen Blick zuwarf, der geradezu um Anerkennung bettelte. Centigern schwang sich von seinem Pferd. Zog seine Klinge. Ein Schwert, dem von Gair weit überlegen.

"Weißt du, Aislin, Gair war einmal ein wirklich guter Kämpfer, was man nicht glauben würde, wenn man dieses Trauerspiel hier betrachtet. Er und ich, wir waren unbesiegbar. Und nun? Ein hinkender Krüppel. Hat sich Noreia geweiht. Nicht Bel, dem Licht- und Kriegsgott, nein, Noreia, der allliebenden Mutter. Los, Gair, heb dein Schwert, zeig, was du noch drauf hast."

Gair rührte sich nicht. Er spürte, dass Eimhir nervös zur Seite wich.

Centigern war auf wenige Schritte auf ihn zugekommen. Er hob sein Schwert, die Spitze der Klinge auf Gairs Brust gerichtet. "Was ist, Kleiner? Du sollst dich verteidigen! Ich befehle es dir!"

Gairs Griff um sein Schwert wurde noch fester, doch er rührte sich noch immer nicht.

Aus Richtung der Pferde vernahm er Aislins nervöse Stimme: "Ihr zwei, ihr seid wie die beiden Brüder in der Legende vom Kampf um die Sonne, kennt ihr die?"

"Lass uns mit deinen Geschichten in Ruhe! Wir sind keine Säuglinge, die man in den Schlaf wiegt! Wir sind Männer, Kämpfer. Zumindest einer von uns. Der andere ist wohl ein kleines Mädchen geworden."

Die Schwertspitze saß nun direkt auf Gairs Brust. Er konnte sein Herz bis in die Schläfen pochen hören. Er würde sich nicht rühren.

Hinter sich hörte er eine leise Stimme: "Los Gair, zeig's ihm!"

Centigern lachte: "Siehst du, Gair, selbst deine kleine Kämpferin hat mehr Mumm als du!"

Der Fürstensohn hob das Schwert und ließ es über seinem Kopf kreisen. Dann sauste es auf Gairs Scheitel nieder. Gair riss seine Klinge in die Höhe, blockierte den Hieb, aber setzte nicht zu einem Gegenhieb an. Die beiden Frauen hatten erschrocken die Luft eingezogen. Die beiden Männer verharrten, die Schwerter über Gairs Kopf gekreuzt. Dann zog Centigern seines zurück, steckte es in die Scheide an seiner rechten Seite und nickte. "So ist es also."

Er schwang sich auf sein Pferd, lachte Aislin zu. "Was für ein wunderbarer Tag für einen Ausritt! Komm, wir reiten zum Fluss hinunter, der Aba Acos ist herrlich."

Er wendete sein Pferd und ritt ohne einen weiteren Blick auf Gair davon. Aislin folgte ihm zögernd.

"Warum hast du nicht gekämpft?" Eimhir eilte auf Gair zu.

Der wandte sich wirsch ab. "Das verstehst du nicht."

Er ging zu dem Baum, unter dem sie eine Schweinsblase mit Wasser abgelegt hatten, und nahm einen tiefen Schluck. Er hatte einen Fehler gemacht. Er hätte den Schlag nicht abblocken dürfen. Centigern war sein Fürst, sein Milchbruder und Lebensretter. Gair hatte die Prüfung seiner Untergebenheit nicht bestanden. Er hatte seinem Bruder gezeigt, dass er nicht mehr darauf vertraute, dass dieser den Schlag rechtzeitig abbremste. Das beunruhigte ihn.

icke Wolken zogen über den Himmel. Es würde gewiss noch Regen geben. Gair beeilte sich, die Kräuterbündel, die unter den Bäumen zum Trocknen hingen, ins Haus zu schaffen. Ihm fiel auf, dass er und seine Mitschüler in letzter Zeit immer seltener gemeinsam arbeiteten. Vielleicht lag es an ihm, dass er mehr Ruhe wollte, doch auch Leod schien den gemeinsamen Tätigkeiten aus dem Weg zu gehen. Und diesmal nicht wegen irgendwelcher hübschen Mädchen, obwohl Gair nicht wusste, weshalb sonst.

Er bemerkte Aislin erst, als sie neben ihm stand.

"Guten Tag, Druidenschüler! Kann ich dir helfen?"

"Oh, Geschichtenerzählerin, wie geht's? Nein, lass nur, ich bin gleich fertig, das sind die letzten Bündel."

Er ging, die Arme voller Kräuter, an ihr vorbei ins Haus. Was sie wohl nach ihrer letzten Begegnung von ihm dachte? Centigern hatte ihr gewiss noch klar gemacht, was für ein Krüppel er war. Er wollte aus dem Haus gar nicht mehr herauskommen, doch durch die Lichtöffnung konnte er Aislin sehen, die noch immer unter dem Baum stand. Wartend. Seufzend ging er zu ihr.

"Hast du sonst etwas zu tun für mich, Druidenschüler? Mir ist so schrecklich langweilig. Centigern will nicht, dass ich das Dorf verlasse, Riona will nur, dass ich dauernd esse, und erlaubt mir nicht einmal, zu spinnen oder zu weben – nun, vielleicht weiß sie, wie schlecht ich in beidem bin." Sie lächelte schief. Ihre Finger spielten mit ihren Gürtelenden, ihre Augen hatten dunkle Ringe. "Ich fühle mich so unnütz. Und nun hat Centigern auch noch erklärt, ich solle nicht dauernd den Kindern Geschichten erzählen, ich halte damit die Erwachsenen vom Arbeiten ab und die Kinder ebenso ..."

"Nun, ich denke, sie wollen alle nur dein Bestes. Dass du bei Kräften bist, um Centigerns Kinder zu bekommen."

Aislin errötete. Sie setzte sich auf die Bank an der Hauswand und blickte hilflos auf Gair.

"Noch immer nicht?" Gair konnte es nicht glauben. Die

Vermählung war nun einen halben Mond her, und wenn er ihren Blick richtig deutete, hatte Centigern die Ehe noch immer nicht vollzogen.

Aislin schüttelte den Kopf. "Es ist jede Nacht das selbe Spiel. Ich meine, Centigern ist wunderbar zu mir, ich habe mich nie schöner gefühlt, er überhäuft mich mit Geschenken und Lob. Aber er rührt mich nicht an."

Gair setzte sich zu ihr. "Nun, du bist schön ..." Er sagte es leise, und sie lächelte.

"Gair", sie wandte sich ihm zu, plötzlich resolut, "erzähl mir von Goraids Frauen. Sie sind alle im Kindbett gestorben, stimmt das? Alle bis auf Riona."

Gair nickte. "Ja, es war ein Fluch."

"Und, hat man diesen Fluch aufgehoben?"

Gair dachte nach, dann zuckte er die Schultern. "Ich weiß es nicht. Das war, ehe ich geboren war. Die Lieder sagen nichts darüber, ich denke, nein, Riona war einfach stärker als der Fluch. Du kennst sie nur als alte, hagere Frau, aber sie soll einst üppig und von großer Schönheit gewesen sein, beides hat sie verloren, als sie Centigern gebar ..."

Aislin sah ihn lange an. Sie kaute nachdenklich an ihrer Lippe. "Meinst du – also, wenn wir davon ausgehen, dass ich Centigern etwas bedeute, mehr als einfach Enriks Orakel zu folgen, meine ich, also, dass ihm an mir wirklich liegt – denkst du, er hat vielleicht Angst, der Fluch könnte noch immer auf den Fürstenfrauen liegen?"

Gair schwankte, was er sagen sollte. Wollte er, dass Aislin dachte, Centigern liebe sie so sehr, dass er ihren Tod auf keinen Fall in Kauf nehmen wollte? War es nicht seine Pflicht, dies zu sagen, damit die Geschichtenerzählerin ihrerseits ihren Mann noch mehr liebte ob seiner Liebe?

Er zuckte die Schultern. Beide schwiegen. Oben im Baum trällerte eine Amsel ihr Lied. Aislin sah Gair eine Weile lang abwartend an, dann senkte sie den Blick auf ihre Hände, seufzte und strich sich die Haare hinters Ohr.

Als sie den Kopf wieder hob, klang sie bemüht fröhlich, hielt es aber nicht lange durch. "Wie ruhig es hier auf dieser Seite des Dorfes ist. In Goraids Haus ist andauernd etwas los, und selbst wenn keine Gäste da sind, so eilen Kalla, Solas und meine Lisha herum ... Ach, Gair, ich vermisse die Zeit als Druidenschülerin. Ich wünschte, ich könnte auch hier Noreia dienen. Meinst du, Centigern würde es erlauben? Meinst du, Aonghas würde mich unterrichten?"

"Ich fürchte nein. Centigern würde es gewiss nicht gestatten. Er hält nichts von Aonghas. Nicht mehr, seit er Enrik hat."

Wieder blickte sie auf ihre Hände, wieder schwiegen sie. Gair wusste nicht, was sagen, um sie aufzumuntern, aber sie lenkte selbst das Gespräch von sich fort.

"Wie bist du Druidenschüler geworden? Ich kenne keinen, der gleichzeitig Krieger und Druide war."

"Das war ich auch nie. Ich war erst das eine, dann das andere. Es ist nun drei Sommer her, da wurde ich in einer Schlacht schwer verletzt." Er deutete auf sein Knie. "Wobei das Knie, das ist das, woran ich immer noch leide, doch eigentlich war das hier viel schlimmer."

Er nahm Aislins Hand und legte sie auf seinen Kopf, auf jene Stelle oberhalb seiner Schläfe, wo die Schädelknochen sich uneben anfühlten. Ihre Hand verweilte einen Moment länger dort. Gair schloss kurz die Augen. Er hatte nicht widerstehen können, diese Berührung herbeizuführen.

"Das fühlt sich – als wäre der Knochen hier dicker."

"Ja, jetzt ist er dicker. Aonghas hat da nach dem Unfall ein Loch hineingebohrt, sonst wäre wohl mein Kopf geplatzt. Nicht viele überleben das. Ich schon." Es schwang kein Stolz mit in der Stimme, eher Ratlosigkeit. "Auf alle Fälle, durch die Kopfverletzung lag ich siebenundzwanzig Nächte an der Schwelle zwischen hier und der Anderswelt. In dieser Zeit hatte ich meine ersten Visionen. Bilder, von Dingen, die erst geschehen würden. Als ein paar davon eintraten, hat Aonghas gefunden, ich würde vielleicht einen guten Druiden abgeben – zumindest einen Seher. So hat er mich als Schüler genommen, obwohl ich längst ein Mann war."

Plötzlich wusste er, woher ihm Aislins Augen so bekannt waren. Er hatte sie gesehen, in jenen siebenundzwanzig wirren Nächten.

Sie schwiegen wieder eine Weile.

Dann setzte Aislin mit leiser Stimme an zu sprechen.

"Ich kam nach Flavia Solva, nachdem eine Kriegerbande

unseren Hof niedergebrannt hat. Es gab nur noch mich, ich war zwölf. Meinen jüngsten Bruder, er war keine sechs Monde alt, hatte ich retten können, wir waren in den Wald geflüchtet, doch am zweiten Tage starb er. Ich trug ihn zum Tempel in Solva. Die Druidin dort nahm mich auf, half mir, ihn zu begraben, kümmerte sich um mich. Sie bot mir an, ihre Schülerin zu werden. Ich habe viel gelernt bei Doireann - "

"Doireann?" Gair unterbrach sie. "Die mit den knorrigen Händen?"

Aislin sah ihn verdutzt an. "Ja, sie hat knorrige Hände, wieso? Woher weißt du das?"

Gair erzählte ihr von dem ihm unbekannten Symbol, das er Aislin bei der Brautholungszeremonie aufgemalt hatte, dass Aonghas meinte, Leod hätte das bei Doireann gelernt, doch Leod hätte nur auf deren knorrige Hände starren können.

Aislin lächelte. "Oh, ich glaube, ich erinnere mich an Leod! Daher kam mir auch Aonghas so bekannt vor! Das muss vor sieben oder acht Jahren gewesen sein, nicht? Leod war vielleicht zehn?"

"Ja, genau. Daran erinnerst du dich?"

"Ja, es kamen zwar viele Leute zu Doireann, aber Leod, der starrte nur auf ihre Hände, der sah und hörte nichts. Und dann, dann fragte er dauernd nach speziellen Symbolen", sie konnte ein Lachen nicht unterdrücken, "Symbolen, um Frauen zu erobern. Ich war damals wohl dreizehn oder vierzehn und fand das außerordentlich faszinierend, dass dieses halbe Kind – denn er war damals wirklich ein Knäblein, klein und schmächtig – nur daran denken konnte, wie man Frauen erobert, wo es doch so viel Wichtigeres und Spannenderes gab, das man mit diesen Symbolen tun konnte. Und ich fragte mich tagelang, ob alle Männer so waren."

"Nun, das ist Leod ..." Gair lachte. Dann fiel ihm etwas ein. "Hat Doireann ihm ein Symbol gezeigt?"

"Wieso, brauchst du es?" Ihr Grinsen war schelmisch und kokett.

"Nein, es interessiert mich nur, ich sag's dir gleich."

"Ja, sie hat ihm eines gegeben." Gair zog fragend die Augenbrauen hoch. Aislin nahm ihr Messer aus dem Gürtel und ritzte ein Zeichen in die Erde.

Gair lachte lauthals. "Dacht ich mir's! Leod trägt unter seiner Tunika eine Kette, eine schlichte kleine Holzscheibe an einem Lederband, und welches Symbol denkst du befindet sich darauf?"

Nun grinste auch Aislin. Ihre Blicke verharrten einen Moment zu lange ineinander.

Gair räusperte sich. "Doireann klingt, als wäre sie eine spannende Frau."

"Oh ja, das ist sie. Und streng. Inzwischen ist ihre Macht geschrumpft, doch früher hat sie unter anderem bestimmt, wie viele Kinder geboren werden dürfen. Nun macht das Padrig. Wie viele Kinder trägt eigentlich Ardudunum?"

"Nun, bei der letzten Festsetzung vor zwei Wintern wurde die Zahl auf dreizehn Geburten im Jahr festgelegt, als jene Zahl, die Ardudunum problemlos ernähren und großziehen kann. Aber ich schätze, nun nach dem Omen, da werden Aonghas und Malwine die Zahl bald verändern."

"Ja, da war Doireann auch sehr streng. Wenn sich eine der Frauen nicht an die keuschen Tage hielt oder aus sonstigen Gründen ein ungewolltes oder überzähliges Kind unterwegs war, sie hatte – wohl ebenso wie Malwine – immer ihre Kräutermischungen." Aislin lachte. "Mit Faolan war ich einmal im Süden, stell dir vor, dort gab es einen Abtreibungsstein! So etwas hatte ich noch nie gesehen, ich kannte nur Geburtssteine. Der war ganz glatt, mit einer steilen, breiten Rinne, und im Fall des Falles wurde die mit einem Kräuterfett eingerieben und die Schwangere musste dann so lange darauf hinunterrutschen, bis das Kind aus ihr herausflutschte. Ich hab's ausprobiert, unten gab es eine ziemlich unangenehme Unebenheit, also nach so einer Rutschpartie, nackt, bis einem wohl das Hinterteil blutete, da hat wohl jede verstanden, dass sie sich besser an die Regeln und Zeiten hielt ... Da sind Malwines und Doireanns Kräutermethoden denke ich doch angenehmer."

"Tja, da kann ich nicht mitreden, ich hatte noch nicht das Vergnügen, schwanger zu sein."

Aislin lachte, doch dann wurde ihr Gesicht wieder traurig.

Rasch wechselte Gair das Thema. "Doireann hatte es also sehr mit Symbolzauber? Aonghas verwendet ihn auch, aber noch will er mich nicht einweihen. Ich bin ja noch Anfänger ..."

Es fühlte sich gut an, hier zu sitzen und mit Aislin zu reden. So, als gäbe es Centigern nicht. Und das Orakel und das Omen. Doch die Realität holte Gair schnell genug ein. Noch während sie plauderten, sah er seinen Milchbruder. Gemeinsam mit Enrik kam er hinter dem Tempel daher, stutzte, blieb stehen. Aislin konnte ihn nicht sehen, da er hinter ihr war und weiter weg, doch Gair hatte die beiden Männer genau im Blickfeld. Er sah, dass Centigern auf sie zueilen wollte, aber Enrik hielt ihn zurück. Eine kurze und heftige Diskussion entspann sich zwischen Seher und Fürstensohn, doch anscheinend siegte der Seher, denn Centigern drehte sich um und ging davon. Enrik nickte Gair zu.

Aislin hatte davon nichts mitbekommen und weiter von Doireann erzählt, nun, mehr geschwärmt. Gair, der sie nicht anschaute, sah plötzlich ihr Bild vor sich, am Becken im Tempel, Aislin als Priesterin, die Rituale abhielt. Er schüttelte den Kopf, kniff die Augen zusammen.

"Alles in Ordnung?"

"Ja, ja, alles in Ordnung."

Er sah sie lange an, sie hielt seinem Blick stand, sah fragend zurück.

"Wer weiß, vielleicht ist diese Zeit ja nicht völlig vorbei. Noreia holt sich ihre Diener, wenn sie berufen sind. Aber nun solltest du gehen. Dein Mann hat dich hier gesehen und er wirkte nicht glücklich darüber."

Aislin erhob sich rasch, sah sich ängstlich um.

"Sag ihm, ich hätte dich hergebeten. Weil ich dich bitten wollte, Eimhir ins Gewissen zu reden, dass Frauen keine Krieger werden können."

Aislin lächelte schief, nicht ganz überzeugt von dieser Ausrede. "Also eigentlich finde ich das sehr gut, dass du ihr beibringst, zu kämpfen. Ich wünschte, meine Brüder hätten mir das beigebracht, damals ..."

Sie drehte sich um und ging, blieb aber nach ein paar Schritten noch einmal stehen, und winkte ihm zu, nur ganz klein, die Hand kaum höher als auf Brusthöhe gehoben.

Gair dachte einen ganzen Abend darüber nach, aber dann entschloss er sich doch, Aonghas von seinem Gespräch mit

Aislin zu erzählen. Der Druide lachte herzhaft über Leods Amulett, während Malwine überlegte, wie man es ihm wegnehmen konnte. Aber das Entscheidende war, dass Aonghas Aislin für den nächsten Tag zu sich bat.

Leod und Eimhir wurden von den Druiden in den Wald geschickt, ausgerüstet mit Aufgaben, die sie wohl den ganzen Vormittag beschäftigen würden. An der Art, wie Malwine bedächtig Becher mit Wein richtete und ihre berühmten Nusskugeln in eine Schüssel füllte, und daran, dass Aonghas sinnierend vor einer Lichtöffnung stand und seine zwei Hunde, die in seinem Blickfeld balgten, nicht zurückrief, merkte Gair, dass dieses Treffen mit der Geschichtenerzählerin wohl auch den Druiden wichtig war. Auf eine andere Art wichtig als Zeremonien.

Aislin kam alleine – Gair hatte sie eigentlich noch nie in Begleitung ihrer Sklavin gesehen.

Sie wirkte ein wenig nervös und schüchtern, als sie durch die offene Türe trat. "Guten Morgen Aonghas und Malwine, mögen die Götter euren Tag einen guten sein lassen. Ihr habt mich hergebeten?" Ihr Blick streifte Gair und sie nickte ihm zu.

"Komm nur herein, Aislin. Mögen die Götter deinen Tag mit Freude segnen. Hier, nimm Platz." Malwine deutete auf die Felle, die rund um einen der Tische gruppiert waren.

Aonghas blieb noch am Fenster stehen und betrachtete die Geschichtenerzählerin aufmerksam, während Malwine zur Türe ging, um sie zu schließen. Aislin stand ein wenig verloren im Raum, weshalb Gair sich an den Tisch setzte, um ihr die Scheu zu nehmen. Er wiederholte Malwines einladende Geste, und Aislin nahm Platz, dem Druidenschüler fast gegenüber. Sie sah ihn fragend an, offenbar hatte sie keine Ahnung, was die Druiden von ihr wollten.

"Weiß Centigern, dass du hier bist?" Aonghas lächelte sanft.

"Nein. Er und Enrik sind heute zeitig weggeritten, er meinte, er wäre nicht vor abends zurück. Ist das ein Problem?"

"Nein, ist es nicht. Ich denke, im Gegenteil. Du kannst ihm ja immer noch davon erzählen."

Der Druide wartete noch einen Moment, bis Malwine die Becher mit Wein auf den Tisch stellte, dann setzten sich beide. Sie hoben die Weinbecher, um Aislin zuzuprosten, und sie tat es ihnen gleich. Die goldenen Reifen an ihren Handgelenken klimperten leise, als sie den Becher hob.

"Wir haben dich hierher gebeten, liebe Aislin, weil wir noch gar keine Gelegenheit hatten, dich als zukünftige Fürstin richtig zu begrüßen – abgesehen von den Zeremonien, aber das ist ja keine Gelegenheit, um einander kennenzulernen."

"Nun", unterbrach Malwine ihren Mann, "ich denke, bei der Hochzeitszeremonie haben wir schon einiges an Aislin kennengelernt."

Aislin errötete. "Ich hoffe, ich habe euch da keine allzu großen Unannehmlichkeiten bereitet."

"Im Gegenteil!", meinte Aonghas. "Es war sehr erfrischend, diese Variante des Rituals wieder einmal zu erleben. Es hat mir vor Augen geführt, dass wir uns hier in der Vergangenheit immer mehr von den alten Methoden entfernt haben. Aber es hat bei uns natürlich auch die Frage aufgeworfen, woher du dieses Ritual in dieser Form kennst."

Malwine schob Aislin die Schüssel mit den Nusskugeln zu, und die Geschichtenerzählerin nahm sich eine. Während sie nachdachte, was sie antworten sollte, steckte sie die Süßigkeit in den Mund und ihre Augen wurden groß. "Mhhh ... oh, sind die gut!"

Gair musste lächeln, als er die Begeisterung in ihrem Gesicht sah. Er grinste Malwine zu. Ihre Kugeln waren wirklich eine Wunderdroge, die jedem Verzückung ins Gesicht zauberte.

"Ja, das Ritual ... ich habe es Gair schon erzählt, dass ich auch Druidenschülerin war, in Flavia Solva, bei Doireann."

Aonghas nickte bedächtig und zwirbelte die Perlen in seinem Bart zwischen den Fingern. "Eine sehr fähige Druidin, Doireann. Wie lange hast du bei ihr gelernt?"

Aislin warf einen kurzen Blick auf Gair, sie wirkte immer noch ein wenig nervös. "Ich kam zu Doireann, als ich zwölf war, und musste sie vor vier Sommern, als ich siebzehn war, verlassen. Faolans Bruder, Padrig, er hat große Macht in Solva, und er ist es auch, der den Tempel erhält. Ich kenne die genauen Hintergründe nicht, auf alle Fälle musste ich plötzlich von Doireann weg und mit Faolan durch die Lande ziehen." Sie senkte den Kopf. "Ich glaube nicht, dass Doireann mich verkauft hat, aber es hat fast den Anschein."

Alle schwiegen.

Aonghas beobachtete Aislin. Normalerweise folgte auf diesen durchdringenden Blick ein leichtes Nicken, doch diesmal schüttelte er leise den Kopf. Seine Augenbrauen schoben sich zusammen und er schien nicht zufrieden mit dem, was er in der zukünftigen Fürstin lesen konnte.

Malwine versuchte, die Spannung zu lösen. "Du hast gewiss viel gelernt bei Doireann. Ich bin ihr nur einmal begegnet, aber sie wirkte nach einer sehr aufrichtigen und starken Frau."

"Oh ja, das ist sie. Sie war wie eine Mutter für mich. Ich habe meine gesamte Familie verloren, ehe ich nach Solva kam. Deswegen verstehe ich es ja nicht, warum ich gehen musste."

"Ich denke, es ist, wie du sagtest: Padrig ist sehr mächtig. Das habe ich selbst bei meinem kurzen Besuch gespürt. Wenn der sich etwas einbildet – oder wenn sein Bruder eben aus irgendeinem Grund ein Auge auf dich geworfen hat – ich denke, da hat selbst eine Priesterin nicht viel zu reden." Gair griff nun selbst nach einer Nusskugel.

"Blödsinn!", fuhr Aonghas ihn an. "Ein Druide hat über einem Fürsten zu stehen. Und Padrig ist nicht mal Fürst, er ist nur Händler. Er hat Gold und Reichtümer, aber das ist nicht wahre Macht."

"Nun, verehrter Aonghas, in Solva ist manches anders." Aislin sprach sanft, fast schien es Gair, als falle sie in ihre Erzählstimme. "Solva ist eine ganz spezielle Stadt, zu großem Reichtum gekommen durch den Handel mit den Römern. Viele Häuser sind im römischen Stil gebaut, oft sogar mit Fußbodenheizung. Die Menschen dort haben erfahren, was ihnen die Römer bringen – Luxus und Reichtum. Und viele haben dafür ihre alten Götter aufgegeben. Doireann ist wahrlich eine große Druidin, aber sie sitzt in einem Tempel, der mehr geduldet als gewünscht ist. Es gab bereits große Diskussionen, dass Solvas Heiligtum nicht mehr Noreia geweiht sein soll, obwohl eine heilige Quelle darin fließt. Padrig hat verlangt, dass es allen Göttern geöffnet wird. Was es im Prinzip ja immer schon war, denn Noreia vereint in sich die Gestalten aller Götter, aber Padrig wollte ganz bewusst dort römische Gottheiten einsetzen. Wenn es nach ihm ginge, dann sollte es ein Apollotempel werden. Nur um seinen Handelspartnern zu zeigen, wie römisch er selbst schon ist. Und die Römer, die mögen Druiden nicht so, Priester, ja, aber nicht Druiden, deren Macht sich auch weit über die Religion hinaus erstreckt. Wenn ich mich richtig erinnere, so ward ihr mit Leod vor sieben oder acht Jahren in Solva. Seitdem hat sich dort einiges geändert. Offiziell darf sich Doireann nicht mehr Druidin nennen, nur Priesterin. Ich fürchte, eines Tages werden die Römer Noricum besitzen. Nicht mit Waffengewalt, das wird gar nicht nötig sein, sie werden uns einfach gekauft haben durch Leute wie Padrig." Sie hob den Becher, der vor ihr stand. "Auch ihr trinkt römischen Wein, oder?"

Aonghas antwortete nicht. Sein Blick ruhte noch immer forschend auf Aislin. Sie senkte den Kopf. "Verzeiht. Es steht mir nicht an, euch zu belehren."

Der Druide lachte auf. "Herrlich. Ja, da steckt viel Kraft in dir, viel Leidenschaft. Und dein Erzählen ... du weißt um seine Macht, oder?"

Aislin sah erneut zu Gair hinüber. "Ich beginne erst, seine Kraft zu erkennen."

"Das ist eine Gabe, Aonghas, ich habe dir doch erzählt von dem Vorfall auf unserer Heimreise", warf Gair ein. "Ihre Geschichten können heilen. Und wer weiß, was sie sonst noch alles können." Aislin lächelte ihm verlegen zu.

Aonghas stand auf, er ging zu einem der Regale und holte eine Birkenrindendose. Nebenbei fragte er: "Vermisst du das Druidensein?"

"Oh ja, ich vermisse es sehr. Wie ich die täglichen Rituale geliebt habe, die Gesänge am Morgen, all die tollen Geschichten, all das Wissen. Ich wäre wohl Barde geworden, wäre ich bei Doireann geblieben."

Der Druide nahm wieder neben seiner Frau Platz. Die beiden tauschten einen Blick aus, nickten einander zu. Dann öffnete Aonghas die Dose, entnahm ihr eine kleine Schale, gefertigt aus Feuerstein, und ein kleines Fläschchen mit einer dunklen Flüssigkeit. Er füllte Wein aus seinem und aus Aislins Becher in die Schale, gab ein paar Tropfen der Flüssigkeit hinzu.

"Es wird deinem Mann wahrscheinlich nicht gefallen und wir werden es wohl heimlich tun müssen, doch wenn du willst, so sind wir bereit, dich als Schülerin aufzunehmen. In anderer

Form als Leod, Eimhir und Gair, aber du sollst die Möglichkeit erhalten, deine Ausbildung weiterzuführen und deine große Gabe zu vertiefen."

Aislin sah mit großen Augen von Aonghas zu Malwine, dann zu Gair. "Ist das euer Ernst? Ihr meint, ich dürfte wieder Noreia dienen? Lernen? Im Tempel?"

"Du hast nie aufgehört, Noreia zu dienen", meinte Malwine. "Jede deiner Geschichten ist so viel wert wie eine Zeremonie in ihrem Namen."

"Aber ja, das meinen wir, lernen, Tempel, Gespräche, aber in geringerem Maße als die anderen, schließlich hast du auch noch deine Aufgaben als Fürstin zu erfüllen", ergänzte Aonghas.

Gair konnte sehen, dass Aislin dem Druiden am liebsten um den Hals fallen würde. Stünde nicht der Tisch zwischen ihnen, sie hätte es vielleicht sogar getan. Das Strahlen in ihrem Gesicht reichte von einem Ohr zum anderen.

"Deinem Lächeln nach nehme ich das als ein Ja?", Aonghas hob leicht die weingefüllte Schale.

Aislin nickte heftig.

Der Druide hob die Schale allen vier Himmelsrichtungen zu und beschwor die Götter, diesen Bund zwischen Lehrer und Schüler zu segnen. Er verpflichtete sich, Aislin beizubringen, was er konnte, und sie verpflichtete sich im Gegenzug, ihrem Lehrer zu gehorchen. Dann wiederholte Malwine dasselbe und einige Tropfen der Flüssigkeit wurden ins Feuer geschüttet, um sie den Göttern zu opfern. Die beiden Druiden und die neue Schülerin tranken jeder aus der Schale, um den Bund zu schließen.

Zu seinem Erstaunen reichte Aonghas zum Abschluss die Schale Gair. "Sie ist nun deine Mitschülerin, deine Schwester im Geiste. Trink und verpflichte dich, ihr beizustehen."

Gair sah zu Aislin. Sie lächelte ihn an. Er trank.

Oh große Göttin, Allmutter der Natur,
Beherrscherin der Elemente,
du vereinst in dir die Gestalten
aller Götter und Göttinnen, Noreia, höre mich an.
Hab Dank, tausendfach Dank! Ich könnte die ganze Welt

umarmen! Lass mich dir Lieder singen und Lobreden halten. Ich fühle mich, als wäre ich heimgekommen. Heim in deine Arme. Ich bin mir sicher, dass Centigern das nicht gutheißen wird, aber darüber werde ich mir später Sorgen machen. Nun will ich einfach eine kleine Weile glücklich sein.

Doch am selben Tag trafen sie sich erneut, im Tempel vor der Abendzeremonie. Obwohl Aislin bereits am Vortag hier gewesen war und davor eine ganze Nacht im Tempel verbracht hatte, schien sie ihn erst jetzt wirklich wahrzunehmen. Ihr Blick wanderte umher, als sie im Sonnenlauf bedächtig die Außenwand des Tempels abschritt.

Gair stand neben dem Becken und sah ihr nach.

"Es ist ganz anders hier als in Solva."

"Ich habe gehört, der Tempel in Flavia Solva ist gemauert?"

"Ja, unser Heiligtum sieht aus wie ein römischer Tempel, Padrig hat ihn vor einigen Sommern umbauen lassen. Ich finde es schöner hier – unter freiem Himmel. Doireann hat mir immer erzählt, früher hätten einfach Haine als Tempel gedient, damit die Götter in ihrer gewohnten Umgebung bleiben können. Und dass es noch nicht so lange her sei, dass die Druiden begonnen hatten, Einfriedungen zu machen und die Zeremonien hinter Mauern abzuhalten. Euer Tempel ist schlicht. Das ist schön."

Sie kam in die Mitte des freien Platzes und kniete sich neben das mannlange Becken, fuhr mit dem Finger über dessen eingeritzte Muster. "Wie erstaunlich, hier ganz am Gipfel des Berges eine Quelle!"

"Ja, das macht sie ja so heilig. Die Kraft der Götter drückt das Wasser hier aus tiefster Tiefe herauf." Er überlegte, sich neben sie zu setzen, scheute sich jedoch. Er konnte nicht geschmeidig wie Centigern neben sie gleiten, und wollte mit seiner ungelenken Art nicht die Leichtigkeit des Gesprächs stören.

Aislin sah sich suchend um. "Ihr habt keine Opfergruben." In ihrer Feststellung schwang eine Frage mit.

"Habt ihr welche?"

"Natürlich!" Sie lachte, dass sich auf ihren Wangen kleine Grübchen bildeten. "Bald mehr als der Tempel fassen kann! Wenn eine voll ist, graben Kinder eine neue – zweieinhalb Körperlängen tief, gerade breit genug, dass ein Kind darin schaufeln kann. In manchen Zeiten, wenn es viele Tieropfer gibt, ist der Geruch etwas streng ..."

"Siehst du, hier duftet es. Wir verbrennen all unsere Opfer, der Boden hier ist Fels, da kann keiner einfach eine Grube graben. Die Asche wird dann in das Becken geleert und fließt mit dem heiligen Wasser in den Bach und immer weiter, bis ins große Weltenmeer. Man sagt, wenn wir eines Tages hier nicht mehr Noreia dienen und ihr Opfer bringen, dann wird die Quelle versiegen und mit ihr der Bach, und dann wird es kein Leben mehr geben auf diesem Gipfel."

"Da mögen die Götter davor sein!"

"Eine Grube gibt es aber doch", fügte Gair hinzu und zog Aislin mit sich ans obere Ende des Beckens. Neben der Stelle, wo die heilige Quelle in das steinerne Becken floss, lag ein runder Bretterdeckel am Boden. Gair hob ihn hoch. "Hier. Wir wissen nicht, wer unserer Vorväter diesen Schacht graben ließ und wie sie das anstellten, es muss eine ungeheure Steinmetzarbeit gewesen sein. Er wurde auch nie für Opfer verwendet."

"Wofür dann?" Aislin warf einen neugierigen Blick in die dunkle Grube. Sie mochte knapp tiefer als eine Körperlänge sein und gerade breit genug, dass man darin hocken konnte. Unmöglich, darin eine Hacke oder Schaufel zu benützen.

"Aonghas klettert regelmäßig hinunter, es ist ein Ort, an dem man sich besonders gut mit der Erdenmutter verbinden kann, hier neben ihrer Quelle, tief in ihrem Schoß. Auch wir Schüler sitzen öfters da unten, um in uns hineinzuhorchen. Aber ich bin immer froh, wenn ich dann wieder hinaus ans Tageslicht klettern kann, obwohl ich da drinnen so und so nur stehen und nicht sitzen kann."

Aislin nickte verständnisvoll und warf einen Blick in den Himmel. "Wie praktisch, ihr könnt sogar die Stunde der Abendzeremonie bestimmen, ohne den Tempel verlassen zu müssen! Wie schön! In Solva mussten wir dazu immer den Tempel verlassen. Wie begeht ihr den Abenddienst?"

Gair schloss den Deckel der Grube. "Nun, wir entzünden Räucherwerk dort, auf dem Steinaltar, wir umschreiten dreimal das Becken, indem wir Noreia lobpreisen. Dann dreimal, während wir uns an sie oder andere Götter wenden, um um Schutz oder gute Ernte oder was auch immer zu bitten, und dreimal, indem wir ihr danken. Danach folgen die Lieder, die zur jeweiligen Zeit im Jahr gehören, und ein kleines Opfer als Dank für den vergangenen Tag und um den Beginn des neuen Tages zu feiern. Mehr ist es nicht."

Kaum hatte Gair fertig erklärt, öffnete sich das schwere Tor, und Eimhir und Leod traten ein. Sie schauten überrascht, als sie Aislin erblickten.

"Aonghas hat Aislin als Schülerin angenommen. Im Geheimen. Sie wird, wann immer es ihr möglich ist, mit uns Noreia huldigen", erklärte Gair.

In Leods Gesicht kämpften Verärgerung und Freude, doch die Freude siegte.

Eimhir blickte skeptisch von Gair zu Aislin. "Warum?"

Aislin lächelte sie an. "Ich war früher auch Druidenschülerin, und euer Meister war so liebenswürdig, mir zu erlauben, weiter zu lernen und Noreia zu dienen."

Eimhir nickte ernsthaft: "Ja, wenn man ihr einmal gedient hat, dann will man es immer tun, nicht? Ich hoffe, du kannst oft bei uns sein."

Erneut öffnete sich das Tor und Aonghas und Malwine traten ein. Ohne ein weiteres Wort zogen alle ihre Gewänder aus und legten sie sorgsam zusammengelegt neben dem Eingangstor ab. Aislin fügte sich in die Abendzeremonie ein, als hätte sie sie schon ewig mitgemacht. An diesem Abend waren jedoch nur Aonghas und seine Frau ganz bei der Sache. Leod und Eimhir wirkten irritiert, dass nun die zukünftige Fürstin hier mit ihnen betete. Gair erinnerte sich, dass sie sich ebenso unkonzentriert verhalten hatten, als er plötzlich von Aonghas in den Tempel eingebunden worden war. Er selbst kam nicht umhin, die ganze Zeit die Geschichtenerzählerin zu beobachten. Ihre anmutigen Bewegungen, die Leidenschaft, die sie in die Gesänge legte. Sie selbst hatte Augen für niemanden, ging ganz in der Zeremonie auf.

Als sie alle wieder angekleidet waren und das Räucherwerk niedergebrannt war, setzten sie sich, wie sie es manchmal taten, rund um das Becken, in dem noch etwas von der Asche des heutigen Pflanzenopfers trieb.

"Unsere Gesänge klingen gleich noch schöner, wenn wir eine weitere Stimme dabei haben", meinte Malwine lächelnd. "Die

Götter sind gewiss erfreut."

"Möchte noch jemand etwas sagen, ehe wir den Tempel verlassen?" Aonghas sah fragend in die Runde.

"Ja, ich möchte." Aislin richtete sich auf. "Ich bin unendlich dankbar, dass ich hier sein darf. Und dass ihr mich so freundlich in eure Runde aufnehmt. Anscheinend war Beltane, der Tag, an dem mich die Götter hierher geführt haben, wahrlich ein Schicksalstag für mich." Ihr Blick traf Gair. "Danke. Als ich heute darauf wartete, dass es Zeit wurde, hier in den Tempel zu kommen, da ging mir eine Geschichte nicht aus dem Kopf. Es waren einst zwei junge Männer, die wollten unbedingt Schüler eines großen Druiden werden. Sie nahmen also eine lange, beschwerliche Reise auf sich, um zu ihm zu gelangen. Er hörte sich ihren Wunsch an – nun, sie waren keine Kinder mehr, und die Ausbildung ist lange und schwer, doch er war bereit, sie aufzunehmen, wenn sie eine Prüfung bestanden. Er gab jedem von ihnen einen Hasen und sprach: 'Findet einen Platz, wo euch niemand sieht, und tötet den Hasen als Opfer.' Beide gingen los, nach einer Weile kam der eine mit dem toten Hasen zurück. 'So hast du einen Platz gefunden, wo dich niemand gesehen hat?' - 'Ja, tief im Wald.' Doch der Zweite, er kam erst, als die Sonne bereits unterging, und der Hase in seinen Armen lebte noch immer. 'Nun?', fragte der Druide. 'Hast du keinen Ort gefunden, wo dich niemand sah?' - 'Nein, Meister, verzeiht.' - 'Wer hat dich denn gesehen?', fragte der Druide. 'Der Hase', sagte der Schüler."

Leod lachte und auch die anderen mussten grinsen.

"Ja, und ich will nur sagen, allein heute Abend hier teilhaben zu dürfen, wäre jede Prüfung wert gewesen, die du mir auferlegt hättest, Aonghas. Wobei ich dankbar bin, dass ich keine ablegen musste. Aber ich hatte heute auch sehr das Gefühl, dieser Hase zu sein – getragen in Noreias Armen, ich sie sehend und sie mich. Ja, das wollte ich nur sagen."

Malwine legte der jungen Frau den Arm um die Schulter und drückte sie kurz an sich.

"Darf ich auch?" Leod rückte sofort näher, doch Malwine schob ihn lachend von Aislin weg. "Nein, du darfst nicht! Du darfst eher noch einen extra Becher von deiner guten Kräutermilch trinken!"

Wann immer es Aislin möglich war, schlich sie sich zu den Morgen- und Abendzeremonien und oft auch tagsüber ins Haus des Druiden, um mit Leod, Eimhir und Gair zu lernen. Sie schien aufzublühen, alles aufzusaugen wie ein Schwamm. Centigern wusste nichts davon. Er verbrachte viel Zeit damit, mit einem Trupp Krieger rund um den Culm unterwegs zu sein, Männer nach Ardudunum zu holen oder, wenn er im Dorf war, dann war er meist auf der Baustelle, diskutierte mit den Handwerkern an der Palisade oder überwachte den Baufortschritt.

Gair wusste nicht, mit welcher Ausrede Aislin sich aus dem Fürstenhaus schlich, und er wagte nicht, sie zu fragen. Er genoss es einfach, ihr fast jeden Tag so nahe zu sein und mit ihr zu reden und zu lachen. Manchmal, wenn sie einander morgens als Erste im Tempel begegneten, ließ sie ihn durch eine kurze Bemerkung wissen, dass auch jene Nacht wieder wie all die anderen davor gewesen war. Malwine, die ja davon wusste, hatte ihr schon einen Trank für Centigern gemischt, doch die einzige Wirkung war gewesen, dass er seine Braut nur viel länger angeschaut hatte und sich – wie es Aislin schien, verzweifelt – an das Fell auf der Bettstatt geklammert hatte. Nach wie vor teilte er nicht das Lager mit ihr, sondern schlief auf dem Boden.

Es war aber nur eine Frage der Zeit, dass Aislins Besuche im Tempel auffallen mussten, und jemand dem Fürsten davon erzählte. Ardudunum war zu klein, um so etwas geheim zu halten. Und so kam es nach einer in Gairs Augen viel zu kurzen Zeit, dass eines Abends Enrik und Centigern vor dem Tempel standen, als sie diesen nach der Abendzeremonie gerade verließen.

Centigerns erste Wut richtete sich jedoch gegen Gair, nicht gegen Aislin. "Hab ich dir nicht geboten, dich von meinem Weib fernzuhalten? Und du", er packte Aislin unsanft am Arm und zog sie an sich, "du wagst es, dich hinter meinem Rücken mit denen zusammenzutun?"

Aislin senkte den Kopf, doch als Gair genau hinsah, konnte er keine Angst oder Demut in ihr entdecken, sondern fast so etwas wie Berechnung. "Verzeih, Centigern. Ich weiß, es war nicht rechtens, ohne dich zu fragen. Doch ich dachte, wenn ich Noreia diene und ihr Opfer bringe, dann würde sie dafür sorgen, dass ich dir viele Erben schenke."

Centigerns Gesicht spiegelte Fassungslosigkeit wider. Gair meinte, seine Gedanken lesen zu können. Was hatte sie den Druiden erzählt, dachte sie wirklich, Kinder kämen durchs Beten oder wurde er gerade zum Narren gehalten?

"Es sind schwere Zeiten, überschattet von drohendem Unheil. Aislin meinte, sie könne durch regelmäßige Opfergaben einen Beitrag leisten, Ardudunum zu retten und dir zu helfen. Sie kann schließlich weder kämpfen, noch an den Bauarbeiten teilnehmen." Gair sah seinem Milchbruder fest in die Augen.

Centigerns Blick zuckte. "Unsinn! Ich dulde es nicht, dass sie hier ist. Wenn du helfen willst, so sei im Haus, wenn ich heimkomme, und mach mir nicht noch mehr Schwierigkeiten, als ich so schon habe. Und wenn du Opfer darbringen willst ... Noreia ist in Zeiten wie diesen die falsche Adresse! Enrik kann deine Opfergaben gerne nach Belcurnia mitnehmen, und sie dort Bel opfern. Wozu haben wir diesen Ort unter unsere Herrschaft gebracht? Und ihr", sein Blick streifte über Leod, Eimhir und Gair, "ihr vergeudet hier eure Zeit. Wenn ich erst der wahre Fürst von Ardudunum bin, dann brauche ich euch nicht mehr." Seine Augen blieben auf Gair geheftet. "Mein Angebot gilt dennoch noch immer. Du kannst gerne bei Enrik weiterlernen, dann nehme ich dich wieder in meine Gunst auf."

Er zog Aislin mit sich. Sie hielt ihren Kopf gesenkt und drehte sich nicht um.

Der Seher blieb noch einen Moment stehen, grinste Gair an. "Du machst deine Sache großartig. Ein wenig Eifersucht schadet nie." Dann ging auch er, leise ein Liedchen summend.

"Welches Angebot? Was läuft da zwischen dir und dem Fürsten?" Leod trat vor Gair und versperrte ihm den Weg.

"Nichts, gar nichts."

"Nach nichts hat das aber nicht geklungen. Seit du mit dem hageren Seher Aislin holen warst, bist du verändert. Distanzierst dich von uns, streifst alleine herum. Wettest nicht mehr mit mir über Belanglosigkeiten. Hintergehst du Aonghas?"

"Das ist lächerlich! Und ich wette nicht mehr, nachdem es mich letzten Winter meine Haarpracht gekostet hat." Wie zur Betonung strich er sich durch seine handkurzen Haare. Nun, dass er verändert war, stimmte, aber er würde Leod sicher nicht den wahren Grund auf die Nase binden.

"Nein, nein, das ist es glaub ich nicht. Irgendeine Abmachung hast du mit dem Seher getroffen, dass er sagt, du machst deine Sache gut. Wahrscheinlich sollst du dazu beitragen, dass Ardudunum nicht gerettet werden kann, denn Enrik traue ich zu, dass er Böses im Schilde führt."

"Es reicht, Leod. Lass mich vorbei."

Doch Leod stellte sich umso breitbeiniger in den Weg. Gair hatte genug. Er schob sich an Leod vorbei, doch der fasste ihn am Ärmel seiner Tunika, riss ihn zurück. All die Wut, die die beiden Männer in den letzten Wochen aus verschiedenen Gründen aufgebaut hatten, entlud sich in einer Rauferei. Gair war dem Jüngeren technisch weit überlegen und hielt ihn in kürzester Zeit so fest umklammert, dass Leod sich kaum bewegen konnte. Doch der Größere nutzte Gairs Schwäche und trat immer und immer wieder gegen dessen Knie. Eimhir schrie auf. Aonghas eilte aus dem Tempel, ein Machtwort von ihm beendete das Handgemenge. Keuchend standen die beiden Schüler einander gegenüber.

Aonghas blickte wütend von einem zum anderen. "Ich dulde es nicht, dass meine Schüler aufeinander losgehen, warum auch immer. Ihr werdet diesen Streit beilegen oder beide mein Haus verlassen."

Ohne eine Antwort abzuwarten, drehte er sich um und ging in den Tempel zurück. Gair und Leod sahen einander abwartend an. Keiner wollte seine Ausbildung bei Aonghas riskieren, aber keiner wollte den ersten Schritt machen, um den Streit zu beenden.

Eimhir stand zwischen ihnen, sah mal den einen, dann den anderen an. "Wenn Aislin hier wäre, würde sie euch eine Geschichte erzählen, und dann wärt ihr wieder die besten Freunde. Soll ich sie holen?"

"Nicht nötig. Ich denke, wir schaffen das auch so, nicht wahr, Leod?"

Ein Grinsen schlich sich in das Gesicht des Angesprochenen. "Nun, wir könnten eine Wette abschließen."

"Worauf?"

"Ist mir eigentlich egal. Hauptsache, ich gewinne. Es hat Spaß gemacht, als du dir den Kopf und Bart scheren musstest, das könnte meine Laune erneut heben."

"Du gibst also zu, dass du einfach schlechte Laune hast?"

"Trink du einmal wochenlang Malwines Gebräu. Also, lass uns wetten, dann frag ich auch nicht weiter, was es mit dir und Enrik auf sich hat."

"Was, wenn du die Wette verlierst?"

Leod zuckte die Schultern. "Das gehört zum Spaß dazu, nicht? Lass uns wetten, wer als Erster ein Mädchen verführt."

"Du bist unverbesserlich, Leod!", fuhr Eimhir dazwischen. "Wettet lieber, wer längere Passagen aus den Baumliedern aufsagen kann."

Leod machte eine wegwerfende Handbewegung. "Uninteressant. Nein, ich weiß was. Heute Nacht schleichen wir uns aus dem Haus. Und wer es schafft, ungesehen ein Kleidungsstück aus dem Fürstenhaus zu erlangen, der hat gewonnen. Ein Frauenkleidungsstück, also entweder etwas von Riona oder Aislin oder von den zwei Sklavinnen."

Gair verdrehte die Augen.

"Das, oder du kannst die Beilegung unseres Streits vergessen."

Und so schlichen sich die beiden in der Nacht aus dem Haus. Gair gefiel es gar nicht, wie ein kleiner Junge Mutproben zu bestehen. Und schon gar nicht, nachts in das Haus des Fürsten einzusteigen. Der Himmel war wolkenverhangen, das Dorf lag in tiefster Finsternis. So ließ er Leod am Weg durch das Dorf den Vortritt und bog kurz vor dem Langhaus in Richtung Tor ab. Sollte der junge Hitzkopf doch seine Wette gewinnen, Gair würde gewiss nicht in Centigerns Schlafkammer platzen. Lieber erneut kahlgeschoren wie ein Bauerntölpel herumrennen. Es dauerte nicht lange, und er hörte aus dem Fürstenhaus empörte Schreie. Offenbar gewann auch Leod die Wette nicht. Die Tür des Langhauses wurde aufgerissen, ebenso jene des Hauses, neben dem Gair sich aufhielt. Feuerschein drang heraus. Eilig drückte Gair sich die Wand entlang nach hinten in Richtung Gebüsch. Er stolperte, stürzte zu Boden. Im selben Moment schoben die Götter die Wolken am Himmel ein wenig zur Seite, und die Mondsichel erhellte die Szene. Zu Gairs Füßen lagen Centigern und Kalla im Gras, eng umschlungen und viel nackte Haut zeigend. Die Sklavin sprang auf, als sie des Druidenschülers gewahr wurde, schob ihr Kleid wieder hinunter und rannte zum Haus zurück. Der Fürstensohn erhob sich langsam. Gair saß immer noch am Boden, zu verdutzt, um rasch zu reagieren. Centigern zog seine Hosen hoch, den Blick wütend auf seinen Milchbruder gerichtet.

"Was machst du hier?" Centigerns Flüstern war mehr ein Zischen.

"Die Frage ist eher, was du hier machst?" Gair antwortete ebenso leise und plötzlich auch ebenso wütend. "In deiner Schlafkammer liegt deine Frau, und du treibst es mit der Sklavin deiner Mutter?"

"Was geht dich das an? Ich bin der zukünftige Fürst, ich habe das Recht auf jede Frau meines Dorfes! Mein Blut ist das Beste, und je mehr Kinder mein Blut in sich tragen, um so besser! Und du brauchst dich hier gar nicht aufspielen, zu den Festtagen treibt ihr es genauso, oder haben sie dir deinen Schwanz abgeschnitten? Was ist, soll ich Kalla zurückrufen, du kannst sie gerne haben. Oder die kleine Lisha, eine Freude, glaube mir."

Gair stand endlich auf.

Centigern hatte sich wirklich nicht geändert in den letzten Jahren. Warum nur machte es ihn so wütend? "Und deine Braut? Ist sie auch eine Freude?"

Sie standen einander nun gegenüber, immer noch flüsternd, keine Armlänge voneinander entfernt.

Centigern zog nun aber etwas zurück, um gleich darauf einen halben Schritt vor zu machen. "Das mit Aislin verstehst du nicht. Sie ist mein Ein und Alles. Sie wird mich zum Hochkönig machen!"

"Du meinst das wirklich ernst, dass du Voccios Erbe antreten willst." Gair war verwundert, obwohl es ihn eigentlich nicht überraschen sollte. "Und wie soll Aislin das vollbringen?"

"Ja, ich meine es ernst, Kleiner. Genauso wie mein Angebot, dass du dann mein Druide wirst. Du wirst schon sehen."

Mit einer schwungvollen Handbewegung hob Centigern seine Tunika vom Boden auf. Auf Gair deutend wiederholte er: "Du wirst schon sehen!" und verschwand im Dunkel.

Wütend und verwirrt ging Gair zum Haus des Druiden zurück. Dort lehnte Leod an der Hausmauer, ein dunkler Schatten vor der weiß verputzten Wand. In der Hand schwenkte er ein Umhangtuch.

"Gewonnen! Hier, der Umhang von Aislins Sklavin! Das war's dann erneut für deine Haare!"

"Ich glaube nicht. Wir hatten gewettet, wer ungesehen ... und dem Geschrei nach, das Lisha ausgestoßen hat, kann von ungesehen keine Rede sein."

"Nun, sie hat vielleicht etwas gesehen, aber nicht, dass ich es war, da bin ich ganz sicher."

"Gesehen ist gesehen."

"Gewonnen ist gewonnen."

"Du hast nicht gewonnen."

"Du aber auch nicht, Feigling, hast es nicht mal probiert!"

"Tja, da wäre ich nicht so sicher." Langsam hob Gair den Gürtel in die Höhe, der in Centigerns Liebesnest liegen geblieben war. "Der gehört Kalla."

Selbst im Dunkeln konnte Gair sehen, dass Leod rot anlief.

"Also, wer schert sich morgen den Kopf?"

So egal Gair diese Wette eigentlich gewesen war, es fühlte sich im Moment doch gut an, jemanden demütigen zu können. Er empfand keinerlei schlechtes Gewissen. Vor einem halben Jahr hatte er seinen Kopf scheren müssen, wegen einer ebenso dummen Wette, nun war Leod dran. So profitierte Gair zumindest auch von Centigerns Liebesleben.

Oh große Göttin, Allmutter der Natur,
Beherrscherin der Elemente,
du vereinst in dir die Gestalten
aller Götter und Göttinnen, Noreia, höre mich an.
Die Zeit, die du mir in deinem Dienst vergönnt hast, war wahrlich kurz. Ich habe bittere Tränen darüber vergossen. Es wird immer schwerer mit Centigern. Nun verschwindet er nachts, wenn er glaubt, dass ich schlafe. Ich will gar nicht

wissen, wohin. Er rührt mich immer noch nicht an, betrachtet mich nur. Warum, Göttin, warum? Ich weiß, dass auch ihn die Sorge um Ardudunum belastet, auch wenn er oft Glückseligkeit ausstrahlt, wenn er die Bauarbeiten beaufsichtigt oder mit neuen Männern ankommt. Er verwöhnt mich auch nach wie vor, beteuert mir seine Liebe, lobt meine Schönheit. Nur vom Geschichtenerzählen will er nichts wissen, und von Noreia. Ich könne bei Enrik lernen, wenn ich unbedingt den Göttern dienen wolle, sagt er. Dieser Seher macht mir Angst. Centigern tut alles, was er sagt. Da ist dann keine Spur des mächtigen Fürsten. Vielleicht sollte ich meine Angst überwinden und tatsächlich bei ihm lernen. Vielleicht erführe ich dann, warum Centigern mich nicht anrührt. Ich fühle mich einsam, Göttin. Ich habe sogar schon begonnen, mit Lisha zu plaudern, aber die weicht mir aus. Ich glaube, sie hat Angst vor mir. Armes Mädchen. Gestern hat jemand durch unser Kammerfenster gegriffen und ihren Umhang gestohlen, seitdem ist sie überhaupt völlig verängstigt. Wahrscheinlich war es nur ein Lausbubenstreich, so wie meine Brüder es öfter gemacht haben. Ach, zumindest kann ich von der Erinnerung an jene wenigen Tage in deinem Tempel zehren, während ich hier unter Rionas Argusaugen sitze und mich im Weben übe. Manchmal bittet sie mich sogar um eine Geschichte, wenn weder Centigern noch Goraid in der Nähe sind. Goraid ... er leidet jedes Mal, wenn sein Sohn neue Männer bringt. Jammert, wie wir sie füttern sollen, wie deren Familien die Ernte einbringen sollen. Alles scheint in Aufruhr, alles in Sorge. Wie schlimm wird es werden? Was ist das Eine, das das Omen abwenden kann? Bin es tatsächlich ich, wie viele behaupten? Wenn ja, wie? Oh Göttin, segne deine Tochter und beschütze diesen Ort.

Solas fing Gair vor dem Tempel ab und richtete ihm aus, dass er in Enriks Haus zu kommen habe. Natürlich kommentierte Leod das mit einem hämischen Blick, doch Gair deutete nur auf Leods Kopf und machte eine Geste des Schneidens. Eimhir, die bereits vor dem Morgendienst neugierig nach dem Ausgang der Wette gefragt hatte, hatte sich bereit erklärt, die Schur zu übernehmen. Auch das freute Gair, denn sie hatte auch ihm damals den Kopf geschoren und sie war keine Meisterin darin – Leod würde so wie er ein paar Kratzer davontragen.

Gair war noch nie in Enriks Haus gewesen, und so machte er sich neugierig auf den Weg. Es war nur eine kleine Hütte gleich hinter dem Langhaus, somit am genau entgegengesetzten Ende von Aonghas Haus. Wie symbolträchtig. Gair hatte keine Ahnung, was der Seher von ihm wollte, aber es konnte gewiss nichts Gutes sein.

Die Türe stand offen, der Tag war heiß. Die Türpfosten waren reich mit Schnitzereien verziert, vom Balken des Vordaches hingen tote Vögel und die Schädelknochen mehrerer Tiere. Ehe Gair eintrat, konnte er Stimmen vernehmen und er blieb knapp neben der Türe stehen, unsichtbar für diejenigen im Haus.

"Wie lange soll das noch so gehen? Enrik, ich halte das nicht mehr aus!" Es war Centigern, der hier wütend und verzweifelt klang, offenbar ging er auf und ab.

"Nicht mehr lange, Fürst. Alles läuft großartig. Bald bist du bereit dazu. Je schwerer es ist, umso besser, das weißt du. Du musst brennen, nur dann wird es so werden, wie wir wollen."

Gair sah in der Nähe Riona vorbeigehen, sodass er nicht länger hier vor dem Haus stehen bleiben konnte. Er trat ein.

Centigern fuhr herum, als er Gairs Gruß vernahm. Doch Enrik lächelte ihn an.

Die Hütte war auch innen ganz anders als das Haus des Druiden. Viel dunkler, da die Lichtöffnungen wesentlich kleiner waren und selbst nun im Sommer mit geölten Kuhhäuten bespannt, die nur diffuses Licht durchließen. Es gab nur einen

Raum, in dem rechts ein zugeklapptes Bett stand, nun wie eine Truhe aussehend, doch nachts konnte der Deckel geöffnet und im darin liegenden Stroh geschlafen werden. Im Moment nutzte sie Enrik wohl als Arbeitsfläche, denn es standen einige Tontöpfe und Schalen darauf. Die Feuerstelle in der Mitte des Raumes war klein, und der Kessel darauf verströmte einen unangenehmen Geruch. Links der Tür stand ein kunstvoll geschnitzter Stuhl, mit Fellen belegt. Darin nahm der Seher nun Platz, sodass weder für den Fürsten noch für Gair eine Sitzgelegenheit vorhanden war. Es gab auch keine Felle, auf die man sich hätte setzen können. Centigern hatte sein Auf- und Abgehen bei Gairs Eintritt nur kurz unterbrochen, und der Druidenschüler beschloss, sich einfach gegen den Türstock zu lehnen.

"Willkommen Gair", Enrik grinste. "Vielen Dank, dass du sogleich gekommen bist. Dein Fürst hat mich um dieses Treffen gebeten, er wird uns gewiss gleich sagen, weshalb."

Damit übergab er das Wort an Centigern. Der blieb nun endlich stehen, eine Hand in die Hüfte gestützt, die andere auf den Griff seines Schwertes. Er stand genau zwischen Enrik und Gair und richtete seinen Blick auf den Seher. "Ich verlange, dass du ein Urteil sprichst über Gair. Da er unter Aonghas' Schutz steht, kann ich meine Klage nur schwer vor die Versammlung bringen. Doch Gair tut alles, um mir zu schaden. Er hat Onchu angeklagt, nur um meine Krieger in Verruf zu bringen, die für Ardudunum überlebenswichtig sind. Er hat Aislin dazu verführt, hinter meinem Rücken in den Tempel zu gehen und hält sich nicht an meine Anordnung, sich von ihr fernzuhalten. Er wagt es – nun, egal, ich finde, er muss Ardudunum verlassen."

"Gair, was sagst du dazu?", Enrik sah amüsiert und sehr zufrieden aus.

"Ich verstehe nicht ganz, warum du mich hier beschuldigst, aber gleichzeitig davon redest, dass ich an deiner Seite sein soll, wenn du erst Hochkönig bist. Kann es sein, lieber Bruder, dass du Angst hast, ich könnte deiner Braut die Wahrheit über dich erzählen?"

"Wieso sollte ich davor Angst haben? Aislin ist meine Frau, ich kann machen was ich will, sie kann nichts dagegen tun.

Aber ich kann nicht dulden, dass jemand in dieser schwierigen Zeit gegen mich arbeitet."

"Oh, ich finde, das tut er gar nicht, unser Gair. Sein Angriff gegen Onchu hat deine Männer geeint und ihre Kameradschaft gestärkt, deine Sorge, er könne Aislin zu nahe kommen, vergrößert dein Begehren, und das ist gut. Du musst sie begehren, dass du glaubst, zu vergehen. Und wer weiß, vielleicht ist es uns noch von großem Nutzen, einen Verbündeten im Hause des Druiden zu haben."

"Moment ... ich bin gewiss kein Verbündeter, nur weil ich Centigerns Milchbruder bin. Unsere Wege haben sich getrennt. Egal, was ihr da ausheckt." Gair hielt es nicht mehr an der Wand, er machte die nötigen zwei Schritte, um sich zwischen Fürst und Seher zu positionieren.

"Keine Sorge, Druidenschüler. So war das auch nicht gemeint. Aber soweit ich weiß, galt deine Loyalität immer schon in erster Linie deinem Fürsten und deiner Familie, nun, in Centigern ist beides vereint, nicht?"

"Darum geht es jetzt nicht!", fuhr Centigern dazwischen. "Wenn du ihn schon nicht aus dem Dorf wegschickst, dann verfluche ihn zumindest. Ich will nicht, dass er sich Aislin nähert."

"Tut mir leid, Centigern, ich hab es dir schon erklärt. Es dient nur unserer Sache, wenn du vor Eifersucht vergehst. Umso größer wird dann der Triumph."

Centigern wandte sich wütend ab.

Der Seher erhob sich, noch immer lächelnd, offenbar sehr zufrieden damit, wie alles lief.

"Hab Dank für dein Kommen, Gair, du kannst wieder gehen. Mögen die Götter mit dir sein und deine Wege segnen."

Er schob Gair fast zur Tür hinaus. Schloss sie hinter ihm. Gair vernahm noch Centigerns aufgebrachte Stimme und dazwischen beruhigende Bemerkungen des Sehers. Er war verwirrt. Um nachzudenken, ging er aus dem Dorf und setzte sich an die Palisade. Hier beim Nord-Tor waren die Ausbesserungsarbeiten bereits abgeschlossen, und die Mauer sah nun stark und uneinnehmbar aus.

Was lief da zwischen dem Seher und Centigern? Es musste sich wohl um ein Ritual des Belkultes handeln, denn warum war es nötig, dass Centigern sein Weib bis zum Vergehen begehrte? Zumindest war nun klar, dass der Fürst seine Frau auf Geheiß Enriks nicht anrührte. Nur der Grund war Gair nicht klar. Nun, er würde seine Augen offen halten.

Als Gair später an diesem Nachmittag erneut aus dem Dorf ging, sah er neben der Straße, die den Berg hinab führte, Aislin und Malwine sitzen. Die Druidin hatte den Arm um die angehende Fürstin gelegt, redete auf sie ein. Gair wagte nicht, sich zu nähern und die beiden zu stören. Malwine war heute Morgen zu einer Geburt gerufen worden, und er ahnte, dass Aislins verweintes Gesicht etwas damit zu tun hatte. Allzu gerne hätte er sie selbst in den Arm genommen, doch sie durfte nie erfahren, wie viel er für sie empfand.

So kehrte er ins Haus des Druiden zurück. Er wähnte sich alleine, doch aus der Kammer kam Eimhhir gestürzt, sobald sie ihn gehört hatte. Ihre Wangen waren rot vor Aufregung. "Hast du es schon erfahren?"

"Was? Ich war den ganzen Tag im Tempel."

"Ach, dann setz dich, ich muss es dir unbedingt erzählen!"

Dies sah nach einer längeren Geschichte aus, und so nahm Gair sich ein Fell und ein Polster, lehnte sich an einen Wandteppich. Eimhir hockte sich vor ihm nieder, sprang aber sogleich wieder auf. "Ich war heute bei meiner ersten Geburt dabei, bei den Göttern, wie eine Frau so etwas freiwillig auf sich nehmen kann! Du kennst doch Kilinn, nicht?"

"Die Dünne, die trotz ihres Kindbauchs aussah, als wäre sie kurz vorm Verhungern?" Gair hatte sie ein paar Mal hier im Druidenhaus gesehen, wenn Malwine ihr einen Trank und Kräuter mitgab, doch er hatte nie mit ihr geredet.

"Ja, genau. Nun, heute war es soweit, ihr Kind wollte kommen. Aber es kam nicht, und kam nicht. Sie hatte schon die ganze Nacht mit ihren Schwestern auf dem Geburtsstein verbracht, aber das Kind rührte sich nicht. Also hat man heute Morgen Malwine dazu geholt, und sie hat mich mitgenommen. Aber selbst Malwine konnte nicht viel tun, ich mein, Kilinn ist so dünn und schwach, Malwine hat sich nicht getraut, ihr irgendwelche betäubenden Kräuter zu geben, aus Angst, dass sie dann nicht wieder aufwacht. Aber das Kind lag schlecht, und es war riesig. Kilinns Schwestern haben bereits begonnen, die Trauergesänge anzustimmen, so hoffnungslos sah es aus. Da hatte ich die Idee, Aislin zu holen. Ich musste dauernd daran denken, wie du von dem verbrannten Kind erzählt hast. Und Aislin kam, und sie hat sich hinter Kilinn gesetzt und ihre Arme um sie gelegt, und dann hat sie ihr eine Geschichte erzählt. Ich konnte sie leider nicht hören, ganz leise hat sie geredet, direkt in Kilinns Ohr. Und Kilinn, sie wurde immer ruhiger und entspannter, ja, sie schien die Wehen gar nicht mehr zu spüren. Sie schien mit offenen Augen zu schlafen und zu träumen. Und dann hat Aislin Malwine zugenickt, und die hat – also, das ist jetzt vielleicht nichts für Männer. Aber sie hat in Kilinn hineingefasst und das Kind gedreht, ich musste helfen und am Bauch drücken, es war schwer, richtig schwer. Und dann ... dann kam das Kind zur Welt, ein wenig blau im Gesicht, aber es hat gleich geschrien, und es war riesig, und da war Unmengen Blut, aber nun geht es allen gut und wir haben den Kleinen gleich mit dem heiligen Wasser der Götter geweiht. Gair, das war so unglaublich! Ich mein, Aislin, nur durch das Erzählen ... ich wette, sie könnte auch dein Knie gesund machen. Und ich weiß nun, ich will nie Kinder haben müssen, ich hoffe, wenn ich bei meiner Initiation meine Gabe entdecke, dass es eine Gabe ist, die Keuschheit erfordert. Und wenn ich daran denke, dass Aislin – mit dem Fluch der Fürstenfrauen – und dann ist keine Aislin bei ihr, die ihr eine Geschichte erzählt ... aber du hättest den Säugling sehen sollen, solche Backen, und er hat auch sogleich getrunken, obwohl ich mich frag, wo Kilinn Milch hernehmen wird ..."

Das junge Mädchen tigerte aufgeregt auf und ab.

"Wieso saß Aislin dann weinend vor dem Tor, wenn doch alles gut gegangen ist?"

Eimhir blieb abrupt stehen, sah Gair erstaunt an. "Ja, weißt du das denn nicht? Als sie zu Kilinn kam, da fragte Aislin, wo denn der Vater des Kindes sei – normalerweise steht der doch am Eingang des Wäldchens, um zu gewährleisten, dass die Frauen in Sicherheit sind. Und Kilinn hat es ihr gesagt – in deinem Schlafgemach, sagte sie."

Der Fluch der Fürstenfrauen. Offenbar war er tatsächlich auch auf den Sohn übergegangen und traf nicht nur das

Eheweib. Und Aislin hatte dennoch Mutter und Kind gerettet.

Gair wandte sich ab. Er wollte nicht, dass Eimhir sah, wie aufgewühlt er war. Und wie wütend auf seinen Milchbruder.

Er konnte nicht widerstehen. Sobald die Zeit es zuließ, schlich er zu dem kleinen Wäldchen, das noch innerhalb der Dorfmauern hinter dem Tempel lag. Es waren nicht mehr als achtzehn Birken, die man hier einst bewusst gepflanzt hatte, und in deren Mitte der Geburtsstein stand. Dieser Ort war Frauenreich, und eigentlich Männern verboten. Doch Gair näherte sich vorsichtig. Das Laub war dicht, niemand würde ihn sehen. Der Fels reichte Gair bis über Hüfthöhe, er war rund und von tausenden Geburten glatt geschliffen. Oben befand sich eine Kuhle, dahinter eine zweite, etwas höher gelegene Mulde. Gair war nie bei einer Geburt dabei gewesen, doch er sah es vor sich, wie die Frauen mit ihren runden Bäuchen in der oberen Kuhle saßen, die Füße in zwei kleine Mulden der unteren Kuhle gedrückt, und ihre Kinder aus ihnen in das tiefere Becken glitten. Fast alle Kinder Ardudunums waren auf diesem Stein zur Welt gekommen, der Fels getränkt in das Blut und Fruchtwasser unzähliger Geburten. Gleich daneben befand sich eine weitere Mulde, sie enthielt Wasser. Heiliges Wasser aus der Tempelquelle, das benützt wurde, um das Neugeborene von den Göttern weihen zu lassen.

Gair konnte das Dorf hinter sich hören, doch rund um das Wäldchen war es still. Er wagte es, ganz an den Stein heranzutreten, und seine Hand strich über die Oberfläche. Er konnte Kilinns Sohn vor sich sehen, als er die tiefe Mulde berührte. Er hatte Centigerns dicke Haare, erstaunlich viele für ein Neugeborenes. Er konnte den Schmerz fühlen, den Schmerz aller Frauen, die hier gehockt hatten, aber auch die Freude, den Stolz. Er fühlte sich als Eindringling, und doch konnte er sich nicht losreißen. Er übertrat hier ein Tabu, er musste etwas tun, um dieses Vergehen abzumildern. Suchend wandte er sich ab, doch da vernahm er Stöhnen hinter sich. Direkt vom Geburtsstein her, dem er nun den Rücken zuwandte. Er schloss die Augen und drehte sich nur im Geiste wieder dem Felsen zu. Da sah er Aislin, auf dem Stein, mit dickem Bauch. Und niemand an ihrer Seite, keine weiteren Frauen, keine Malwine, keine Eimhir. Ganz allein hockte sie da, den Wehen hingegeben. Das Bild verstörte ihn. Gair riss die Augen auf, atmete stoßartig das Bild weg, drehte sich ruckartig dem Stein zu. Leer. Ein Vogel zwitscherte im Geäst darüber. Der Wind raschelte im Laub. Eilig verließ Gair den Frauenplatz.

Es war Zeit für seinen abendlichen Besuch bei seiner Mutter. Er würde ihn kurz halten heute, denn er war zu durcheinander von den Ereignissen des Tages, um unverfänglich über Belanglosigkeiten zu reden. Er scheuchte die Hühner zur Seite, die vor der Türe nach Käfern pickten. Lange würde seine Mutter gewiss nicht mehr alleine leben können. Inzwischen waren so viele fremde Arbeiter ins Dorf geholt worden, dass das Gästehaus aus allen Nähten platzte. Seit gestern wohnten drei hochrangige Besucher im Gästezimmer des Druidenhauses, da man ihnen ein Zusammenleben mit den Bauern und Arbeitern nicht zumuten konnte.

Gair stutzte, als er durch die Türe trat. Seine Mutter saß auf einem niedrigen Schemel und summte ein altes Lied, an das sich Gair noch aus seiner Kindheit erinnerte. Neben ihr lag Aislin auf einem Schaffell, den Kopf im Schoß seiner Mutter, und ließ sich von ihr über die Haare streichen. Als Aislin Gair sah, wollte sie aufspringen und aus dem Haus eilen. Fast wäre sie an ihm vorbeigehuscht, doch da fiel das Licht der Abendsonne durch die Türöffnung auf ihr Gesicht, und Gair sah das geschwollene Auge, die unverkennbare Rotfärbung der Wange. Er packte die Fürstin am Arm, ließ sie nicht gehen. Sie hielt den Blick gesenkt, den Kopf abgewandt, aber sie machte keinen Versuch, sich aus seinem Griff zu lösen.

"Ich denke, du hast mir etwas zu erzählen." Er klang härter, als er wollte.

Seine Mutter stand auf, nickte Gair zu und schob sich an ihm vorbei nach draußen. Leise schloss sie die Tür hinter sich.

Gair ließ Aislin los, setzte sich auf das Strohlager, jenes Bett, in dem er als Kind mit seiner Mutter und anfangs auch mit Centigern gelegen hatte. Aislin stand verloren im Raum, die Schultern gesenkt. Alle Kraft und Lebendigkeit schien aus ihr gewichen zu sein.

"Nun?"

Sie zuckte die Schultern. "Was gibt es da viel zu sagen."

"Ich wüsste gerne, warum, ehe ich Centigern deswegen zur Rede stelle."

Ihr Kopf fuhr in die Höhe. "Nichts wirst du! Mach es nicht noch schlimmer! Er ist mein Mann, es ist sein gutes Recht."

"Hat es was mit Kilinn zu tun?"

Aislin sank in sich zusammen, setzte sich auf den niedrigen Hocker. "Du wusstest es die ganze Zeit, nicht? Dass er zu anderen Frauen geht, nur mich nicht will."

"Er will dich, und wie er dich will. Aber er darf nicht. Enrik hat es ihm verboten, scheint es."

Aislin nickte langsam, als würde ihr nun einiges klar. Sie seufzte. "Du weißt, dass Kilinn heute einen Sohn bekommen hat? Nun, Centigern wusste bereits davon, als ich vorhin heimkam. Dass er einen Sohn bekommen hatte. Seine Augen glänzten, wie im Fieber. Er war euphorisch. Er zog mich in unsere Schlafkammer, küsste mich, zum ersten Mal. Er riss die Fibeln auf meiner Schulter auf, sodass ich nackt vor ihm stand, er ... ich war glücklich, Gair, denn ich dachte, endlich mache er mich zu seinem wahren Weib, auch wenn ich kurz davor noch so verzweifelt gewesen war. Er drückte mich auf unsere Bettstatt, die er noch nie mit mir geteilt hatte, er ... im letzten Moment, ehe er die Ehe vollzog, da schien er plötzlich zu sich zu kommen, aus einem Rausch zu erwachen. Und er tobte. Er schlug auf mich ein, ich würde alles zerstören, ihn in Versuchung führen, seinen Untergang heraufbeschwören. Dann rannte er aus dem Haus. Ich glaube, er ist weggeritten, er reitet immer, wenn er sich beruhigen muss. Ich schlich mich aus dem Haus, ich wollte nicht, dass Riona mich so sieht. Ich – deine Mutter ist immer so nett zu mir, sie hat mir vor dem Eheritual, als sie mich schön machten, einen Talisman zugesteckt ... so kam ich hierher. Sie hat nichts gefragt, sie war einfach nur da. Ich hab ihr nichts erzählt."

In sich zusammengesunken saß Aislin auf dem Hocker. Ihre Stimme war monoton und leise gewesen, keine Träne floss.

Gair war ratlos. Sie schwiegen. Draußen gackerten die Hühner, ein Hund bellte. In der Ferne hörte man die Arbeiter Steine auf der Baustelle klopfen.

Nach einer Weile hob Aislin den Kopf und sah Gair mit

einem schiefen Lächeln an. "Sieht nicht so aus, als würde Verbranntes heil werden, nicht?"

Sein Herz fühlte sich in diesem Moment so groß an, dass es den ganzen Raum ausfüllte. Er konnte nur nicken. "Was willst du tun?"

"Was soll ich tun? Ich werde zurückgehen und Centigern eine gute Frau sein. Noch ist die Geschichte nicht zu Ende. Solange ich tue, was man von mir verlangt, werden die Götter mich schon durch den finstren Wald führen. Sie haben mir ja auch dich geschickt. Und Clach, deine Mutter, Malwine ... mach dir keine Sorgen. Morgen wird ein besserer Tag."

Gair nickte erneut.

Aislin stand auf und ging zur Türe. Ehe sie sie jedoch öffnete, blieb sie stehen, als wäre ihr noch etwas eingefallen. "Wo er doch dein Milchbruder ist und du ein Seher – werde ich noch vielen Frauen helfen müssen, seine Kinder zu gebären?"

"Zumindest überleben sie dank dir." Er hatte es als Trost gemeint, doch an ihrem Blick konnte er erkennen, dass seine Bemerkung geschmacklos gewesen war.

Gair saß noch lange auf dem alten Bett. Seine Mutter kam zurück und richtete ihm eine Schüssel mit Suppe und Brot. Sie setzte sich auf ein Fell in der Nähe einer Lichtöffnung und nähte. Es tat gut, einfach daheim zu sein, nicht reden zu müssen.

Das Feuer im Druidenhaus gloste nur vor sich hin. Im Schein einer Öllampe flocht Malwine Aonghas feine Zöpfe von den Schläfen hinab. Eimhir hatte Leod zu einem Würfelspiel überredet, obwohl der Druidenschüler schlechte Laune hatte. Die Demütigung seines kahl geschorenen Kopfes und des glatt rasierten Gesichts nagte an seiner Stimmung. Seine Haare lagen in ein Stück Stoff gewickelt im Regal. Haare waren ein kraftvolles Instrument, um über jemanden Macht auszuüben, weswegen es wichtig war, geschnittenes Haar entweder zu vergraben, zu verbrennen oder bei sich zu tragen. Eimhir hatte Leod versprochen, aus seinen Haaren einen dicken Faden zu spinnen, den er als Kette um den Hals tragen konnte, war aber durch die Geburt von Kilinns Sohn nicht dazugekommen.

Aonghas und Malwine hatten Leods verändertes Aussehen

zwar mit hochgezogenen Augenbrauen kommentiert, aber kein Wort darüber verloren. Die beiden Schüler saßen mit ihren Würfeln und einer Öllampe in der Nähe der offenstehenden Türe, wo es kühler war. Der ältere von Aonghas zotteligen Hunden lag neben ihnen und verfolgte jede Bewegung der Würfel mit seinen Augen.

Gair saß an die Wand gelehnt und fettete das Leder seiner weichen Schuhe. Auch wenn er gerne barfuß lief, oft genug brauchte man Schuhwerk, und dann war es gut, wenn es regenfest war. Es herrschte eine schläfrige Stimmung. Der Tag war anstrengend gewesen. Hier und da hörte man Leod fluchen oder Eimhir jubeln.

Malwine begann leise ein Gespräch mit ihrem Mann, wohl in der Überzeugung, dass die anderen nicht zuhörten. "Aislin leidet, Aonghas. Kannst du nicht etwas für sie tun? Sie hat heute dem Bastard ihres Mannes auf die Welt helfen müssen. Das wäre für keine Frau leicht. Sie kann einfach nicht verstehen, dass Centigern sie nicht anrührt. Du musst doch in ihm lesen können, wissen, was in ihm vorgeht? Oder für sie die Sterne befragen, wie es weitergeht."

Der Druide schüttelte den Kopf.

Gair beobachtete ihn aus dem Augenwinkel. Im flackernden Licht der Öllampe sah er noch älter aus als sonst. Auch Malwine hatte Schatten unter den Augen, ihr sonst so freundliches Gesicht wirkte erschöpft.

"Was glaubst du, wie oft ich das in letzter Zeit getan habe. Alle wollen wir es wissen, was steckt hinter dem Omen, wodurch wird Arududum brennen, wird es wirklich brennen oder lässt sich das Übel abwenden? Aber ich erhalte keine Antwort. Und Centigern verschließt sich mir. Vielleicht weiß sein Seher ja mehr. Vielleicht lässt meine Kraft nun endgültig nach. Vielleicht wissen die Götter selbst noch nicht, wie alles ausgehen wird."

Nun jubelte Leod lautstark. Offenbar nahm nur Gair das Gespräch der beiden Druiden wahr.

"Willst du Goraid davon erzählen, dass sein Sohn noch immer nicht die Ehe vollzogen hat?" Malwine wandte sich nun der anderen Schläfe ihres Mannes zu.

"Noch nicht. Was würde es ändern, außer, dass es Goraid

noch mehr gegen Centigern aufbringt?" Aonghas lachte kurz auf. "Oder meinst du, er stellt sich zu ihm in die Schlafkammer und zwingt ihn dazu, sich mit Aislin zu vereinen?"

Aus dem Augenwinkel sah Gair, wie Malwine dem Druiden einen Klaps auf die Schulter gab. "Aber wir müssen doch wissen, wie es weitergehen soll. Was zu tun ist."

"Ja, das wäre von Vorteil."

"Dann brauchen wir eben eine Vision."

Aonghas deutete sachte mit dem Kopf in Eimhirs Richtung. "Ihre Initiation beginnt in wenigen Tagen. Vielleicht zeigt sich ihr im Wald die Zukunft."

Malwine nickte, dann ging ihr Blick zu Gair. Rasch sah er weg, tat so, als wäre er mit seinen Schuhen beschäftigt. Er ahnte, was sie vorhatte. Seine Visionen waren noch nicht abrufbar, kamen, wann sie wollten. Doch es gab Mittel, Visionen hervorzurufen, zu erzwingen. Mittel, die Gair hasste. Weil sie einem die Kontrolle nahmen. Er flüsterte ein Stoßgebet an die Götter, dass Eimhir während ihrer Initiation ebenfalls einen Blick in die Zukunft werfen könne.

Oh große Göttin, Allmutter der Natur,
Beherrscherin der Elemente,
du vereinst in dir die Gestalten
aller Götter und Göttinnen, Noreia, höre mich an -----
Oh große Göttin, Allmutter der Natur,
Beherrscherin der Elemente,
du vereinst in dir die Gestalten
aller Götter und Göttinnen, Noreia, höre mich an ----
Wie gerne würde ich nun beten können, doch ich bin so voll
und leer zugleich, ich weiß nicht, was sagen. Du wirst schon
wissen, was du mit mir vorhast. Ich vertraue darauf. Doch der
Weg fühlt sich gerade sehr finster an. Lass mich dir danken,
dass Mutter und Kind leben. Ja, ich danke dir, für diese
Prüfung meiner Selbst. Ich bin nicht wichtig. Du bist es.
Beschütze mich.

Jeden Morgen blickte Aonghas durch den Lochstein, der an der Südseite des Tempels stand. Es gab mehrere dieser Steine rund um den Tempel, um das Datum zu bestimmen. Diese schmale steinerne Säule trug auf Augenhöhe ein Loch, durch das genau zur Sommersonnwend der Sonnenaufgang sichtbar war. Nun, auf Aonghas Augenhöhe. Gair, der ebenso wie Leod und Eimhir jeden Tag den Sonnenstand überprüfte, musste sich auf Zehenspitzen stellen, und Eimhir hob er jeden Morgen hoch.

Das junge Mädchen wurde immer aufgeregter. Die Sommersonnwend wurde in Ardudunum zwar ebenfalls im ganzen Dorf gefeiert, doch lange nicht so ausgiebig wie Beltane. Aonghas würde ein Ritual ausführen, es würde den Göttern geopfert werden, doch hauptsächlich markierten die Tage, in denen die Sonne stillstand, ehe sie wieder ihre Anwesenheit verkürzte, den Beginn der Erntezeit. Die Kinder schwärmten aus, um Beifuss, Mädesüß und Schafgarbe zu sammeln, grüne Nüsse wurden geerntet und mit ihnen Wolle gefärbt. Heuer musste Malwine alleine mit der Kräuterverarbeitung zurechtkommen, da Leod und Gair Eimhir bewachen würden. Der gegenüber mussten sie dies aber verheimlichen, denn das Mädchen durfte nicht wissen, dass sie beschützt wurde.

Endlich war der lang ersehnte Tag da. Sosehr Gair auch versucht hatte, in Aislins Nähe zu sein, sie war ihm ausgewichen und hatte sich in ihrer Kammer verkrochen. Doch nun, zur Sonnwendzeremonie, sah er sie wieder, neben Centigern stehend, lächelnd, als wäre nichts geschehen.

Während die Menschen Ardudunums die Nacht mit fröhlichen Feiern verbrachten, bereiteten die Druiden alles für Eimhirs Initiation vor. Noch am Abend musste sie einen bitteren Trank zu sich nehmen, auf den hin sie sofort aus dem Dorf lief, um sich im Wald lange und gründlich zu erleichtern. Ihre älteren Mitschüler grinsten mitfühlend, als sie das Haus verließ, sie hatten selbst schon den Genuss gehabt. Doch es galt, für die Initiation rein zu sein.

Während Eimhir im Wald war, packten Gair und Leod ihre eigenen Bündel für die nächsten Tage – eine Decke, Brot und getrocknetes Fleisch, getrocknetes Obst, Nüsse und Schweinsblasen mit Wasser. Malwine richtete in einem großen Holzzuber ein Bad für Eimhir. Viel zu aufgeregt, um die duftenden Kräuter in dem warmen Wasser zu genießen, saß Eimhir bald darauf in der Wanne. Unter rituellen Gesängen wurde sie geschrubbt und ihr blondes Haar gewaschen.

Endlich steckte das Mädchen im Bett und die anderen konnten noch letzte Einzelheiten besprechen. Malwine war sehr besorgt, ob es nicht doch noch zu früh war für die zarte Elfjährige.

"Natürlich ist es zu früh. Ich schätze, ein ganzes Jahr zu früh." Aonghas rührte mit einem Mädesüßhalm in seiner heißen Milch. "Doch wer weiß, ob ich in einem Jahr noch die Möglichkeit habe, sie zu initiieren? Aber ich will, dass sie den zweiten Grad erreicht hat, egal, was mit Ardudunum und uns allen geschieht. Sie hat es sich verdient. Und wenn sie eine Gabe besitzt, so ist es wichtig, dass wir diese möglichst bald kennen und stärken können."

"Du hast noch nie einen Schüler so jung in die Initiation geschickt. Leod war dreizehn, der Jüngste bis jetzt glaub ich zwölf. Und kein Mädchen. Ich hoffe, sie übersteht es gut." Malwines Finger spielten nervös mit ein paar Lederbändern, aus denen sie einen Gürtel flocht.

"Mach dir keine Sorgen, Malwine. Gair und ich werden gut auf sie aufpassen. Es wird ihr nichts geschehen."

Malwine lächelte Leod wenig überzeugt zu.

Gair wusste, dass sie keine Angst um Eimhirs leibliches Wohlergehen hatte – drei Tage ohne Wasser waren hart, aber Eimhir war wie alle Schüler darin geübt, ihren Körper zu beherrschen. Ihre Sorge galt mehr Eimhirs Seele, die Schaden nehmen könnte, wenn sie noch nicht bereit war, sich den Göttern zu öffnen.

"Eimhir ist stärker als du denkst, Malwine", versuchte nun auch Gair, die Druidin zu beruhigen.

"Da irrst du dich, glaub ich", widersprach Malwine. "Kilinns Geburt hat sie schon sehr hergenommen, mehr, als ich erwartet hatte. Man merkt, dass sie das jüngste Kind ihrer Familie ist, nie mit der Geburt eines Geschwisterchens konfrontiert. Aber ihr habt recht. Sie wird es gut überstehen. Sie ist ein Liebling der Götter und hartnäckig und stark."

Aonghas stimmte summend ein Lied an, das die Götter beschwor, Liebe und Schutz zu schenken. Die anderen fielen leise mit ein. So saßen sie noch eine Weile, jeder in Gedanken, immer und immer wieder das Lied wiederholend. Draußen war Gegröle und wilde Musik zu hören, hier im Haus herrschte eine andächtige Stimmung. Die Sonne, der Gott, war an seinem Höhepunkt, nun würde die Göttin, die Dunkelheit, wieder an Macht gewinnen, bis sie zur Wintersonnwend den Lichtgott erneut gebar. Ein gutes Datum für die Initiation eines Mädchens, deren innere Kräfte gerade erst im Erwachen waren.

Sie stolperten über ein paar auf der Wiese schlafende Trunkenbolde, als sie vor Sonnenaufgang mit Eimhir in den Tempel gingen. Das Mädchen trug eine schlichte, helle Tunika ohne Gürtel, ihr Haar offen, um wie Fühler all die Energien aufnehmen zu können, ihre Augen wach und aufmerksam. Sie freute sich wirklich, dass sie sich schon so jung dieser Herausforderung stellen würde.

Sie brachten ein Brandopfer dar, um die Götter gütig zu stimmen, dann verabschiedeten sich Leod und Gair von ihrer Mitschülerin. Aonghas band ihr die Augen mit einem dunklen Tuch zu, nahm von Malwine die Schweinsblase mit dem halluzinogenen Kräutertrank und führte seine Schülerin in den Wald.

Gair und Leod folgten in einigem Abstand. Sie kannten den Weg, hatten am Vortag auch noch überprüft, ob es im Umkreis keine Gefahren gab und die nötigen Rituale durchgeführt, um Tiere fern zu halten. Es ging steil bergab, weit entfernt von den beiden Straßen. Der Wald erwachte gerade, die Sonne schien zaghaft durch das dichte Laub. Auf halber Höhe des Berges gab es einen Felsvorsprung, rund um den eine kleine Lichtung entstanden war, als ein Feuer vor einigen Sommern den Wald hier niedergebrannt hatte. Man konnte auf dem Felsen sitzen, sich aber auch in der kleinen Höhle darunter verkriechen. Gair hatte seinen zweiten Initiationstag, gebeutelt von Angstvisionen durch den Trank, eingerollt in der Kuhle unter dem Vorsprung verbracht, geborgen in Mutter Erdes Schoß, und hatte dort alle Schlachten, die er je gekämpft hatte, noch einmal erlebt. Ohne die Gnade des Blutrausches. Doch am dritten Tag hatte er es genossen, auf dem Fels zu sitzen und weit über den Wald zu blicken.

Sie bezogen ihren Posten schräg oberhalb der Lichtung. Von hier hatten sie einen guten Blick auf den Felsen. Regelmäßig würde einer von ihnen einen weiten Kreis um den Platz ziehen, eine schwierige Übung, ohne dabei Geräusche zu machen. Gair musste grinsen, als er daran dachte, wie er am zweiten Abend ein Knacken vernahm, ein sehr lautes Knacken, und überzeugt war, dass er in dieser Nacht mit einem Bären würde kämpfen müssen. Dabei war es gewiss nur Leod gewesen oder einer der Männer, die sich mit Leod die Aufgabe teilten.

Sie legten ihre Bündel in die Grube, die die nächsten drei Tage ihr Zuhause sein würde. Über den Rand spähend sahen sie, dass Aonghas Eimhir die Augenbinde abnahm und ihr die Blase mit dem Kräutertrank reichte. Sie trank, unter seinem strengen Blick und seinen Gesängen. Der Druide küsste sie auf die Stirn, sprach einen kurzen Segen und ging. Hier würde sie nun sterben und zu neuem Leben erwachen.

Das junge Mädchen sah sich neugierig um, befühlte den Stein mit ihren Händen, legte sich auf ihn drauf. Als sie kurz darauf anfing zu zucken, wusste Gair, dass der Trank jetzt zu wirken begann. Alle Eindrücke würden nun ungehemmt auf sie einstürmen. Jedes Vogelgezwitscher fand nicht mehr in einem entfernten Baum statt, sondern war Teil von einem selbst. Jede kleine Brise schien durch einen durch zu gehen. Bald würde sie das Gefühl haben, nicht mehr zu existieren. Gair und Leod nickten einander zu. Eimhirs Initiation hatte begonnen.

Der erste Tag und die erste Nacht verliefen ruhig, Eimhir rührte sich kaum, keine Tiere näherten sich dem Platz. Als die Sonne aufging, sah Gair Eimhir unter dem Felsvorsprung liegen, zusammengerollt wie er einst. Leod lag auch noch schlafend neben ihm, auf dem Rücken ausgestreckt. Gair betrachtete ihn sorgsam. Der kahl geschorene Kopf gab ihm etwas Verwegenes, seine Gesichtszüge wirkten umso markanter. Gair schloss die Augen, um sich auf innere Bilder zu konzentrieren, doch eigenartigerweise sah er kein Bild von Leod. Im Gegenteil, er sah sich mit Aonghas und Eimhir im Tempel, aber ohne den Mitschüler. Ehe Eimhir aus ihrem unruhigen Schlaf erwachte, machte Gair sich auf die erste Runde des Tages. Auch heute war alles friedlich.

Eimhirs Initiation bot auch ihren älteren Mitschülern die Gelegenheit, sich in Ruhe in sich selbst zu versenken und über sich und ihr Leben nachzudenken. Keine Rituale, keine

Alltagsarbeiten, die sie ablenkten, außer ihren mehrmaligen Runden um die Lichtung. Gair empfand das als quälend und wohltuend zugleich. Er konnte nicht verhindern, dass seine Gedanken immer wieder zu Aislin wanderten. Wenn er nicht über die Geschichtenerzählerin nachdachte, dann über sein weiteres Leben. Würde er es aushalten, hier in Ardudunum zu bleiben, immer Centigern und Aislin vor Augen? Seine Ausbildung war noch lange nicht abgeschlossen, er wusste auch nicht, ob ein anderer Druide bereit wäre, ihn als Schüler zu nehmen, sollte er von hier weggehen. Er hatte allein in den letzten drei Jahren so viel gelernt, wovon er davor keine Ahnung gehabt hatte, er konnte es sich kaum vorstellen, wie wissend er erst wäre, wenn seine Ausbildung beendet war. Gepaart mit seinen Erfahrungen als Krieger und seinen Kenntnissen über Pferde, würde er gewiss einmal ein fähiger Berater eines Fürsten sein. Oder des Hochkönigs … Nein, dies war etwas, das er bestimmt nicht wollte. Die Jahre in Bragnreica hatten ihm an Prunk und Luxus gereicht. Und so sehr er oft jene Vertrautheit vermisste, die er mit Centigern früher genossen hatte, er wollte nicht dessen Druide sein.

Leod deutete ihm mit Handzeichen, dass er sich auf eine Runde aufmachen würde. Sie konnten sich nur schweigend verständigen, aber das tat ihnen gut. Ohne die Möglichkeit, Witzchen und gemeine Bemerkungen zu machen, näherten sich die beiden Druidenschüler einander wieder an. Außerdem hatten sie hier eine gemeinsame Aufgabe zu bewältigen, und plötzlich verschwand der übliche Wettstreit, Leods Eifersucht auf den Älteren, Gairs Neid auf die körperliche Gesundheit des Jüngeren.

Eine Weile nachdem Leod sich entfernt hatte, vernahm Gair jedoch ein Geräusch, ein Poltern und Krachen, von der anderen Seite der Lichtung. Rasch warf er einen Blick zu Eimhir. Sie war kurz hochgeschreckt, mit wirrem Blick, war aber offenbar zu schwindlig, um sich zu erheben und sank wieder in ihre zusammengerollte Stellung. Gair lauschte angestrengt, doch keine weiteren auffälligen Geräusche folgten.

Eine Weile später kehrte Leod auf allen Vieren zurück, und Gair musste sich das Lachen verbeißen. Völlig zerkratzt und mit einer blutenden Beule kroch der Druidenschüler in ihre Grube.

Der Wind blies vom Felsen in ihre Richtung, sodass sie es wagten, zu flüstern.

"Was ist denn mit dir passiert?"

"Ich bin ausgerutscht, keine Ahnung wieso. Hintüber gefallen, den Hang hinunter. Natürlich voll in die Brombeerbüsche. Und gegen einen Stein, so ein Mist, der war verdammt spitz."

Gair versorgte Leods Wunde so gut es ging. Die Wegerichblätter, die er gleich neben ihrer Grube fand, würden die Blutung stillen. Doch bald darauf musste Leod sich übergeben. Er hatte sich den Kopf wohl schlimmer gestoßen als angenommen. Er hielt die Hände an den Kopf gepresst, von Schmerzen und Übelkeit gebeutelt.

"Gair, hilf mir. Ich sehe alles doppelt. Oh, ist mir schlecht. Wenn es wenigstens vom Wein wäre. Dass Steine so hart sein müssen." Leods Stimme klang so leise und undeutlich, dass Gair sich vorbeugen musste, um ihn zu verstehen. Erneut übergab der Kahlgeschorene sich.

"Blieb hier liegen. Ich hol dir einen Trank von Malwine."

Leod nickte nur schwach.

Es war eigenartig, nach zwei Tagen ins Dorf zurückzukommen. Es schien Gair, als wäre der Palisadenbau in diesen zwei kurzen Tagen um ein ordentliches Stück vorangeschritten. Die Nervosität, die das Dorf seit Längerem erfasst hatte, war nach der ruhigen Zeit im Wald deutlich zu spüren.

Malwine und Aonghas sahen Gair verblüfft an, als er das Haus betrat. Die Druidin sprang auf, eilte ihm zur Tür entgegen. "Was ist geschehen? Was ist mit Eimhir?"

"Eimhir geht es gut, keine Sorge. Leod hat sich schlimm den Kopf gestoßen und übergibt sich vor Übelkeit, ich brauche einen Trank für ihn."

Aonghas Blick verdüsterte sich. "Er sollte weit genug sein, so etwas ohne Kräuterhilfe zu bewältigen."

"Nun, er ist es anscheinend nicht."

"Das enttäuscht mich. Er enttäuscht mich."

Malwine war zu ihrem Regal geeilt und hatte aus verschiedenen Rindendosen Kräuter geholt, die sie nun in einen kleinen Kessel mit heißem Wasser warf. "Ich richte ihm einen Tee."

"Nein, das wirst du nicht tun." Der Druide stand auf. "Ich habe genug davon. Er nimmt seine Ausbildung nicht ernst, er ist ein größeres Kind als Eimhir. Ich will gar nicht wissen, wegen welchem Blödsinn er seit Kurzem kahlgeschoren ist. Er hat immer schon seine Übungen vernachlässigt, seinem Vergnügen zuliebe, und nun ist er nicht fähig, seinen Körper zu kontrollieren. Das hat er nun davon. Soll er sich übergeben, soll es ihm schlecht gehen. Und du Gair, du hattest kein Recht, deinen Platz im Wald zu verlassen, schon gar nicht, wenn Leod nicht fähig ist, auf Eimhir aufzupassen."

"Verzeih, Aonghas. Da die letzten Tage völlig friedlich waren, konnte ich den kurzen Weg riskieren."

Sein Meister sah ihn nur böse an. "Geh zurück in den Wald. Schick Leod her. Du wirst den Rest der Zeit alleine auf Eimhir achten."

Gair eilte zurück. Er hatte das Dorf gerade verlassen, als ihm Riona begegnete, in Begleitung von Kalla. Die beiden Frauen trugen Körbe mit Beeren, die Fürstin liebte es, selbst auf Beerensuche zu gehen. Es zählte zu den wenigen Gelegenheiten, wo sie das Dorf verließ.

"Gair! Mögen die Götter mit dir sein! Auf ein Wort." Kalla nickte und ging einige Schritte voraus.

"Ja, Riona, mögen die Götter auch mit dir sein. Verzeih, doch ich bin in Eile."

Die Fürstin nickte, strahlte ihn jedoch an. "Nur ganz kurz. Ich denke, Aislin ist in guter Hoffnung. Ach, endlich werde ich einen Erben haben, ein kleines Kind, das ich verwöhnen kann! Mögen die Götter geben, dass es ein Junge wird. Würdest du für mich beten, dass der Fluch der Fürstenfrauen sie nicht treffen möge? Zumindest das Kind soll leben!"

Gair schluckte. Hatte Aislin deshalb bei der Sonnwendfeier so gelächelt? Doch wie konnte das sein, als er sie vor keinen sechs Tagen bei seiner Mutter getroffen hatte, blaugeschlagen, da hatte Centigern doch ...

"Bist du dir sicher, Riona?"

"Dass das Kind leben soll? Natürlich!"

"Nein, dass Aislin ein Kind erwartet."

"Nun, es wäre an der Zeit, sie sind schließlich schon seit bald einem Mond Mann und Frau! Und die Kleine schleicht durchs Haus, will kaum essen, nur wenn Centigern kommt, lächelt sie und ist glücklich. Und Centigern ist auch glücklich, und ich habe ihn das Wort Sohn erwähnen hören."

"Nun ... ja, wie du meinst, Riona. Lass es uns noch geheim halten, ich werde für sie beten, aber wer weiß, noch scheint es mir etwas früh."

Die Fürstin sah ihn verständnislos an. Gair wurde bewusst, dass sie eine alte Frau war, aber im Alter nicht weise geworden. Ihr Mann hatte sie immer von allem ferngehalten, sodass sie wenig Ahnung vom wahren Leben hatte. Sie war liebenswert und höflich, aber auch verbittert und ein wenig dem wahren Zeitgefühl entrückt.

Dennoch nagte der Gedanke an Gair. Nachdem er den jammernden Leod zurück zum Dorf geschickt und sich überzeugt hatte, dass es Eimhir der Situation entsprechend gut ging, lag er in seiner Grube und starrte auf das Blätterdach über ihm. Er entdeckte, dass ihn der Gedanke, Aislin könnte Centigerns Kind bekommen, mehr zusetzte, als die Tatsache, dass Centigern sich besorgniserregend verhielt, weil er seine Frau nicht anrührte. Noch schlimmer war jedoch das Bild, dass sie bei der Geburt von Centigerns Kind sterben könnte. Dieser Gedanke schmerzte so sehr, dass er daran erkannte, wie sehr er Aislin liebte.

Er würde Aonghas bitten, ihn zu einem anderen Tempel zu schicken, um dort seine Ausbildung weiterzuführen.

Dunkle Wolken zogen auf. Es war spannend zu beobachten, wie sich die Schatten der Bäume veränderten, auch wenn ihm klar war, dass er wohl die Nacht im Regen verbringen würde. Die Sonne war noch nicht untergegangen, als die ersten Tropfen fielen. Der Wind, der ihnen voranging, kündigte stärkeren Niederschlag an. Eimhir lag halbwegs geschützt unter dem Felsvorsprung, während Gair in seiner Grube keinerlei Schutz hatte. Er verkroch sich unter seiner gefilzten Decke, so liegend, dass er auf Eimhir blicken konnte, ohne den Schutz der Decke zu verlassen. Das Geräusch des Regens auf den Blättern über sich und der frische, feuchte Geruch ließen ihn an seine erste

Schlacht zurückdenken. Sie waren noch Jünglinge gewesen, hatten sich jahrelang täglich im Kampf geübt und waren begierig, ihr Können zu erproben. Es war kurz vor der Ernennung Voccios zum Hochkönig gewesen, und die Schlacht war enttäuschend. Sie verbrachten Tage im Regen und Schlamm, durchnässt bis auf die Knochen. Der Volksstamm, gegen den sie kämpften, hatte sich auf der anderen Seite eines Tales verschanzt und ihre Begegnungen bestanden daraus, dass sich die Männer anbrüllten und verfluchten. Die Kriegshörner schallten den ganzen Tag, die Druiden hielten Rituale ab und einige Krieger liefen nackt, nur mit ihrem Halsring bekleidet, vor den Feinden auf und ab, um ihre Furchtlosigkeit zu beweisen. Am dritten Tag wurde von den Kontrahenten jeweils der beste Krieger ausgesandt, um zu kämpfen. Es war spannend, den beiden Männern zuzusehen, aber auch enttäuschend, nach all dem Training nicht selbst das Schwert schwingen zu können. Centigerns Unmut entlud sich an Gair. Kaum war der Kampf der Favoriten zu ihren Gunsten entschieden, begann er ein Handgemenge mit seinem kleineren Bruder. Innerhalb kürzester Zeit bildete sich eine Traube von Schaulustigen um die Beiden, die laut grölend mal den einen, dann den anderen anfeuerten. Gair hätte siegen können, doch er wusste, dass er dann Centigerns Unmut tagelang ertragen müsste, so täuschte er eine kurze Unachtsamkeit vor und ließ den Fürstensohn gewinnen. Es war seine Aufgabe, seinem Bruder zu dienen, nicht ihn zu besiegen.

 Der Regen wurde stärker, das Tageslicht schwand. Gair versuchte, eine bequeme Position zu finden, in der weder sein Knie schmerzte, noch er nass wurde. Ein schier unmögliches Unterfangen. Ihm fiel Eimhirs Bemerkung ein, dass Aislin sein Knie wohl gesund machen könnte. Würde er das wollen? Die Mühsal seines Beins, die Schmerzen und das Gefühl, nicht mehr vollwertig zu sein, sie trugen dazu bei, dass er war, wer er war. Könnte er wieder sein Knie bewegen, laufen und reiten wie früher, Centigern würde gewiss verlangen, dass er wieder Krieger würde. Auch wenn Druiden selbst in Kriegszeiten vom Kampf mit der Waffe befreit waren, der Fürstensohn würde Wege finden, Gair dazu zu bringen, wieder mit ihm in die Schlacht zu reiten. Und das wollte Gair um keinen Preis. Dazu war ihm all das, was er in seiner Zeit bei Aonghas gelernt hatte, zu wertvoll.

Endlich dämmerte der Morgen. Es regnete noch immer, wenn auch nur leicht. Gair schlich seine erste Runde um die Lichtung. Eimhir schien zu schlafen. Sie wirkte friedlich und entspannt. Der Regen hatte ihr die Tage ohne Wasser gewiss erleichtert. Als Gair seine Initiation hatte, hatte die Sonne zeitweise derart heruntergebrannt, dass er das Gefühl gehabt hatte, sich zu Leder zu wandeln.

Der Tag zog sich, so alleine. Die Nässe war inzwischen durch und durch gekrochen, erst gegen Abend hörte der Regen endlich auf. Wenig später vernahm Gair Schritte.

Aonghas erschien am Rand der Grube, lächelte ihn von oben herab an. "Zeit aufzustehen, Gair. Ist alles gut gegangen?"

"Ja, keine besonderen Vorkommnisse. Keine Tiere, keine hysterischen Heulkrämpfe, keine Fluchtversuche. Eimhir hat die drei Tage unter dem Felsen verbracht und sich kaum gerührt."

Ächzend erhob Gair sich. Er war steif vom langen Liegen und der Nässe. Sein Knie pochte.

Sie gingen zu Eimhir auf die Lichtung. Das Mädchen saß neben dem Felsen und erwartete sie bereits. Sie war blass, fast grau im Gesicht, und musste sich an den Felsen lehnen, um sitzen zu können. Aonghas reichte ihr wortlos eine Schweinsblase mit Wasser. Gierig trank sie, doch der Druide nahm ihr die Blase nach dem ersten Schluck vom Mund. "Langsam, Eimhir, langsam."

Sie versuchte aufzustehen, war jedoch zu zittrig. Gair erinnerte sich, wie ihn Leod und Aonghas hatten stützen müssen, dass er den Weg ins Dorf geschafft hatte. So hob er das zarte Mädchen hoch und trug sie. Als sie beim Dorf ankamen, hatten ihre Wangen nach mehreren Schlucken aus der Schweinsblase bereits wieder Farbe und sie lächelte Gair müde an.

Aonghas ging mit ihr in den Tempel, um das Ritual der Initiation zu Ende zu führen und von ihr zu erfahren, was sie während ihrer Zeit beim Felsen erlebt hatte. Dies war eine vertrauliche Sache zwischen Meister und Schüler, und niemand sonst brauchte zu wissen, was der Initiant im Zuge seiner Neugeburt erfahren hatte.

Gair hinkte ins Haus, müde und ausgelaugt. Dabei hatte er doch die letzten drei Tage nichts getan, wovon war er müde? Malwine stand am Kessel, der Duft der Fleischbrühe war überwältigend. Ein glückliches Lächeln schlich sich in Gairs Gesicht, allein schon bei dem Gedanken an den heißen Kraftspender.

Malwine nickte ihm nur zu. Sie wusste wohl, dass ihm nach der Zeit des Schweigens nicht sofort nach Reden war. Gair ging in die Schlafkammer, Leod war nirgends zu sehen. Doch er hörte das regelmäßige Klopfen einer Axt, und als er durch die Lichtöffnung nach draußen blickte, sah er Leod hinter dem Haus Holz hacken. Offenbar ging es seinem Kopf wieder besser oder Aonghas war unbarmherzig mit seinem Schüler.

Gair entledigte sich seiner nassen Tunika und Hose und hängte beides zum Trocknen auf die Holzstange, die quer über sein Bett ging. Er öffnete die Truhe am Fußende seiner Bettstatt, die seinen gesamten Besitz enthielt. Eine zweite Hose und eine ärmellose Sommertunika aus Nesselstoff, zwei Wintertuniken, langärmelig aus Schafwolle, einige Füßlinge und Armlinge, eine wollene Mütze, ein dünner Umhang in Karomuster und ein dick gefilzter Umhang. Er besaß keinen Schmuck, obwohl es ihm wie allen freien Männern zustand, Armreife und Ketten zu tragen. Er stammte nicht aus einer Adelsfamilie, wie die meisten Druiden, er war, gemessen am Reichtum anderer, arm. Doch er hatte nicht das Gefühl, dass es ihm an etwas fehlte. Die Sippe sorgte für jedes ihrer Mitglieder. Das Dorf konnte nur so stark sein, wie sie gesamt stark waren. Im Prinzip gehörte alles allen, stand alles allen zur Verfügung. So war es immer gewesen, doch auch das hatte sich verändert. Allein die Tatsache, dass der Goban Aonghas das Messer für Eimhir nicht ohne sofortige Gegenleistung gegeben hatte, war ein Zeichen, dass eine Kluft durchs Dorf ging. Tauschwaren oder Geld verlangte man nur von Fremden, nie im Stamm.

Er ließ sich Zeit, um das Gewand zu wechseln. Die Versuchung, sich aufs Bett zu legen und zu schlafen, war groß. Aber die Neugier, was Eimhir erzählen würde, ebenso.

Eimhir erzählte wenig. Sie war froh und auch stolz, die Zeit im Wald überstanden zu haben, berichtete von dem wilden Tier, das sich der Lichtung genähert hatte und sie mit seinem Poltern und Krachen in Angst versetzt hatte. Gair warf Leod hinter Eimhirs Rücken einen Blick zu, aber der zuckte die Schultern. Sie hatten sich an Malwines Suppe gestärkt und Wein getrunken. Doch so recht wollte keine Feierstimmung aufkommen. Denn es hatte sich Eimhir keine Gabe offenbart. Weder hatte sie großartige Visionen gehabt, noch das tiefgehende Wissen empfunden, was ihr Weg war. Leod etwa hatte während seiner drei Tage entdeckt, dass er ein tiefes Verständnis für das Wesen der Pflanzen hatte. Es war nicht die Gabe, die er sich erhofft hatte, aber wertvoll. Bei Eimhir hatte der Trank bereits nach kurzer Zeit aufgehört zu wirken und sie hatte hauptsächlich gegen Hunger und Durst gekämpft, dafür aber zumindest nicht mit ihren tiefsten Ängsten.

Malwine legte ihr den Arm um die Schultern. "Das macht nichts, Eimhir. Dennoch ist dein altes Ich dort auf dem Felsen gestorben und du bist nun eine Neue. Eine Schülerin zweiten Grades, die Einblick in tiefere Künste erhalten darf als davor."

"Aber ich hätte so gerne erfahren, was meine Gabe ist! All die Jahre, die ich nun schon lerne und hier bin, und dann, nichts. Dagegen Gair, der war keine zwei Jahre dein Schüler, ehe du ihn in die Initiation geschickt hast, und der hat seine Visionen, was für eine Gabe!"

"Das war etwas anderes. Du vergisst, ich hatte die Visionen schon vor der Initiation, sie waren ja überhaupt der Grund, dass Aonghas mich aufgenommen hat, trotz meines Alters."

"Wenn du Visionen willst, Eimhir, das ist ganz einfach. Du musst dir nur von Aonghas ein Loch in den Kopf bohren lassen, so wie Gair. Falls du es überlebst, dann bist du auch ein Seher. Vielleicht sogar einer, der seine Visionen herbeiführen kann und nicht von ihnen jedes Mal überrascht wird." Leod grinste Gair an. Der hatte nur ein schiefes Lächeln als Antwort.

Aonghas quittierte Leods Bemerkung mit einem kleinen, glucksenden Lachen. Dann wandte er sich Eimhir zu. "Wir werden sehen, was aus dir wird. Ein Druide muss keine Gabe haben, du lernst eifrig und behältst, was du lernst. Du hast eine schöne Stimme, ich denke, du wirst ein großer Barde werden."

"Ich will aber kein Barde werden!" Entrüstet sprang Eimhir auf, setzte sich aber sogleich wieder auf ihren Polster, zu zittrig noch, um so rasch aufzustehen. "Ich will mehr sein als ein Barde!" Tränen kullerten ihre Wangen hinab, die Anspanung der letzten Tage und die Erschöpfung machten sich bemerkbar.

"Wir werden sehen. Geh nun schlafen, Eimhir. Sei stolz, deine Initiation hinter dir zu haben. Auch wenn es dir nun nicht so scheint, du bist nun eine andere."

Malwine führte die Elfjährige in ihre Schlafkammer.

Die drei Männer saßen schweigend, starrten ins Feuer. Gair fühlte sich schwermütig. Eimhir tat ihm leid, er wusste, wie sehr das Mädchen davon träumte, eine große Druidin zu werden. Und er ahnte, was Aonghas Blick bedeutete.

Der alte Mann sah ihn nun schon eine ganze Weile an, las in ihm, dachte nach. "Wir brauchen Klarheit. Meine Kräfte alleine sind zu schwach, ich bin Menschenleser, kein Seher. Ich hatte gehofft, dass die Götter Eimhir vielleicht einen Blick in die Zukunft offenbaren, wie es oft der Fall ist bei den drei Tagen. Wir müssen wissen, was mit Ardudunum geschehen wird. Ob Aislin das Eine ist, das das Omen aufhält und wenn ja, wie. Und was aus Eimhir wird ... " Sein Blick ruhte noch immer auf Gair.

"Oh, oh, ich glaube, da kriegt wer einen leckeren Trank verabreicht ...", feixte Leod. Doch als ihn der wütende Blick seines Meisters traf, zog er den Kopf ein. "Entschuldigung."

"Das ist nichts, worüber man Scherze macht. Werd endlich erwachsen, Leod!" Aonghas Stimme klang scharf.

Der kurze Disput gab Gair die Möglichkeit, sich zu fangen. Er hatte es ja gewusst, dass ihm das bevorstand, doch er hatte gehofft ... Nun gut, es würde ihm nicht erspart bleiben. Er hatte nichts gegen die Visionen, die ihn überraschten, auch wenn sie oft unangenehm waren. Er hatte auch nichts dagegen zu lernen, sie bewusst herbeizuführen, aber er hasste es, zu ihnen gezwungen zu werden.

"Wann?" Seine Stimme klang, als hätte er einen Stein im Hals.

Der Druide schloss kurz die Augen, berechnete wohl den Stand der Sterne und des Mondes.

"In zwei Tagen."

Gair hätte die Tage gerne damit verbracht, sich innerlich auf seine Aufgabe vorzubereiten – oder besser gesagt, seinen Ekel vor der Aufgabe zu überwinden. Er schalt sich für sein Selbstmitleid. Er hatte wahrlich die Härte des Kriegers verloren. Doch es ging ihm weniger um die körperliche Pein, die mit Malwines Trank einherging, als um den Verlust der Kontrolle, der ihm peinlich war. Nun, keine Zeit, darüber nachzudenken, es gab viel zu tun. Kräuter mussten verarbeitet, die Kinder unterrichtet werden, Eimhir getröstet. Fast schien es ihm, als hielten Malwine und Aonghas ihn absichtlich so beschäftigt, dass er nicht dazukam, sich vorzubereiten. Sie schickten ihn mit allen möglichen Aufträgen im Dorf herum – Clach hatte eine Entzündung an der Hand, um die er sich kümmern sollte, Goraid bedurfte eines stärkenden Trankes. Auf seinen Wegen versuchte er, sich Aislin zu nähern, um sich selbst von Rionas Meinung zu überzeugen. Doch Centigern war die Tage im Dorf, viel beschäftigt auf der Baustelle zwar, aber immer in Aislins Nähe. Nur von Weitem erhaschte Gair einen Blick auf sie, und sie sah bemüht fröhlich aus. Wie eine welkende Blume, die versucht, sich aufrecht zu halten.

Am Abend ging er zu seiner Mutter. Er hatte sie nun ein paar Tage nicht gesehen. Sie saß wie immer mit einer Handarbeit beschäftigt an einer Lichtöffnung und lächelte ihn freudig an, als er eintrat. Ihre Augen glänzten noch immer jugendlich, obwohl ihr Haar längst grau war.

Wie immer stellte er den Korb mit Lebensmitteln vor ihr ab. Sie deutete rund um sich, mit der Geste das ganze Dorf erfassend. Gair erzählte, von Eimhirs Initiation, von den Bauarbeiten, und ehe er es sich versah, auch von Aislin und Centigern. Seine Mutter hörte ihm aufmerksam zu. Dann deutete sie auf ihren Sohn, auf ihre Brust. Gair nickte nur, ja, sein Herz schmerzte. Die alte Frau biss die Lippen zusammen, stand resolut auf. Sie war eine kleine Frau, reichte ihrem Sohn, der selbst eher klein war, nur bis zur Brust. Doch sie stellte sich vor ihn hin, legte ihre Finger unter sein Kinn und drückten es nach oben. Stolz solle er sein, sich nicht unterkriegen lassen. Dann umarmte sie ihn, etwas, das sie schon lange nicht getan hatte. Es schien, dass die Anspannung, die durch ganz Ardudunum ging, auch sie erfasst hatte. Gewiss hörte sie viel, denn auch wenn Gair sie abends immer nur in ihrem Häuschen antraf, so hieß das ja nicht, dass sie nicht mit Anderen Kontakt hatte.

Kaum von seiner Mutter heimgekehrt, bestärkt durch ihr Verhalten, hielt ihm Malwine bereits einen Becher entgegen. Er erkannte den Geruch. Es war der reinigende Trank, der nun auch ihn für eine Weile in den Wald schickte. Mit einem gewissen Gefühl von Leichtigkeit, das mit der inneren Reinigung einherging, fiel Gair danach in einen unruhigen Schlummer.

Am nächsten Tag versammelten sie sich nach dem Morgendienst im Tempel. Leod fehlte, Aonghas hatte ihn nach Belcurnia geschickt, einem Heiligtum zwei Reitstunden entfernt. Das Heiligtum war vor Kurzem in den Besitz von Ardudunum gefallen, genauer gesagt, von Centigern erobert worden. Aonghas wollte den dortigen Druiden um eine Unterredung bitten, doch Gair war sich sicher, dass dies unbedingt heute sein musste, um Leod fernzuhalten. Warum, das war ihm nicht klar.

Er war ungehalten, wollte die Angelegenheit möglichst schnell hinter sich bringen. Doch der Druide und seine Frau schienen keine Eile zu haben. Da öffnete sich die Tempeltüre einen Spalt, und Aislin schlüpfte herein. Darauf hatten die Druiden also gewartet. Gair verspürte leichte Übelkeit. Aislin wollte er nun gewiss nicht dabei haben. Es genügte doch schon, dass sie ihn nur als Krüppel kannte, musste sie ihn nun auch sehen, wenn er keinerlei Kontrolle über sich hatte?

"Guten Morgen Aonghas, Malwine. Mögen die Götter mit euch sein. Grüß dich Eimhir." Gair nickte sie nur zu, anscheinend starrte er sie böse an.

Er konnte ihren Blick nicht deuten, sie wirkte unsicher und fast ängstlich.

"Guten Morgen, Aislin. Ich bin froh, dass du kommen

konntest, das wird sehr helfen." Aonghas nahm ihre Hände in seine, musterte ihr Gesicht. Er nickte leicht, was auch immer er in ihr las.

"Ja, Centigern ist heute mit Enrik weggeritten. Ich glaube, nach Belcurnia, so konnte ich problemlos aus dem Haus."

Malwine warf ihrem Mann einen erschrockenen Blick zu, doch der machte eine beruhigende Geste. "Lasst uns gleich anfangen. Die Stunde ist günstig."

Sie bereiteten Räucherwerk vor, opferten den Göttern einen Fasan und richteten einen Platz, an dem Gair sitzen sollte. Die Vorbereitungen gingen an ihm vorbei, er hatte nur Augen für Aislin. Sie schien glücklich, wieder im Tempel zu sein, sie sang mit Inbrunst und jede rituelle Geste war mit Hingabe erfüllt.

Dann war es soweit. Gair saß nur in seiner Hose auf einem weichen Fell, Aonghas stand hinter ihm, Aislin zu seiner Rechten, Eimhir links und Malwine vor ihm. Ihr rhythmisches Summen versetzte ihn bereits in leichte Trance. Malwine reichte ihm einen Becher. Gair atmete tief ein, bemühte sich, loszulassen. Dann leerte er den Trank, bitter und süß zugleich. Die Flüssigkeit schien noch kaum seinen Magen erreicht zu haben, als die Wirkung einsetzte. Er versuchte, sich dagegen zu wehren, die Kontrolle über seinen Körper zu behalten. Doch seine Glieder zuckten, Krämpfe begannen, ihn zu beuteln. Er unterdrückte den Brechreiz, denn übergab er sich, würde Malwine ihm nur noch mehr Trank einflößen. Sein Blick verschwamm, es fiel ihm schon schwer, die Umgebung wahrzunehmen. Nein, er musste die Kontrolle behalten. Doch die Droge war stärker. In seinem Kopf dröhnte es, sein Körper zuckte völlig unkontrolliert, so sehr er sich auch bemühte, ihn ruhig zu halten. Kalter Schweiß troff aus allen Poren, sein Atem ging stoßweise und schmerzte. Verschwommen sah er Eimhir, die ihn neugierig beobachtete. Er wollte den Kopf drehen, doch es wurde mehr ein Herumreißen daraus. Da war Aislin, die Frau, die ihn so nicht sehen sollte. Täuschte er sich, oder weinte sie? Sein Kopf fiel nach hinten, Aonghas kam in seinen verschwommenen Blick. Ungeduldig sah er aus, der Druide. Die Bilder begannen zu stottern, nah und fern zugleich zu sein. Diese Übelkeit. Dröhnend hörte er weit weg Malwines Stimme: "Je mehr du dagegen kämpfst, umso mehr quält es dich. Gib dich hin." Der Strudel an Farben und Klängen erfasste ihn, er konnte nicht mehr widerstehen.

Als er wieder sein normales Bewusstsein erlangte, lag er seitlich auf der Erde, schweißnass, zitternd. Er sah den feinen Lehm, der den Boden bedeckte, braun und dunkel von seinem Schweiß. Er nahm einen tiefen Atemzug, die Luft war angenehm kühl. Ihm war heiß und kalt zugleich und er fühlte sich unendlich müde. Malwine und Eimhir halfen ihm in eine sitzende Position. Aislin stand neben ihm und legte ihm einen Umhang um die Schultern. Ihre Finger berührten dabei seine Haut. Gair zuckte zusammen, als hätte er einen Schlag erhalten.

Er holte erneut tief Luft und erbrach sich. Danach fühlte er sich besser. Seine Ohren vernahmen wieder die Geräusche um sich, die leisen Gesänge des Druiden in seinem Rücken, den Lärm des Dorfes. Sie halfen ihm auf und führten ihn in jene Ecke des Tempels, wo sie Wein und etwas Brot gerichtet hatten. Die Stelle, wo er gerade gelegen hatte, war erfüllt mit der Energie des Trankes, es war nötig, ihn von dort fortzubringen, damit er von außen auf seine Visionen blicken konnte. Er spürte deutlich Aislins Hand auf seinem Rücken.

Mit einem Schluck Wein und einem Bissen Brot kam er endgültig wieder in der Realität an. Sein Körper schmerzte, als wäre er Stunden gelaufen. Er warf einen Blick in den Himmel, ja, es war einige Zeit vergangen, die Sonne stand bereits hoch.

Aonghas sah ihn abwartend an. Hatte der Druide in ihm lesen können, während er sich am Boden gewunden hatte? "Nun?"

Es fiel Gair schwer, das Gesehene in Worte zu fassen. Er versuchte, die Bilder zu ordnen. Alle Augen waren auf ihn gerichtet. "Ich sah Eimhir Ardudunum verlassen. Bald. Verbunden mit großen Zwistigkeiten."

Malwine senkte den Kopf, schüttelte ihn bedauernd. Eimhir biss sich auf die Lippen.

"Und ich sah sie als Erwachsene in einem anderen Tempel, im weißen Gewand der Druiden."

Ein Strahlen huschte kurz über das Gesicht des Mädchens.

"Ich sah Ardudunum brennen. In Flammen. Nur noch Ruinen. Angezündet von Brandpfeilen der Boier." Er stockte. Die Bilder waren selbst in der Erinnerung schmerzhaft. "Nichts wird übrig bleiben."

"So kann das Eine das Dorf nicht retten?" Malwines Stimme war kaum zu hören.

Gair schüttelte den Kopf. "Nein, das Dorf nicht, nur den Tempel. Der überlebt."

"Und die Menschen?", fragte Aonghas.

"Ich sehe nur wenige. Aber was ich sehe, das liegt weit nach dem Angriff der Boier. Ich kann nicht sagen, wie viele den Angriff überleben und erst dann weggehen. Die Bilder waren wirr und unklar, sprangen zwischen lange vor mir Gewesenem und Zukünftigem hin und her."

"Und was ist mit Aislin und Centigern?" Eimhir rückte näher an Gair heran.

Gair warf einen ganz kurzen Blick auf Aislin, die sich etwas abseits hielt und tatsächlich Tränenspuren auf den Wangen hatte.

"Ich habe Centigern nicht gesehen."

"Und Aislin?"

Gair schwieg.

"Was ist mit Aislin?" Malwine wiederholte ihre Frage.

Gair antwortete nicht.

Betroffenes Schweigen breitete sich aus.

"Heißt das, ich sterbe?"

Gair fuhr hoch. "Nein, nein, das heißt es nicht, nein. Du lebst. Aber mehr ... kann ich nicht sagen, nein. Verlangt es nicht von mir."

"Also bin ich nicht das Eine, das das Dorf retten wird?"

Er war sich nicht sicher, ob er Erleichterung oder Traurigkeit in ihrer Stimme wahrnahm.

"Irgendwie schon, doch. Du verhinderst Schlimmeres."

"Was könnte noch schlimmer sein als ein völlig zerstörtes Ardudunum?"

Der Druide fuhr dazwischen. "Nun, das reicht. Die Bilder werden wieder klarer werden. Heute Abend wirst du mit mir alleine reden, Gair. Versuche, dich an alle Details zu erinnern." Aonghas schien der Meinung, dass Gair ihm unter vier Augen mehr sagen würde, doch Gair wusste bereits jetzt, dass er manches, was er gesehen hatte, nie verraten würde.

Er stand wackelig auf. Den Umhang fest um sich

geschlungen, hinkte er aus dem Tempel. Die anderen ließen ihn alleine gehen, sahen ihm nur nach, bis er das Tor schloss.

Er hatte das Druidenhaus gerade erreicht, als er Aislin aus dem Tempel gehen sah. Sie blickte zu ihm herüber, näherte sich aber nicht, sondern ging in die andere Richtung. Aonghas, Malwine und Eimhir würden wohl noch eine Weile im Tempel bleiben. Gair ging ins Haus, zog die schweißnasse Hose aus und fiel in sein Bett, in einen tiefen, traumlosen Schlaf.

Oh große Göttin, Allmutter der Natur,
Beherrscherin der Elemente,
du vereinst in dir die Gestalten
aller Götter und Göttinnen, Noreia, höre mich an.
Er tat mir so leid, ich ahne, wie schwer ihm das fiel. Ich wünschte, ich hätte es nicht mit ansehen müssen. Denn nun scheint mein Herz vor Wärme zu schmelzen, wenn ich nur an ihn denke. Aber warum sagt er nicht, was er sah? Ich bin nicht das Eine, das Ardudunum rettet, aber den Tempel und noch viel mehr. Vielleicht wollte er nur vor mir nicht deutlicher werden. Er sagt, ich sterbe nicht, dabei wäre ich gerne bereit, das zu tun, wenn ich damit diesen wunderbaren Ort und die Menschen hier beschützen kann. Ach Göttin, warum bewegt er mein Herz so? Wieso hast du uns die Blutzeremonie ausführen lassen? Wieso hast du ihn damals auf die Festwiese geführt und so nett lächeln lassen? Jede andere wäre stolz, die Frau eines mächtigen Kriegers zu sein, eines Mannes, der weiß, was er will – und was er nicht will, nämlich mich zu seiner wahren Frau machen. Centigern ist ein Fürstensohn und ich weiß, er hat große Pläne, die weit über Ardudunum hinausgehen. Und ich, ich wäre viel lieber wieder bei Faolan, zöge durch die Welt und würde den Menschen mit meinen Geschichten Freude bereiten. Mein Mann will nicht, dass ich meine Gabe nütze. Wozu habe ich sie dann? Ach Göttin, mein Herz klopft. Aber für
den Falschen.

Es war früher Abend, bis Gair so weit war, aufzustehen und ein wenig zu essen. Aonghas wartete bereits auf ihn und ging mit ihm zurück in den Tempel, wo Gair erneut seine Bilder schildern musste, so detailliert wie möglich. Doch es ließ sich nicht leugnen, dass es nicht viel Neues gab, außer der Bestätigung, dass Ardudunum durch einen feindlichen Angriff und nicht durch eine Naturkatastrophe fallen würde.

Bedrückt gingen sie zu Goraid, um ihm davon zu erzählen.

Das große Langhaus war ungewöhnlich leer, der Fürst saß alleine in der großen Halle. Als Aonghas und Gair eintraten, warf der alte Mann gerade seinen Hunden kleine Fleischbrocken zu und erfreute sich daran, wie die Tiere darum rauften. Er begrüßte den Druiden mit einem breiten Lächeln, das seine fehlenden Zähne offenbarte. "Habt ihr schon gehört? Centigern hat einen Sohn bekommen! Einen Bastard zwar, aber immerhin. Ist schon ein paar Tage her, aber es scheint, niemand hat sich getraut, es mir zu sagen." Er kicherte in seinen Bart. "Riona und Kalla sind unseren Enkel besichtigen gegangen, Frauensachen, nicht?" Immer noch glücklich lächelnd bot er Aonghas und Gair einen Sitzplatz an.

Seine Freude verschwand, als der Druide ihm von Gairs Visionen erzählte. "Dann müssen wir den Göttern noch mehr Opfer bringen. Noreia hat uns noch nie im Stich gelassen, wenn wir ihr in Frieden dienten."

Aonghas seufzte. "Den Göttern opfern ist ein mächtiges Mittel, doch wir müssen noch mehr tun. Die Bewohner Ardudunums vorbereiten, Vorräte einlagern, Kämpfer ausbilden."

Der Fürst brütete noch über dem Gesagten, an seiner Lippe kauend, als Centigern eintrat, voller Elan und Freude. "Und wieder zehn neue Arbeiter! Vater, unsere Palisade wird im Nu fertig sein. Das Gästehaus ist voll, ich habe die Männer nun auf verschiedene Hütten aufgeteilt."

Erst jetzt bemerkte der Fürstensohn den Druiden und seinen Schüler. "Oh, Gair. Bei deiner Mutter sind nun auch drei Männer untergebracht."

Goraid hatte bis jetzt auf einem Fell am Boden gesessen, doch nun stand er auf und ging zu seinem kunstvoll beschnitzten Stuhl, wo er bedächtig Platz nahm. Es war ihm anzusehen, dass er sich um Fassung bemühte, und darum, seine Position als Fürst, als Herrscher Ardudunums klarzustellen.

"Und wie stellst du dir das vor, Sohn? Wer wird diese Männer ernähren? Viel wichtiger noch, wer wird ihre Arbeit daheim machen? Du schleppst Männer ohne Ende an, nur um deine Bauprojekte voranzutreiben, nur um dich als großen Krieger hinzustellen. Niemand weiß, ob diese neue Art von Palisade wirklich besser ist als unsere alte. Aber ich sehe, dass dafür der schützende Wald um unser Dorf verschwindet! Du ziehst dir den Zorn der Baumgötter zu!"

Centigern unterbrach ihn: "Vater, ein Wald mag das Dorf vor den Winterstürmen schützen. Aber glaub mir, im Falle eines Krieges ist es besser, das Holz steckt in der Palisade. Dann verstellen uns keine Bäume die Sicht auf den Hang. Die Baumgötter werden uns das schon verzeihen."

Goraids Gesicht färbte sich rot ob dieser Belehrung. "Dennoch! Ein Fürst ist mehr als ein Krieger! Ein Fürst denkt an sein Volk!" Goraids Stimme wurde lauter und lauter. "All diese Männer schuften nun hier, leben von unseren Vorräten, während in ihren Dörfern ihre Arbeitskraft fehlt, um die Felder zu bearbeiten und zu ernten. Was wird das Ergebnis sein? Es wird im Winter Hungersnöte geben! All die kleinen Dörfer und Weiler rings um den Culm sind bald nur noch von Frauen, Kindern und Greisen bewohnt, und wenn die Boier kommen, so werden sie keinen Widerstand vorfinden, weder durch Menschen noch durch die Bäume und ihre Götter, und sie werden ungebremst bis nach Ardudunum vordringen! Du ziehst die Macht der Götter in Zweifel, wenn du so zum Krieg rüstest. Das sehen die Götter nicht gerne, sie werden uns dafür bestrafen. Es wäre besser, du würdest unsere Druiden mehr unterstützen, statt den ganzen Berg in eine Hungersnot zu stürzen!"

"Meinst du etwa, die Boier greifen rings um den Culm zugleich an, sodass ein paar verstreute Siedlungen sie aufhalten könnten? Nein, Vater, nein. Je mehr Männer hier mithelfen, umso schneller ist Ardudunum befestigt, umso schneller können sie heim zu ihrer Ernte. Und wenn die Boier kommen, dann begrüßt sie hier eine Befestigungsanlage, die standhält, die den Menschen der Siedlungen ringsum Schutz bietet. Nicht eine Palisade, die seit der Zeit meines Großvaters nicht mehr ausgebessert wurde, weil wir doch so friedlich sind."

Der Fürstensohn sprach erstaunlich ruhig und beherrscht, gemessen daran, wie aufbrausend Gair ihn schon erlebt hatte. "Und hör auf, Vater, gegen meine Krieger zu sein. Sieh lieber, was ich mit ihnen leiste! Ja, mir geht es um Großes, ja, ich will weiter hinaus, als Fürst dieser Höhensiedlung sein. Sieh hin, ich habe eine Kriegerschar von nur dreißig Männern, doch sie sind die besten unter der Sonne. In den letzten Wochen haben wir uns alles Gebiet rund um den Berg untertan gemacht, ohne dass ihr viel davon mitbekommen habt. Arududunum ist nun nicht mehr eine Siedlung auf dem Culm, Arududunum ist der Culm! Und es wird noch weiter wachsen, viel weiter. Sieh das einmal, anstatt darauf zu pochen, dass ich anders vorgehe als du. Und mach mich endlich zum rechtmäßigen Fürsten!"

Goraid verschränkte die Arme und blickte trotzig in die andere Richtung. Centigern stieß wütend die Luft durch die Nase aus.

"Es tut mir leid, das sagen zu müssen, Goraid", mischte sich Aonghas ein, "aber dein Sohn hat recht. Nach dem, was Gair gesehen hat, werden wir mit Handel und Noreias Schutz alleine nicht siegen können." Seine Stimme klang weich und sanft, als spräche er mit einem kleinen Kind.

Der Fürst rührte sich nicht. Und ehe jemand weiter etwas sagen konnte, betrat Riona das Haus, gefolgt von Kalla. Die Fürstin bekam von der angespannten Stimmung nichts mit, sie war völlig aufgeregt und euphorisch. Als sie Centigern sah, eilte sie auf ihn zu und umarmte ihn stürmisch. "Ach, ich habe deinen Sohn gesehen, was ist er entzückend! Zwar nur ein Bastard, aber zur Not besser als gar kein Erbe. Ach, diese Bäckchen und die kleinen Finger! Er hat ganz deine Augen, oh, er wird ein großer Krieger werden! Bleibt nur zu hoffen, dass seine Mutter nicht doch noch dem Fürstenfluch erliegt, mager und schwach genug ist sie. Aber was soll's, es gibt Ammen, sieh, was aus dir Prächtiges geworden ist, durch die Milch einer Fremden."

Die Männer schwiegen, eisig. Nun merkte auch die Fürstin, dass etwas nicht stimmte. "Störe ich etwa? Ach, Aonghas, gut, dass ich dich treffe, du musst für den Kleinen eine Zeremonie abhalten, damit er von den Göttern beschützt wird. Auch wenn er nur ein Bastard ist, solange wir nichts Besseres haben –

Aislin scheint sich ja nicht so leicht zu tun, schwanger zu werden, zumindest ist sie es noch nicht, sagt sie – so müssen wir dieses Kind hegen und pflegen."

"Ja, Riona."

Jede Andere hätte an Aonghas Tonfall gemerkt, dass die Männer im Moment Wichtigeres zu tun hatten, doch Riona hatte kein Gespür dafür. In den letzten Monden war sie rapide gealtert, sei es aus Sorge um Ardudunum oder aus Aufregung über Centigerns Ehe.

"Ihr entschuldigt mich", sagte nun Centigern, "ich muss mich um meine Männer kümmern."

Eilig verließ er das Haus. Ein Blick auf Goraid bestätigte Aonghas und Gair, dass hier im Moment weitere Worte nicht helfen würden, und so verließen auch die beiden das Langhaus, um sich, wie sie sagten, um eine Zeremonie für den Bastard zu kümmern.

olas kam aufgeregt ins Haus des Druiden gerannt, noch ehe die Sonne aufgegangen war, ja, noch ehe die Druiden im Tempel waren. Goraid läge tot in seinem Bett.

Sofort eilten Aonghas und Malwine ins Langhaus. Wenig später kehrten sie zurück. Auf die fragenden Blicke ihrer Schüler hin nickten sie nur. Gair war es, als lege sich Dunkelheit auf seine Schultern. Es war nicht Traurigkeit, die er verspürte, aber ein Wissen, dass sich in diesem Moment alles geändert hatte. Und er konnte sich des Gefühls nicht erwehren, dass Centigern etwas mit dem Tod des Fürsten zu tun hatte.

Dem Tumult nach, den er von draußen vernehmen konnte, breitete sich die Nachricht vom Tod Goraids bereits wie ein Lauffeuer im Dorf aus. Leod und Eimhir eilten hinaus, um im Tempel für den Fürsten zu beten, damit seine Seele den rechten Weg in die Anderswelt fand. Wer wusste, wie viele Stunden diese Nacht schon seit seinem Tod vergangen waren, und wo seine Seele, ungeleitet, nun herumirrte.

Gair wollte sich auch auf den Weg machen, doch da bemerkte er, mit welcher Wut Aonghas seine Ritualgegenstände zusammensuchte. Der Topf mit dem Räucherwerk landete krachend am Boden. Gair hob die Scherben auf, einen fragenden Blick auf den Druiden gerichtet. Zischend brach es aus Aonghas' Mund hervor: "Er hatte bereits begonnen, die Totenrituale auszuführen! Dieser verfluchte Seher, was hatte er überhaupt in Goraids Schlafgemach verloren? Das ist meine Aufgabe!" Der Druide spuckte zornig auf den Boden.

Während Aonghas weiter seine Zeremoniensachen zusammensuchte, berichtete Malwine leise, dass es einen Zwist zwischen ihrem Mann und Enrik gegeben hatte. "Sehr unpassend, direkt am Totenbett." Enrik hätte darauf bestanden, dass er als Centigerns Seher dessen Ernennung zum Fürsten durchführe, und hätte Aonghas die Leitung von Goraids Bestattung überlassen, in einem Tonfall, der nach gnadenhalber erteilten Almosen klang.

Gair und die Druidin blickten einander lange an, dann sahen sie fast gleichzeitig zu Aonghas hin. Der Druide war sichtlich getroffen. Vom Tod seines Fürsten, den er fast dreißig Sommer begleitet und beraten hatte, aber fast noch mehr davon, dass seine Zeit als Druide Ardudunums mit Goraids Tod zu Ende ging. Beides war eigentlich absehbar gewesen, aber offenbar hatte Aonghas doch gehofft, Centigerns Berater zu werden. Schließlich galt er als Druide um einiges mehr als ein Seher.

Kurz stand der alte Mann vor dem Regal mit den magischen Gegenständen, die Schultern gebeugt, als würde er im nächsten Moment zusammenbrechen. Gair setzte schon dazu an, zu seinem Meister hinüberzueilen, doch da straffte sich der Druide, richtete sich hoch auf. Trotzig wischte er sich mit der Hand über die Augen. Sein Blick traf seinen Schüler. "Geleiten wir Goraid auf seinem letzten Weg, wie es ihm gebührt. Was dann kommt, soll uns auch erst dann beschäftigen."

Als Gair mit seinen Mitschülern und dem Druidenpaar zum Langhaus zurückkehrte, um die Begräbniszeremonie vorzubereiten, erwartete sie Riona bereits mit Asche im Haar, als Zeichen ihrer Trauer. Sie wirkte verstört und fast ein wenig verwirrt. Centigern hingegen, dessen Kopf auch mit Asche bedeckt war, sah unbeteiligt aus, wenn man es wohlwollend ausdrückte, fast freudig, wenn man ihm Übles unterstellte. Aislin und Solas, Goraids Bursche, standen am Bett des Fürsten, um Wache zu halten. Aislin wirkte gefasst, der Tod schien ihr vertraut. Solas jedoch wirkte verloren, Aislins Arm um seine Schulter. Er war gerade fünfzehn, seit sechs Jahren hatte er dem Fürsten gedient. Was würde nun aus ihm werden?

Gair warf einen Blick auf den Toten. Goraid sah friedlich aus, froh, diesem Leben entwichen zu sein. Nach einem kurzen Gebet verließ Gair die Kammer wieder, hier war nun nicht sein Platz. Er nahm Solas mit sich, und auch Aislin verließ den Raum.

Centigern machte sich gerade in der großen Halle bereit, hinauszugehen, als sie zu dritt aus dem Totenraum traten. Sein Blick fiel auf Solas. "He, Solas. Weißt du was, du sollst nun mein Bursche werden. Früher, da hatte ich Gair, der sich um alles kümmerte, das war praktisch. Und jetzt, wo er da so neben dir steht, da fällt mir auf, dass ich die letzten Jahre keinen Burschen hatte. Du machst deine Sache gut, Vater war immer sehr zufrieden. Ab heute bist du also mein Bursche, damit ist uns beiden geholfen."

"Ja Herr", nickte Solas, "Habt Dank, Herr."

Aislin legte ihm kurz die Hand auf die Schulter und lächelte ihm zu, ehe der Bursche Centigern folgte. Ihr nächster Blick traf Gair, und sie setzte dazu an, etwas zu sagen. Doch in diesem Moment drehte Centigern sich noch einmal in der Türe um: "Komm mit, Gair, helfen."

Während es Centigerns Aufgabe als Sohn des Verstorbenen war, den Scheiterhaufen zu richten – eine anspruchsvolle Aufgabe, denn das Holz musste rasch abbrennen und hohe Temperaturen erreichen, der Haufen aber stabil genug sein, dass er erst möglichst spät in sich zusammenbrach –, war es Rionas und Malwines Aufgabe, den Leichnam zu waschen. Malwine hatte den Tiegel mit dem Totenbalsam aus dem Druidenhaus mitgenommen. Eine stark riechende Paste, die sich leicht entzündete. Der scharfe Geruch diente jedoch noch einem anderen Zweck: Sollte Goraids Seele nicht sofort in die Anderswelt gereist sein und etwa noch immer hier in Ardudunum herumschweben, so musste alles getan werden, um zu verhindern, dass sie zurück in ihren Körper fand. Der starke Geruch des Balsams überdeckte Goraids Körpergeruch und würde so die Seele verwirren. Denn nichts Schlimmeres, als wenn eine Seele in einen verbrennenden, toten Körper zurückschlüpfte. Dann blieb ihr der Weg in die Anderswelt auf immer verschlossen und sie war in einem Haufen Asche gefangen.

Daran musste Gair denken, während er Centigern und Solas zum Tempelvorplatz folgte. Durch den Palisadenbau gab es einen Vorrat an Stämmen und es blieb ihnen erspart, erst Bäume fällen zu müssen. Sie konnten sogleich beginnen, den Scheiterhaufen aufzuschlichten. Die drei arbeiteten schweigend. Gair musste Centigern manchmal etwas bremsen, es schien, als wolle der junge Fürst die Arbeit raschestmöglich und nicht bestmöglich hinter sich bringen. Kein Wunder, trennte ihn ja nur noch diese eine Zeremonie davon, der wahre Fürst von

Ardudunum zu sein.

Inzwischen hatten einige Goraid nahestehende Männer eine Trage aus starken Ästen gefertigt, auf der man den Verstorbenen zum Holzstoß vor dem Tempel tragen würde. Es war kaum Mittag vorbei, als bereits alle Vorbereitungen abgeschlossen waren.

Alle Bewohner Ardudunums fanden sich rund um das Langhaus ein. Man bettete Goraid auf die Trage, bedeckte seinen Körper mit wohlduftenden Zweigen. Sein Schwert, das er, soweit Gair wusste, zeit seines Lebens nie benutzt hatte, lag auf seiner Brust. Er sah sehr zufrieden aus, das weiße Haar fein gekämmt, sein schönstes Gewand tragend, seinen wertvollsten Schmuck angelegt. Ja, er war gut gerüstet für seine Reise. Centigern und zwanzig weitere Männer, die zu Goraids Freunden gezählt hatten, hoben die Trage über ihre Köpfe, sodass jeder zumindest ein Stück davon berührte. Es erfüllte Gair mit Trauer, dass er an diesem Ritual nicht teilnehmen konnte. Er hatte den Fürsten immer sehr gemocht und würde nun gerne zu seinem Abschied beitragen. Aber sein Bein machte ihn zu unbeweglich. Denn nun begann ein eigenwilliger Tanz. Wie ein Bienenschwarm auf Hochzeitsflug begann die Gruppe, sich um sich selbst zu drehen, torkelnd ihren Weg Richtung Tempel aufzunehmen. Wie ein Holzkreisel, den man nicht schnell genug angedreht hatte, kreisten sie durch die Menschenmenge, die sofort zur Seite wich, wo auch immer sie hinkamen. Auch diese Fortbewegungsart diente allein dem Zweck, die Seele zu verwirren und vom Körper fernzuhalten. Unter lauten Gesängen erreichten sie den Tempel. Die Trage wurde auf den Scheiterhaufen gelegt, leise knackte das Holz, doch der Stoß hielt. Alle formten einen Kreis rund um ihren toten Fürsten. Aonghas, in seinem weißen Zeremoniengewand, begann mit den Anrufungen der Götter, damit sie den alten Mann in ihre Mitte aufnahmen und mit ihm ein Festmahl feierten. Wein wurde rund um den Holzstoß als Opfer gegossen, eine Schüssel mit Fleisch zu dem Leichnam auf den Holzstoß gelegt.

Es war ein Ritual, das zum Leben dazugehörte. Aber es war das erste Mal, seit Gair in Ardudunum zurück war, dass er sich persönlich vom Tod eines Menschen betroffen fühlte. Goraids

Tod war mehr als der Übertritt eines Einzelnen in die Anderswelt. Es war der Tod eines Zeitalters.

Gair beobachtete die Menschen, die rundum standen. Clach fiel ihm als erstes ins Auge, der Hüne wippte aufgeregt hin und her. Seine Mutter, eine große Frau, aber ihm dennoch nur bis zur Schulter reichend, hatte seinen Arm gefasst, um ihn ruhig zu halten. In den Augen des Idioten stand Angst.

Der Goban, der mit seiner Frau, seinem Sohn und seiner Tochter weiter innen im Kreis stand, blickte böse auf Clach und seine Mutter. Gair wurde bewusst, dass er den Schmied in letzter Zeit kaum gesehen hatte. Doch der Klang der Schmiedehämmer war jeden Tag von Sonnenaufgang bis Untergang zu hören gewesen. Gair vermutete, dass Centigern einiges an Speeren und Schwertern in Auftrag gegeben hatte. Seit Aonghas mit ihm und dem Goban nach der Versammlung ein Gespräch geführt hatte, waren der Schmied und der junge Fürst sehr freundschaftlich miteinander umgegangen.

Centigern stand mit seiner Mutter neben dem Druiden. Während seine Mutter den Blick nicht von ihrem Gatten nahm, sah ihr Sohn sich ebenso wie Gair in der Runde um. Wahrscheinlich schätzte er ein, wer auf seiner Seite stand und wer dem alten Fürsten nachtrauerte. Ihre Blicke trafen sich. Gair nickte seinem Milchbruder zu. Centigern erwiderte, mit einem Blitzen in den Augen und einem kleinen Lächeln.

Aislin stand an seiner Seite, ebenfalls auf den toten Fürsten blickend. Gair konnte ihr Gesicht nicht lesen. Er hatte keine Ahnung, wie sie zu dem alten Mann gestanden hatte. Nun würde sie Fürstin werden. War dies heute auch der Tag, wo Centigern sie endlich zu seiner wahren Frau machen würde? War es das, musste sie erst Fürstin werden, um der Ehe würdig zu sein? Der Gedanke beschäftigte Gair eine Weile.

Da endeten die Gesänge, alle wurden still. Aonghas nahm die Fackel in die Hand, die Leod ihm reichte. Der Moment war gekommen, Goraids Körper dem Feuer zu übergeben.

Riona schluchzte und klammerte sich an ihren Sohn. Ihre Großmutter hatte noch mit ihrem Mann das Feuer teilen müssen. Aber auch wenn ihr nun vergönnt war weiterzuleben, so war sie ab nun von ihrem Sohn abhängig. Sie war nicht die Art Frau, die nach ihrem Mann die Herrschaft weiterführte, auch wenn es solche Frauen in Noricum gab. Doch das waren zumeist junge Frauen, deren Söhne noch zu klein waren, die Aufgaben eines Fürsten auszuüben.

Das dürre Geäst im Inneren des Holzstapels fasste rasch Feuer. Schneller als man erwarten würde, breiteten sich die Flammen aus. Das Knacken und Knistern erreichte eine Lautstärke, die die wieder angestimmten Lieder übertraf. Bald leckten die Flammen an Goraids Körper, der Totenbalsam fing Feuer und wurde zu einem Flammenball rund um den alten Fürsten. Die Hitze, die von dem Leichenfeuer ausging, war enorm. Langsam wich der Kreis an Menschen dorthin zurück, wo die Temperatur besser auszuhalten war.

Nach einer Weile wirkte Centigern ungeduldig. Ardudunum durfte den Gesetzen nach keinen Tag ohne Herrscher sein, deshalb musste seine Ernennung zum neuen Fürsten noch vor Sonnenuntergang stattfinden. Das Feuer war noch nicht ganz heruntergebrannt, da rief Enrik die Menschen auf, mit ihm zur großen Wiese zu kommen. Ein eigenartiger Platz für eine Ernennungszeremonie, die sonst im Tempel bei geöffneten Toren stattfand. Ohne dass Gair etwas davon mitbekommen hatte, hatte der Seher auf der Wiese einen kleinen Altar und Goraids Fürstensessel aufgebaut.

"Im Tempel Ardudunums herrscht Noreia, die Erdenmutter und Göttin der Liebe. Eine gute Göttin, eine weise Göttin. Doch in Zeiten wie diesen, im Angesicht der drohenden Gefahr, wollen wir Centigern im Namen Bels, des Gottes der Sonne und des Kampfes, zum Fürsten ernennen. Diese Wiese, die sich der Sonne entgegenreckt, ist ein würdiger Platz dafür."

"Wer sagt, dass Centigern der neue Fürst wird? In deiner Heimat, Enrik, mag es vielleicht ein Erbrecht geben, doch hier in Ardudunum kann der Herrscher auch gewählt werden. Hat ein Fürst seine Herrschaft nicht noch zu Lebzeiten übergeben, oder hat er sich eines schweren Vergehens strafbar gemacht, so kann die Versammlung wählen, wer ihr das beste Oberhaupt erscheint. Nicht zwingend muss es der Sohn sein, wenn ein Anderer besser geeignet wäre."

Es war der Goban, der diese Worte sprach. Rechnete er sich etwa Chancen auf die Fürstenwürde aus? Ein Teil der Menschenmenge stimmte ihm lauthals zu, es waren hauptsächlich die Bauern und die Handwerker. Centigerns Kriegerschar schrie dagegen. Es fehlte nicht viel und die beiden Gruppen würden aufeinander losgehen. Erste Fäuste hoben sich bereits drohend in die Luft.

Aonghas trat neben Enrik, der ein wenig nervös auf den Tumult schaute. "Ruhe!"

Langsam verebbte das Geschrei und alle blickten auf den Druiden.

"Du hast recht, Goban, in Arudunum ist der Fürst wählbar. Dass wir nun dreißig Sommer lang das gleiche Oberhaupt hatten, lag nur daran, dass Goraid in Arudunum Wohlstand und Frieden erhalten hat, durch sein Verhandlungsgeschick und durch die Gnade der Götter. Doch wen wollt ihr wählen? Seit Beltane wissen wir, dass uns wahrscheinlich Krieg bevorsteht. Goban, siehst du dich fähig, unseren Stamm sicher durch einen Angriff zu bringen?"

Der Schmied versuchte, die Frage mit einem Schulterzucken abzutun. Die Blicke der Menschen um ihn zeigten deutlich, dass diese es ihm nicht zutrauten.

"Wer sonst traut sich zu, Arudunum ein guter Führer in schlimmen Zeiten zu sein?"

Der Druide blickte sich langsam um. Viele warfen verlegene Seitenblicke auf ihren Nachbarn, doch keiner traute sich, ein Wort zu sagen.

Leod stieß Gair in die Seite. "Wie wär's mit dir? Du wärst gewiss ein guter Führer, kriegserfahren, aber nicht kriegssüchtig. Die Menschen würden dir folgen."

Gair sah ihn verdutzt an. Da riss Leod bereits seinen Arm hoch. "Hier! Gair wäre ein gutes Oberhaupt in Zeiten wie diesen! Er kennt den Krieg und seine Folgen, er hat ebenso wie Centigern bei Voccio gelernt, Schlachten zu leiten. Gleichzeitig kennt er den Willen der Götter und würde alles tun, um Arudunum die friedliche Siedlung sein zu lassen, die es immer war!"

Jubel brach aus, nicht nur bei den Handwerkern und Bauern, auch einige Krieger jubelten mit. Centigerns Blick traf Gair und sprach Bände. Nähme er diese Ehre an, läge er schneller auf einem brennenden Holzstoß, als er denken könnte.

Gair sah zu Aislin hin, die neben ihrem Gatten stand. Sie

lächelte und nickte ihm zu. Ja, sie würde es ihm zutrauen. Er sich selbst nicht. Er hatte auch gar kein Bestreben, Anführer zu sein, das hatte er nie gehabt.

Aonghas brachte mit einer Handbewegung die jubelnde Menge zum Schweigen und wandte sich direkt an Gair. "Nun, Gair, was Leod sagt, hat seine Richtigkeit. Doch würdest du dich zur Wahl stellen?"

Gair war sich nicht sicher, was der Druide von ihm erwartete. Hatte er ihn damals bewusst zur Brautholung geschickt, wissend, was geschehen würde, damit er bereits mit der auserwählten Fürstenbraut verbunden wäre? Aonghas sah ihn durchdringend an, doch Gair konnte in seinem Blick nicht lesen. Da setzte der Druide noch nach: "Vielleicht bist du ja das Eine, Gair, von dem das Omen spricht."

Gair senkte den Kopf. Aonghas sah also plötzlich in ihm die Rettung, einen Weg, den Riss in Arududunum zu überbrücken. Und dem Jubel der Menge nach, schienen einige lieber ihn als Centigern auf dem Fürstenstuhl sehen. Das verwunderte ihn. Doch er war nur ein Handwerkersohn, ein verkrüppelter Krieger und Druidenschüler, er war nicht nemed, hochgeboren, und er war Centigern verpflichtet. Centigern war sein Milchbruder, sein Fürst seit eh und je. Ihm verdankte er, überhaupt noch zu leben.

Er hob seinen Kopf, sah niemanden an. "Ich bin mir der Ehre bewusst, die euer Vertrauen bedeutet. Ich will gerne später ein guter Druide und Seher für Arududunum sein, doch nicht sein Fürst. Ich spreche für Centigern als Fürsten, denn was nützt ein Kriegsherr in der Schlacht, der nicht in dieselbe reiten kann?"

Als er zu den vorne Stehenden sah, erkannte er Zufriedenheit in Centigerns Grinsen, Aislin sah traurig drein und Aonghas – nun, er konnte noch immer nicht in seinem Blick lesen.

Leod stieß ihn erneut in die Seite. "Feigling."

Die Menge murrte enttäuscht. Eine Wahl zwischen den beiden Milchbrüdern hätte ihnen allen gewiss Freude bereitet, wahrscheinlich ungeachtet des Ausgangs.

Aonghas ergriff das Wort. "Wir alle würden lieber ein Oberhaupt wählen, das für Frieden und Wohlstand steht, so wie wir es die letzten Jahrzehnte gewohnt waren. Doch nun geht es darum, einen Herrscher zu wählen, der Arududunum beschützen kann. Und da ist Centigern die beste Entscheidung, unabhängig davon, dass er Goraids Sohn ist. Ich als Druide spreche auch für seine Wahl. Und werde ihm auch weiterhin mit meinem Rat zur Seite stehen."

Die Krieger jubelten.

Enrik beugte sich zu Aonghas und flüsterte ihm etwas zu. Gair meinte, von seinen Lippen etwas Ähnliches wie "Das wird nicht nötig sein" lesen zu können.

Laut rief der Seher: "So lasst uns denn Centigern im Namen der Götter zum Fürsten ernennen!"

Erneuter Jubel, zwar immer noch am stärksten von den Kriegern, doch da die anderen Bewohner keine Alternative wussten, stimmten sie schließlich mit ein.

Enrik führte den zu ernennenden Fürsten vor Goraids Stuhl, wo dieser strahlend Platz nahm, nachdem er seine Tunika ausgezogen hatte.

"Gut und kraftvoll wird er lang herrschen. Am Thron voller Macht wird er vertreiben die Feindesmänner. Er wird sein Erbe mehren voller Wert und Kraft.

Lasst ihn bewahren den Rat der Götter:
Lasst ihn bewahren die Wahrheit,
denn sie wird ihn bewahren.
Lasst ihn erheben die Götter,
denn sie werden ihn erheben.
Lasst ihn Gnade walten lassen,
auf dass man ihm gnädig sei.
Lasst ihn auf sein Volk achten,
auf dass es ihn achte."

Der Seher ritzte Centigern mit jedem Satz eine kleine Wunde auf die nackte Brust. Die Schnitte ergaben ein ungewöhnliches Muster, einem Vogel gleich.

"Es ist durch die Wahrheit des Herrschers, dass Plagen und Gewitter vom Volk genommen werden.

Es ist durch die Wahrheit des Herrschers, dass Friede, Wohlstand und Freude bewahrt werden.

Es ist durch die Wahrheit des Herrschers, dass die Grenzen durch Krieger beschützt werden.

Es ist durch die Wahrheit des Herrschers, dass die Grenze des

Reiches sich weite, sodass jedes Vieh genug Weide finde.

Es ist durch die Wahrheit des Herrschers, dass die rechte Anzahl Kinder geboren wird."

Mit jedem Satz besprengte der Seher Centigern mit einer Flüssigkeit aus einer kleinen Schale. Gair konnte nicht ausmachen, was es war. Blut schien es nicht zu sein, aber es war auch nicht das heilige Wasser, dazu waren die Flecken auf Centigerns Haut zu dunkel. Dann drehte sich Enrik dem Volk zu, er hob seine Hände über den Kopf und sprach in die vier Himmelsrichtungen, im Osten beginnend.

"Lasst ihn nicht selbst richten, wenn er die Gesetze nicht wahrhaft kennt.

Lasst ihn Schande von seinen Wangen waschen durch Blut einer Schlacht.

Lasst ihn das Land an seinen Früchten messen, die Tiere an ihrem Fleisch, die Handwerker an ihren Waren und das Eisen an seiner Kraft im Kampf.

Lasst ihn seiner Ahnen gedenken, dem Wort der Götter gehorchen und seinen Kindern reiches Erbe hinterlassen."

Nun kniete er vor dem Fürsten. Centigerns Krieger taten es ihm nach.

"Dunkelheit beugt sich dem Licht
Trauer der Freude
der Narr dem Weisen
der Sklave dem Freien.
Geiz beugt sich der Großzügigkeit
Böswilligkeit der Freigiebigkeit
Aufrührer dem wahren Herrscher.
Möge er gnädig, gerecht, stark und unerschrocken sein,
    großzügig, ehrbar, ehrlich und fähig,
auf dass sein Stamm in Wohlstand lebe."

Enrik erhob sich wieder und ergriff nun den goldenen Halsring, den Goraid als Fürst getragen hatte, und legte ihn Centigern um.

"Er mag sterben, er wird sterben, er mag dahingehen, er wird dahingehen. Wie er war, wie er sein wird, das wird erzählt werden. Lasst ihn dieser Worte stets gedenken. Sie werden ihn zu Ruhm führen."

Ehe die Menschen jubeln konnten, erhob sich Centigern von dem prunkvoll geschnitzten Stuhl.

"Menschen von Ardudunum! Hört mich an! Ich schwöre hiermit, euch zu beschützen. Alles zu tun, damit wir, das Volk von Ardudunum, ruhmreich und mächtig werden! Noch sind wir nur eine kleine Siedlung auf einem Berg, und große Gefahr lauert auf uns, wenn man den Worten unseres alten Druiden glauben darf. Doch ich sage euch: Die Gefahr ist weniger groß als der Ruhm, den sie uns bringen wird! Wir werden nicht nur Ardudunum und die umliegenden Dörfer verteidigen, ich werde Ardudunum zu einer Stadt machen, ebenso prächtig wie der Wohnsitz des Hochkönigs Voccio! Voccio hat mich erzogen, hat mich als seinen Ziehsohn in seine Strategien und Pläne eingeweiht, und ich, ich habe gelernt! Eines Tages, da werde ich Voccio als Hochkönig ablösen, und dann wird Ardudunum erblühen und die prächtigste und reichste Stadt Noricums sein! Ihr könnt euch gar nicht vorstellen, wie herrlich es an Voccios Hof zugeht – und es wird hier noch viel herrlicher sein! Die Götter haben mich immer schon gesegnet, ich habe den Fluch der Fürstenfrauen überlebt, sie haben mich zu Voccio geschickt, der damals noch nicht Hochkönig war, aber es wurde, als ich bei ihm war, auf dass ich seinen Aufstieg mitverfolge, ich habe alle Schlachten unbeschadet überlebt, ich habe die Frau an meiner Seite, die mir die Götter beschieden haben, damit ich der größte Fürst Noricums werde und meiner Heimat Ruhm und Reichtum bringe! Ardudunum wird erblühen!"

Gair fröstelte. Er sah in Centigerns Augen jenen Wahn, der ihn vor Schlachten immer überfallen hatte, sah den Blutrausch und die alles verschlingende Lust. Gleichzeitig musste er aber zugeben, dass er es seinem Milchbruder zutraute, Großkönig zu werden, auf welchen Wegen auch immer. Die Menschen jubelten, als Centigern die Arme hochriss, das Schwert in der Hand. Nur Aislin blickte ängstlich zu Gair.

Aonghas hatte die ganze Zeremonie über mit eiskaltem Blick neben Gair gestanden. Er war eindeutig entmachtet worden. Nichts an dieser Zeremonie entsprach dem, wie einst in Ardudunum Fürsten ins Amt gesetzt worden waren. Malwine hatte sich bei ihrem Mann eingehängt, fast ihn stützend, doch er schien es gar nicht zu merken. Sie sah Gair traurig an. Auch ihr war wohl klar, dass die Macht des Druiden nun ein Ende gefunden hatte.

Die Druiden und ihre Schüler zogen sich zurück, sobald die Zeremonie vorbei war und die Feierlichkeiten begannen. Gair nickte wie die anderen Uilleam und Solas zu, als sie an ihnen vorbeigingen. Die beiden standen neben dem noch immer brennenden Holzstapel und hielten Wache für ihren alten Fürsten. Schweigend marschierten die Druiden in den Tempel, um dort die täglichen Abendrituale abzuhalten, heute vor allem, um für Schutz für Ardudunum und den neuen Fürsten zu bitten.

Die Sonne war noch nicht untergegangen und die Siedlung hatte ihren neuen Führer. Vieles würde sich wohl ändern.

Erst nach den Abendritualen, als sie gemeinsam im Haus noch eine Suppe aßen, begannen sie, zu reden.

"Hast du das ernst gemeint?" Die Frage brannte Gair schon die ganze Zeit auf der Zunge. "Dass ich mich zum Fürsten wählen lassen soll?"

Leod, an den die Frage eigentlich nicht gerichtet war, sah von seiner Suppenschüssel auf. "Klar. Dann wären wir dich hier im Tempel endlich los!" Er grinste.

"Es war eine Möglichkeit, die ich ehrlich gestanden nicht bedacht hatte. Aber als Leod es vorschlug, da hatte es schon einen großen Reiz", meinte Aonghas.

"Warum? Weil du dann Druide bliebest und nicht von Enrik ersetzt würdest?" Gair merkte, dass sein Tonfall etwas zu harsch gewesen war. Prompt warf Malwine ihm einen strafenden Blick zu.

Doch Aonghas winkte ab. "Er hat nicht so unrecht, Malwine, und was recht ist, darf auch gesagt werden. Aber das war es nicht nur, Leod hat es genau erfasst: Du vereinst beides, den Krieger und den Friedliebenden. Du hättest den Spalt im Ort heilen können."

"Ja", sagte Gair bitter, "einen Tag lang vielleicht. Dann hätte Centigern schon Wege gefunden, mich aus dem Weg zu schaffen."

"Du warst also nur zu feige", feixte Leod.

"Das ist nicht feige!", fuhr Eimhir dazwischen. "Es ist eines, ängstlich zu sein, und was anderes, den Ausgang zu kennen und ihn zu vermeiden. Was hätten Gair oder Ardudunum gewonnen, wenn er sich gegen Centigern stellt? Gar nichts!"

"Nun, es ist, wie es ist und wie wir es schon lange erwartet haben", beruhigte Malwine die Beiden. "Nun ist es an Enrik und Centigern. Wir werden sehen, wie es weitergeht."

Oh große Göttin, Allmutter der Natur,
Beherrscherin der Elemente,
du vereinst in dir die Gestalten
aller Götter und Göttinnen, Noreia, höre mich an.
Nun bin ich also die Fürstin Ardudunums. Goraid ist von uns gegangen, wie beneide ich ihn. Centigern macht mir inzwischen Angst. Seine Mutter muss nun mit Kalla und Lisha in unserer Kammer schlafen und wir übersiedeln heute ins Fürstengemach. In jenes Bett, in dem Goraid letzte Nacht gestorben ist. Wird Centigern mich im Fürstenbett nun endlich zur Frau nehmen? Gerade ist er noch mit seinen Kriegern draußen, ich höre sie grölen und singen. Ja, er weiß, Menschen mitzureißen. Doch seine Augen, als Enrik ihn heute zum Fürsten ernannte ... nun, ich erwarte mir keine zärtliche Nacht mit ihm. Er sah aus wie ein Tier, kurz vor dem Sprung auf die Beute. Göttin beschütze mich. Ich hasse betrunkene, unbeherrschte Krieger. Ich hasse Krieger. Gair als Fürst ... ja, das klang gut, als Leod es sagte. Doch er wollte nicht. Wahrscheinlich kennt er Centigern viel zu gut. Oh Göttin, beschütze mich, ich erahne sein wahres Gesicht.

Ganz entfernt hörte man immer noch einige Männer singen und lachen. Doch die meisten waren wohl bereits zu Bett gegangen. Mit Aislins Willkommensfeier, den Jahresfesten und der Hochzeit hatte es in den letzten Monden ungewöhnlich oft Anlass zum Feiern gegeben. Und auch wenn sie gerne tranken und sangen und tanzten, überschattet von der Sorge um die Zukunft und übersättigt von den vielen Anlässen, waren heute offensichtlich die meisten des Feierns müde.

Leod war natürlich noch irgendwo unterwegs, es kümmerte Gair nicht. Er lag auf seinem Bett, den Blick ins Dunkel des

Giebels gerichtet. Seine Rechte hatte die kleine, tönerne Schale unter dem Stroh ertastet, und seine Finger fuhren zärtlich über die glatte und doch leicht raue Oberfläche. Er sah Aislin vor sich, nackt im Angesicht all der Gäste in Flavia Solva. Erinnerte sich an ihren Blick, als sie das Blut aus der Schale getrunken hatte. Nach wie vor konnte er ihn bis in seine Eingeweide spüren, jagte ihm dieser Blick ein wohliges Zittern den Rücken hinauf. Er hatte Centigerns Augen bei der Ernennung zum Fürsten heute gesehen und war sich sicher, dass der neue Herrscher diese Nacht ausgiebig feiern würde, indem er endlich die Geschichtenerzählerin zu seinem wahren Weib machte. Der Gedanke quälte ihn, und doch konnte er es nicht vermeiden, dass vor seinem inneren Auge Bilder auftauchten, die Fürst und Fürstin beim Liebesspiel zeigten, wofür er nicht viel Vorstellungsgabe benötigte – er hatte früher oft genug im Zelt neben Centigern gelegen, wenn dieser seine Siege feierte. Und Aislin, nun, er verbat sich jeden Abend, an sie zu denken und träumte doch jede Nacht von ihr.

Er musste sich ablenken. Centigern war sein Fürst, und es stand Gair nicht zu, dessen Weib zu begehren. Gair zählte die Dauer seiner Atemzüge, stellte sich einen leuchtenden Lichtball in seinen Händen vor, ließ allein mit dem Atem seine Füße heiß werden, malte Symbole in die Finsternis ... aber egal, welche Übungen er anwandte, Aislins Gesicht erschien immer und immer wieder vor seinen Augen. Warum hatten sie ihn auch alle in eine Bindung mit ihr gezwungen? Enrik bei der Brautholung, Aonghas, als er Aislin als Schülerin aufnahm. Hatten sie ihn nicht in Ruhe lassen können? Gair wälzte sich im Bett hin und her. Schließlich schlich er aus der Kammer in die Stube hinüber. Er wusste genug, um sich auch im Dunkeln in Malwines Regal zurechtzufinden. Das Feuer unter dem Suppenkessel gloste dunkelrot, genug Licht für sein Vorhaben. Er öffnete die Dose aus Birkenrinde, ein herber Geruch entströmte ihr. Leise verließ er das Haus. An der Nordseite, wo nie die Sonne hinschien, befand sich ein aus Steinen gemauerter Verschlag, in dem sich empfindliche Lebensmittel kühl halten ließen. Der kleine Raum war so kalt, dass man fröstelte. Alle Fässer und Amphoren waren in Lehm eingepackt, der regelmäßig feucht gehalten wurde. Durch die Verdunstung konnte Gair sich nun einen

Becher Bier gönnen, der kühl wie ein Gebirgsbach war. Er streute noch zusätzlich von den bitteren Hopfenblüten hinein. Weder Malwine noch Aonghas hätten etwas dagegen, was Gair beinahe schade fand, denn das Bier würde noch besser schmecken, wäre es ihm verboten.

Die Bank neben der Haustüre, die Richtung Osten, Richtung Tempel und in gewisser Weise Richtung Langhaus zeigte, lockte ihn. Ardudunum lag nun still da, ein Käuzchen schrie, aus einem der Bauernhäuser erklang noch leise ein Streitgespräch. Gair setzte sich, den Becher mit Hopfenbier in der Hand. Ja, hier war es besser als in der engen Kammer. Der Wind strich sanft durch die Bäume. Gair nahm einen großen Schluck. Malwine musste ihm einfach einen Trank wie Leods mischen, so konnte es nicht weitergehen. Auf der Bank ausgestreckt schlief er endlich ein.

Geweckt wurde er von dem Geschrei eines Säuglings. Die Sonne stand bereits am Himmel, niemand hatte ihn zu den Morgenritualen geholt. Gair fühlte sich steif und unbeweglich, die schmale Sitzfläche war kein guter Ersatz für sein Bett. Seine Augen blinzelten gegen das Tageslicht. Der Becher lag umgekippt neben der Bank am Boden, er streckte noch liegend den Arm danach aus, ihn aufzuheben. Da sah er die Frauenfüße, den karierten Saum eines Kleides.

"Ist Malwine noch im Tempel?"

Eine magere Frau stand vor ihm, dunkle Ringe unter den Augen, den schreienden Säugling an sich gedrückt. Kilinn. Ihr Haar hing strähnig herab, ihr Kleid war voller Flecken und sie roch nach saurer Milch.

Gair setzte sich auf, augenblicklich hellwach. "Ich glaube nicht. Sie geht selten zu den Morgenritualen, sie hat ihre eigenen Zeiten ... schau doch einfach ins Haus."

Er erhob sich und öffnete ihr die Tür. Malwine war, wie fast jeden Morgen, während die anderen im Tempel Dienst taten, damit beschäftigt, das Feuer wieder in Gang zu bringen und Getreidebrei zu kochen.

"Malwine, Kilinn ist hier."

"Sie soll reinkommen!"

Kaum hatte die junge Mutter das Haus betreten, brach sie in

Tränen aus. Malwine eilte ihr entgegen und nahm ihr den schreienden Säugling ab, den sie kurzerhand an Gair weiterreichte.

Ein wenig unbeholfen stand er nun da, das brüllende Kind in den Armen. Wie leicht so ein Säugling war. Erstmals sah er Centigerns Sohn. Ja, er hatte tatsächlich seines Vaters dunkles Haar und ungeheuer dicke Backen. Die nun dunkelrot waren vor lauter Anstrengung. Vorsichtig wiegte Gair den Kleinen hin und her, wie er es manchmal bei Müttern gesehen hatte. Er hinkte auf und ab, summte eine alte Weise. Mit einem Ohr hörte er den beiden Frauen zu, die sich auf einer der Bänke niedergelassen hatten, hörte Kilinn jammern, dass sie keine Milch habe, am Ende ihrer Kräfte sei.

"Was ist mit deinen Schwestern, können sie dir den Kleinen nicht zumindest abnehmen, dass du schlafen kannst? Sie sollen Ziegenmilch holen, wenn du keine Milch hast."

"Ach Malwine, sie wollen mir nicht helfen. Sie sagen, ich hätte mich eben nicht schwängern lassen dürfen, wenn ich keinen Mann habe, der das Kind auch annimmt. Aber wie hätte ich es Centigern abschlagen sollen?"

"Nun, es hätte immer noch die Möglichkeit gegeben ..." Malwine ließ es unausgesprochen, doch selbst Gair wusste, was sie meinte.

Kilinn errötete. "Kann ich ehrlich sein? Ich hatte gehofft ... weil es doch Centigern ist, dass er vielleicht ... nein, schau nicht so, nicht mich zur Fürstin macht, aber mich reich beschenkt für einen Sohn."

"Das kann schon noch kommen, sollte er mit Aislin keine Kinder haben. Trotzdem, nun müssen wir uns erst mal um euch kümmern. Gair", Malwine sah zu ihm hin und musste lachen. Wahrscheinlich gab er ein groteskes Bild ab, wie er da so hilflos mit dem schreienden Säugling stand. "Gib ihn mir, und schau du zu einem der Bauern. Wir brauchen Ziegenmilch und eine Schweinsblase."

Dankbar legte Gair das Kind in Malwines Arme, wo es sich sogleich ein wenig beruhigte.

Als er kurz darauf mit den gewünschten Dingen zurückkam, hatte die Druidin bereits einen Tee für Kilinn gekocht und ihr eine Schüssel mit Brei vorgesetzt.

Eimhir war vom Tempel zurück und trug mit größter Selbstverständlichkeit den Kleinen herum, ihn mit Neugier und auch Stolz betrachtend. "Du hast heute Morgen verschlafen, Gair. Aonghas sagte, wir sollten dich nicht wecken, du hast aber auch zu witzig ausgesehen, da auf der Bank."

Fragend blickte Gair sich um.

"Die sind noch im Tempel, irgendwas besprechen."

Malwine gab ihnen Anweisungen, um dem Säugling aus der Schweinsblase einen Brustersatz zu machen. Kaum hatten sie ihm die mit Milch gefüllte Blase hingehalten, sog er auch schon gierig durch das kleine Loch die warme Nahrung auf. Kilinn sah gerührt zu, wie Eimhir ihren Sohn fütterte.

"Siehst du, es geht auch ohne Muttermilch. Wir werden aber sehen, ob nicht eine der Frauen, die noch stillt, deinen Sohn mitstillen kann. Auch Centigern ist von einer Amme aufgezogen worden, und sieh, er ist groß und stark."

Gair hatte sich ein wenig von dieser Frauenszene zurückgezogen und betrachtete das Ganze mit etwas Abstand. Was für ein liebliches Bild, drei Frauen dreier Generationen rund um ein kürzlich geborenes Kind.

Er spürte den gewohnten, leichten Druck im Kopf. Seine Wahrnehmung veränderte sich. Ungefragt stellten sich Bilder ein. Danach empfand er die Szene nicht mehr als lieblich. Sowohl Kilinn als auch Centigerns Sohn würden schon bald sterben.

Gegen Mittag schickte Malwine ihn zu Riona. Das Druidenpaar sorgte sich um die Witwe, und da sie zu Gair großes Vertrauen hatte, war es an ihm, nach ihr zu sehen. Am Weg zum Langhaus konnte er nur erneut staunen, wie rasch die Bauarbeiten an der Palisade voranschritten. Gerade stand Centigern mit zwei Vorarbeitern und besprach irgendwelche Pläne, die in Wachstafeln geritzt waren. Aislin würde die neue Palisade wohl lieben, denn von ihr konnte die Aussicht nur noch grandioser sein. Gair musste lächeln, denn er konnte sie richtig vor sich sehen, wie sie von der Palisade wie ein Vogel abhob und über den Culm flog.

Als Gair das Langhaus betrat, saß Riona auf einem Hocker

an einer der Lichtöffnungen und starrte hinaus. Goraids geliebter Hund lag zu ihren Füßen, gedankenverloren kraulte sie ihn.

"Riona?"

Ihr Kopf fuhr herum, sie starrte ihn einen Moment lang an, als wüsste sie nicht, wer er war. "Oh, Gair, du bist es. Wo ist deine Laute?"

"Ich habe sie nicht bei mir, aber ich kann sie holen gehen, wenn du willst."

"Ich hab dich doch herbestellt, dass du uns etwas vorspielst, nicht?" Ihre Augen flackerten unsicher hin und her, als suche sie ihren Mann. Dann seufzte sie. "Meinst du, er ist inzwischen gut in der Anderswelt angekommen?"

Gair setzte sich zu ihren Füßen hin, sofort legte der Hund seinen Kopf auf sein steifes Knie, wohlig seufzend. "Gewiss Riona, ganz gewiss."

"Er war ein guter Mann, oder?"

"Ja, das war er."

"Und Centigern, ist er ein guter Sohn?"

Gair zögerte. "Natürlich, Riona."

"Ich wünschte, ich könnte zu Goraid. Weißt du, er war gar nicht so. Er war ein großer Bär und doch mehr mein Kind als Centigern. Versprich mir, Gair, dass du auf Centigern aufpasst. Du bist mit ihm aufgewachsen, ihr ward früher enger als Brüder. Er hat zwar nun Aislin, aber ...", sie beugte sich verschwörerisch zu Gair hinunter, "er lässt sich von ihr nichts sagen. Nicht so wie Goraid von mir. Deshalb musst du auf ihn achtgeben. Damit die Lieder, die man über ihn singt, gut sind. Versprich es."

"Ich verspreche es, Riona. Hast du heute Nacht überhaupt geschlafen? Du wirkst müde."

Die alte Frau schüttelte den Kopf. "Ich musste doch warten, bis das Feuer ganz weggebrannt war. Und dann ..." Sie begann zu weinen.

Gair schob den Hund von seinem Bein und erhob sich. Sanft legte er der Fürstin den Arm um die Schulter und zog sie hoch. "Komm, Riona, geh dich ausruhen."

Sie ließ sich von dem Druidenschüler zu den Schlafkammern geleiten. Als er die Tür öffnete, die in den schmalen Gang führte, flüsterte sie: "Ich bin jetzt nicht mehr die Fürstin. Ich schlafe nun im Bett meines Sohnes. Und weißt du was? Von seinem Bett kann ich direkt auf die Morgensonne sehen, das ist schön."

Sie gab Gair einen Kuss auf die Wange und schlich zu der hinteren Kammer.

Da öffnete sich die gegenüberliegende Türe und Aislin trat heraus. "Brauchst du Hilfe, Mutter? Kalla ist gegangen, um Fleisch zu holen, damit wir dir eine stärkende Suppe bereiten."

Aislin wandte Gair den Rücken zu. Sie trug nur eine Tunika, und auch die ohne Gürtel. Ihr Haar floss offen den Rücken hinab. Hatte sie etwa noch geschlafen?

"Danke Liebes, nicht nötig, ich werde mich ein wenig hinlegen, wenn du mir nur mit der Frisur hilfst, die Kämme hinten sind so schwer zu erreichen. Gair war so nett, mich zu besuchen."

Aislin wandte den Kopf, sie errötete leicht, als sie den Druidenschüler sah. Gair nickte ihr zu und machte Anstalten, wieder zu gehen, doch Aislin deutete ihm, zu warten. Sie huschte hinter Centigerns Mutter in die Schlafkammer.

Gair schlenderte etwas ziellos in den großen Raum zurück. Es dauerte nicht lange, da kam Aislin zu ihm. "Sie hat sich hingelegt. Wie geht es dir, Druidenschüler?"

Sie stand direkt vor ihm, näher, als es sich gehörte. Ihre Hand zuckte, als wollte sie sie an seine Wange legen.

"Gut. Und dir?"

Sie zuckte die Schultern, seufzte. "Noch immer nicht."

Gair brauchte einen Moment, bis er wusste, wovon sie sprach. Er war in Gedanken bei ihrem letzten Zusammensein im Tempel gewesen und hatte versucht, aus ihrer Frage herauszuhören, ob sie ihn für seinen wohl peinlich anzusehenden Zustand während der erzwungenen Visionen bemitleidete oder verachtete.

"Oh. Ich hätte schwören können."

"Ich auch."

Sie schwiegen, beide ein wenig verlegen.

Ihr Blick blieb irgendwo auf seinem Brustkorb hängen. Er trug eine schlichte grüne Tunika über seinen karierten Hosen, ohne Schmuck oder Borten, wenn es da etwas zu sehen gab, dann musste es ein Fleck sein.

"Gair?"

"Ja?"

"Ich denke, du hättest einen guten Fürsten abgegeben. Aber ich verstehe dich." Sie starrte immer noch auf seinen Brustkorb, doch in ihren Füßen konnte er den Hauch eines Wippens verspüren.

"Danke."

Ihr Kopf fuhr in die Höhe, ein breites Lächeln lag auf ihren Lippen. "Komm mit!"

Sie nahm ihn an der Hand und zog ihn zu den Schlafkammern. Gair warf einen Blick nach hinten, besorgt, dass Centigern kommen könnte.

Aislin führte ihn in das Schlafgemach, in dem Gair gestern noch Goraid die letzte Ehre erwiesen hatte. Der Boden war nun mit duftenden Kräutern bedeckt, auf den Truhen an der Wand lagen Schmuck und prächtige Kleider, die darauf warteten, verräumt zu werden.

Aislin schob einen Vorhang zur Seite, der einen kleinen Alkoven abtrennte. "Hier haben immer Solas und Kalla geschlafen, doch Centigern mag es nicht, wenn wer bei uns im Schlafgemach ist."

Kein Wunder, dachte Gair. Kein Sklave konnte so verschwiegen sein, dass nicht bald das ganze Dorf wusste, dass der Fürst die Ehe nicht vollzog. Und schon gar nicht Kalla, es wäre ihr eine Genugtuung. Dann sah Gair, was Aislin ihm zeigen wollte. In dem Alkoven befand sich eine Truhe, deren Deckel offen stand und die bis gestern nachts wohl als Bett gedient hatte. Darin, auf einem Zwischenbrett, die Steinschale, die Clach ihr geschenkt hatte. Gefüllt mit Wasser. Daneben das kleine Holzstück, etwas Obst und Blumen. Eine kleine Eisenschale mit Räucherwerk.

"Wenn ich schon nicht in den Tempel darf, dann hol ich mir den Tempel zu mir. Lisha hat mich auf die Idee gebracht. Sie findet, man müsse nur geschickt vorgehen, und das, was man wolle, eben heimlich tun."

Gair konnte nicht verhindern, dass sich seine Mundwinkel verzogen. Hatte Centigern ihm doch damals in der Nacht die kleine Lisha angeboten.

"Ist es nicht herrlich? So kann ich die täglichen Rituale machen, wenn Centigern aus dem Haus ist."

Gair betrachtete Aislin von oben bis unten – die offenen Haare, die hastig übergeworfene Tunika. Er verstand es nun. Nicht aus dem Schlaf nach einer Liebesnacht hochgeschreckt, sondern im Gebet unterbrochen. "Dann will ich dich nicht weiter stören."

Er zog sich zur offenen Tür zurück. Er fühlte sich äußerst unbehaglich, hier, in der Schlafkammer.

"Du störst nicht." Ihr Lächeln war warm.

"Aislin, es ist nicht klug."

"Aber Centigern wird es nie merken! Warum sollte er in die Truhe im Alkoven sehen?"

Gair musste gegen seinen Willen lachen, Aislin klang gar zu verzweifelt. "Das meinte ich nicht. Ich meinte mich, hier in deiner Schlafkammer."

Aislin warf einen erstaunten Blick auf das mit Fellen bedeckte Bett, als würde ihr erst jetzt bewusst, wozu dieser Raum eigentlich diente. "Oh. Natürlich. Dann lass uns in die Halle gehen, es ist so fein, dich wiederzusehen."

"Nein Aislin, ich muss gehen."

Er drehte sich um und verließ die Kammer. Wie konnte sie ihn so in Versuchung führen? So mit ihm spielen? Er war ein Krüppel, er hatte sich erst vor Kurzem vor ihr im Dreck gewunden, stammelnd und zuckend, er war zu feige, sich gegen Centigern zur Wahl zu stellen. Er war für sie wohl nichts anderes als ein brüderlicher Freund, sonst wäre ihr doch die Brisanz der Situation bewusst gewesen.

Oh große Göttin, Allmutter der Natur,
Beherrscherin der Elemente,
du vereinst in dir die Gestalten
aller Götter und Göttinnen, Noreia, höre mich an.
Ich dachte, Gair würde sich freuen, meinen Altar zu sehen,
doch er ist davon gestürmt, als hätte ich ihm etwas angetan.
Kann es sein, oh Göttin? Kann es sein, dass er mehr für mich
empfindet als Verpflichtung? Dass er nicht, wie ich dachte, zu
allen so nett und liebenswert ist, sondern besonders zu mir? Oh

Göttin. Und ich dachte, nur ich ... Oder täusche ich mich, und es war nur die Angst, von Centigern in unserem Zimmer erwischt zu werden? Er fürchtet meinen Mann und vergöttert ihn doch. Und Centigern scheint ihn zu hassen und doch auch zu lieben. Am besten, ich rühre nicht daran. Segne ihn, Göttin.
Segne meinen Druidenschüler.

Das ganze Abendritual hindurch konnte Gair sich nicht konzentrieren. Seine Gedanken schweiften zu dem kleinen Altar in Centigerns Schlafgemach, zu der Frage, warum er die Ehe noch immer nicht vollzogen hatte, zu Aislins warmem Lächeln. Eimhir war ebenso nicht bei der Sache. Und auch Malwine schien darauf bedacht, den abendlichen Dienst rasch hinter sich zu bringen. Nur Aonghas wirkte ruhig wie immer.

Alle teilten jedoch das Gefühl, in der Luft zu hängen, da war sich Gair sicher. Zu warten. Alle wussten, dass Aonghas nun nicht mehr das Oberhaupt war. Keiner hatte ein Wort darüber verloren, dass Leod fehlte. Gair wurde es erst so richtig bewusst, als sie zum Abschluss noch um das Steinbecken saßen und der Asche nachsahen, die langsam mit dem Wasser den Überlauf hinausplätscherte. Der Duft von geräuchertem Beifuß hing noch in der Luft, niemand sprach ein Wort.

Eimhir hatte sich auf den Rücken gelegt, die Beine aufgestellt, und sah hinauf in den Himmel. Es war Gair, als hätte sich ihr Körper in der kurzen Zeit seit ihrer Initiation verändert. Sie hatte so nackt immer noch etwas von einem Reh an sich, ja, sie wirkte scheuer und zerbrechlicher als davor, doch gleichzeitig schien sie mehr Frau zu werden, er hatte das Gefühl, dass ihre Brüste und ihre Hüften gewachsen waren.

Die Dämmerung setzte gerade ein, nun schon wieder merkbar früher. Die Göttin gewann an Kraft, der Gott wurde schwächer. Dunkelheit und Licht. Eine Gruppe Enten flog laut quakend über den Tempel hinweg.

"Aonghas, kann man eigentlich auch Seher werden, ohne wie Gair die Gabe der Visionen zu haben?", fragte Eimhir.

Der Druide warf ebenfalls einen Blick nach oben, auf die Vögel, dann überkreuzte er die Beine, seine übliche Sitzposition, wenn er zu einer längeren Diskussion ansetzte.

"Ja. Kann man. Wobei man dann mehr ein Orakelleser ist als ein Seher. Mit genügend Übung und etwas Talent kann man lernen, aus den Stäben und Knochenwürfeln, aus dem Flug der Vögel – deshalb deine Frage, nehme ich an – und mittels aller möglichen anderen Techniken recht genaue Vorhersagen zu treffen. Dennoch ist meiner Meinung nach jemand mit echten Visionen, der ebenso diese Techniken lernt, einem Orakelleser immer weit überlegen und verdient wirklich den Namen Seher."

"Wärst du gerne ein Seher?" Gair ahnte, dass das junge Mädchen verzweifelt ihren Weg suchte.

"Ich weiß nicht. Ich will mehr sein als ein Barde. Ich hab's nicht so mit den Kräutern – entschuldige Malwine, ich finde es großartig, was man mit Kräutern machen kann, aber sie reden nicht mit mir wie zu dir oder zu Leod. Ich will so wie Aonghas Recht sprechen, einen Fürsten beraten."

Der Druide beruhigte sie. "Nun, schau Enrik an. Er ist auch nur ein Orakelleser, und nun ..."

"Tatsächlich?" Gair war überzeugt gewesen, dass der hagere Seher sehr wohl über die Gabe der Visionen verfügte.

"Zumindest kann ich in ihm keine Gabe lesen. Ich halte ihn deswegen nicht für einen Scharlatan, er beherrscht sein Handwerk. Aber ich müsste mich sehr irren, wenn er tatsächlich ein Seher im engeren Sinn ist."

"Nein, ist er nicht."

Verwundert blickten Aonghas, Malwine und Gair auf Eimhir, die das mit einer überzeugten Selbstverständlichkeit sagte.

Sie merkte die Blicke und setzte sich etwas verlegen auf. "Er hat es mir selbst gesagt. Leod hat ihm erzählt, dass ich keine Gabe habe."

"Leod hat mit Enrik über dich geredet? Warum?" Malwine klang misstrauisch.

Eimhirs Wangen färbten sich leicht rot, sie blickte verlegen zu den Anderen.

"Ich ... Leod will sich von Enrik weiter ausbilden lassen. Und er hat verlangt, dass ich mit ihm mitkomme, damit Enrik mich überzeugt, auch zu ihm zu wechseln."

So überrascht Gair und Malwine waren, der alte Druide nickte nur bestätigend.

"Du wusstest das?"

"Nun, Malwine, manches kann ich immer noch in anderen lesen. Leod hat sich schon länger innerlich von uns abgewendet. Erst der Trank, der ihn wohl in seiner Männlichkeit stärker gekränkt hat, als ich erwartet hätte. Dann darf Gair die Braut holen, nicht er. Dann die Sache bei Eimhirs Initiation ... "

"Was war bei meiner Initiation?"

Eimhirs Frage wurde von allen ignoriert.

"Leod geht es mehr um sich selbst. Und er sieht die Dinge wohl realistisch. Bei Enrik, da liegt die Zukunft. Insofern, Eimhir, werde ich dich nicht halten, solltest du auch zu ihm wechseln wollen. Ich habe heute Morgen Leod darauf angesprochen, er hat meine Vermutung bestätigt. Und da er jetzt nicht hier ist, so nehme ich an, dass er in Kürze seine Sachen aus unserem Haus holen wird."

"Ich würde nie zu Enrik gehen!" Eimhirs Augen blitzten. "Der Kerl ist widerlich! Meine Eltern haben mich dir übergeben, und hier bleibe ich! Vor Centigerns Seher muss man sich ja fürchten, der hat so was Unheimliches!"

Der alte Druide lächelte müde über diesen Ausbruch. "Das freut mich, Eimhir. Gair, wie sieht es mit dir aus? Ich habe gehört, dass du auch mit Enrik irgendwelche Abmachungen hast?"

"Das hat dir Leod erzählt, oder?" Gair wechselte die Sitzposition. Es widerstrebte ihm, so nackt, wie er nach den Ritualen noch war, über so heikle Dinge zu reden. "Ich weiß, worauf Leod sich bezogen hat, aber ich weiß nicht genau, was Enrik damit vorhatte, mich zu loben, dass ich ihm in die Hände spiele. Aber ich denke, Aonghas, dass du soundso in mir liest und weißt, wo meine Treue liegt. Ich muss gestehen, ich würde Enrik gerne für einen Blender und Angeber halten, doch als ich mit ihm nach Solva ritt, da hat er mich als fähiger Mann überzeugt. Er hat ein reiches Wissen, er hat mir hilfreiche Übungen gegeben – vielleicht eben, weil er keine Gabe hat, auf die er sich verlassen kann. Als könnte ich mich auf meine verlassen!" Er lachte auf. "Er und Centigern haben Großes vor, aber wenn mich mein Gefühl nicht täuscht, hat das wenig mit Dienst an den Göttern zu tun."

Aonghas nickte. "Ja, das denke ich auch. Nun. Genug für heute."

Resolut stand der alte Mann auf. So stattlich er in den öffentlichen Zeremonien wirkte, jetzt, nackt und müde, konnte er sein hohes Alter nicht leugnen. Seine Haut wurde ihm bereits zu groß.

Gair sah ihn und Malwine, die ebenfalls aufstand, verwundert an. Vor etwas mehr als zwei Monden hatte er die beiden bei den Beltanefeierlichkeiten die große Ehe vollziehen gesehen, und wenn er sie jetzt betrachtete, so waren dies zwei andere Menschen. Es gehörte wohl zur Macht des Druiden dazu, sich vor den Menschen in der Gestalt zu zeigen, die für das Ritual am dienlichsten war.

Eimhir streckte Gair die Hand entgegen: "Kommst du?"

Gair erhob sich, schlüpfte wie alle in sein Gewand. Der Stoff auf der Haut fühlte sich angenehm an, kühl und warm zu gleich, und vor allem wie eine Schutzhülle. Doch das war ja auch der Sinn der Nacktheit im Tempel – sich den Göttern schutzlos hinzugeben, ohne Möglichkeit, sich zu verbergen oder zu verstellen.

Das Druidenpaar war bereits vorausgegangen.

Eimhir wartete auf Gair. "Hast du mich wirklich als Druidin gesehen?"

Gair lächelte und nickte. "Natürlich. Eimhir, nach so einer inneren Reise, da kann man nicht lügen."

"Aber du hast auch gesehen, dass ich im Streit weggehe."

"Ja."

"Wann?"

"Bald."

Sie schlang ihre Arme fest um seine Taille, drückte ihr Gesicht an seine Brust. Dumpf tönte es aus seiner Tunika: "Aber ich mag nicht streiten."

Gair schob sie auf Armeslänge von sich. "Du wirst deinen Weg machen. Vertraue darauf. Und erinnere dich: Im Kampf heißt es töten oder getötet werden. Wenn du Druide werden willst, dann wirst du da durch müssen."

Böse sah sie ihn an, wandte sich ab und lief davon.

Gair lag allein in der Schlafkammer. Tatsächlich hatte Leod all seine Sachen bereits aus dem Druidenhaus geholt. Wo er nun wohl schlief? Sonderlich geräumig war Enriks Hütte ja nicht, da blieb Leod wohl nichts anderes übrig, als auf dem Boden zu schlafen. Nun, es war nicht sein Problem.

Aus der Nebenkammer konnte er leise Aonghas und Malwine sprechen hören. Von der anderen Seite, aus dem Gästehaus, drang manchmal ein Schnarchen herüber. Reisende aus dem Süden waren dort seit einigen Tagen untergebracht. Die Zeit schien still zu stehen. Es war eine der wenigen Nächte, in der es nicht wirklich abkühlte. Die Kammer mit ihrer kleinen Lichtöffnung war stickig. Die vorige Nacht auf der Bank vor dem Haus war zwar nicht gerade bequem gewesen, aber angenehmer als hier herinnen.

So stand Gair erneut auf, schlüpfte in seine Hose und schlich aus dem Haus. Es war eine sternenklare Nacht, wunderschön. Die Luft war mild und warm, wie eine Liebkosung. Gair ging zu der großen Wiese, schritt bedächtig um die große Linde herum, seine rechte Hand an ihre Rinde gelegt. Dann überquerte er die Wiese und wiederholte das selbe bei der alten Eiche. Diese beiden Bäume verkörperten das Weibliche und das Männliche. Die Felsplatte dazwischen, auf der Centigern und Aislin bei ihrer Begrüßung gestanden hatten, war der Punkt des Gleichgewichts. Gair umrundete die Platte. Ein Stück vor ihm kreuzten sich die beiden Hauptwege des Dorfes. Er stellte sich an die Kreuzung und blickte in beide Richtungen. Rechts der Tempel, links das Haupthaus. Schräg rechts und schräg links die beiden großen Tore, die Ardudunum mit der Welt verbanden. Hinter sich die Wiese mit der Eiche und der Linde. Von hier konnte er ganz Ardudunum sehen.

Von den Ställen drang leises Wiehern durch die stille Nacht. Ein Schaf antwortete. Es war ein Moment, den Gair gerne eingefroren hätte. Kein großer Moment, aber eben deshalb – ein kleines Stückchen Frieden und Ruhe. Egal, dass Leod seinen Meister verraten hatte, egal, was kommen würde.

Auch wenn Gair viele Jahre in Bragnreica und auf Kriegszügen verbracht hatte, dies hier war seine Heimat. Dieses Fleckchen hier bedeutete ihm mehr als jedes andere auf der Welt. Hier spürte er seine Wurzeln, hier spürte er die Kraft der Götter, jener der Erde, die unter seinen Füßen pulsierte, jener des Himmels, der hier zum Greifen nahe schien. Hier war er eins mit allem um sich. Dies war der Platz, an den die Götter ihn gesetzt hatten. Ohne seine Knieverletzung hätte er das vielleicht nie erkannt, von einem Söldnerzug zum anderen taumelnd. In diesem Moment empfand er seine Verletzung als Segen. Ein tiefes Gefühl von Frieden durchströmte ihn.

ach dem Morgenritual war es mit dem Frieden vorbei. Sie standen noch singend um das Becken, als es laut an das Tor des Tempels klopfte. Ohne auf Antwort zu warten, wurde die Tür geöffnet und Enrik und Leod standen vor ihnen.

"Guten Morgen", grinste der Seher. "Wie schön, dass ihr alle hier versammelt seid, mich zu begrüßen."

Keiner antwortete, sie sahen schweigend auf den Eindringling, der es wagte, die morgendlichen Gebete zu unterbrechen. Nach einem kurzen Moment der Stille setzte der Druide mit den Gesängen fort, als wäre nichts gewesen.

Enrik verschränkte die Arme und stand wartend da. Hinter ihm, durch das offene Tor, konnte Gair ein paar neugierige Menschen sehen, die wohl nicht nur gespannt waren, was sich zwischen den Druiden ereignen würde, sondern auch begierig, einen Blick auf die Tempelrituale zu werfen, die täglich hinter verschlossenen Türen stattfanden.

Als sie ihre Gesänge beendet hatten, zog Aonghas ruhig und gelassen seine Hosen und Tunika an. Eimhir und Gair taten es ihm gleich, obwohl das Mädchen ängstliche Blicke auf den älteren Schüler warf.

"Guten Morgen, Enrik. Was können wir für dich tun?" Aonghas klang freundlich.

"Nun, ihr könnt mir den Tempel übergeben. Ab heute obliegt mir die Führung des Heiligtums."

Eimhir riss den Mund auf. Ihr böser Blick traf Leod, als könne der etwas dafür. Der wandte den Kopf, bemüht, unbeteiligt und hochmütig auszusehen.

"Damit habe ich gerechnet." Aonghas blieb vor dem Seher stehen und rührte sich nicht. Der alte Mann hatte sich zu seiner vollen Größe aufgerichtet, blickte somit ein wenig auf den hageren Enrik hinab.

Die beiden Eingeweihten standen, wie es Gair schien, eine lange Zeit so, unbeweglich und mit ernsten Gesichtern. Eimhir an Gairs Seite bemühte sich offensichtlich, ebenfalls groß und unerschrocken zu wirken, doch Gair konnte ihre Angst riechen. Er selbst empfand zu seinem eigenen Erstaunen gar nichts. Leod hingegen schien sehr bewegt, er hielt die Arme verschränkt, blickte hochmütig auf seine ehemaligen Mitschüler. Auf seinem geschorenen Kopf glänzten Schweißperlen.

Endlich, nach einer unerträglich langen Zeit, wie es Gair schien, machte Enrik den Hauch eines Schrittes zurück. "Natürlich könnt ihr den Tempel weiterhin benützen, Ardudunum verträgt in Zeiten wie diesen jede spirituelle Unterstützung. Es steht euch frei, außerhalb der heiligen Dämmerungszeiten eure Rituale hier auszuführen, sofern ihr nicht meinen Anordnungen zuwiderhandelt."

"Nun, vielen Dank, Enrik, Seher des Fürsten. Leod ist mit den Begebenheiten hier im Tempel vertraut, er kann dir alles zeigen. Und falls du uns etwas mitzuteilen hast, so kannst du gerne ihn als Boten schicken, er kennt den Weg zu unserer Hütte." Aufrecht und ohne die anderen eines weiteren Blickes zu würdigen, schritt Aonghas aus dem Tempel.

Gair und Eimhir folgten ihm, lange nicht so selbstbewusst wie ihr Meister. Gair warf einen neugierigen Blick auf den Seher. Nein, so hatte sich Enrik die Übernahme des Tempels nicht vorgestellt. Unter seinem langen dunklen Umhang sah Gair am Gürtel den Schwertgriff blitzen. So wichtig war es ihm also, die heilige Stätte unter seiner Kontrolle zu haben, obwohl er immer wieder gegen Noreia gewettert hatte.

Die Menschen vor dem Tempel wichen zur Seite, als der Druide und seine Schüler durchgingen. Betretenes Schweigen herrschte, die Männer senkten ihre Köpfe, die Frauen sahen mitleidsvoll drein.

Aufrecht und schweigend erreichten die drei das Druidenhaus.

Doch sobald sie die Türe hinter sich geschlossen hatten, sank Aonghas auf die Bank vor den Wandteppichen. "Malwine." Seine Stimme klang kraftlos.

Die Druidin, die wie jeden Morgen mit der Zubereitung des Essens beschäftigt war, blickte vom Kessel auf, in dem sie gerade rührte.

"Malwine, pack unsere Sachen."

"Aber Aonghas!" Eimhir schrie erschrocken auf, während Malwine mit Seelenruhe anfing, ein paar Vorräte aus dem Regal zu suchen.

Aonghas strich dem jungen Mädchen, das vor ihm auf die Knie gefallen war, sanft über den Kopf. "Wir sind hier nicht mehr willkommen, Eimhir. Dreißig Jahre lang habe ich diesem Ort gedient, ich bin zu alt, täglich gegen diesen Seher anzukämpfen. Ich kann keine Liebe in diesem Mann lesen, und was ich in ihm lese, gefällt mir nicht. Wenn ich jünger wäre, dann würde ich den Kampf aufnehmen. Aber so ... jetzt, wo Goraid tot ist, haben er und Centigern hier das Sagen."

"Wo willst du hingehen?" Gair setzte sich zu seinem Meister auf die Bank.

Der alte Mann zuckte die Schultern. "Erstmal in den Wald." Er lächelte. "Wisst ihr, Aislin hat mich darauf gebracht. Wie weit wir uns in unserem Tempel von der alten Religion entfernt haben, eingesperrt in totes Holz statt inmitten der lebenden Bäume, die meisten Rituale hinter verschlossenen Türen praktizierend. In gewisser Weise freue ich mich direkt darauf, das wieder aufzubrechen. Und dann, vor dem Winter ... nun, es gibt noch andere Heiligtümer, wo wir vielleicht willkommen sind. Oder wir gehen zu Voccio nach Bragnreica, er hat mich und Malwine immer sehr geschätzt."

"Und was wird mit uns?" Eimhir kniete noch immer am Boden.

Malwine legte die Kräuterdosen, die sie gerade getragen hatte, ab, und kniete sich neben das Mädchen, um sie zu umarmen. "Es steht dir frei, mit uns zu gehen oder hier zu bleiben. Du bist durch deine Initiation nun kein Kind mehr, und so ist es nicht mehr an uns, über dich zu entscheiden. Aonghas und ich haben gestern Nacht lange darüber geredet, was wir für uns als das Beste ansehen. Aber was das Beste für dich ist, das musst du selbst entscheiden."

Ein wenig verloren blickte Eimhir von einem zum anderen. "Würdet ihr mich denn mitnehmen?"

"Aber natürlich!" Malwine lächelte. "Ich würde mich sehr freuen, wenn du bei uns bleibst! Deine Eltern haben dich dem Heiligtum Ardudunums übergeben, aber es ist an dir zu entscheiden, ob du den Ort oder den Lehrer vorziehst."

"Dann gehe ich mit!" Sie sprang auf, nun wieder voller Energie und Zuversicht.

Aonghas und Malwine blickten zu Gair, der das Ganze fast unbeteiligt beobachtet hatte. "Und du, was willst du tun?"

Gair zuckte die Schultern. "Gewiss nicht als Leods Mitschüler bei Enrik lernen. Andererseits ..."

Malwine legte ihm sanft die Hand auf sein ausgestrecktes Knie. "Ich weiß. Aber meinst du, dass Centigern dich in ihre Nähe lässt?"

Gair seufzte. "Nein, gewiss nicht. Aber auch ihr habt mich ja verpflichtet, auf sie zu achten. Und ich weiß, was ich gesehen habe. Und das verlangt, dass ich hier bleibe. Und wenn ich ehrlich bin, Aonghas, so finde ich, dass auch ihr noch hierbleiben solltet. Ardudunum besteht nicht nur aus Enrik und Centigern. Ein Krieger verlässt auch nicht das Schlachtfeld, nur weil es gerade nicht so rosig aussieht."

"Ich bin kein Krieger, Gair. Und ich bin alt." Seine Stimme klang fest, doch der Blick, den er seiner Frau zuwarf, war unsicher.

"Nun, es ist nicht an mir, die Entscheidungen meines Meisters in Frage zu stellen. Du hast gewiss das Orakel befragt und tust, was die Götter sagen. Ich sage nur, dass ich es nicht richtig finde."

Gair erhob sich.

Zu seinem Erstaunen senkte Aonghas den Kopf. "Das Orakel sagt nicht, dass wir jetzt gehen sollen. Es sagt, dass wir gehen werden, aber nichts über den Zeitpunkt. Doch mir scheint der Zeitpunkt nun gekommen."

"Du hast damals eigentlich nie gesagt, wem deine Pflicht gilt. Dir? Deinem Stamm? Aber du hast wohl recht, du bist alt geworden und schwach durch Goraids Tod. Und ich dachte, du hättest den Fürsten aufrecht gehalten, nicht er dich."

Gair verließ das Haus.

Aonghas' Verhalten enttäuschte ihn. Aber der Druide war wohl wirklich alt und konnte es nicht mehr verkraften, seinen Fürsten und seinen Einfluss verloren zu haben. War es ihm selbst denn nicht auch schwergefallen, seine Macht als Krieger verloren zu haben? Wie konnte er es sich also anmaßen, über seinen Meister zu richten.

Zielstrebig ging Gair den Hang hinab zum Haus seiner Mutter. Sie sollte von den Entwicklungen wissen, auch, weil er wusste, dass Aislin ihr vertraute.

Wie immer saß die alte Frau an der Lichtöffnung und arbeitete an einer Nadelbinderei. Erstaunt blickte sie auf, als ihr Sohn zu dieser ungewohnten Tageszeit zu ihr kam. Mit wenigen Worten berichtete Gair, dass Aonghas Ardudunum verlassen werde. Die Reaktion seiner Mutter überraschte ihn. Sie legte ihr Handarbeitszeug zur Seite, schnappte sich ihren Umhang und eilte aus dem Haus. Gair folgte ihr. Schnellen Schrittes hastete die alte Frau zum Druidenhaus und trat ohne anzuklopfen ein. Malwine und Aonghas saßen in ein Gespräch vertieft auf der Bank, während Eimhir offenbar in ihrer Kammer war.

"Aonghas! Was höre ich? Du willst Ardudunum verlassen?"

Gair traute seinen Ohren nicht. Seit mehr als drei Jahren hatte seine Mutter kein Wort gesprochen! "Mutter! Du sprichst?"

Die alte Frau wandte sich ihm zu, lächelte, legte ihre Hand an seine Wange. "Aonghas, sag Gair, dass ich immer gesprochen habe, nur mit ihm nicht."

"Was?"

"Sag ihm, ob er sich erinnert. Dass wir gestritten hatten, ehe er auf seinen letzten Söldnerzug ritt. Dass ich gesagt hatte, wer nur für Gold und Ruhm kämpft, der würde auch durch das Schwert sterben. Als hätte ich ihn damit verflucht. Deshalb hab ich bei den Göttern geschworen, wenn er überlebt, ich würde nie wieder ein Wort an ihn richten, damit so etwas nicht wieder geschehen kann."

Sie stand direkt vor ihm, ihre Hand immer noch an seiner Wange, blickte ihn an und redete doch mit Aonghas, nur um nicht das Wort an ihn zu richten.

"Ich hab versucht, es ihr auszureden", brummte der Druide hinter Gair, "aber sie ist mit Sturheit gesegnet."

"Nun, mein Sohn lebt, und das werde ich nicht noch einmal aufs Spiel setzen. Aber das tut jetzt nichts zur Sache. Aonghas, was soll das heißen, dass du Ardudunum verlassen willst?"

Der Druide erklärte Gairs Mutter die Situation, doch fast schien es Gair, dass er sich vor der alten Frau rechtfertigen musste, wie ein kleines Kind. Gair konnte nicht glauben, dass seine Mutter all die Jahre sehr wohl mit anderen geredet hatte, und nur mit ihm nicht. Ein Gefühl von Dankbarkeit durchströmte ihn. So verrückt es war, aber sie hatte es getan, um ihn am Leben zu erhalten.

"Malwine, wie kannst du zulassen, dass dein Mann sich einfach feige verdrückt, ohne dass Gefahr droht? Deine Mutter, meine Tante, würde sich schämen! Meint ihr denn, Ardudunum besteht nur aus Enrik und Centigern? Offenbar habt ihr euch so in euren Tempel verschanzt, dass ihr gar nicht mitbekommen habt, wie viele hier im Ort gegen Centigern sind, wie viele Angst haben, was geschehen wird. Die Menschen brauchen dich, Aonghas. Du kannst sie nicht im Stich lassen! Vergiss deine gekränkte Eitelkeit! Solange das Klappergestell euch in den Tempel lässt, so lange ist es eure Pflicht, für uns Menschen hier bei Noreia zu beten. Ich mag es gerne als einen Anflug von Schwäche nach Goraids Tod sehen, schließlich ward ihr lange eng verbunden, aber du bist der Druide, Enrik nur ein Seher. Ich kann nicht glauben, dass du wirklich vorhattest, zu gehen. Man muss mit dem leben, was ist. Meinst du, ich hab mich aufgegeben, als ich nach Fionghalls Tod plötzlich alleine dastand? Mit einem Säugling und einem Milchkind? Ihr ward da für mich, wie es sich gehört in einem Stamm. Man ist füreinander da. Du für uns und wir für dich. Also. Du bleibst."

Gair hatte noch nie in seinem Leben seine Mutter so resolut erlebt. Auch Eimhir hatte den Kopf bei der Kammertüre herausgesteckt und neugierig gelauscht.

Aonghas erhob sich. "Gair, deiner Mutter kann man schwer widersprechen. Das war immer schon so. Als sie dich zu mir brachten, blutend und halb tot, da stand sie neben dem Karren, auf dem sie dich hertransportiert hatten, sie sah dich an und sagte: 'Ich habe meinen Mann verloren. Ich werde nicht auch noch meinen einzigen Sohn verlieren. Er wird leben.' Da wusste ich, ich hatte keine andere Chance, als dich am Leben zu erhalten. Ich bin auch überzeugt, es war allein ihr Wille und ihre Kraft, die damals Centigern hat überleben lassen, diesen mageren, kränklichen Säugling. Also bleibt mir wohl auch jetzt nichts anderes übrig, als ihr zu gehorchen."

Malwine fiel ihrem Mann um den Hals. Über seine Schulter warf sie einen dankbaren Blick auf Gairs Mutter, die stolz daneben stand. Mochte sie auch eine kleine Frau sein, sie nun so erlebt zu haben, änderte auch in Gair etwas. Es war, als fände er etwas von seiner alten Kriegerkraft wieder.

ie nächsten Tage hatten eine eigenartige Qualität. Es herrschte drückende Hitze, und es schien, als mache sie alle schlapp und lustlos. Aonghas und seine Schüler hielten wie immer ihren Unterricht ab, Gair lehrte die Kinder im Schatten des Waldes. Trotz der Hitze gingen die Bauarbeiten voran. Unermüdlich schleppten die Arbeiter Steinbrocken in das Dorf, die dann behauen wurden, um in die Mauer zu passen. Der Abfall an Gestein wurde als Wurfsteine hinter den Palisaden aufgeschlichtet. Die Krieger übten zumeist im Wald, und viele der jungen Burschen des Dorfes schlichen sich von ihren Arbeiten weg, um ihnen zuzusehen.

Jeden Morgen durften Gair, Eimhir und Aonghas in den Tempel, sobald Enrik seine Morgenrituale beendet hatte. Es schien Gair, als hätte sich die Luft im Tempel verändert, aber vielleicht lag es auch nur an der Hitze. Wenn sie dem hageren Seher begegneten, so nickte man einander zu, Absprachen wurden aber immer über den Umweg von Leod getroffen, der es sichtlich hasste, als Bote herumgeschickt zu werden. Eimhir wechselte mit ihrem ehemaligen Mitschüler kein Wort, wann immer sie ihn sah, wandte sie sich ab. Gair verspürte keinen Groll gegen ihn. Er konnte Leods Motive, den Lehrer zu wechseln, verstehen, und persönlich war er nicht unglücklich, dass Leod weg war. So hatten zumindest die lästigen Sticheleien und Streitereien ein Ende.

Malwine jedoch war besorgt, was Leod Enrik erzählen könnte. Schließlich hatte Leod lange Jahre bei Aonghas gelernt und wusste viele Dinge über den Druiden und sein Haus, die Malwine nicht so gerne in Anderer Ohren wusste. Als sie ihre Sorge Eimhir und Gair gegenüber erwähnte, fing Eimhir zu grinsen an. Sie sprang auf und lief zu dem Regal, in dem alle möglichen Gegenstände und Werkzeuge aufbewahrt wurden. Triumphierend schwang sie ein Stück Stoff in der Hand, und als Gair genauer hinsah, erkannte er in dem Stoff eingewickelt Leods Haarzopf, den Eimhir vergessen hatte, ihm zu einem Band zu spinnen. Malwine verschwand damit bei nächster

Gelegenheit im Tempel, und was auch immer sie damit für ein Ritual ausführte, danach war sie völlig beruhigt und entspannt. Auf Eimhirs Frage hin meinte sie nur, sie hätte Leod gebunden, es wäre ihm nun einfach nicht möglich, etwas zum Schaden der Druiden zu sagen.

Seit Gair wusste, dass seine Mutter sehr wohl sprach, nahm er immer Eimhir mit zu ihr. So konnte die Mutter ihm vieles erzählen, ohne direkt mit ihm zu reden. Die Besuche bei ihr wurden zu einem lehrreichen Fixpunkt. Einmal trafen sie sogar Aislin im Haus der Mutter, doch sie ging eilig, als Gair und Eimhir eintraten.

Aonghas wirkte nach wie vor schwach. Der Tod Goraids hatte ihn wahrlich hart getroffen. Malwine verbrachte viel Zeit damit, für ihn zu kochen und Kräuterweine zu mischen. Doch die Menschen Ardudunums merkten nichts davon.

Das Dorf war eindeutig gespalten. Es gab jene, die den alten Druiden kaum mehr ansahen, wenn sie ihm begegneten, und jene, die nach wie vor zu ihm hielten und mit ihren Fragen und Sorgen zu ihm kamen. Die Erntezeit begann, was die Arbeiter aus den umliegenden Dörfern in Unruhe versetzte. Sie waren hier, mit Bauarbeiten beschäftigt, während ihre Felder daheim darauf warteten, beerntet zu werden. Es war eine eigenartige Zeit. Nicht nur die Luft flirrte vor Hitze, Gair fühlte auch innerlich ein permanentes Flirren.

Plötzlich war die Hitze der letzten Tage abgeklungen. Sonnengott Bel hatte sich wohl ein letztes Mal diesen Sommer aufgebäumt. Nun war alles vertrocknet, der stetige Wind hier auf dem Culm hatte Bel unterstützt, das Land dürr zu machen. Wenn nicht bald Regen kam, würde die Ernte leiden.

Zumindest hatte es abgekühlt, das übliche Zeichen, dass der Herbst nahte. Die Nächte waren nun wieder empfindlich kühl. Gair zog sich die wollene Decke über, ihn fröstelte. Wie so oft in letzter Zeit konnte er nicht schlafen. Seine Gedanken schweiften durch die Vergangenheit. Centigern und er hatten die heißen Sommertage geliebt, als sie kleine Buben waren. Den ganzen Tag hatten sie mit ihren Freunden am Bach verbracht, geplanscht, Boote gebaut, Wasser aufgestaut. Dann hatte man ihn und den Fürstensohn weggeschickt, zu Voccio, wie es das Gesetz verlangte. Die Jahre fern von Ardudunum hatten sie ihren Kinderfreunden entfremdet. All die anderen hatten längst Frauen und Kinder.

Wie sorglos das Leben damals am Bach doch gewesen war. Rückblickend schien es ihm, als hätte der Bach, gespeist aus der heiligen Quelle, sie alle mit Noreias Kraft erfüllt. Er erinnerte sich daran, wie Clach immer mit seiner Mutter in ihrer Nähe gesessen hatte, während Centigern und die anderen wilde Schlachten im Wasser fochten. Der Fürstensohn und er mochten sechs Jahre alt gewesen sein, Clach vielleicht drei. Sie spürten alle, dass das rundliche Kind mit den eigenartigen Augen anders war als sie. Sie mieden ihn, denn seine Wutanfälle waren beängstigend, selbst für Centigern, der damals schon seinen Milchbruder weit überragte. Der spätere Steinmetz beobachtete sie immer ganz genau, wenn er nicht damit beschäftigt war, Steine aufzuschlichten und zu Mosaiken zu formen. Es schien, der Bach hatte in jedem von ihnen seine wahre Natur zum Wachsen gebracht. Denn wenn er genau nachdachte, dann waren da Erinnerungen, wie er selbst als kleiner Junge am Ufer saß, dem Bach lauschte, und meinte, darin Gesänge und Worte der Wasserwesen und Götter zu hören. Voller Bilder seiner Kindheit sank Gair langsam in tiefen Schlaf.

Mitten in der Nacht schreckte er hoch. Nein, das war kein Traum gewesen. Er hatte sie gesehen. Die Boier, eine furchterregende Heerschar, auf ihren großen, stämmigen Pferden. Sie lagerten am Fuße des Culm, sie waren da. Hastig sprang Gair aus dem Bett, schlüpfte in seine Hosen und rannte, den Gürtel bindend, aus dem Haus. Die Nacht war finster und windig, kein Mond stand am Himmel. Vorbei an der Linde, an der Eiche. Ohne anzuklopfen stürmte er in das Langhaus. Das Feuer in der Grube gloste, daneben lag Solas am Boden, schlafend. Erschrocken fuhr er hoch, als Gair an ihm vorbeilief, folgte ihm schlaftrunken.

Gair riss die Tür von Centigerns Schlafgemach auf. Der Fürst saß trotz der späten Stunde auf der Bettkante, betrachtete seine Frau, die am anderen Ende des Raumes stand, ihre Nacktheit vom sanften Licht zweier Öllampen beleuchtet. Mit einem Aufschrei verbarg sie sich hinter dem Vorhang im Alkoven. Gair beachtete sie nicht.

"Die Boier kommen!"

Centigern schien einen Augenblick zu benötigen, bis er seinen Milchbruder wahrnahm. Er erhob sich, fast wütend. "Was willst du hier, mitten in der Nacht?"

"Die Boier kommen", wiederholte Gair, nun völlig ruhig.

Centigern starrte ihn an. "Blödsinn. Mein Seher und meine Späher hätten es mir gemeldet. Kein Weiler rund um den Culm, der nicht verpflichtet ist, mir Meldung zu machen. Du hast geträumt, Bruder. Geh zurück ins Bett."

"Das war kein Traum. Sie lagern am Fuße des Culm im Wald, an der Nordseite."

Aislin kam vorsichtig aus dem Alkoven heraus, ein Tuch um ihren Körper geschlungen. "Gair macht bestimmt keinen Scherz damit, Centigern."

"Ich habe nie behauptet, er mache einen Scherz! Er hat einfach nur geträumt!" Der Fürst brüllte. "Solas, hol Enrik. Los, beweg dich, schneller!"

Der Bursche rannte aus dem Zimmer. Die beiden Milchbrüder starrten einander an. Gair zwang sich, ein Lachen zu unterdrücken. Centigerns Augen glänzten fiebrig, aber nicht aus Kriegslust. Er stand da, als würde jede Bewegung eine Katastrophe auslösen, hier in seinem Schlafgemach, überrascht bei seinen eigenartigen Liebesspielen. Centigerns Körper schien kurz vor dem Explodieren zu sein. Was für eine lachhafte Situation, wäre die Lage nicht so ernst.

Aislin schnappte sich Gewand von einer Truhe und verschwand erneut im Alkoven, um in einer Tunika wieder zu erscheinen.

Solas kam zurück, keuchend. "Enrik kommt sofort."

Centigern wandte sich endlich ab, verließ das Schlafgemach und setzte sich im großen Raum auf den kunstvollen Fürstenstuhl, den Blick ins Leere gerichtet. Gair folgte ihm, abwartend.

Kurz darauf trat der Seher ein, ebenfalls nur in Hosen. "Was rufst du mich mitten in der Nacht?"

"Gair behauptet, die Boier kämen."

Ein böser Blick traf den Druidenschüler.

"Unsinn. Weder das Orakel noch unsere Posten haben etwas gemeldet."

"Siehst du. Enrik hat erst heute Morgen das Orakel befragt, und es hat vorhergesagt, dass wir noch genug Zeit haben, die Palisade zu vollenden. Deshalb haben wir auch heute begonnen, die alte Palisade im Osten abzubauen, denn die Boier kommen nicht vor dem Herbst. Und bis dahin sind wir uneinnehmbar."

Gair ignorierte seinen Bruder und wandte sich an den Seher. "Befrag das Orakel nochmal, jetzt."

"Druidenschüler, du jagst mich mitten in der Nacht aus dem Bett, und dann willst du mir noch Befehle geben?"

"Ich will sehen, wie du es befragst."

"Ja, das würde ich auch gerne sehen", sagte Aislin leise hinter Gair. Er hatte nicht bemerkt, dass sie ihnen gefolgt war.

"Du hattest recht, Centigern, dein Bruder tut wirklich alles, dich und deine Macht zu hintertreiben. Nun gut, damit alle beruhigt sind, ich werde in den Tempel gehen. Aber zusehen lasse ich mir nicht, dies sind heilige Arbeiten."

Leod erschien in der offenen Türe, auch er nur in Hosen. "Brauchst du Hilfe, Meister?"

Unwirsch fuhr der Seher ihn an. "Nein, ich brauche keine Hilfe. Verschwinde."

Gair sah seinen ehemaligen Mitschüler an und zog die Augenbrauen hoch. Enrik verließ das Langhaus, Leod stolperte hinter ihm her.

"Gair, bist du sicher?" Aislin näherte sich ihm, ungeachtet der Anwesenheit Centigerns.

Dieser erhob sich sofort von seinem Stuhl. "Geh ins Bett, Weib. Dies ist Männersache. Und du, Gair, geh schlafen. Du wirst sehen, es ist nichts. Wozu glaubst du habe ich alles rund um den Culm erobert? Damit wir ruhig schlafen können und rechtzeitig gewarnt werden."

Er legte den Arm um Aislin und führte sie zurück zur Schlafkammer.

Gair stand noch einen Moment mitten im Raum, beobachtet von einem ängstlichen Solas, dann verließ auch er das Langhaus.

Doch er ging nicht schlafen. Sein Weg führte ihn ins Haus seiner Mutter. Sie schlief auf ihrem Strohlager, dick in Decken gewickelt, doch als Gair bei der Tür hereinhuschte, schreckte sie hoch.

"Shht, Mutter, ich bin es, Gair. Komm mit."

Er sprach leise, um die beiden Arbeiter, die neben dem Feuer schliefen, nicht zu wecken. Seine Mutter nickte, sie hatte in ihrer Tunika geschlafen, griff nun nur nach ihrem Umhang, das Überkleid liegen lassend. Sie folgte ihrem Sohn zum Haus der Druiden, wo Gair zuallererst Holz nachlegte und Öllampen anzündete. Dann ging er, Aonghas, Malwine und Eimhir zu wecken.

Kurz darauf saßen sie rund um das Feuer. Alle waren nachdenklich, wogen ab, was Gair und was Enrik gesagt hatten.

"Ich denke, nun ist der Zeitpunkt gekommen, wo ihr gehen solltet. Wenn ich könnte, würde ich das ganze Dorf mitschicken, außer der Krieger. Aber ich bin nicht der, der entscheidet. So will ich zumindest, dass ihr in Sicherheit seid. Je weniger Frauen und Kinder im Dorf, umso leichter können die Krieger und Männer es verteidigen."

Malwine und Aonghas sahen einander lange an. Dann nickten beide.

"Ja, Gair, wir glauben dir. Enrik ist ein Orakelleser, du ein

Seher. Aber du hast selbst gesagt, dass wir bleiben sollen, dass die Menschen in Panik geraten werden, wenn wir gehen." Malwines Stimme war sanft.

"Das war, als noch keine direkte Gefahr herrschte. Ich vermute, dass Ardudunum spätestens morgen Abend ein Schlachtfeld ist. Wenn die Menschen nun in Panik geraten – sollen sie! Vielleicht retten sich dadurch einige in den Wald."

Eimhir schmiegte sich an Gair, ihre Hände um seinen Unterarm geklammert. "Ich hab immer noch gehofft, dass das alles nicht wahr ist."

"Tut mir leid, Kleine."

"Nun gut", Malwine erhob sich. "Dann diesmal also wirklich." Sie nahm einen Beutel und packte einige Kräuter hinein.

"Aonghas, frag meinen Sohn, wohin wir gehen sollen. Hat er das auch gesehen?"

"Geht zu Voccio. Und schaut, ob noch andere mit euch gehen wollen, gegen den Willen Centigerns. Ihr müsst bei Sonnenaufgang gehen, danach wird er euch nicht mehr hinauslassen. Auf der Straße nach Süden sehe ich keine Gefahr."

"Aonghas, sag ihm, ich will, dass er uns anführt. Er ist ein Krieger gewesen."

"Nein, Mutter. Ich bleibe hier. Einer muss doch Noreias Tempel beschützen."

Malwine warf ihm einen vielsagenden Blick zu. "Meinst du Noreia oder Aislin?"

"Ich will nicht so gehen, Gair. Ohne dich, und überhaupt, all die anderen hier in Ardudunum, was wird aus ihnen?"

"Eimhir, ich habe euch gerettet gesehen, und daher werde ich alles tun, euch zu retten. Ihr seid meine Familie, ihr müsst euch in Sicherheit bringen. Wenn ihr noch wen findet, der mitgeht, so freut mich das."

"Ich werde Kilinn wecken, ich war in letzter Zeit oft bei ihr, sie ginge sicher, selbst wenn Centigern dagegen ist." Eimhir sprang auf.

Gairs Stimme wurde hart. "Vergiss es. Sie schafft den Weg nicht."

"Aber warum, wir können abwechselnd das Kind tragen ..."

"Sie schafft es nicht, Eimhir, verstanden?"

Tränen schossen dem jungen Mädchen in die Augen. "Muss denn alles, was du siehst, tatsächlich wahr sein? Kann sich die Zukunft denn nicht ändern?"

"Ja, kann sie, aber das hat nicht nur mit meinen Visionen zu tun, sondern mit Menschenverstand. Eine Frau, die bereits am Ende ihrer Kräfte ist, wenn ihr hier weggeht – vergiss es."

Wütend rannte Eimhir in ihr Zimmer.

Gairs Mutter nickte. "Ich werde noch ein paar Sachen holen. Es wäre vielleicht angemessen, bei Voccio nicht nur in der Tunika anzukommen."

"Ich wünschte, wir könnten mehr Leute mit uns nehmen. Ich werde sehen, wen ich dazu bringe." Malwine ging gemeinsam mit Gairs Mutter aus dem Haus.

Aonghas und Gair saßen sich schweigend gegenüber. Ein wenig seiner alten Größe flackerte in dem Druiden auf, doch seit Goraids Tod war er merklich gealtert, ein Greis nun. Gair hoffte, der alte Mann werde die Reise schaffen.

"Keine Sorge, Gair", meinte Aonghas. "Ich bin zäh. Ich werde es zu Voccios Hof schaffen, allein, weil ich die Frauen nicht ohne Begleitung dorthin lassen will. Wir schicken dir eine Botschaft, sobald wir können. Und erwarten dich." Der Druide sah sich in seinem Haus um. "Ich werde Ardudunum vermissen. Ich schätze, für den Weg hierher zurück bin ich zu alt – ich will gar nicht wissen, wie mein Dorf aussieht, nachdem die Boier hier waren." Er seufzte. "Aber sollte ich nicht hier bleiben? Es ist doch meine Pflicht, mein Volk zu beschützen."

"Das ist Centigerns Pflicht. Deine ist es, Noreia zu dienen. Indem du Eimhir weiter ausbildest. Und dafür sorgst, dass dein und Malwines Wissen weitergegeben wird. Und verzeih mir, Aonghas, aber du hast keine Ahnung von Krieg. Die Krieger tun sich leichter, wenn sie dich nicht auch noch beschützen müssen. Denn das erste Ziel bei der Eroberung einer Siedlung ist es immer, den Tempel einzunehmen und die Druiden zu töten, denn den Menschen ihre Druiden und Götter zu nehmen, hat die größte Wirkung auf ihre Kampfeskraft – die meisten verlieren sofort den Mut."

Aonghas sah Gair lange an. Er lächelte, ein wenig bitter. "Auch ich habe noch zu lernen. Und der Schüler ist der Lehrer geworden. Nun gut, so will ich auch ein paar Sachen packen."

Bel schickte gerade den ersten Hauch einer Morgenröte in den Himmel, als Gair die anderen am Tor verabschiedete. Die Töpferfamilie und der Holzwerker hatten sich noch dem Tross angeschlossen, ebenso zwei junge Frauen und ein altes Ehepaar. Gairs Mutter und Malwine hatten nur jene gewagt zu fragen, bei denen sie sich sicher waren, dass sie nach wie vor zu Aonghas hielten.

Eimhir klammerte sich an Gair. "Ich gehe nicht! Ich gehe nicht, wenn du nicht mitkommst!"

"Doch, das tust du."

"Nein! Ich bleibe hier, bei dir! Wenn du nicht mitkommst, dann werfe ich mich vor die feindlichen Speere, das hast du dann davon! Und dein ganzes Kampftraining mit mir war dann völlig sinnlos! Ich werde dich auf immer hassen, wenn du nicht mitgehst!"

Gair lächelte: "Siehst du, du gehst im Streit, aber in ganz anderem Streit, als du wohl erwartet hättest. Du musst gehen, Eimhir. Dein Tempel und deine weiße Robe erwarten dich irgendwo da draußen."

"Ich gehe ja, aber du musst mitkommen!" Tränen rannen ihre Wangen hinunter.

"Eimhir", er fuhr mit seiner Hand durch ihre Haare und packte sie so hinten an ihrem Zopf, dass sie den Kopf zurücklegen und ihm ins Gesicht sehen musste. "Du gehst jetzt, und ich bleibe hier." Er griff in die Tasche in seinem Umhang und zog die kleine, weiße Tonschale heraus. "Hier, aus dieser Schale haben Aislin und ich das Blut geteilt. Ich will, dass du auf sie aufpasst. Eines Tages komme ich sie holen oder du bringst sie mir hierher zurück. Ja? Ich verlasse mich auf dich, Eimhir, meine Eimhir."

Malwine zog das Mädchen sanft von Gair weg. "Komm, Eimhir. Gair weiß, was er tut."

Gairs Mutter trat zu ihrem Sohn, sie legte zart ihre Hand an seine Wange. "Aonghas, sag Gair, dass wir uns wiedersehen. Ich erwarte, dass er überlebt, sag ihm das."

Gair drückte sie fest an sich. "Ich erwarte dasselbe von dir, Mutter."

Als Nächste verabschiedete sich Malwine. "Ich weiß, dass es dir nicht nur um den Tempel geht. Aber denk daran, wir wollen dich wiedersehen. Im Regal mit den Kräutern findest du eine Tonschale mit hölzernem Deckel, darin ist noch ein wenig was für dich. Mögen die Götter mit dir sein."

Sie wandte sich ab, ohne ihn zu umarmen und legte ihren Arm um Eimhir, die weinend abseits stand.

Die Zeit drängte. Bald würde Uilleam das Tor öffnen. Gair wollte, dass sie dann sofort Ardudunum verließen. Er war sich sicher, dass Centigern niemandem mehr erlauben würde, aus dem Dorf hinauszugehen, sobald Enrik erneut in der Dämmerungsstunde das Orakel befragt hatte.

Als Letzter trat Aonghas auf seinen Schüler zu. "Anscheinend hast du herausgefunden, wem deine Pflicht gilt. Mögen die Götter mit dir sein, wir werden für Ardudunum beten." Sie standen einander gegenüber, auf Armeslänge entfernt.

Gair nickte. "Ja, Meister. Passt auf euch auf, damit ich meine Ausbildung fortführen kann."

Im Hintergrund sah Gair den Wächter, der verschlafen aus der kleinen Hütte neben dem Tor kam. Ob er immer noch der Meinung war, dass das Tor nachts wegen wilder Tiere geschlossen wurde, wie es früher der Fall war? Erstaunt blickte Uilleam auf die Gruppe Menschen, die mit Beuteln und einem Handkarren darauf warteten, hinausgelassen zu werden.

Aonghas trat auf den rotbackigen Wächter zu. "Uilleam, der Schicksalstag Ardudunums ist da. Wenn du dich retten willst, dann jetzt."

"Ich bin ein Krieger. Ich renne nicht davon. Wenn die Götter es so wollen, so werde ich überleben oder eben in die Anderswelt übergehen, das bleibt sich gleich."

Er öffnete das Tor und ließ sie hinaus. Sein Blick zeigte jedoch deutliche Verachtung, und er betrachtete jeden ganz genau. "Diese Tat gereicht dir nicht zum Ruhm, Aonghas. Centigern hat wohl recht getan, dich nicht zu seinem Druiden zu machen."

Gair konnte sehen, wie sehr diese Bemerkung den Druiden traf. Er fürchtete fast, dass der alte Mann umkehren würde, doch der warf einen Blick auf Eimhir, straffte seine Schultern und ging weiter. Uilleam schloss hinter der Gruppe sogleich das Tor wieder, sodass Gair ihnen nicht nachsehen konnte. Er sandte ein Gebet an Noreia und an alle Götter, die ihm einfielen, dass sie seine kleine Familie beschützen mögen. Jene, die sich nun auf den Weg machten, ihr Wissen und Können nach Bragnreica zu tragen, und jene, die noch hier innerhalb der Palisade waren. Wie gerne wüsste er Aislin auch dort draußen, am Weg in die Sicherheit. Er hatte überlegt, sie über Aonghas' Weggang zu informieren und zu überreden, mitzugehen. Doch er kannte seinen Milchbruder zu gut. Centigern hätte alles daran gesetzt, sie zurückzuholen. Und mit ihr alle, die sie begleiteten.

Als Gair sich auf den Weg zum Druidenhaus machte, sah er Enrik und den Fürsten vor dem Tempel stehen, in eine heftige Diskussion verwickelt. Solas stand daneben, abwartend. Der Bursche blickte Gair entgegen, er hatte gewiss auch gesehen, dass eine Gruppe von Leuten das Dorf verlassen hatte, trotz der mageren Dämmerung. Nun stieß der Fürst Solas an, und der rannte los, einen Auftrag zu erfüllen. Gair ging seinen Weg weiter, den Blick nach vorne gerichtet. Centigern und Enrik beobachteten ihn, richteten aber nicht das Wort an ihn.

Oh große Göttin, Allmutter der Natur,
Beherrscherin der Elemente,
du vereinst in dir die Gestalten
aller Götter und Göttinnen, Noreia, höre mich an,
rette uns. Ich glaube Gair. Ich flehe dich an. Rette uns. Ich
werde alles tun, um doch noch das Eine zu sein, das das Omen
abwendet. Lass diese Menschen leben. Lass die Anderswelt
noch auf uns warten. Ich will alt werden, die Weisheit und Ruhe
des Alters spüren, nicht jetzt bereits wieder als Säugling
beginnen. Rette uns.

Das Druidenhaus fühlte sich eigenartig an, so verlassen. Im Kessel brodelte wie immer noch etwas Suppe, das Feuer gloste auch wie immer, und dennoch – alles Leben schien aus dem Haus gewichen. Hätte er auch mitgehen sollen? Nein, gewiss nicht. Sein Platz war hier. Hier in Ardudunum, hier bei Aislin, hier beim Tempel Noreias. Er war noch nie vor einer Schlacht davongelaufen, und auch wenn er als Krieger nun bei Weitem nicht mehr zu den Besten zählte, er würde den Tempel verteidigen, mit seinem Leben.

Der Morgen war trüb, die Sonne wollte nicht so recht durchdringen, als wage der Tag nicht, zu beginnen. Enrik musste inzwischen entweder auch die Boier in seinem Orakel gesehen haben oder einer von ihnen beiden war ein Versager. Gair hatte nichts dagegen, wenn er selbst es war. Den Untergang Ardudunums und den Angriff der Boier vorherzusehen, war nichts, das ihn stolz oder glücklich machte. Viel lieber sähe er ein Ardudunum voller Pilger und Händler, blühend und friedlich.

Er fand sich vor Malwines Regal mit den Kräutern, ihre Worte fielen ihm ein. Da stand die tönerne Schale mit dem Holzdeckel. Was sie ihm hier wohl vermachte? Kräuter, die ihn in den Kriegsrausch versetzten? Oder welche, die seine Gefühle abtöteten? Neugierig hob er den Deckel und konnte ein Lachen nicht verbeißen. Es waren Malwines Nusskugeln. Ja, dies war Stärkung, die er brauchen konnte. Andächtig steckte er eine der haselnussgroßen Kugeln in den Mund, ließ sie auf der Zunge zergehen. Die anderen füllte er in einen kleinen Stoffbeutel und band ihn sich an den Gürtel. Wenn das Gemetzel erst losging, dann war er vielleicht froh über ein wenig süßen Trost.

Gair holte sich zwei Felle und legte sich neben dem Feuer auf den Boden. Er wollte versuchen, noch etwas zu schlafen. Er befand sich in einem Zustand, den er nur zu gut kannte. Es war die unangenehme Mischung aus Aufregung und resigniertem Warten, die so typisch war für die Zeit vor einer Schlacht. Die Aufregung war gut, sie machte wach und schärfte die Sinne, doch dieser Zustand war anstrengend und ließ sich nicht ewig aufrecht halten. Schlimm, wenn dann zu Beginn der Schlacht bereits die Sinne erschöpft waren. Besser, sich noch auszuruhen, soweit es ging. Er hatte keine Ahnung, was ihm heute noch bevorstand. Wahrscheinlich würde er tun, was Druiden in Schlachten taten – die Götter anrufen und den Feind verfluchen. Als Kämpfer taugte er wenig, aber vielleicht konnte er doch den Tempel eine Zeit lang verteidigen. Es war ihm bewusst, dass er als Druidenschüler im Tempel leicht eines der ersten Opfer der Boier werden konnte.

Schlaf wollte keiner kommen. Er lag auf dem Fell und sang leise Lieder an die Götter. Seine Gedanken weilten bei Aonghas und den anderen, die nun den Culm hinabmarschierten. Zumindest hatten Eimhir und Malwine gelernt, sich zu verteidigen. Das beruhigte ihn. Und viele Gedanken weilten bei Aislin, die mit Riona und den Sklavinnen wohl im Langhaus saß – schlief sie?

Es klopfte an der Türe. Gair erhob sich, öffnete.

Der Goban stand vor ihm, die dicke Lederschürze umgehängt, aber nicht zugebunden. "Ist Aonghas im Haus?"

"Nein."

"Stimmt es also?"

"Was?"

"Dass der Alte davongelaufen ist."

"Er ist nicht gelaufen."

Gair hatte keine Lust, mit dem Goban zu reden. Doch dann bemerkte er, dass viele Menschen aufgeregt im Dorf herumliefen, ratlos wirkten und verwirrt. Offenbar hatte sich die Nachricht vom Weggang des Druiden schon herumgesprochen.

Der Goban packte Gair am Arm und zog ihn aus dem Haus. "Los, sag vor allen anderen, dass der Druide nicht geflüchtet ist. Er hat uns im Stich gelassen, nicht? Seine eigene Haut gerettet. Nun, Centigern hatte wohl recht, nicht mehr auf ihn zu hören, sehr recht hatte er damit!"

Gair ließ sich mitziehen. Ogmios, Gott der Redekunst, gib mir die rechten Worte, betete er. Doch dann war es gar nicht nötig, dass er sprach. Auf der Wiese hatte sich eine große Gruppe Menschen versammelt, ganz Ardudunum, so schien es Gair. Sie alle drängten sich um Centigern und Enrik und riefen aufgeregt durcheinander.

"Stimmt es, dass die Boier kommen?" - "Wo ist der Druide, es heißt, er wurde getötet?" - "Was ist mit unseren Frauen in ihren Dörfern?"

"Ruhe!", rief Enrik, der in seinem dunklen Umhang noch hagerer wirkte als sonst.

Centigern, in der Kühle der frühen Stunde in einer langärmeligen Tunika und den Umhang eng um sich geschlungen, warf denselben in einer großen Geste über seine

Schulter zurück, stieg auf die Felsplatte und deutete mit gestreckter Hand auf Gair, der am Rande der Menge stand, noch immer die Hand des Gobans um seinen Oberarm. "Er ist es! Mein eigener Milchbruder, der alles tut, um meine Bemühungen für mein Volk zu hintertreiben! Er hat behauptet, gesehen zu haben, dass die Boier kommen. Dass sie bereits am Fuße des Culm seien. Ja, er hat sogar den alten Druiden und einige andere überzeugt, das Dorf zu verlassen, wie feige Würmer, die versuchen, vor dem Vogel davonzukriechen, statt in der Erde Schutz zu suchen. Um den alten Mistelmann ist es nicht schade, denn er war wahrlich hauptsächlich eines, nämlich alt. Aber dass er nun euch alle in Panik versetzt, das dulde ich nicht! Nun, um euch zu beruhigen, hat Enrik das Orakel befragt, und nein, die Boier lagern nicht am Fuße des Culm. Aber damit ihr ganz ruhig sein könnt, habe ich Späher ausgeschickt, die in Kürze zurück sein werden, und auch sie werden euch sagen, dass die Boier nicht am Fuße des Culm sind. Ihr könnt also ganz beruhigt sein. Damit mein Milchbruder aber nicht weiterhin sein Unwesen treiben kann, erkläre ich ihn zu puka – einem Geächteten. Niemand darf sich ihm nähern. Und noch vor Sonnenuntergang muss er Ardudunum verlassen haben. Wenn er sich beeilt, holt er ja vielleicht noch seine feigen Freunde ein."

Einige lachten hämisch.

Die Menge begann, sich ein wenig zu zerstreuen, wenn auch heftig diskutierend. Da galoppierte einer von Centigerns Kriegern durch das Nord-Tor herein, die Menschen sprangen zur Seite, um ihm auszuweichen. Direkt vor dem Fürsten brachte der Reiter sein Pferd zum Halten, sprang ab und flüsterte seinem Herren etwas ins Ohr. Alle blieben wie gebannt stehen, beobachteten ihren Fürsten genau. Centigern warf einen Blick zu Enrik, der direkt neben ihm stand. Der Späher brachte offenbar keine guten Nachrichten. Der Seher nickte. Gair meinte, von seinen Lippen etwas wie "Es ist soweit" lesen zu können, ehe Enrik sich abwandte und dem Tempel zueilte.

"Was ist nun, Centigern?!" - "Wir wollen wissen, was der Späher gesagt hat!"

Centigern stieg erneut auf den Felsen, die Hände besänftigend nach unten gerichtet.

"Ein großer Tag steht uns bevor! Die Boier sind tatsächlich hier, noch nicht ganz am Fuß des Culm, doch Arix hat ihr Lager gesehen."

"Was ist mit unseren Frauen?", rief einer der Arbeiter aus einem der Weiler am Hang dazwischen. "Es hieß, sie würden hierherkönnen, wenn die Boier kommen, wer wird sie holen?"

"Also hat Gair doch recht gehabt! Wir müssen unsere Frauen in Sicherheit bringen!"

"Wir werden alle sterben, das Omen hat es vorhergesagt!"

"Ruhe!", schrie Centigern. "Kein Grund zur Panik."

"Kein Grund zur Panik? Die Boier kommen, das Omen spricht von Ardudunums Untergang, und wir haben eine Palisade, die mitten im Umbau ist und teilweise schwächer als zuvor, weil dein Seher meinte, sie kämen erst im Herbst! Ich hab nichts gegen die Anderswelt, aber muss es schon heute sein?"

"Ja, wir haben Schwachstellen in der Palisade, aber einen Haufen kräftiger Männer hier. Es wird uns nichts geschehen. Onchu, suche dir ein paar Männer zusammen. Das Nord-Tor muss verbarrikadiert werden, ebenso das Loch in der Palisade an der Ostmauer, beim Süd-Tor sollen die Pferde bereitstehen, damit wir gegebenenfalls einen Ausfall machen können. Alle Männer suchen sich Waffen, so sie keine Schwerter haben – Sensen, Dreschflegel, Knüppel. Alle Frauen und Kinder ins Langhaus. Besetzt die Palisade Richtung Norden, von dort werden sie kommen. Es liegen Steinvorräte dort bereit. Onchu, kümmere dich um alles. Keine Sorge, Männer, Ardudunum wird nicht fallen! Im Gegenteil, dieser Tag wird ein glorreicher werden, heute legen wir den Grundstein zu einer ungeahnten Macht meines Stammes. Wir werden die Boier vernichten, wir werden uns Noricum untertan machen! Vertraut mir, folgt mir! Ich führe euch zu Ruhm und Sieg!"

Centigerns Krieger stimmten Jubelschreie an, die meisten anderen wirkten skeptisch und ängstlich. Die Frauen klammerten sich an ihre Männer.

Aislin trat aus der Menschenmenge nach vorne zu ihrem Mann. "Frauen, Kinder, kommt mit mir ins Langhaus. Wir wollen eine Geschichte spinnen, die noch Generationen von heute erzählen werden. Unsere Männer sind stark und tapfer, sie werden uns beschützen und unser Dorf retten. Unsere Aufgabe ist es, zu den Göttern zu beten, kommt."

Sie deutete den Frauen, ins Langhaus zu gehen, wo Riona ängstlich an den Türstock geklammert stand. Außer Centigerns Männern hatte niemand hier im Ort Erfahrung mit Kampf und Krieg. Sie kannten nur die Erzählungen, die ruhmreichen und die grauenvollen. Und ihr Fürst war es gewohnt, der Angreifer zu sein, nicht der Verteidiger.

Centigern hielt Aislin am Arm zurück, flüsterte ihr etwas ins Ohr. Ihre Augen weiteten sich, sie nickte. Die beiden blieben bei der Felsplatte stehen, bis sich die Menschenmenge aufgelöst hatte und sich alle mehr oder weniger aufgeregt an die Vorbereitungen zur Verteidigung Ardudunums machten.

Gair wartete ebenfalls ab, doch Centigern schickte ihn mit einer harschen Handbewegung weg. "Du bist puka. Geh in dein Haus und verlass das Dorf vor der Abenddämmerung."

Gair ging, langsam und unwillig. Da merkte er hinter sich einen Schatten. Jemand folgte ihm. Als er sich umdrehte, sah er Clach, der nervös seine Finger in seine Tunika knetete.

Mit einer kleinen Kopfbewegung lud er den Hünen ein, ihm ruhig weiter zu folgen. Clach grinste dankbar.

Doch es hielt Gair nicht im Druidenhaus. Wie konnte er hier sitzen, wenn Ardudunum vor dem Kampf stand? Clach folgte ihm bei jedem seiner unruhigen Schritte durch den Raum. Die Angst stand ihm groß ins Gesicht geschrieben. Gair griff in den Beutel an seinem Gürtel und holte eine der Nusskugeln heraus. Der Gesichtsausdruck des Hünen wechselte zu Verzückung, als er die Süßigkeit in den Mund steckte.

"Gut, nicht? Wenn alles vorbei ist, werden wir uns den Rest schmecken lassen. Höre, Clach. Du brauchst dich nicht zu fürchten, du am allerwenigsten. Die Boier werden vor Angst erstarren, wenn sie dich sehen, so groß und kräftig, wie du bist."

Clach grinste kurz, doch dann fingen seine Finger wieder ihr nervöses Spiel am Saum der Tunika an.

"Weißt du was, du magst doch Aislin, die Fürstin, oder?"

Heftiges Kopfnicken war die Antwort.

"Unsere einzige Aufgabe ist es, sie heute zu beschützen. Deswegen bin ich noch hier. Alles andere braucht dich nicht zu kümmern, du musst nur auf Aislin achten, ja?"

Der Hüne grunzte seine Zustimmung, wenn auch ein wenig unsicher.

"Gut. Hast du schon einmal ein Schwert getragen?" Gair reichte Clach Eimhirs Übungsschwert, das schwer, groß und schartig war. In den Händen des Hünen wirkte es wie ein Spielzeug. Neugierig drehte Clach es hin und her.

"Steck es in deinen Gürtel. Wahrscheinlich wirst du es nicht brauchen, ich schätze, mit ein paar Steinbrocken bist du ein noch viel furchterregenderer Kämpfer."

Erneut grinste Clach.

Gair steckte ebenfalls sein Übungsschwert in den Gürtel, neben sein Messer. Auch wenn das Schwert nicht das Beste war, es war besser als keines. Dann verließen die beiden das Haus.

Draußen herrschte nach wie vor große Aufregung. Centigerns Krieger kommandierten alle Anderen herum, hießen sie Sensen und Knüppel holen, teilten sie in Gruppen ein. Doch die Stimmung unter den Männern war nun umgeschlagen, sie schrien sich anfeuernde Worte und angeberische Sätze zu. Beim Süd-Tor konnte Gair eine Gruppe Menschen ausmachen, die versuchten, Ardudunum zu verlassen, doch Uilleam und zwei weitere Krieger drängten sie zurück ins Dorf.

Aus dem Augenwinkel nahm Gair eine Bewegung beim Tempeltor wahr. Es öffnete sich, und Enrik ließ Centigern und Aislin hinein. Clach zupfte Gair aufgeregt am Ärmel und deutete ebenfalls dorthin.

"Ja, Clach, sehr gut. Lass uns sehen, was da geschieht."

Gair kannte den Tempel in- und auswendig, weshalb er auch wusste, dass es an der Nordseite eine Stelle gab, wo die Eichenstämme einen Spalt ließen, durch den man in das Innere des Tempels blicken konnte. Die Nordseite lag zu den Feldern hin, hier kam so gut wie nie jemand vorbei, und ein paar Büsche verbargen sie ebenfalls vor dem Rest des Dorfes.

Während Clach die Umgebung im Auge behielt, blickte Gair durch den Spalt.

Er konnte Enrik erkennen, der am Altar beschäftigt war. Er steckte brennende Fackeln in einem weiten Kreis um die Steinplatte. Centigern und Aislin näherten sich soeben der Eichenstammwand und blieben direkt vor dem Spalt stehen. Es war der Platz, der am weitesten von Enrik und dem Altar entfernt war.

Der Fürst hielt seine Frau um die Taille gefasst, seine Augen glänzten. "Ach Aislin, du ahnst ja nicht, was ich für Qualen ausgestanden habe! All diese Zeit, in der ich dich nicht berühren durfte! Aber es war nötig, damit dieses Ritual seine volle Kraft hat, dass du rein und völlig unberührt bist, nur dann werden die Götter uns gnädig sein. Oh, wie ich dich begehrt habe! Ich bin schier wahnsinnig geworden!"

Gair verstand endlich. Centigern wollte nun, im Angesicht der Gefahr, die Große Ehe vollziehen, um seinem Stamm Heil und Segen zu bringen. Dafür hatte er sich so lange zurückgehalten! Gair fühlte eine große Zuneigung und Respekt für seinen Milchbruder, der doch ein Fürst war, der an sein Volk dachte.

Aislin sah zu ihrem Mann auf. "Und du bist gewiss, dass sich dadurch Ardudunum und all seine Bewohner retten lassen?"

Zu Gairs Erstaunen lachte Centigern laut auf. "Ardudunum? Möglich. Wir werden es halten, das ist sicher, aber in welchem Zustand – das wird sich weisen. Doch selbst wenn es völlig zerstört wird, ich werde es wieder aufbauen, schöner denn je zuvor. Ja, es wäre sogar gut, wenn es zerstört wird, denn das ist es ja, ich opfere die Dinge, die ich am meisten liebe – mein Dorf und mein Weib, das ich unendlich begehre, und dafür werden die Götter mich unbesiegbar machen! Niemand wird mich aufhalten können, ich werde ein Heer zusammenstellen, das die Boier vernichtet, ich werde Voccios Kriegerschar dem Erdboden gleichmachen, ja selbst die Römer, sollten sie es wagen, mir in die Quere zu kommen. Ich werde unbesiegbar sein, verstehst du? Herrscher über ganz Noricum, wer weiß, vielleicht reicht mir nicht einmal das!"

Gair brauchte einen Moment, um zu verstehen. Centigern hatte bei Weitem nicht vor, die Große Ehe zu vollziehen! Er wollte Aislin opfern, ein Menschenopfer, und das nur für seinen eigenen Ruhm! Wut brannte in ihm hoch. Er musste da hinein, er musste das verhindern! Durch den Spalt konnte er das Tempeltor sehen und er sah den Riegel, den Enrik vorgeschoben hatte. Dort gab es kein Hineinkommen.

Clach neben ihm grunzte leise. Ja, das war die Lösung,

Clach. "Clach, du musst mich hochheben, auf deine Schultern!" Gair warf einen Blick nach oben. Die Eichenstämme waren weniger als zwei Mannlängen hoch, zwar glatt und oben angespitzt, aber er sollte es schaffen. Er musste es schaffen.

Er hatte sich gerade mit Clachs Hilfe hochgezogen und blickte nun von oben auf Centigern und Aislin hinab – warum war die Geschichtenerzählerin so ruhig? Hatten sie ihr etwas eingeflößt? War sie tatsächlich bereit, sich für ihren Mann in die Anderswelt zu begeben?

Aislin machte einen Schritt in Richtung des Altars, ja, sie wollte sich wohl tatsächlich opfern! Dann drehte sie sich noch einmal um, und ihre Stimme klang süß und verlockend. "Weißt du, Centigern, ich würde mit Freuden in die Anderswelt gehen, um diesen wunderbaren Ort und all seine Bewohner zu retten. Aber da es dir nur um deinen Ruhm geht, so muss ich dir doch die Wahrheit sagen: Ich bin nicht rein und unberührt. Als vor acht Jahren Kriegerhorden den Hof meines Vaters niederbrannten, da haben die Krieger alle Frauen vergewaltigt. Alle. Egal welchen Alters. Tut mir leid." Sie lächelte sogar dabei.

Was nun folgte, war ein wütender Schmerzensschrei, wie ihn kein Tier so grauenvoll ausstoßen kann. Centigern raste vor Wut. "Du Hure! Alles umsonst! Alles!"

Eilends schwang Gair sein Bein über die Mauer. Enrik, aufgeschreckt vom Schrei des Fürsten, eilte herbei, eine brennende Fackel in der Hand.

Centigern entriss dem Seher den brennenden Kienspan, brüllte: "Sie ist nicht unberührt! Diese Hure!", und schlug Aislin mit der Fackel ins Gesicht. Aislin schlug die Hände vor die Augen, brach schreiend zusammen.

Gair sprang, der Aufprall schickte einen immensen Schmerz von seinem steifen Bein bis unter seine Schädeldecke. Hinter sich konnte er Clach hören, der heftig gegen die Tempelmauer hämmerte.

"Das macht nichts, Centigern, wir opfern sie trotzdem, es ging mehr darum, dass es für dich schwer ist." Des Sehers süffisante Ruhe war fast unheimlich. "Dein Bruder." Sein Kopf deutete auf Gair, der hinter Centigern stand, das Schwert gezogen. Gleichzeitig riss der Seher Aislin hoch, schleifte sie zum Altar. Centigern fuhr herum, seine Augen glänzten fiebrig. Im nächsten Augenblick hatte er ebenfalls sein Schwert gezogen. Gair wusste, dass er unterlegen war. Weit unterlegen. Aber er musste kämpfen, er musste es tun.

"Du also, du! Nun gut, ich werde auch dich opfern, schließlich warst du mir lieb und teuer, den Großteil meines Lebens. Lass dein Schwert fallen, du hast so und so keine Chance."

Ein Krachen am Tempeltor lenkte Centigern für einen Augenblick ab. Clach hatte das Tor durchbrochen und stürmte nun auf den Altar zu, wo Enrik sich bemühte, die schreiende und um sich schlagende Aislin festzubinden. Gair nutze diesen Moment, warf sein Schwert zur Seite, zog sein Messer aus dem Gürtel und stürzte sich auf seinen Milchbruder. Er riss ihn zu Boden. Seine einzige Chance lag in einem Bodenkampf, wo sein steifes Bein seine Wendigkeit nicht so einschränkte wie im Stehen. Centigern und er wälzten sich im Lehm, auch der Fürst hatte sein Schwert weggeworfen, da es ihm im Gerangel nicht von Nutzen war, auch er hatte sein Messer gezogen. Gair stellte fest, dass sich Jahre der Unterdrückung ihren Weg bahnten, all die Male, wo er dem Höherstehenden gegenüber hatte zurückstecken, nachgeben müssen. Die Wut über Centigerns Verrat an seinem Volk gab ihm ungeahnte Kräfte. Dumpf nahm er von Ferne Schreie war, Schreie von der Nordseite des Dorfes. Offenbar waren die Boier am Gipfel angekommen. Schreie von der anderen Seite des Tempels, Aislins Schmerzensschreie, und dann Enriks röchelndes Gurgeln. Doch seine Konzentration blieb auf das Gesicht vor ihm gerichtet, auf die hasserfüllten Augen, auf die verzerrte Fratze jenes Gesichts, das er besser kannte als sein eigenes. Plötzlich weiteten sich Centigerns Augen erstaunt, sein Mund öffnete sich zu einem Schrei, der jedoch nicht kam. Dann sackte er zusammen.

Gair schob sich unter dem Körper seines Milchbruders hervor, drehte ihn auf den Rücken. Sein Messer steckte bis zum Heft in Centigerns Brust, genau im Herz. Hastig zog Gair es heraus, schnappte sich das Schwert es Fürsten und eilte zum Altar.

Enrik lag am Boden, sein Kopf zerschmettert. Eine dunkle Blutlache bildete sich rund um den Seher. Clach hielt Aislin in den Armen, trug sie wie ein kleines Kind und wandte sich hilflos hin und her, bis er Gair wahrnahm und ihm entgegeneilte. Mit einem verzweifelten Grunzen streckte er Gair die Arme entgegen, auf denen Aislin lag. Sie war bewusstlos, ihr Brustkorb hob sich unregelmäßig. Ihr Haar über der Stirn und ihr Gesicht waren verbrannt, Opfer der brennenden Fackel. Gair deutete dem Hünen, ihm zu folgen und führte ihn in die Ecke des Tempels, wo Decken am Boden lagen. Vorsichtig bettete Clach Aislin darauf.

Der Lärm von der Nordseite des Dorfes wurde lauter und panischer.

Aislin regte sich, wimmerte.

"Aislin, hörst du mich? Du musst zu dir kommen, jetzt." Gair zwickte sie in den Oberarm, sie schreckte hoch.

Clach lächelte erleichtert.

"Clach, du musst auf Aislin aufpassen." Rasch zog Gair seine Tunika aus, reichte sie dem Hünen. "Hier, tauch die ins Wasser des heiligen Beckens und leg sie auf Aislins Gesicht. Du musst es immer schön feucht und kühl halten, ja?"

Clach nickte, stapfte so schnell er konnte zum Becken.

"Gair?" Ihre Stimme war schmerzverzerrt. Die rechte Seite ihres Gesichtes war blasenübersät, mit verkohlten Stellen. Das Auge war komplett zugeschwollen und auch das andere war nur ein Spalt. Das brennende Harz des Kienspans hatte ganze Arbeit geleistet. "Gehst du weg?"

"Ja, Aislin. Ich muss da hinaus. Sie haben keinen Anführer mehr. Clach beschützt dich. Ich komme wieder, versprochen, aber du musst wach bleiben, hörst du?"

Sie nickte schwach. Clach legte so behutsam er mit seinen riesigen Händen konnte die nasse Tunika auf ihr Gesicht.

Schweren Herzens erhob sich Gair. Warf noch einen letzten Blick auf Aislin und eilte aus dem Tempel.

Als er zur Nordseite lief, schwirrten bereits die ersten Brandpfeile über die Mauer des Dorfes. Kein Mensch war zu sehen, alle waren entweder im Langhaus oder an der Palisade. Die ersten Pfeile schlugen in der verdorrten Wiese ein, setzten sie in Brand. Das Strohdach von Enriks Hütte erwischte den nächsten Treffer, fing Feuer. Aus dem Langhaus daneben waren panische Aufschreie zu hören.

Auf dem neuen Wall der Nord-Palisade drängten sich die Krieger und Männer, geschützt von den spitzen Baumstämmen, die oben in die Steinmauer gerammt waren. Onchu gab gerade Befehl, zurückzufeuern. Steinbrocken und Pfeile flogen über die Holzstämme auf den Feind. Unter den Bauern waren einige großartige Schleuderer, die ihre Lederschlingen sonst benützten, um ihre Schafe auf der Weide vor wilden Tieren zu schützen. Sie konnten mindestens so gut zielen wie die Bogenschützen.

Gair fasste einen der Bauern, der gerade eine Leiter auf den Wall erklimmen wollte, am Arm. "Nimm dir ein paar Männer, holt Wasser. Wir müssen löschen, solange wir können." Der Bauer sah ihn erstaunt an, rannte dann aber los. Gair kletterte die Leiter hoch, drängte sich durch die Männer zu Onchu vor. "Onchu, Du musst die Männer aufteilen. Wir brauchen Löschmannschaften. Und deine Krieger an der Ostwand. Wenn die Boier entdecken, dass dort die Palisade eine Lücke hat, sind sie im Dorf!"

Der Krieger blickte ihn im ersten Moment an, als wollte er ihm ins Gesicht spucken. "Wo ist Centigern? Du befiehlst hier nicht."

"Centigern ist tot."

Onchu starrte ihn an. Ein weiterer Schwall Brandpfeile sauste über ihre Köpfe. "Alle Krieger zur Ostseite, wir müssen jene Stelle sichern, wo die Arbeiter die alte Palisade abgerissen haben!" Onchus Stimme schallte über die Köpfe der Männer. Gair hoffte, dass sie nicht auch über die Palisade Richtung Feind trug. Die Krieger rannten los, brüllend. Verunsichert blickten die Bauern und Arbeiter auf Gair, nachdem ihr Anführer Onchu davonlief.

"Die Hälfte bleibt hier, werft Steine so viel ihr könnt. Die anderen helfen löschen."

Noch ehe Gair ausgesprochen hatte, hörte er bereits Schreie an der Ostmauer. Die Boier hatten also ihre Lücke in der Palisade entdeckt. Hatten wohl von Anfang an davon gewusst. Blitzartig fielen Gair die Pilger ein, die vor ein paar Tagen durchs Dorf geschlendert waren. Er hatte sie kaum beachtet, aber in diesem Moment wusste er, dass es Späher der Boier gewesen waren.

"Vergesst die Mauer hier, alle Mann zur Ostwand! Nun gilt es, kämpft um euer Leben!"

Auch er rannte zur Ostseite. Einige der Häuser, die auf den steilen Terrassen eng gedrängt standen, brannten bereits. Das Dorf schien von panischen Schreien und Kampfgebrüll widerzuhallen. Die Brandpfeile kamen nun aus mehreren Richtungen, Rauch erfüllte die Luft. Gair warf einen Blick zum Tempel. Wo war seine Pflicht? Im Kampfgetümmel, unter den Kriegern? Oder beim Tempel? Ein Brandpfeil, der neben der Tempelmauer einschlug, gab ihm die Antwort. Noch ehe er die kämpfenden Männer an der Ostwand erreicht hatte, bog er ab und eilte zum Heiligtum. Im Kampf um das Dorf konnte er nichts ausrichten. Es galt, den Tempel zu schützen. Und Aislin.

Außer Atem erreichte Gair das Heiligtum. Clach stapfte nervös vor Aislin auf und ab, die Hände auf dem Kopf, ängstlich summend. Aislin kauerte auf den Decken, presste Gairs Tunika auf ihr Gesicht. Gair beugte sich zu ihr hinunter, legte ihr sanft die Hand auf die Schulter, um sie nicht zu erschrecken.

"Aislin, die Boier sind im Dorf. Wir müssen uns verstecken. Keine Sorge, wir schaffen das."

Er nahm ihr seine Tunika ab, half ihr auf und führte Clach und sie zum Wasserbecken. Eilig öffnete er den Holzdeckel, der den Erdschacht abdeckte. "Hier Aislin, hier musst du hinein. Bleib drinnen stehen, ich komme zu dir in den Schacht."

Aislin, deren Gesicht inzwischen so rot und geschwollen war, dass sie überhaupt nichts sehen konnte, nickte und ließ sich mit Gairs Hilfe in den Schacht hinab. Das Geschrei um den Tempel wurde lauter, der Rauch intensiver. Kaum war Aislin im Schacht, hievte Gair gemeinsam mit Clach das heilige Becken senkrecht. Dann kroch auch er in den Schacht und der Hüne rollte sich am Schachtrand zusammen, das Steinbecken langsam über sich herunterlassend. Das umgedrehte Becken würde sie vor dem Feuer schützen, aber auch davor, entdeckt zu werden. Der Bereich, wo das Wasser aus dem Becken wieder herausfloss, bildete eine halbrunde Röhre und erlaubte ihnen, Luft zu bekommen und den Hauch eines Lichtscheins.

Gair stand eng an Aislin gedrückt. Von oben konnte er Clachs

Angst spüren, sein Schweiß tropfte auf ihn herab. Der Geruch von verbrannten Haaren und verkohlter Haut war mitleiderregend. Gair musste an den Jungen denken, den Aislin damals gerettet hatte, an Neacal, den Siegreichen. Da hörte er ihre flüsternde Stimme, die in seine Tunika hineinmurmelte: "Und sie ging, Neacal zu besuchen. Neacal den Siegreichen, der im Eisreich herrschte. Der Weg war kalt, der Wind blies ihr Eisflocken ins Gesicht …"

Er wusste nicht, wie lange sie da standen. Inzwischen roch es überall nach Rauch, Qualm war in den Tempel gedrungen, kaum mehr kam Licht in ihr Versteck. Der Lärm, der zu ihnen drang, war unerträglich. Clach zuckte bei jedem Todesschrei zusammen. Langsam jedoch verstummte draußen das Geschrei. Die Stille war noch viel schlimmer. Sie blieben versteckt, auch wenn Clach fragend grunzte. Das Wasser der Quelle, das nun ungeleitet auf den Lehmboden floss, drang unter das Becken. Ein dünnes Rinnsal nur, doch es wirkte kühlend, belebend.

Dann hörten sie Schritte, Stimmen.

"Da ist uns schon wer zuvorgekommen. Schade, ich hatte mich darauf gefreut, ihren Tempel zu zerstören. Was soll's, der Druide ist tot. Lass uns gehen, ich hab genug von dem Rauch."

Sie warteten weiter. Erst als es Nacht war und die Stille ringsum nicht mehr auszuhalten, wagte Gair es, Clach ein Zeichen zu geben. Erleichtert hob der Hüne das Steinbecken in die Höhe, drehte es wieder um.

Gair zog sich aus dem Schacht hoch, half dann Aislin. Sie war am Ende ihrer Kraft. Rings um den Tempel loderte ein roter Schimmer, auch Teile der Tempelmauer glosten noch. Rauch verdeckte den Mond. Sie schlichen zu der Ecke, in der die Decken gelegen hatten – einige hatten sogar das Feuer überstanden, wenn auch stark verkohlt. Es gab nicht viel im Tempel, das brennen konnte.

Vorsichtig bettet Clach Aislin auf das Lager.

"Wir wollen die Nacht hier abwarten. Morgen, bei Tageslicht, ist es früh genug, sich dem Grauen da draußen zuzuwenden."

Gair deutete Clach, auf Aislin zu achten und huschte weg. Er tunkte seine Tunika erneut in das Quellwasser. Neben dem Altar fand er im Feuerschein auch einen irdenen Becher, den er ebenfalls mit Wasser füllte. Eine der Fackeln gloste noch, vorsichtig blies er in die Glut, bis das Feuer wieder aufloderte.

Er reichte Clach die Fackel und half Aislin, sich aufzusetzen. "Hier, du musst trinken."

Gair setzte den Becher an ihre Lippen, gierig schluckte sie. Währenddessen deutete er Clach, mit der Fackel näher zu kommen. Aislin zuckte ängstlich zusammen, aber Gair hatte bereits genug gesehen. Sanft breitete er das feuchte Tuch über Aislins Gesicht. Die Schwellung war bereits wieder im Zurückgehen, ganz so, wie er es aufgrund ihrer Gabe erwartet hatte. Aber sie hatte ihr rechtes Auge verloren, die Lider und der Augapfel waren Opfer von Centigerns Fackel geworden.

"Wir hätten hier im Tempel Ziegen halten sollen, dann hätte ich nun Milch für dich." Er bemühte sich, seinen Tonfall leicht klingen zu lassen. Er setzte sich hinter sie, hielt sie zwischen seinen Beinen in seine Arme gebettet.

Sie lachte müde auf, lehnte ihren Kopf an seinen nackten Oberkörper. "Lass nur, Gair. Hauptsache, wir leben, oder?"

"Ja, das ist die Hauptsache. Kommst du mit den Schmerzen zurecht?"

"Mach dir keine Sorgen um mich. Ich habe bei Doireann viel gelernt."

"Dann versuch zu schlafen. Ich bin sicher, Neacal wartet im Reich der Träume auf dich."

Sie hielten abwechselnd Wache, Clach und er.

Doch Gair konnte soundso nicht schlafen. Von außerhalb des Tempels war immer wieder leises Wimmern zu hören. Das Knistern von Feuer, das Knacken von Balken, die brachen. Die Boier hatten das Dorf so schnell verlassen, wie sie es erobert hatten. Würden sie bei Tagesanbruch zurückkommen, um es in Besitz zu nehmen? Offenbar lag ihnen nichts am Reichtum Ardudunums, denn nach dem Feuer war davon nichts mehr übrig.

Im Schein der Flammen konnte Gair am anderen Ende des Tempels Centigerns Leichnam liegen sehen. Er hatte das Volk verraten. Und er, Gair, hatte ihn getötet. Seinen Fürsten, seinen Milchbruder, seinen Lebensretter. Er empfand Bitterkeit, aber keine Reue. Doch er sandte ein paar Gebete für Centigern an die Götter, auf dass sie ihn freundlich aufnahmen in der

Anderswelt. Für Enrik betete er nicht. Was auch immer den Seher getrieben hatte, dem Fürsten diesen Größenwahn, Hochkönig zu werden, in den Kopf zu setzen, er verdiente gewiss kein ruhmreiches Leben in der Anderswelt.

Als der erste Hauch einer Morgendämmerung anbrach, weckte Gair Aislin. Er hatte in der Nacht mehrmals das feuchte Tuch auf ihrem Gesicht gewechselt, und er hoffte, dass die Geschichtenerzählerin auch sich selbst gesund erzählen konnte. Nun, das Tageslicht offenbarte, dass die Schwellung zwar fast verschwunden war, Neacal sei Dank, doch das rechte Auge war unrettbar verloren. Die Haut rund um das Auge war ledrig und schwarz, die Pupille schimmerte weiß, als Gair vorsichtig mit seinen Fingern den Schaden begutachtete. Aislin wimmerte unter seiner Berührung.

"Wir werden Kräuter finden, Wegerich und Ampfer, Schafgarbe. Es wird die Schmerzen lindern."

"Gair, ich bin froh, dass ich Schmerzen habe. Denn das heißt, dass ich lebe. Dass ich nicht für Centigerns Größenwahn in die Anderswelt gegangen bin. Lass uns nach den anderen sehen." Sie stand auf und klopfte den Staub und Ruß aus ihrem Kleid, als wäre es ein ganz normaler Tag.

Ehe sie aufbrachen, den Tempel zu verlassen, fiel Gair noch der Beutel an seinem Gürtel ein. Malwines Nusskugeln darin waren zwar völlig zerdrückt, doch sie genossen sie dennoch, dankbar und in trauriger Erinnerung. Dann schoben Gair und Clach das steinerne Becken an seine alte Position zurück, damit das Wasser wieder seinen gewohnten Weg in den Bach nehmen konnte und nicht hier im Tempel versickerte. Aislin stand währenddessen neben Centigerns Leichnam. Sie betrachtete ihn aufmerksam, aber ihre Gefühle waren ihrem Gesicht nicht abzulesen. Als Gair neben dem Becken noch ein kurzes Dankesgebet an Noreia anstimmte, gesellte sie sich zu den beiden Männern dazu, dann tränkten sie noch einmal die Tunika für Aislins Kopf mit Wasser, holten tief Luft und verließen den Tempel. Die durchwegs verkohlten Eichenstämme hatten bis zu diesem Moment ihre Sicht auf den Rest des Dorfes versperrt, als sie nun jedoch durch das Tor traten, stockten sie.

Ardudunum sah grauenvoll aus. Eiche und Linde ragten wie

zwei schwarze, kahle Mahnmale in den Himmel. Das Viertel mit den hölzernen Wohnhäusern, die sich auf engen Terrassen an den Osthang schmiegten, war völlig zerstört, nur noch rauchende Ruinen. Das Langhaus und einige andere der lehmverputzten Adelshäuser standen noch, hatten jedoch alle ihre Dächer verloren. Überall Glutnester, kleine Brände, Unmengen Rauch. Und überall Tote. Ein kurzer Blick nach rechts zeigte ihnen zu ihrer Überraschung, dass das Druidenhaus unversehrt war. Das Feuer war nicht bis dorthin gedrungen.

Zwischen den verkohlten Bäumen hatten sich ein paar Leute auf der schwarzen Wiese zusammengefunden, einige lagen, andere saßen, die, die stehen konnten, waren unterwegs, nach weiteren Überlebenden zu suchen. Aislin kniete sich wie selbstverständlich zu einem schwerverletzten Buben und begann, ihm eine Geschichte zu erzählen. Niemand sonst sprach.

Gair hatte in seinem Leben schon einige Schlachtfelder gesehen, war auch selbst auf der anderen Seite, auf jener der Dorfzerstörer, gewesen – ihn erschütterte der Zustand seines Dorfes, aber er überraschte ihn nicht. Aislin hatte in kleinerem Maßstab dasselbe schon einmal erlebt, als der Hof ihres Vaters verwüstet worden war. Es war ihr anzusehen, dass die Erinnerung erneut schwer drückte, ihr aber auch die Kraft gab, die Situation mit einem gewissen Können, mit einer gewissen Erfahrung, handzuhaben.

Clach jedoch war völlig überfordert. Gair musste ihm dringend etwas zu tun geben, ehe der Hüne durchdrehte. "Clach, ich brauche deine Hilfe. Geh zu den Werkstätten, siehst du, man kann von hier oben sehen, dass sie großteils den Brand recht gut überstanden haben. Wir werden Werkzeuge brauchen – hol Schüsseln und Krüge aus der Töpferwerkstatt, damit wir Wasser sammeln können, Messer und was du finden kannst vom Schmied. Kannst du dir das merken? Es ist wichtig."

Clach nickte. Seine Lippen formten Silben, als wiederhole er für sich, was er suchen solle. Nervös um sich blickend, machte er sich auf den Weg zu den Werkstätten.

Gair ging in Richtung Langhaus. Überall lagen Tote, verbrannt oder erschlagen. Sie mussten sich beeilen, die

Lebenden aus dem Dorf hinauszuschaffen, ehe die Boier zurückkamen. Vor dem Langhaus fand Gair Solas, Centigerns Burschen. Er hatte eine blutende Wunde am Kopf, war aber soweit in Ordnung, dass er zwei Mädchen half, die verweint und voller Brandblasen am Boden saßen.

Gair legte dem Burschen die Hand auf die Schulter. "Bring sie zur großen Wiese, wir müssen alle an einem Ort sammeln, und dann gemeinsam in den Wald, ehe die Boier zurückkehren. Dann komm und hilf mir weitersuchen."

Solas nickte, folgsam wie eh und je. Gair warf einen Blick durch den Türrahmen des Langhauses. Drinnen gab es gewiss keine Überlebenden, das brennende Dach war herabgestürzt. Gair konnte nicht einmal versuchen, ob er noch jemanden dort fand, die glosenden Balken versperrten den Weg. Centigern hatte gemeint, Frauen und Kinder wären in Sicherheit im Fürstenhaus – ein großer Irrtum.

Als Gair um das Haus herumging, sah er Riona, deren lebloser Körper aus der Lichtöffnung ihres Schlafgemachs hing, als hätte sie versucht, zu fliehen. Ihr Haar war völlig verkohlt, ihr Rücken ebenso, doch ihr seitwärts gewandtes Gesicht zierte ein seltenes Lächeln. Sie freute sich wohl, zu ihrem Goraid zurückzukehren. Gair sprach ein kurzes Gebet für alle, die in diesem Haus verstorben waren, für weitere Zeremonien war nun keine Zeit.

Nach einer Weile schien es, als hätten sie nun alle Überlebenden auf der Wiese versammelt. Gair zählte gerade einmal fünfundzwanzig Menschen, die Boier hatten ganze Arbeit geleistet. Manche vertraute Gesichter fehlten ihm – entweder waren ihre Leichen zur Unkenntlichkeit verkohlt, oder sie hatten es doch noch geschafft, aus Ardudunum zu fliehen. Vom Goban war keine Spur zu sehen, auch nicht von dessen Familie. Leod hatte er gefunden, im Haus des Sehers. Ebenso tot war Kilinn, er hatte ihren Leichnam neben der Eingangstüre des Langhauses an dem Säugling in ihren Armen erkannt.

"Wir müssen in den Wald. Ich schätze, die Boier werden noch vor der Mittagsstunde zurückkehren, auch wenn es noch an manchen Stellen brennt. Entweder, um Ardudunum in Besitz zu nehmen, oder um zu plündern, was sich noch plündern lässt. Wer gehen kann, möge denen helfen, die es nicht können. Ich bringe euch zu einer Stelle, wo Wasser in der Nähe ist und wir zumindest für eine Nacht Lager aufschlagen können. Morgen werden wir weitersehen."

Er bemerkte Aislins suchenden Blick. Clach fehlte. Gair wandte sich an Solas. "Führe die Menschen den Nordhang hinab, bleibt von der Straße weg. Es gibt einen schmalen Pfad, der zu einer Lichtung führt."

Solas nickte. "Den kenn ich. Die Lichtung mit dem Felsüberhang, oder?" Er grinste und Gair ahnte, was sich auf dieser Lichtung außer der Initiation der Druidenschüler wohl noch abspielte.

Ehe Gair sich auf die Suche nach Clach machte, näherte er sich noch Aislin, die an jeder Hand ein kleines Kind führte. "Kommst du zurecht? Ich komme nach, sobald ich ihn gefunden habe."

"Ja, mach dir keine Sorgen."

Sie sah grauenvoll aus, ihr Kleid zerrissen vom Kampf mit Enrik, das Gesicht noch rot, die eine Hälfte unter Gairs zusammengewickelter Tunika verborgen. Und doch war sie ihm nie schöner erschienen, denn es ging eine Kraft von ihr aus, die er bewunderte.

Sie wandte sich ab, den anderen folgend, und im Weggehen hörte er sie mit den Kindern reden: "Wo waren wir? Ach ja, die sanfte Erdfee hatte sich aus Blättern und Blüten ..."

Gair eilte so schnell er konnte zu den Werkstätten. Sein Bein schmerzte, doch es kümmerte ihn nicht. Erst heute Morgen war ihm aufgefallen, dass er einige Schnittwunden von seinem Kampf mit Centigern davongetragen hatte, aber er spürte sie kaum. Das Einzige, das nun zählte, war, so viele Überlebende wie möglich in Sicherheit zu bringen. Kurz überlegte er, noch Kräuter für die Verletzten aus dem Druidenhaus zu holen, aber das wichtigste Kraut, Spitzwegerich, fand sich in großer Menge im Wald.

Er entdeckte Clach in seiner Hütte. Als Gair eintrat, sah er nur den Rücken des Hünen, der am Boden saß und monoton vor und zurück wippte. Er reagierte nicht, als Gair ihn ansprach. Erst als Gair neben Clach trat, sah er, dass dieser den toten Körper seiner Mutter in den Armen hielt und lautlos schluchzte.

"Clach. Wir müssen los. Komm. Leg sie auf den Boden."

Wildes Kopfschütteln war die Antwort.

"Clach, ehe die Sonne heute aufging, hat sie bereits als Säugling ihren ersten Schrei in der Anderswelt gemacht. Es geht ihr gut, sie wird dort nun in den Armen einer liebenden Mutter gewiegt. Sie braucht diesen alten, kaputten Körper nicht mehr. Leg sie auf den Boden und komm."

Clach bettete zögerlich den zerschlagenen Körper seiner Mutter auf das Bett, deutete dann verzweifelt auf sich.

"Nein, Clach, du bist nicht allein. Ich verspreche dir, Aislin und ich, wir werden uns um dich kümmern. Du passt auf uns auf, mit deiner ungeheuren Kraft, und wir passen auf dich auf, ja? Wir lassen dich nicht allein."

Ehe Gair reagieren konnte, hatte der Hüne ihn umarmt. Seine mächtigen Arme drückten Gair fast den Atem ab. "Schon gut, komm jetzt. Aislin wartet auf dich, sie macht sich Sorgen."

Clach sah sich noch einmal in seiner Hütte um, griff dann nach seinem Hammer und Meißel und steckte beides in den Gürtel. Dann nahm er den großen Weidenkorb, der ein wenig angekohlt war, und in dem er aus den anderen Werkstätten Schalen, Krüge, Messer und sogar zwei Schwerter gesammelt hatte.

Gair griff noch nach zwei schmutzigen, rußigen Decken, die auf einem Hocker lagen.

Sie holten die Gruppe rasch ein. Auf der Lichtung angekommen, wurden Lager für jene gerichtet, die am schlimmsten verwundet waren. Die Trockenheit der letzten Tage hatte zwar dazu beigetragen, dass das Feuer in Ardudunum so leicht hatte wüten können, zum Liegen war der Waldboden so trocken aber nun eine Wohltat. Der Himmel war noch immer voller Rauch, das Licht eigenartig grau. Gair sandte zwei Mädchen, die mit ein paar Brandwunden davongekommen waren, Kräuter zu suchen, vor allem Wegeriche.

Solas und einen weiteren Burschen schickte er zurück zum Dorf. "Haltet euch versteckt, außerhalb der Palisade. Sobald die Boier ins Dorf zurückkommen, bringt ihr uns Nachricht. Lasst euch ja nicht erwischen!"

Jeder wartete offensichtlich auf Anweisungen durch Gair, es schien, dass sie ihn alle als ihren Anführer sahen. Niemand fragte nach Centigern.

Drei Männer kamen zu ihm. "Gair, unsere Höfe liegen unten am Hang. Wir wissen nicht, was mit unseren Familien ist. Lass uns gehen, nach ihnen zu sehen."

Gair war verblüfft, dass sie überhaupt noch hier waren. "Ihr seid freie Männer, kümmert euch um die Euren. Doch wenn ihr helfen könnt – bringt uns etwas Essen, vielleicht auch Decken für die Verwundeten."

Alle drei deuteten eine Verbeugung an, ehe sie den Hang weiter hinunter marschierten.

Die Mädchen brachten Wegerich, und Gair zeigte ihnen, wie sie daraus Wundauflagen machen konnten. Dann ging er eine Runde, zu jedem einzelnen der kleinen Gruppe, um zu sehen, was noch an Hilfe benötigt wurde. Clach füllte alle vorhandenen Gefäße mit Wasser vom nahen Bach. Aislin saß bei jenen, die es am schlimmsten getroffen hatte und erzählte und erzählte.

Der Tag schritt voran. Nach wie vor waren Solas und der andere Junge nicht zurückgekehrt. Dafür kamen die Arbeiter wieder. Der Hof des Einen war ebenfalls zerstört worden, er brachte seinen kleinen Sohn mit, der versteckt im Brunnen überlebt hatte. Die anderen beiden Höfe waren unbehelligt geblieben.

Die Männer verteilten etwas Brot und Obst, auch ein paar Decken, doch sie besaßen selbst nicht viel.

Als ein wenig erschöpfte Ruhe auf der Lichtung einkehrte, gesellte sich Gair zu Aislin. Er ließ sich schwerfällig auf dem Waldboden nieder. Sie saßen einen Moment nebeneinander, schweigend.

Gair reichte ihr einen Krug mit Wasser. "Du musst trinken. Und dich ausruhen. Du bist selbst verletzt, du brauchst Kraft, dich selbst zu heilen."

Aislin trank, dann lehnte sie sich an seinen nach wie vor nackten Oberkörper. Seine Tunika war immer noch um ihren Kopf gebunden, sie hatten etwas Wegerich darunter getan. Sanft legte Gair seine Hand auf ihre Hüfte.

Ihre Finger fuhren zart über seine Brust. "Wir haben einen weiten Umweg gemacht, seit jenem Beltane-Spaziergang, nicht?" Es war eine leise Feststellung. Es gab nichts zu fragen, es gab keine Liebesschwüre, keine Beteuerungen. Sie wussten, dass sie zusammengehörten.

Der Moment dauerte nur kurz, dann hörten sie ein Rascheln im Wald. Ein Meckern.

Gair stand auf, da sah er Solas den Hang herabkommen, mit einer Ziege am Strick und einer Zweiten, toten und verkohlten, auf den Schultern. Alle im Lager blickten neugierig auf den Burschen.

"Die Boier sind bis jetzt nicht gekommen. Wir haben das ganze Dorf umrundet, ihre Spuren gesehen ... wir sind den Spuren gefolgt, soweit es der Wald zuließ. Die sind immer weiter geritten, gen Süden."

Hoffentlich sind sie nicht auf Aonghas und die anderen gestoßen, fuhr es Gair durch den Kopf. Und es wunderte ihn, dass sie nicht einmal zum Plündern zurückgekommen waren.

"Dann haben wir ein paar Tiere wieder eingefangen und in die Ställe gesperrt – anscheinend hat gestern jemand alle rausgelassen, damit sie sich in Sicherheit bringen können. Für den Bock da war's zu spät, deshalb hab ich mir gedacht, so wie der aussieht, ist er gewiss gut durch und wir können ihn essen, und die Geiß da hat wohl ihr Kitz verloren, ihr Euter platzt bald vor Milch."

"Sehr gut, Solas, du bist großartig!"

Der Bursche errötete leicht über Gairs Lob. "Ulwin ist noch oben, falls die doch zurückkommen, ich werde ihm die Nacht über Gesellschaft leisten, wenn du erlaubst, Gair."

"Nein, ich will, dass wir alle hier beisammen sind, wenn es dunkel wird. Morgen früh schauen wir dann ins Dorf. Geh ihn holen."

Sie kratzten die verkohlte Haut von dem Ziegenbock und verteilten sein Fleisch. Gair war sich sicher, dass es allen ebenso gut schmeckte wie ihm, nachdem keiner seit gestern etwas gegessen hatte. Auch wenn gewiss jeder im ersten Moment beim Anblick des verkohlten Bockes an all die verkohlten Leichen oben im Dorf hatte denken müssen.

Die Milch wurde an die Kinder verteilt, die gierig tranken. Gair betrachtete die kleine Gruppe, die da auf der Lichtung versammelt war. Sie waren nur noch wenige, aber wenn er so die Kinder sah, mit ihren Milchbärten, und die Älteren, die einander halfen und trösteten, da breitete sich ein warmes Gefühl in ihm aus.

Oh große Göttin, Allmutter der Natur,
Beherrscherin der Elemente,
du vereinst in dir die Gestalten
aller Götter und Göttinnen, Noreia, höre mich an.
Habe Dank, unendlichen Dank. Ein Auge ist wahrlich ein
geringer Preis dafür, sich nicht aus den falschen Gründen
geopfert zu haben. Es schmerzt, ja, es tut furchtbar weh, aber
jeder Schmerz ist erträglich. Ich wachse daran. Ich merke es an
meinen Geschichten, ich spüre deine Macht, deine Kraft, die
durch mich fließt. Dies war wohl die letzte Prüfung, ehe ich
wahrlich Geschichtenerzählerin bin. Oh Göttin, hab Dank,
soviel Dank! Er hat ihn getötet, um mich zu retten. Ich werde
Clach immer beschützen, ich verdanke ihm mein Leben. Ihm
und Gair. Meinem Gair.

Die Nacht war recht friedlich verlaufen, sie hatten keinen Verletzten mehr in die Anderswelt gehen lassen müssen. Nach wie vor waren alle verstört, zumeist unfähig, zu reden. Die Kinder drängten sich um Aislin, die seit dem Aufwachen bereits wieder unermüdlich erzählte. Es schien Gair, als gäbe das Erzählen auch ihr selbst Kraft.

Er machte sich kurz nach Sonnenaufgang mit Solas, Ulwin und einem der Bauern auf ins Dorf.

Die letzten Glutnester waren erloschen. Ein ungeheurer Gestank von verbranntem Fleisch und Verwesung lag in der Luft. Eine Weile standen die drei Männer am höchsten Punkt des Dorfes, zwischen den beiden verkohlten Bäumen, und blickten fassungslos auf ihre alte Heimat. Dann schwärmten sie aus, einzusammeln, was sich einsammeln ließ.

Gair ging ins Druidenhaus, das zwar vom Feuer nicht betroffen worden war, sehr wohl aber von den Boiern. Alles darin war wild durcheinander geworfen, wenn auch offensichtlich in großer Eile. Es musste noch am Abend des Überfalls geschehen sein, und die Krieger hatten wohl Sorge gehabt, in dem brennenden Dorf eingeschlossen zu werden.

Gair steckte jene Kräuterdosen in einen Beutel, die sie nun dringend brauchten. Aonghas Hunde saßen winselnd im Schlafgemach eingesperrt, Gair ließ sie frei. Er packte an Vorräten und Decken, was da war, und lud alles auf einen Handkarren. Es würde Tage dauern, das Dorf von den Leichen zu befreien, besser, die Überlebenden waren bis dahin im Wald untergebracht.

Schwer bepackt trafen die drei Männer wieder auf der Lichtung ein. Sie hatten auch einiges an Vieh mitgebracht, ein paar Schafe und Ziegen, zwei Schweine und sogar ein Pferd.

Es wurde eine Versammlung abgehalten. Jene, die nicht zu schwach oder zu sehr von Schmerzen gepeinigt waren, nahmen daran teil. Mit größter Selbstverständlichkeit führte Gair die nötigen Rituale und Gesänge aus, um den Göttern zu danken und sie zu dieser Versammlung einzuladen. Alle saßen sie im Kreis um eine Schüssel Wasser, die als heiliges Becken herhalten musste. Gair erklärte, dass sie bis auf Weiteres hier im Wald bleiben würden, zumindest bis jene, die schwer verletzt waren, wieder gehen konnten.

Die zwei Arbeiter, deren Höfe heil geblieben waren, boten an, jeweils ein paar Menschen auf ihrem Hof unterzubringen – es gab noch viel zu ernten und jede Hilfe war willkommen.

Zwei junge Mädchen wollten zu einem Hof am Ufer des Aba acos, er gehörte Verwandten von ihnen. Ulwin bot sich an, sie dorthin zu bringen. Vielleicht könnte er auch dort bleiben.

Solas wandte sich an Gair, er sprach leise. "Gair, da Centigern nun tot ist, ich also keinen Herren mehr habe ... nun, ich denke, du hättest das Recht auf mich als Burschen, aber ..." Er stockte.

"Nein, Solas. Du bist frei. Wenn du bei uns bleiben willst, so kannst du das gerne tun, aber es steht dir frei, zu gehen, wohin du willst."

"Nun, dann würde ich gerne versuchen, so wie Aonghas nach Bragnreica zu gelangen." Seine Backen leuchteten rot.

Gair musste lachen. "Ich verstehe. Du magst unsere Eimhir!" Das Rot vertiefte sich noch mehr. "Geh nur. Und wenn du sie findest, wenn sie hoffentlich nicht den Boiern in die Hände gefallen sind, dann berichte ihnen, dass sie wissen, was aus Ardudunum geworden ist, wer lebt und wer bei den Göttern weilt."

Sie hatten noch nicht alle gesprochen, als sie entfernt Hufgetrappel hörten. Eine ganze Menge Reiter stob den Culm hinauf, aus derselben Richtung, aus der die Boier gekommen waren. Alle hielten die Luft an, als der Lärm an ihnen vorbeizog, weit genug entfernt, dass sie durch das dichte Dickicht nicht gesehen werden konnten. Waren die niederbrennenden Krieger nur eine Vorhut gewesen?

Solas und Ulwin wollten bereits aufspringen, doch Gair hielt sie zurück. "Nein, wir warten bis morgen. Lasst sie ruhig das Dorf finden, wir haben alles herausgeholt, was sich herausholen ließ."

In dieser Nacht zogen sich Gair und Aislin ein wenig von den anderen zurück. In jener Grube, in der Gair während Eimhirs Initiation gewacht hatte, lagen sie nun erstmals beisammen. Sie liebten sich, innig und mit der Verzweiflung der Überlebenden. Dies war das Bild gewesen, das Gair bei seiner erzwungenen Vision gesehen hatte – er mit der Erzählerin am Waldboden in liebender Umarmung. Niemals hätte er das vor den anderen aussprechen können.

Sie lagen noch lange aneinandergeschmiegt, dem Herzschlag lauschend, ehe die Kühle der Nacht sie zwang, sich zu bewegen und die mitgebrachte Decke über sich zu ziehen. Der leichte Wind ließ das Laub über ihren Köpfen rascheln, als trage er ihre Geschichte weiter hinaus in die Nacht.

Aislin machte es sich in Gairs Armbeuge bequem. "Wie es scheint, bist du nun doch der Fürst Ardudunums. Alle horchen auf dich. Was willst du tun?" Ihre Stimme klang schläfrig.

"Hierbleiben. Den Tempel wieder aufbauen – nein, das Heiligtum wieder aufbauen, ohne Eichenwände."

Aislin hob den Kopf von seiner Brust und sah ihn an. Ihr sehendes Auge blitzte im schwachen Mondlicht, während ihre rechte Gesichtshälfte schwarz und unheimlich aussah. Gair würde noch eine Weile brauchen, sich an diesen Anblick zu gewöhnen.

"Das freut mich. Denn ich wäre nicht gerne von hier fortgegangen."

Sie küssten einander, besiegelten auf diese Art das Gelöbnis, Noreia hier weiter zu dienen.

Solas und Ulwin waren schon zeitig am Morgen zum Dorf zurückgehuscht, noch ehe Gair aufgewacht war. Sie kamen aufgeregt zurück, während Aislin ihre erste Runde bei den Verletzten drehte.

"Gair! Gair! Das sind nicht die Boier! Es sind Römer! Nicht viele, vielleicht dreißig."

Römer? Was wollten Römer hier? Es war bekannt, dass sie ihr Gebiet stetig vergrößerten, ganz Gallien war seit vielen Sommern unter ihrer Herrschaft, und ja, es hatte Gerüchte gegeben, dass sie nach Noricum vordrangen, aber hier? Dies war kein Grenzgebiet, dies war mitten in Voccios Reich!

"Seid ihr sicher?"

"Wir werden wohl einen Boier von einem Römer unterscheiden können! Boier – lange Hosen wie wir. Römer – kurze Röckchen." Ulwin musste kichern, als Solas die Kürze ihrer Röckchen andeutete.

An die dreißig Römer ... Gair hatte in seinem Unterricht bei Voccio über das Heer der Römer gelernt. Dreißig – das war die Zahl einer Truma, einer Reitertruppe zu Späherzwecken.

Sie hielten eine kurze Versammlung ab. Fast alle der fünfundzwanzig Menschen, die sich mit Gair hier in den Wald gerettet hatten, waren nun wieder soweit bei Kräften, dass sie an der Versammlung teilnahmen. Nur eine ältere Frau und ein Bub blieben auf ihren Laublagern liegen. Die Kinder stellten neugierige Fragen, die Frauen waren in Sorge, was die Ankunft der Römer zu bedeuten hatte. Einer derer, die einen Hof hangabwärts hatten, meinte, es ginge ihn nichts an, was auf dem Gipfel geschehe. Er würde nun nach Hause gehen. Niemand hielt ihn auf, und er nahm drei der Männer und zwei Frauen mit sich. Der andere Hofbesitzer jedoch wollte unbedingt wissen, wie die Dinge standen, ehe er zu seinem Hof zurückkehrte. Clach, der sich die meiste Zeit irgendwo in Aislins oder Gairs Nähe aufhielt, hob seinen Hammer und sah fragend in die Runde.

"Nein, Clach, die Römer können wir nicht schlagen, noch weniger als die Boier", meinte Aislin und legte ihm beruhigend die Hand auf den Arm.

"Ich werde mit ihnen reden", verkündete Gair und erhob sich. Gerne hätte er dies elegant und schwungvoll gemacht, aber auf dem unebenen Waldboden wurde es noch ungelenker als sonst. In das allgemeine Erstaunen schlich sich das Kichern eines kleinen Mädchens.

"Was? Aber Gair, das sind Römer!", rief ein älterer Mann, der sein Leben lang mit den Römern Handel um Wein getrieben hatte.

"Ja, und wie es aussieht, waren die Boier ihre Söldner, die ihnen den Gipfel freiräumen sollten. Ich habe schon davon gehört, dass ihr Kaiser Augustus Krieger anderer Völker zu seinen Zwecken einsetzt, so wie Centigern und seine Männer für andere Fürsten geritten sind. Wir sind mitten in Noricum, und es hat bis jetzt in unserer Umgebung keine Berichte gegeben, dass Römer Dörfer überfallen hätten oder Eroberungen gemacht hätten. Warum also hier? Ich denke, römische Händler, die in unserem Dorf zu Besuch waren, haben von dem grandiosen Weitblick erzählt. Und nun wollen sie unser Ardudunum als Spähposten benützen. Etwas Anderes kann ich mir nicht vorstellen. Ich persönlich denke nicht, so wie Centigern das getan hat, dass wir eine Chance gegen die Römer haben. Sie haben ganz Gallien erobert, Britannien. Sie sind landgierig und mächtig. Ich denke, es gibt nur zwei Möglichkeiten: sich mit ihnen arrangieren, so wie es im Süden schon länger geschieht, oder von ihrer Hand sterben. Ich persönlich habe nicht vor, dieses Gemetzel überlebt zu haben, um gleich darauf von den Römern in die Anderswelt geschickt zu werden."

"Eben, Gair, eben! Deshalb müssen wir fliehen! Sollen sie den Culm haben, lass uns zu Aonghas fliehen, weit weg von hier." Die Meinung der jungen Frau fand allgemeine Zustimmung.

"Es steht euch allen frei, zu gehen, wohin ihr wollt. Wir haben alle unsere Heimat verloren, es gibt keine Sippe Ardudunums mehr, der ihr verpflichtet wärt. Aber ich habe für mich beschlossen, dass ich Noreias Tempel am Culm nicht verlassen werde. Und auch wenn ihr Aonghas und die anderen erreicht, und wenn ihr bei Voccio in Bragnreica Aufnahme findet – was ich annehme -, so gibt euch das noch keine Garantie, dass nicht auch dort die Römer in Kürze auftauchen. Es scheint, dass Noricum nun auf ihrem Eroberungsplan steht. Genügend gute Schwerter haben sie uns ja in den letzten Jahren abgekauft, kaum ein Stamm, der nicht mit seinen Eisenwaren mit ihnen gehandelt hat."

"Und all das schließt du daraus, dass Solas und Ulwin meinen, da oben Röckchen gesehen zu haben?" Kurzes Gekicher der Jüngeren, fragende Blicke der Älteren.

"Ja. Das sagt mir mein Gespür, mein Wissen als Krieger. Aber ich kann auch die Götter befragen, wenn ihr das wollt."

Aufgeregtes Getuschel breitete sich aus. Gair setzte sich wieder, ließ den Menschen Zeit, Entscheidungen zu treffen.

Aislin rückte nahe an ihn heran. "Glaubst du wirklich, dass sie dich am Gipfel bleiben lassen?", fragte sie, ihre Stimme kaum mehr als ein Flüstern.

"Ja. Ich habe es gesehen, ich bin überzeugt, es wird geschehen. So wie Doireann in Flavia Solva. Auch die Römer haben ein Bedürfnis nach Vorsehung, nach göttlichem Beistand." Er fühlte sich seiner Sache ganz sicher, kein Hauch eines Zweifels war in seinem Kopf.

Langsam kehrte Ruhe in der Runde ein.

Alle hatten beschlossen, zu fliehen, ehe die Römer auch nur entdeckten, dass es sie noch gab. In den Ort des Grauens, das sie überlebt hatten, wollten sie soundso nicht zurück.

"Der Gipfel ist verflucht", sagte der Weinhändler. "Centigern hat sich vor der Schlacht feige aus dem Staub gemacht, und nun liegt sein Leichnam im Tempel, ebenso wie der des Sehers. Wie sollen die Götter uns da wieder willkommen heißen? Nein, Ardudunum ist verflucht, wie es das Omen gesagt hat. Ausgelöscht, verschwunden, weg."

Gair machte sich nicht die Mühe, den Hergang von Centigerns Tod zu erläutern. Dies war etwas, das er selbst mit den Göttern aushandeln musste.

Der Großteil schloss sich Solas an, der sie nach Bragnreica führen sollte. Nur Aislin und auch Clach wollten bei Gair bleiben. Gair schmunzelte innerlich. Hatte Aislin ihn gestern noch als Fürst von Ardudunum bezeichnet, seine Untergebenen hatte er ja schnell verloren. Solange nur sie bei ihm blieb, war es ihm recht. Es war nie sein Ehrgeiz gewesen, über andere zu herrschen oder sie anzuführen. Er war immer der Helfer gewesen, der Diener.

Um den anderen einen sicheren Vorsprung zu gewähren, beschloss Gair, erst am nächsten Tag nach Ardudunum zurückzukehren. Sie teilten die Vorräte und Decken auf, ebenso die Waffen und Messer, die sie noch aus dem Dorf geholt hatten. Die Tiere würden bis auf zwei Ziegen an den Hof am Hang gehen.

Dann begannen die Überlebenden, aufzubrechen. Sie würden erst der Straße nach Norden folgen, den Culm hinab, um dann im Tal den Berg zu umrunden. Der Weg quer durch den Wald auf halber Höhe war mit den Kindern und Verwundeten zu anstrengend.

Am Abend waren alle verschwunden. Nur Aislin, Clach, Gair

und die beiden Ziegen befanden sich noch auf der Lichtung. Sie spürten nun erst so richtig die Erschöpfung, die Anspannung der letzten Tage. Gair wusste, dass sie in der Nacht Wache halten sollten, doch weder Clach noch Aislin war es zuzumuten, und er selbst würde nicht die ganze Nacht durchhalten. So führten sie ein improvisiertes Abendritual durch, dem sich auch Clach mit seinem Grunzen anschloss. Mochten die Götter sie beschützen. Danach legte sich der Hüne in die Nähe der Ziegen, die am Rande der Lichtung angepflockt waren. Kurz darauf bot sich ein sonderbares Bild in der Abenddämmerung: der Berg von Mann, der da am Boden lag und leise schnarchte, wurde von den Ziegen als Schlafplatz benützt. Beide kletterten auf ihn hinauf und rollten sich auf seinem Rücken zusammen.

Gair und Aislin mussten darüber schmunzeln. Sie zogen sich unter den Felsvorsprung zurück. Ihnen war nicht nach Reden zumute. Ihre Gedanken weilten bei jenen, die am Weg nach Bragnreica waren und bei dem, was sie wohl morgen in Ardudunum erwartete.

Sie mussten gewiss einen sonderbaren und erbärmlichen Anblick bieten, wie sie sich der Palisade näherten. Gair, in seiner blut-, kräutergrün- und rußverdreckten Tunika, hinkend wie immer, Aislin, das Kleid halb zerrissen, das Gesicht noch immer gerötet und statt des rechten Auges ein verkohlter Fleck, Clach, noch furchteinflößender als sonst, so dreckig wie er war, und dazu zwei Ziegen, die hinter ihm hertrotteten.

Am Nordtor trat ihnen ein römischer Soldat entgegen, seinen Speer im Anschlag. Er musterte sie, empfand sie aber wohl nicht als Bedrohung.

"Ave", grüßte Gair, der in seinen Jahren bei Voccio auch Lateinunterricht erhalten hatte, wie es bei den Adeligen üblich war. Seine Sprachkenntnisse waren etwas eingerostet, aber es sollte ausreichen, um sich zu verständigen. "Wir würden gerne euren Dekurio sprechen. Wir kommen in friedlicher Absicht, mens imbellis."

Erneut wurden sie genau gemustert. Gair wusste, dass es die richtige Entscheidung gewesen war, selbst ihre Messer unter dem Felsvorsprung zurückzulassen und auch Clachs Hammer und Meißel, obwohl es dem Hünen sehr schwer gefallen war, sich davon zu trennen. Umso nervöser wippte er nun hin und her.

Der Wächter senkte seinen Speer und öffnete das Tor, vielmehr die Reste des Tores, die schief in den Angeln hingen. Mit dem Speer als Verlängerung seines Armes deutete er in Richtung des Langhauses, vor dem einige Zelte aufgebaut waren.

Das Dorf stank noch schlimmer als am Tag davor. Inzwischen hatten sich ganze Heerscharen von Krähen über die Toten hergemacht, ihr Gekrächze erfüllten den Gipfel. Die Römer waren damit beschäftigt, aufzuräumen. Sie trugen Leichen und Leichenteile zu einem großen Feuerhaufen, der dort brannte, wo noch vor wenigen Tagen der Dinkel in voller Reife gestanden hatte. Sie hatten Tücher vor ihre Gesichter gebunden, um dem Gestank ein wenig zu entgehen. Wenn Gair richtig gezählt hatte, so waren im Dorf tatsächlich nur dreißig Männer.

Aislin schluckte, und Gair konnte ihr ansehen, dass sie ein Würgen unterdrückte. Die Anderswelt mochte schön sein, der Tod war es nicht.

Aus einem der Zelte kam ihnen ein Soldat entgegen, der offenbar ihre Ankunft bemerkt hatte. Auch ihm erklärten sie ihr Anliegen, und er führte sie in das größte Zelt.

Der Dekurio saß auf einem Stapel Felle, die meisten mit verkohlten Rändern, und brütete an einem der alten niedrigen Tische über einem Bogen Papyrus, das er zusammenrollte, sobald sie eintraten. Er war bereits älter, sein kurzes Haar grau, doch trotz seiner scharfen Gesichtszüge und seiner harten Stimme hatte er etwas Mildes an sich, vielleicht war es auch nur Resignation nach Jahren des Dienstes.

"Wer seid ihr und was wollt ihr?"

Gair deutete eine leichte Verbeugung an. "Habt Dank, dass ihr uns empfangt, verehrter Dekurio. Mein Name ist Gair, Sohn des Fionghall, dies ist Aislin, wir sind Priester und Priesterin dieses Ortes."

"Priester? Nicht Druiden?"

"Nein, Dekurio. Wir sind beide keine Druiden." Was nicht gelogen war, fehlte ihnen doch beiden noch einiges an Jahren der Ausbildung, um den Titel eines Druiden tragen zu dürfen.

"Und der Idiot da?" Der Mann deutete auf Clach.

"Das ist mein Bruder, verehrter Dekurio", beeilte sich Aislin zu sagen.

"Und was wollt ihr?"

"Eure Erlaubnis, wieder im Tempel den Göttern zu dienen. Ich denke, auch für die Römer muss es beruhigend sein, die Götter wohlgestimmt zu wissen, vor allem so fern der Heimat."

Der Dekurio musterte sie kritisch. Der junge Soldat, der sie hereingeführt hatte und nun neben dem Dekurio stand, nickte kaum merklich.

"Welchen Göttern?"

"Den Göttern ist es gleich, bei welchem Namen man sie nennt."

Ein zufriedenes Lächeln huschte über das Gesicht des

Dekurio. "Nun, an einem Ort des Todes wie diesem hier, da könnte ein wenig göttlicher Beistand nicht schaden, denke ich. Es wundert mich aber, dass ihr euch so selbstsicher hierher traut. Ihr wirkt nicht erstaunt, hier Römer vorzufinden."

"Die Götter lenken unseren Weg. Wenn sie unseren Tod bestimmt haben, so soll es so sein. Und wir waren sehr erstaunt, als wir euch gestern ins Dorf reiten sahen. Wir haben die ganze Nacht gebraucht, unseren Mut zusammenzunehmen, hierherzukommen. Aber wir haben nichts mehr zu verlieren, und unser Herz ist hier, am heiligen Platz der Götter dieses Berges. Ich denke, es ist besser, mit den Römern zu leben, als gegen sie, denn nur mit ihnen gibt es Leben."

"Hm. Kluge Worte. Gefährlich wirkt ihr ja nun wirklich nicht, bis auf den Idioten da. Wer garantiert mir, dass ihr nicht einen Hinterhalt plant?"

"Niemand, verehrter Dekurio. Wie ich sagte, es steht euch frei, uns zu töten. Oder uns einzusperren. Wir sind schon dankbar, wenn ihr uns zu den Morgen- und Abendzeiten in den Tempel lasst, damit wir den Göttern dienen können."

"Wir wollen sehen. Ein so kräftiger Mann könnte schon von Nutzen sein. He, Idiot, kannst du Steine schleppen?" Die Stimme des Dekuiro war lauter geworden, als wäre Clach schwerhörig.

Der Hüne warf einen fragenden Blick zu Aislin, nicht sicher, was er tun sollte. Er grunzte.

"Ja, verehrter Dekurio, das kann mein Bruder. Sein Name ist Clach, und er war der Steinmetz des Ortes, ein begnadeter Steinmetz."

"Ich brauche keinen begnadeten Steinmetz, ich brauche wen, der uns hilft, hier Ordnung zu schaffen. Steine schleppen, Dächer auf ein paar Häuser zu machen."

"Ja, verehrter Dekurio, das kann er."

"Würde er es auch tun oder schlägt er meinen Männern die Schädel ein?"

"Er ist sehr sanftmütig. Er wird niemandem etwas tun."

"Nun, wir können es ja versuchen. Fürs Erste werden wir euch einsperren, aber man wird sehen. Ihr wirkt nach harmlosen Leuten. Und wir haben nicht vor, Noricum mit Gewalt zu erobern."

Gair konnte nicht verhindern, dass seine Augenbrauen in die Höhe schossen.

"Ja, schon gut. Das hier sieht nicht danach aus. Das kommt davon, wenn man sich auf Söldner verlässt, die lassen gerne ihre persönlichen Gefühle mit einfließen. Aber es ist immer besser, die Eroberten auf der eigenen Seite zu haben. Das erspart viel Arbeit."

Er wandte sich an den jungen Soldaten. "Hinter dem, was wohl ihr Tempel war, gibt es ein Haus aus Lehm, das noch über Tür und Fensterläden verfügt. Sperrt sie dort ein. Morgen sehe ich weiter."

Oh große Göttin, Allmutter der Natur,
Beherrscherin der Elemente,
du vereinst in dir die Gestalten
aller Götter und Göttinnen, Noreia, höre mich an.
Ich kann es nicht glauben. Wir sitzen im Haus der Druiden, in unserem Dorf, und wir leben! Dieser Dekurio erinnert mich ein wenig an einen Onkel, den ich hatte. Ich glaube, ich könnte ihn mögen. Ich habe den Nachmittag damit verbracht, mit Gair das Haus wieder in Ordnung zu bringen. Viele Vorräte sind nicht mehr da, aber die Römer haben uns sogar etwas zu essen und Wasser gebracht. Clach ist unglücklich, weil sein Hammer und sein Meißel noch auf der Lichtung liegen. Vielleicht können wir sie ja eines Tages holen, wenn wir erst das Vertrauen der Römer gewonnen haben. Am Abend durften wir sogar in den Tempel. Ach Göttin, wie schmerzt es. Zum Glück hatten sie Centigern und Enrik bereits weggeschafft, ich hätte es nicht ertragen, die beiden noch einmal zu sehen. Doch wie sieht dein Tempel aus! Gair meinte nur, wir würden ihn schöner und prächtiger herrichten, als er je war, ganz ohne Wände, so wie ihr Götter das früher mochtet, mit einem Hain rundherum. Er ist so selbstsicher und seiner Sache gewiss, zögert keinen Moment. Ich vertraue ihm völlig. Aber Göttin, beim Aufräumen hab ich die polierte Kupferscheibe gefunden, die immer in der Schlafkammer der Druiden hing. Ich habe mein Gesicht gesehen. Mein Herz quillt über vor Liebe für Gair, dass er sich nicht voll Ekel abwendet. Ja, es wird besser werden, aber

dennoch. Ich habe ein Stück Tuch gefunden, es ist ein sehr schönes Tuch, und ich werde es immer umbinden, um mein Auge zu verbergen. Dies ist eine Verletzung, die sich nicht wegerzählen lässt. Ich werde damit leben, so wie Gair mit seinem Knie, das er sich nicht gesund erzählen lassen will. Da sind wir nun - die Überlebenden Ardudunums. Gesegnet seist du und gesegnet seien wir!

er Dekurio sah tatsächlich weiter. Erst ließ er Clach noch die Beine fesseln, doch bald durfte der Hüne sich frei im Dorf bewegen. Er blühte richtig auf, denn die Soldaten liebten ihn für seine Kraft. All die schweren Arbeiten, die sie sonst so hassten, führte er nun für sie aus.

Gair und Clach halfen mit, das Dach auf dem Langhaus wieder zu errichten und auch auf einem der kleinen Adelshäuser. Die ersten Tage war es ein sonderbares Gefühl, das alte Fürstenhaus gemeinsam mit den Römern herzurichten. Doch durch die gemeinsame Arbeit entwickelte sich so etwas wie ein gegenseitiger Respekt.

Auch der Dekurio fasste zu Gair und Aislin Vertrauen. Ja, im Laufe der Monde entstand fast so etwas wie Freundschaft. An manchen Abenden saßen Aislin und Gair mit dem Dekurio in seinem Häuschen, während die Legionäre im Langhaus schliefen. Aislin erzählte dann harmlose Geschichten, und der Dekurio genoss es, mit Gair ein strategisches Brettspiel zu spielen. Es kam Gair so vor, als wäre der Römer sehr einsam in seiner Position als Anführer und dankbar für die Gesellschaft von Menschen, die keine Soldaten waren.

Aislin war die einzige Frau auf dem Gipfel, dennoch zeigte keiner der Legionäre irgendwelche Anstalten, sie zu begehren. Gewiss lag das vor allem anfangs an ihrem verunstalteten Gesicht, doch Gair merkte, dass den Menschen bald gar nicht mehr bewusst war, dass sich unter dem bunten Tuch der Geschichtenerzählerin hässliche Narben verbargen. Dass sie Aislin nicht als Lustobjekt sahen, lag wohl auch daran, dass für die Römer Priesterinnen zumeist keusch waren – nicht unbedingt Jungfrauen, meist waren die Vestalinnen ältere Frauen, deren Kinder bereits erwachsen waren und bei denen gar keine Gefahr mehr bestand, dass sie schwanger werden könnten. Diese Frauen hatten ihr ganzes Denken frei für die Götter. Anfangs spürte Gair Befangenheit bei den Legionären, als sie merkten, dass Gair und Aislin eindeutig nicht nur Priester und Priesterin waren, doch bald gewöhnten sie sich daran.

Als sich Aislins Bauch zu wölben begann, gab es eine Phase des Misstrauens in ihre Funktion als Mittlerin zu den Göttern. Für eine Weile waren nicht nur die Herbststürme daran schuld, dass sich Aislin zurückzog. Sie wollte den Legionären und ihren misstrauischen Blicken aus dem Weg gehen. Gair fand dies die falsche Entscheidung. Nicht nur, weil er auf ihren Bauch stolz war, er fand, sie müsse nun umso mehr die Römer von ihrer Fähigkeit überzeugen.

Doch diese Phase dauerte nicht lange. Die Römer, nicht gewöhnt an das raue Klima Noricums, erkrankten der Reihe nach, ehe die Wintersonnwend kam. Als Aislin sowohl dem Dekurio als auch einigen Legionären durch das schwere Fieber half, stand ihr Status als Priesterin außer Frage. Und die Römer durchsuchten danach die Brandruinen, um lange Hosen zu finden.

Bevor der Winter mit Schnee und Eis den Culm von der Umgebung abschnitt, kamen die Menschen vom Hanghof herauf. Sie brachten ein paar Vorräte und waren erstaunt, als die Römer sie ohne Probleme zu Gair und Aislin durchließen. Eine der Frauen litt an einer eitrigen Verletzung, und Gair und Aislin konnten sie mit Kräutern und einer Geschichte heilen.

Oft saßen Gair und Aislin abends beisammen und rätselten, wieso die Römer hier so unbehelligt agieren konnten. Es hatte nur eines Söldnertrupps Boier bedurft, um Ardudunum und seine mehr als zweihundert Bewohner auszulöschen. Warum kam nun niemand und vernichtete diese lächerliche Truma von dreißig Reitern? Hatten die Römer bereits Noricum erobert? Es drangen keine Nachrichten zu Aislin und Gair, die Römer hielten sie von sämtlichen römischen Boten fern, wohl auch, um zu verbergen, dass sie Kelten in ihrem Lager duldeten.

Der Winter wurde hart und kalt, und auch ein wenig einsam, doch die drei Überlebenden genossen ihre kleine Gemeinschaft im Haus der Druiden. Wenn das Wetter es erlaubte, arbeiteten Gair und Clach am Tempel. Sie hatten bereits im Herbst die Eichenstämme entfernt und stattdessen an den vier Eckpunkten mannshohe Steine gesetzt. Clach verbrachte viele Tage damit, sie kunstvoll zu verzieren. Für Gair ging aber die meiste Zeit dafür auf, den Tempelbereich wieder von den Morden zu säubern und von all den Beschwörungen, die Enrik in der kurzen Zeit im Sommer durchgeführt hatte. Auch verbrachte er viel Zeit damit, an seinen Fähigkeiten als Seher zu arbeiten.

Und dann kam das Frühjahr. Die Bäume trieben aus, die beiden Ziegen bekamen, dank des Bockes vom Hanghof, Kitze, alles schien von Neuem zu beginnen. Gair pflanzte junge Birkenschösslinge um den Tempelbereich und hoffte, dass sie bald eine grüne Wand bilden würden. Aislins Bauch war nun prall und rund. Sie pflückten die ersten Frühjahrskräuter, genossen Brennnesseln und Giersch, um nach der kargen Jahreszeit Kraft zu tanken. Sobald die Wege wieder begehbar waren, kamen nun immer öfter Menschen aus der Umgebung des Culm den Berg herauf, um im Heiligtum Opfer darzubringen oder sich von Aislin mit Geschichten und von Gair mit Kräutern und Visionen helfen zu lassen. Inzwischen war er fähig, sein seherisches Können gezielt einzusetzen. Berührte er eine Person, konnte er Bilder über deren Zukunft wahrnehmen. Nicht alle verriet er den Menschen.

Am Tag des Vollmondes vor Beltane war Aislin unruhig. Gair musste sie nicht berühren, um zu wissen, dass ihr Kind sich auf den Weg in die Welt machte. Sie zogen sich zum Geburtsstein zurück, noch ehe die Wehen einsetzten. Clach musste die Rolle des Kindsvaters übernehmen und Wache halten. Sie hatten alles vorbereitet und die Geburt ihrer Tochter vollzog sich, wie Gair es bereits vor fast einem Jahr gesehen hatte. Gair nahm das kleine Mädchen in Empfang, sobald es aus Aislins Schoß geglitten kam, und weihte sie den Göttern. Er war wohl der erste Mann, der diese Aufgabe der Druidinnen übernahm. Dann trug er Frau und Kind zurück ins Haus. Verbranntes wird heil, aus verkohlter Erde entsteht neues Leben. Er hatte sich selten so glücklich gefühlt. Clach grunzte aufgeregt beim Anblick des Säuglings. Als Aislin ihm das winzige Bündel in seine riesigen Hände legte, strahlte er vor Stolz. Gair wusste, dass seine Tochter keinen besseren Beschützer haben konnte.

Es war kurz vor Beltane, der Mond fast voll, und Gair und Aislin hatten begonnen, erste Vorbereitungen für das Fest zu treffen. Beltane würde heuer nur eine kleine Feier werden und vermischt mit römischen Ritualen, auf die der Dekurio Wert legte. Einige der Menschen aus den umliegenden Dörfern würden gewiss auch zu den Feierlichkeiten kommen. Gair dachte mit gemischten Gefühlen an das Fest. Er war gewiss nicht fähig, Zeremonien wie Aonghas abzuhalten. Zum Glück verlangte das auch keiner. Wann immer er sich Gedanken machte, wie er denn die Feier auch im Sinne der Römer gestalten sollte, kamen ihm Bilder vom Vorjahr und störten seine Gedanken. Bilder von seinem ersten Blick auf Aislin, die noch so viel jünger gewirkt hatte, Bilder von dem Stieropfer, dem Omen, auch von der letzten Großen Ehe, die Aonghas und Malwine für Ardudunum vollzogen hatten. Es war wie ein anderes Leben.

Bereits seit in der Früh regnete es, und so verbrachten sie die Zeit im Haus. Die letzten Tage waren warm gewesen, doch nun blies der Wind so kalt, dass Gair die Lichtöffnungen verschloss. Das Feuer unter dem Kessel knisterte heimelig, und der Eintopf darin duftete. Aislin hatte sich zu einem Schläfchen zurückgezogen.
Gair war gerade mit einer Schnitzarbeit beschäftigt, als es klopfte. Clach, der eine Schüssel Suppe löffelte, blickte verärgert auf. Es geschah selten, dass die Römer mit guten Neuigkeiten anklopften, meist bedeutete es, dass Clach sein Essen nicht beenden konnte, sondern helfen musste. Der Hüne beugte sich wieder über seine Schüssel und tat so, als hätte er nichts gehört. Gair legte sein Messer beiseite und erhob sich. Er öffnete die Türe.
Vor ihm stand Solas, klatschnass, sein ebenso nasses Pferd am Zügel, und grinste über das ganze Gesicht. Sie fielen einander in die Arme, noch ehe der Busche das Haus betrat.
Auch Clach sprang auf, als er Solas erkannte, und drückte ihn voll Freude an sich. Eine gefährliche Angelegenheit, wenn der Hüne vor lauter Gefühlen auf die Stärke seiner Arme vergaß. Ächzend befreite Solas sich aus der Umarmung.
Die Freude war riesig. Der Bursche war gewachsen, ein Bart

begann seine Lippe zu zieren und seine Stimme war tiefer geworden. Rasch wurden Suppe und Felle gerichtet und bald saßen die drei Männer um die Feuerstelle, Solas in eine Decke gewickelt und seine nassen Sachen zum Trocknen aufgehängt.

"Erzähl, wie ist es euch ergangen? Nein, warte, ich muss Aislin wecken, sie verzeiht es mir nie, wenn ich sie schlafen lasse." Rasch eilte Gair in die Schlafkammer. Er war kaum zurück, als auch Aislin in den Raum stürmte.

"Solas! Welch Freude!"

"Welch Überraschung!", antwortete Solas und deutete auf den Säugling in Aislins Armen. "Offensichtlich geht es euch gut!"

"Ja, das tut es. Das ist Luna, die Mondin. Sie wurde beim letzten Vollmond geboren und dem Dekurio zuliebe haben wir ihr einen lateinischen Namen gegeben." Leise fügte Aislin hinzu: "Unter uns nennen wir sie aber Derwil, Tochter des Schicksals."

Solas betrachtete das winzige Mädchen. Aus dem Tuch, in das sie gewickelt war, guckte nur ihr rotes Gesichtchen und ihre kleinen Fäustchen heraus. Ihre Augen blickten neugierig auf das Gesicht des Burschen. Gair, der seinen Arm um Aislins Schultern gelegt hatte, musste lachen, als seine kleine Tochter das Gesicht verzog.

"Das sind Neuigkeiten, die die anderen sehr gerne hören werden!", strahlte Solas.

"Ja, das glaube ich. Aber nun erzähl, wie ist es euch ergangen, wie geht es den anderen?"

Sie nahmen wieder neben dem Feuer Platz. Als Gair den Burschen ansah, wurde ihm ihr eigenes Aussehen bewusst. Sie waren alle dünner geworden diesen Winter, älter. Nicht nur in Aislins Gesicht hatte das Geschehene Spuren hinterlassen. Gair trug sein Haar immer noch kurz, sogar kürzer als zuvor, um unter den Legionären nicht allzu aufzufallen. Sogar seinen Schnurrbart hatte er geopfert. Aislin behauptete, er strahle nun eine Autorität aus, die er vielleicht in Kriegertagen schon ein wenig gehabt hatte, dazwischen aber lange Zeit nicht. Clach wirkte ruhiger als früher, offener.

"Wo soll ich anfangen? Also, als wir den Culm hinunter waren, da fanden wir den Goban und seine Familie, die hatten sich im Gebüsch versteckt und gingen nun mit uns."

Clach grunzte verächtlich. "Ja, er wäre wahrlich ein toller Fürst gewesen", sagte Aislin, "doch es freut mich, dass er und seine Familie überlebt haben."

"Er ist gar nicht so übel", meinte Solas und Gair bemerkte den Anflug von Röte auf seinen Wangen.

"Solas?"

"Fängst du schon an wie Aonghas, dass du in den Menschen lesen kannst?", entrüstete sich der Bursche.

"Da muss ich nicht viel lesen, Solas, du bist immer schon schnell rot geworden. Also?"

"Also, naja, wir waren doch einige Tage unterwegs, bis wir auf Aonghas und die anderen stießen, und die Tochter des Goban – sie ist nett, wirklich, sehr nett. Und da Eimhir mich dann doch nicht mochte – also, sie mag mich schon, aber nicht in der Art." Er deutete auf Gair und Aislin, die umschlungen dasaßen. "Sie will sich nur ihrer Ausbildung hingeben, keinem Mann. Also, so werde ich nun der Sohn des Goban, sobald ich alt genug bin." Er strahlte.

Gair klopfte ihm auf die Schulter. "Das sind gute Neuigkeiten! Offensichtlich geht es also Eimhir auch gut und sie ist ganz die Alte."

"Ja, das ist sie. Sie lernt nun beim Druiden Voccios, denn Aonghas ... er ist gestorben, diesen Winter."

"Oh." Sie schwiegen einen Moment, in Gedanken an den alten Meister versunken. Gair sah ihn vor sich, als gebrochenen Mann, nachdem Goraid gestorben war. Es wunderte ihn nicht, dass Aonghas der Lebensmut verlassen hatte, fern seiner Heimat. Doch er hatte immer gehofft, der Druide würde wieder zu Kräften kommen, und sie könnten einander wiedersehen. Er hatte nur drei Sommer bei Aonghas gelernt, doch der Druide hatte aus ihm einen anderen Menschen gemacht. Möge er sein Leben in der Anderswelt genießen!

Aislin drückte seine Hand. Gair lächelte zaghaft. "Wie geht es meiner Mutter und Malwine?"

"Gut, ja, sie sind viel beisammen. All den anderen geht es auch gut, Voccio hat uns freundlich aufgenommen. Wir werden mit ihm gegen Süden ziehen. Er will in römisch besetzte Gebiete, ja wirklich. Sich dort als Verwalter Noricums anbieten, unter römischer Herrschaft. Lieber Verwalter der Römer sein als von den Boiern überrannt zu werden."

"Also haben die Römer Noricum erobert?" Endlich jemand, der hier vielleicht mehr dazu wusste, als die Bewohner der umliegenden Dörfer.

"Nein, nicht wirklich. Noch nicht. Aber sie breiten sich aus. Meist sind es Händler, die sich in Städten und Dörfern niederlassen, mit ihren Waren aus dem Süden, und die Bewohner sehen diesen Luxus und die Händler sind nett ... Es kommen auch Heiler, die durch die Lande ziehen, die meisten ihrer Wundermittel bestehen aus gutem Wein." Er grinste, denn jeder wusste, dass römischer Wein etwas war, nach dem sich jeder Kelte die Lippen leckte. "Die Römer bestechen ganze Stämme, sie zahlen ihnen Geld und Waren, nur damit sie sich nicht gegen sie stellen. Es scheint, dass Augustus nicht wie Cäsar vorgeht."

"Und deswegen kämpft keiner gegen sie ..." Gair begann, zu verstehen. "Weißt du, ob sie rund um den Culm auch schon ihre Verbündeten haben?"

"Ja, sicher. Es geschieht ganz unauffällig, und plötzlich wird es heißen, Noricum gehört zum Römischen Reich. So wie ihr, ihr seid ja nun auch schon halbe Römer, oder?" Solas deutete mit seinem Finger auf Gairs Oberlippe, wo der Schnurrbart fehlte. "Aber sagt ihr, wie geht es euch, inmitten eines Römerlagers?"

"Sie sind gar nicht so übel ..." Gair grinste, als er Solas' Ausspruch wiederholte. "Wir tolerieren einander. Wir führen den Tempel weiter, damit Noreia mächtig bleibt – auch wenn wir sie bei Ritualen mit den Legionären nun Artemis nennen. Wir bemühen uns, die alten Bräuche so gut es geht zu erhalten, und gleichzeitig mit den Römern auszukommen. Manchmal ist es hart, vor allem der Winter war schwer, so ganz ohne die Dorfgemeinschaft."

"Ach, ich hab ja ganz vergessen, ich hab euch ja was mitgebracht!" Solas sprang auf, die Decke um sich gewickelt, und eilte in Trippelschritten zur Tür hinaus, wo sein Pferd sich unter das Vordach drückte, um im Trockenen zu sein. Er kam mit einer Kiste aus dünnem Holz zurück, die wegen des Regens in ein Öltuch gewickelt war.

Clach klatschte aufgeregt in die Hände. Er liebte Geschenke. Am liebsten hätte er das Paket gleich an sich gerissen, doch Gair übernahm es, die Kiste auszupacken.

"Die Frauen waren fleißig diesen Winter und sie dachten, ihr könntet gewiss Stoffe und Sonstiges brauchen, sie wussten ja, wie wenig von Ardudunum übrig geblieben ist."

Aislin fuhr mit den Fingern über das fein gewebte Material. Sie hatten alle die letzten Monde in Sachen verbracht, die sie noch irgendwo gefunden hatten – geflickt und die verbrannten Stellen weggeschnitten. "Wie wunderschön! Oh, sag ihnen vielen, vielen Dank!"

Ebenso fand sich ein recht schwerer Lederbeutel in der Kiste, der beim Öffnen voller kleinerer Beutel war.

"Emmer, Dinkel und Erbsen. Wir nahmen an, dass ihr Saatgut brauchen könnt."

Aislin drückte dem Burschen einen Kuss auf die Wange. Die kleine Luna Derwil schrie beleidigt auf, als sich ihre Mutter so abrupt vorbeugte.

Zwischen den Stoffen fanden sie noch einen Beutel mit Malwines Nusskugeln, und nachdem sich Aislin und Gair je eine genommen hatten, reichte Aislin den Rest an Clach. "Hier Clach, den sollst du haben!" Glückseligkeit breitete sich im Gesicht des Hünen aus.

Vorsichtig grub Gair weiter. Ein weiterer Beutel, er enthielt eine hohe runde Dose aus Birkenrinde. Gair konnte sich an diese Dose erinnern, dennoch öffnete er sie und ließ den Inhalt herausgleiten. Aonghas' Orakelstäbe aus den Hölzern von zwölf verschiedenen Bäumen.

"Malwine und Eimhir wollten, dass du die bekommst."

Gair musste sich abwenden, um seine Rührung zu verbergen. Aislin legte ihm die Hand auf den Arm.

Ja, nun war er Seher und Orakelleser. Er hatte seine eigenen Stäbe, schon seit Jahren, dies hier war mehr eine Anerkennung seines Standes, als dass Eimhir gedacht hätte, er hätte keine Möglichkeit, ein Orakel zu werfen.

Aislin hatte inzwischen ein weiteres Geschenk herausgezogen. Es war nicht sonderlich groß und in kostbares Tuch gewickelt. Um beide Hände frei zu haben, bettete Aislin Luna auf ihren Oberschenkeln und wickelte vorsichtig den

Inhalt aus. Ihre Augen weiteten sich, als die kleine weiße Schale hervorkam, aus der sie und Gair einst das Blut getrunken hatten.
"Woher ...?"
Nun war es an Gair, zu erröten. "Ich hab sie damals in Flavia Solva mitgenommen. Und dann Eimhir zur Aufbewahrung gegeben, als sie von hier weggingen. Es war mein kostbarster Besitz."

Im ersten Moment schossen Aislin Tränen ins Auge, doch dann überzog ein Grinsen ihr Gesicht und sie stieß ihn liebevoll in die Seite.

Kopfschüttelnd betrachtete Gair all die Schätze, die Solas ihnen da gebracht hatte. "Ihr müsst sehr zuversichtlich gewesen sein, dass wir noch leben, dass sie dir all diese wunderbaren Sachen mit auf den Weg gegeben haben."

"Eimhir hat das Orakel befragt. Sie wusste, dass es euch gut geht."

Sie verbrachten die Nacht redend und lachend. Clach schlief irgendwann an die Wand gelehnt ein, den Beutel mit Nusskugeln fest in seinen Händen. Doch die anderen dachten nicht an Schlaf. Nach dem langen, einsamen Winter waren Gair und Aislin unersättlich, Details aus Bragnreica zu hören.

Das nasse Gras glitzerte und funkelte. Die Sonne strahlte auf die kleine Gruppe, die aus der Türe trat. Luna, eng in ein Tuch an Aislins Brust gewickelt, quäkte. Auf das Geräusch hin kamen zwei Hunde angerannt und schnupperten neugierig.

Solas stand, die Hand an der Kuppe seines Pferdes, und blickte über das Dorf. "Wie eigenartig. Wenn ich zu den Werkstätten schaue, dann wirkt alles wie früher ... fehlt nur das rhythmische Klopfen vom Hammer des Goban. Und dann", er machte eine kleine Drehung nach links, "dann ist alles ganz anders, so ohne die Eichenwand des Tempels. Aber wisst ihr was? Eigentlich schöner."

Clach grunzte zufrieden.

"Ja, wir finden auch, dass es so besser ist. Clachs Ecksteine sind wahre Kunstwerke, und wenn erst die Birken richtig wachsen …" Einen Moment verharrten sie, den Blick auf das neue Heiligtum gerichtet.

Das Pferd am Zügel schlenderten sie durch das Lager.

Die große Wiese war ein einziges Blütenmeer, voller Gundelrebe und Vogelmiere. Die beiden Bäume standen nach wie vor kahl und schwarz. Wie jeden Morgen begegneten sie hier einigen Legionären, die sich im Schwertkampf übten. Sie grüßten einander mit kurzem Kopfnicken, ehe die Kelten weitergingen. Solas fiel ein paar Schritte zurück, vertieft in den Anblick der Kämpfer, holte dann aber wieder auf. "Sag, Gair, kommt es mir nur so vor, oder hinkst du weniger als früher?"

Gair warf einen Blick zu Aislin, sie lächelte verschwörerisch zurück. "Nun, weißt du, ich muss ja wohl Luna und ihren möglichen Geschwistern nachlaufen können, wenn sie Dummheiten machen … Es ist besser geworden, ja. Noch immer steif, aber nicht mehr schmerzhaft."

"Das wird Eimhir gerne hören. Sie hat sich Malwine gegenüber einmal aufgeregt, warum du dein Knie nicht von Aislin gesund erzählen lässt."

Nun lachte Aislin. "Ich kann Schmerzen lindern und dem Körper helfen, sich selbst zu heilen, aber alles hat seine Grenzen! Eimhir hat immer mehr in mir gesehen, als da ist."

Vor dem Langhaus begegneten sie dem Dekurio. Er warf einen interessierten Blick auf Solas, dann nickte er ihnen freundlich zu. "Heute Abend? Du schuldest mir noch eine Revanche."

Gair nickte. "Gerne."

"Wie komisch, dass du mit einem Römer spielst. Und dass dort, wo ich einst gewohnt habe, nun römische Soldaten schlafen. Das hätte sich Goraid wohl nie träumen lassen", meinte Solas, als der Dekurio weitergegangen war.

"Das hätten wir uns alle nicht träumen lassen", antwortete Aislin. "Wenn es nach den Wünschen der Menschen gegangen wäre, dann wäre ich nun Fürstin, Herrin über einen blühenden Ort. Wie jedes Jahr wäre Ardudunum nun voller Gäste, die auf die Beltanefeierlichkeiten warten. Händler, Käufer, Pilger. Und nun?" Ihre Geste umschloss das ganze Lager. Die Palisade, die an der Ostseite frisch aufgebaut worden war. Die Ruinen, die schwarz aus dem grünen Gras heraussstachen. Die Legionäre, die so wenige waren, dass sie in dem großen Areal kaum zur Geltung kamen. "Die Götter hatten anderes vor. Wir sind hier nur noch geduldet, nicht mehr die Herren, sondern so etwas wie die Haustiere des Lagers." Sie klang eher amüsiert als bitter. Sie küsste die schlafende Luna auf die Stirn und hängte sich bei Gair ein. "Aber weißt du was? Ich bin es zufrieden. Auch wenn Ardudunum und wir für die Welt verloren gegangen sind, mein Leben könnte nicht besser sein!"

Gair küsste sie.

Clach grunzte.

Bei den Ställen gaben sie Solas' Pferd noch etwas Hafer, damit es für den langen Ritt nach Bragnreica bei Laune war.

"Du kannst dich hier so einfach bedienen?", staunte Solas.

"Er und der Legionär, der für die Pferde zuständig ist, sie sind die besten Freunde!", lachte Aislin. "Du solltest die beiden hören, stundenlang stehen sie da, und planen, welche Stute mit welchem Hengst …"

Wie gerufen streckte der Hengst mit der dichten Mähne, der Sohn von Gairs alter Stute Marca, seinen Kopf über die Abzäunung, Aufmerksamkeit fordernd. Gair tätschelte ihn am Hals. "Die Römer haben einige unserer Pferde wieder eingefangen. Ihre und unsere Tiere zu kreuzen, bietet viel Potenzial."

Als sein Pferd satt war, machte Solas sich bereit, nach Bragnreica zurückzukehren, wo die anderen sehnsüchtig auf Nachrichten aus der alten Heimat warteten.

Sie verabschiedeten sich mit herzlichen Umarmungen, ein paar Tränen und vielen Versprechen auf ein Wiedersehen.

Als Solas auf seinem Pferd saß und sich schon zum Wegreiten wendete, drehte er sich doch noch einmal um. "Ich glaube, du siehst das falsch, Aislin. Ihr seid nicht für die Welt verloren gegangen. Als ich unterwegs mit Menschen über den Culm sprach, da redete niemand von Centigern oder von Ardudunum, nicht einmal von dem Römerstützpunkt. Da hieß es immer nur, das ist der verfluchte Gipfel, wo der Krüppel, die Einäugige und der Idiot im Namen der Götter an den Menschen Wunder wirken."

achwort

Seit 2008 arbeite ich im "Ersten Urgeschichtlichen Museum der Steiermark", auch Keltendorf genannt, am Kulm bei Weiz. Sitze sonntags manchmal an der Kasse oder leite Führungen für Gruppen durch das Museum.

Die Arbeit dort hat ihre ganz eigene Stimmung. Unser Dorf ist nicht groß, ganze zehn Hütten rund um eine abschüssige Wiese, aber es ist ein besonderer Ort. Ohne Elektrizität, am Rande eines Wäldchens, fühlt man sich wahrlich in eine andere Welt versetzt. An ruhigen Tagen, wenn man auf der Wiese sitzt, ringsum die schilfgedeckten Hütten, das Meckern der Ziegen und das leise Gebimmel ihrer Glocken im Hintergrund, dann bekommt man ein Gespür dafür, wie es "damals" vielleicht war.

All unsere Hütten – die eingerichteten Häuser und die informativen Schauhütten – sind von Schaufensterpuppen bewohnt. Oft, vor allem im Herbst, habe ich das Gefühl, dass sie zu Leben erwachen, wenn ich abends zusperre. Mir scheint es, dass sie alle nachts auf der Wiese oder in einer der Hütten zusammenkommen, einen Becher Bier oder bei guten Tageseinnahmen auch römischen Wein trinken, und sich angeregt über die Besucher unterhalten, die ihren Tag aufgelockert haben. Sie sind nicht ganz glücklich, unsere Bewohner, denn eigentlich waren sie dazu bestimmt, die hippe Mode der 80er und 90er Jahre zu tragen, doch im Lauf der Zeit haben sie sich an ihre karierten Braccae (keltische Hosen), die kurze oder bodenlange Camisia (eine Art Hemd, der römischen Tunika ähnlich) und den schmalen Peblos (ein gerade geschnittenes Überkleid) gewöhnt. Die Frauengesichter haben ein wenig an Farbe verloren, der Lidschatten ist verblasst, die roten Lippen ebenso. Doch ihre Posen zeigen immer noch klar, dass sie lieber in den Modehäusern stünden, als hier in den Holzhütten. Die männlichen Puppen haben sich besser angepasst, sie wirken richtig "zeitgemäß". Ich frage mich, was uns das sagen mag.

Trotz der anachronistischen Figuren habe ich das Gefühl, als hätte sich hier im Laufe der Jahre, die Titus Lantos, seine Frau Helgard und all die anderen ihre Liebe und Energie in dieses Museum gesteckt haben, so etwas wie eine keltische Atmosphäre, ein keltisches morphogenetisches Feld, gebildet. Natürlich weiß ich, dass hier keine "echte" Keltendorfstimmung überlebt haben kann, da das echte Dorf, das in Ausgrabungen nachgewiesen wurde, nicht hier am Hang lag. Es lag ganz oben am Gipfel, nicht nur mit Blick über Weiz und bis zur Riegersburg, sondern mit einer atemberaubenden Rundumsicht. Dieser Weitblick machte den Kulm auch schon vor 2000 Jahren für die Römer als strategischen Punkt interessant – und später für das Bundesheer mit seiner Radarstation.

Der Kulmgipfel war wohl immer schon ein Heiligtum, ein Pilgerort. Und wie so viele dieser keltischen Heiligtümer wurde er später von der Kirche übernommen – in diesem Fall als Kreuzweg. Man sagt, der (heutige) Mensch würde es nicht verkraften, an solch starken alten heiligen Orten zu leben. Die meisten dieser Orte sind als Kirche "unbewohnt" oder werden als Wohnort instinktiv gemieden. Ansonsten würden die Menschen dort ein wenig verrückt, paranoid oder gar wahnsinnig. Die alten Götter sind immer noch stark an all diesen Plätzen, und wir Menschen haben uns weit von ihnen entfernt.

Wir wissen wenig über die Kelten. In meiner Schulzeit galten sie noch als Barbaren, und mein ganzes Wissen beschränkte sich auf den Lateinunterricht und Cäsars vielgehassten "De bello gallico".
Die Kelten haben nichts Schriftliches über ihre Kultur hinterlassen - obwohl sie schreiben konnten, es gibt Handelsbriefe von Kelten auf Griechisch -, sodass unser ganzes Wissen sich auf Berichte der Römer und Griechen oder auf Ausgrabungen stützt. Beides nicht sehr verlässlich. Berichte Außenstehender entsprechen entweder der Urlaubsort-Beschreibung im Reisebüroprospekt oder der Propaganda Kriegstreibender. Und selbst Ausgrabungen, so interessant sie

sind – überlegen Sie selbst, wenn in 2000 Jahren jemand unsere Friedhöfe ausgräbt, was der rückschließen würde.

Wir wären ein seltsames Volk, das trotz kalter Winter bloßfüßig lief (da man bei uns aus Verrottungsgründen schuhlos begraben wird), wo die Männer alle dunkle Anzüge und die Frauen teure Kleider tragen und manchen – waren es Fürsten? - eigenartige elektronische Grabbeigaben mitgegeben wurden, die man ihnen auf die Brust gelegt hatte (heute nennen wir sie Herzschrittmacher).

Unsere Müllgruben wären schon etwas aufschlussreicher über unseren Alltag, denn all unser Plastikmüll verrottet unendlich langsam. In einem Theaterstück heißt es ganz wunderbar: "Gott gab uns Plastik, damit wir wissen, was Ewigkeit ist". Die Kelten kannten kein Plastik, sie lebten noch mit der Natur. All ihre Korbwaren, ihre hölzernen Möbel, ja selbst ganze Häuser – spurlos verschwunden oder nur noch als Pfahllöcher erkennbar. Damit lässt sich auf die Grundform des Hauses rückschließen – aber hatten sie Fenster? Große oder kleine? Welche Form hatte das Dach?

Hier und da ein paar kleine Stofffunde in Salzminen – die mir Respekt einflößen. Nachdem ich für unser Museum einen Gewichtswebstuhl mit grobem Garn bespannt habe, knie ich vor Ehrfurcht vor der Geduld der Keltinnen, die Stoffe fein wie Leinen gewebt haben.

Einzig ihr Schmuck, der sich die Jahrtausende über erhalten hat, verrät noch heute ihre unglaubliche Kunstfertigkeit und ihre Liebe zur Ästhetik. Sie waren beileibe keine Barbaren!

Wenn man genauer forscht, Gelehrte befragt und auch solchen zuhört, die ein wenig außerhalb der Schublade denken, wenn man sich mit experimenteller Archäologie befasst und selbst feststellt, was mit den vorhandenen Materialien möglich ist, dann entdeckt man viel Spannendes.

Ich habe mich bemüht, möglichst "korrekt" zu arbeiten, soweit das bei unserem vagen Wissensstand möglich ist. Einige meiner Informationen kamen aus ungewöhnlichen Quellen, weit jenseits der Schulbuch-Wissenschaft. Ich danke allen, die mir ihr Wissen zur Verfügung gestellt haben. Gab es stark unterschiedliche Meinungen zu einem Thema – wie z.B.

darüber, ob der Kulmgipfel der Göttin Noreia oder als Datumsberg doch dem Sonnengott geweiht war – habe ich es mir leicht gemacht, und jene Variante gewählt, die mir besser gefiel. Es ist ja schließlich ein Roman und kein Sachbuch. Natürlich ist es nicht möglich, in einem Roman alle Bereiche des keltischen Lebens abzudecken und natürlich sind alle Figuren frei erfunden, und jede Ähnlichkeit – Sie kennen das ja.

Bedanken möchte ich mich auch bei meinen Testlesern, für die Zeit, die sie sich genommen haben, um zu lesen und zu kritisieren, euer detailliertes Feedback war sehr wertvoll!

Ganz besonders danken möchte ich aber zwei Menschen, ohne die dieses Buch nun nicht existieren würde. Erst einmal meiner Freundin und Grafikerin Veronika Tanton, die das Cover und die Kapitelbordüre gestaltet hat. Es war schwer, sich für nur einen von all ihren wunderbaren Entwürfen zu entscheiden.

Und dann gilt mein Dank vor allem meinem Mann Gerhard, der mir den ganzen Sommer über den Rücken frei gehalten hat, damit ich schreiben kann, und dessen Begeisterung für dieses Buch mir überhaupt erst den Mut gab, an eine Veröffentlichung zu denken.

Puch, Samhain 2015

Vorankündigung:

Band zwei der Geschichte des steirischen Schicksalsbergs

Chulm anno domini 1349
Das Jahr der Pest

erscheint im Herbst 2016

Die Pest hat die Gegend rund um den Chulm fest im Griff.
Das Einzige, das zählt, ist überleben.

Ebenfalls von Marion Wiesler bei BoD erschienen:

Mariou
Lumpenkind und Silberbaum
Geschichten der keltischen Tradition

Neun keltische Lieblingsgeschichten
der Geschichtenerzählerin Mariou.
Über das schwere Leben, das der Tod führt, über Pechvögel
und Glückskinder, Liebende und Suchende.

ISBN 9783739236032